조선 세자빈
실종 사건

조선 세자빈 실종 사건   3

초판 1쇄 찍은 날 | 2015년 01월 01일
초판 3쇄 펴낸 날 | 2018년 08월 06일

지은이 | 서이나
펴낸이 | 서경석

편집책임 | 조윤희

펴낸곳 | 도서출판 청어람
등록번호 | 제1081-1-89호
등록일자 | 1999. 5. 31
어람번호 | 제11-00012호

주소 | 경기도 부천시 부일로 483번길 40 서경B/D 3F (우) 14640
전화 | 032-656-4452 팩스 | 032-656-4453
http://www.chungeoram.com
E-mail | chungeorambook@daum.net

ISBN 979-11-04-90032-7 04810
ISBN 979-11-04-90029-7 (SET)

3

조선 세자빈 실종 사건

서이나 장편 소설

도서출판 청어람

목차

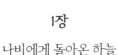

1장
나비에게 돌아온 하늘

　비형은 여전히 믿기지 않은 시선으로 담을 바라보았다. 그러다 이내 비릿한 미소를 지으며 입을 열었다.

　"이 모든 것이 윤영대군마마가 벌린 일이었습니까?"

　"그대가 맹월의 수장이 맞는 것이지?"

　삿갓 너머로 보이는 백안. 그 백안에 감도는 감정은 오직 살기였다.

　"그래도 한때는 세자 저하셨는데. 어쩌다 그리 개가 되신 것입니까?"

　"차라리 나라를 위한 개가 낫지. 이미 너희들의 자금줄은 내 손에 들어왔다. 나라의 역당인 너를 이 자리에서 즉시 처단할 수도 있다."

역당이라는 말에 비형은 날카로운 웃음을 내지었다.

"역당? 역당이라……. 우리를 먼저 버린 것은 이 나라다. 이 썩어 빠진 조선이란 말이다! 나는 이 나라를 제대로 뒤엎기 위해 목숨을 걸고 있는 것이다. 네놈처럼 도망치지 않아. 네놈처럼 비겁해지지도 않을 것이야. 어찌 노론, 그 간악한 것들에게 세자의 자리를! 내가 가장 죽이고 싶은 사람은 네놈이다. 백성을 버린 네놈이야!"

비형은 칼자루를 고쳐 잡았다.

"좋다. 차라리 여기서 네놈 목부터 베어주마! 네 목을 들고 궐로 갈 것이다. 궐로 가서 모조리 다 뒤엎어줄 것이야!"

그렇게 그의 칼날이 맹렬한 기세로 날아들었다. 담 역시 막아서기는 했지만 죽으려고 달려드는 칼은 무척이나 매서웠다. 조금만 흐트러져도 그 틈으로 목숨이 날아갈 듯했다.

그때, 때마침 무랑과 더불어 맹월 상단의 행수가 달려오고 있었다. 비형은 신경 쓰지 않고서 계속 담을 몰아붙였지만 행수가 연막탄을 내던지며 비형을 막았다. 지금 여기서 계속 시간을 끌고 있을 수는 없었다. 비형 역시 그 속내를 읽고서는 주먹을 움켜쥐며 이미 가려진 시야 너머로 담을 향해 외쳤다.

"호월산에서 기다리고 있겠다! 그때 날 죽이지 못한다면, 세자의 목숨은 없을 것이다!"

담은 그런 비형을 계속 쫓으려고 했지만 무랑이 팔을 붙잡았다.

"이대로 쫓는 것은 위험합니다!"

"하지만 이대로 놓친다면 세자 저하가 위험해진다."

어느새 연막이 사라지고, 이미 흔적도 없이 사라진 그들의 빈자리를 바라보며 담은 주먹을 움켜쥐었다.

"포도청 관군들은?"

"지금 모든 문을 봉쇄하고 있습니다."

"쫓아야 한다. 반드시 잡아야 해. 그들이 노리는 것은 역시 세자 저하의 목숨이다."

그렇게 무랑이 관군들과 합류하기 위해 자리를 뜨고, 담은 홍이를 떠올렸다. 비형의 뒤를 쫓으면서 기녀 복색을 한 그녀가 쓰러지는 걸 발견할 수 있었다. 역시나 양반들에게 가짜 그림이라고 흘린 것은 그녀였다. 재빨리 구해내려고 했지만, 그때 사림이 끼어들 줄은 몰랐다. 홍이가 도망치기는 했지만 사림이 눈치를 챈 것이 분명했다. 그렇지 않고서야 그가 그렇게 무너지는 모습을 보일 리가 없지.

담은 미묘하게 뒤섞인 감정으로 긴 숨을 내쉬고서 조심스럽게 작은채를 향해 걸음을 옮겼다.

❅

작은채를 향해 달려가던 사림의 걸음이 주춤하면서 멈춰 섰다.

그를 가로막은 것은 바로 준정. 금방이라도 울 것 같은 표정으로 두 팔을 펼친 채 그의 걸음을 막고 있었다. 하지만 사림은 그런 그녀에게 다가가 짧게 외쳤다.

"비켜."

하지만 그녀는 그대로 사림을 와락 끌어안았다.

"보내 드릴 수 없습니다. 아니, 보내 드리기 싫습니다!"

"준정!"

"지금 보내 드리면, 영영 도련님을 잃을 것 같습니다! 그 여인에게 빼앗길 것 같습니다. 제가 먼저였는데, 제가 먼저 도련님을 연모하였는데!"

수년 동안 가슴속에 꾹 눌러두었던 말이 쏟아져 나왔다. 언젠가 마음을 전하리라 생각했지만 이런 식은 아니었다. 하지만 사림은 준정의 마음보단 다른 것에 마음이 흔들리고 있었다.

"넌, 알고 있었던 거냐? 그럼 정말 홍이가, 그 아이가, 계집이냐?"

준정은 제 마음보다 화공이 계집이라는 것만 귀에 들어오는 사림이 야속하고 아팠지만 눈물을 꾹 누르며 그를 더더욱 붙잡았다.

"도련님을 속인 것입니다. 그리 생각하십시오. 감히 도련님을 속인 것입니다. 그러니 그냥 잊으시란 말입니다!"

하지만 사림은 이내 준정을 밀어냈다. 그러고는 멍한 시선으로 그녀를 스쳐 지나갔다. 결국 참았던 눈물이 주르르 흐르면서 준정은 다시금 그를 잡으려고 했지만 발걸음이 떨어지지 않았다. 목소리가 나오지 않았다.

"하아……."

처음부터 알고 있었다. 처음 그를 본 순간부터 가질 수 있는 사람이 아니라고. 저리 상처받은 이를 웃게 할 자신이 제겐 없다고. 만약 그가 다시 웃게 된다면, 그리된다면, 그건 그가 정말로 그 사람을 마음에 담은 것이라고. 그게 그 화공이었다. 막으려고 해도 막을 수가 없는 연이었다.

머리로는 알겠는데 가슴이 인정하질 못해서, 그래서 나쁜 마음을 먹었던 것이다. 안 될 걸 알면서도 그렇게.

결국 준정은 울음을 터뜨린 채 그 자리에 멍하니 서 있었다. 예전처럼, 그의 빈자리를 그리워하던 그때처럼.

✻

작은채 마당에 도착한 홍은 바닥에 털썩 주저앉아서는 가쁜 숨을 몰아쉬며 가슴께를 붙잡았다. 혹여나 사림 형님께 들킬까 봐. 그리고 괜히 제가 그의 발목을 붙잡게 될까 봐 얼마나 힘껏 달렸는지 모른다.

"무사하시겠지?"

그 사람 그리 호락호락해 보이진 않았는데. 그래도 사림 형님은 강하시니까. 천하무적이시니까. 절대 다치지 않으실 거다. 무사하실 거다. 그때 바깥에서 낯익은 목소리가 울리며 잔뜩 긴장해 있던 그녀를 스르르 풀어주었다.

"화공."

담의 목소리. 홍은 아주 조심스럽게 고개를 돌렸다. 그러자 담이 거침없이 다가왔다. 어쩐지 화가 난 듯한 그의 표정에 홍은 저도 모르게 숨을 꾹 참고서 고개를 스르르 내렸다.

"나, 나리."

하지만 담은 이내 그녀를 끌어안았다. 갑작스러운 행동에 흠칫했지만 담은 단단한 팔로 그녀를 가득 끌어안으며 묵직한 숨을 내쉬었다.

"그리 가만히 있어달라고 하였는데."

어쩐지 떨리듯 와 닿는 그의 목소리에 홍은 잠시 머뭇거리다 한 손으로 그의 커다란 등을 토닥거렸다.

"그래도 다 잘된 것이지요? 그런 것이지요?"

이 와중에 그런 걸 묻는 모습이 기가 막혀 담은 홍의 얼굴을 똑바로 쳐다보았다.

"그것이 중요하오? 정녕 죽을 뻔했소!"

"그래도 제가 나서지 않았다면 나리께서 헛고생하실 뻔했으니까."

"왜 이리 나만 생각하는 것이오, 그대는. 그대 목숨은 여러 개라도 되는 것이오?"

화를 내면서도 그의 시선은 홍의 구석구석을 살피고 있었다. 옷자락이 여기저기 찢어지고 더러워지긴 했지만 그래도 무사해 보였다. 하지만 저 모습으로 양반들에게 가짜 그림임을 흘리며 다녔을 생각을 하니 머리가 아찔하기만 했다. 게다가 맹월의 수장과 마주하고 있던 모습이라니. 수장에게 얼굴을 들키게 된 것이 아닌가.

"얼른 옷부터 갈아입겠습니다. 이러다 남들 눈에 띄면 안 되니까."

그러면서 은근슬쩍 그가 먼저 움직이길 기다렸지만, 담은 움직이지 않고서 물끄러미 홍을 바라보았다. 지독한 적막 속에 그의 눈빛이 너무 뜨거워서 자꾸만 심장이 이상하게 울렁거렸다.

"나리?"

이윽고 담은 그녀의 손을 조심스럽게 붙잡았다. 그 찌릿한 온기에 홍은 다시금 심장이 빠르게 뛰어올랐다.

"원래는 호월산에 가서 화공에게 말하려고 했는데."

"……."

"오늘 밤이 지나면 꼭 하고 싶은 말이 있소. 그러니 기다려 주시오."

그의 눈빛에 엮여 들어가며 한순간 모든 시간이 멈춰 버린 듯싶었다. 잠시 후 담이 그녀의 손을 스르르 풀고서 걸음을 뒤로 돌렸고, 홍은 그제야 숨을 빠르게 몰아쉬면서 밖으로 들릴 정도로 쿵쾅거리는 제 가슴을 두드렸다. 대체 왜 저런 여운을 남기는 것이지? 기대하면 안 되는데. 아무것도 아닐 텐데. 그는 이미 정인이 있잖아. 하지만 뭔가 자꾸만 욕심이 넘치고 있었다. 바라면 안되는 기대감이 스멀스멀 피어오른다.

홍은 이내 눈을 질끈 감고서 자꾸만 피어나는 여운을 그렇게 붙잡고 있었다.

※

"하아…… 진짜네."

막혔던 숨이 터지듯, 허한 소리를 내뱉으며 사림이 홍의 모습을 바라보았다. 아무리 보아도 여인이다. 사내가 여인의 분장을 한 것이 아니라, 그냥 곱디고운 여인의 자태. 그래, 여인이 사내 노릇을 한 것이었다. 왜 그걸 몰랐을까. 왜 의심조차 하지 않은 걸까. 누가 보아도 저리 어여쁜데.

"……."

사림은 수줍게 돌아서는 홍의 모습에 주먹을 움켜쥐었다. 조금 전 양반 나부랭이가 분명 홍을 끌어안았다. 그는 알고 있었던 것이다, 꼬맹이가 여인이라는 사실을. 그것도 그냥 여인으로 여기는 것 같지 않았다. 멀리서도 느낄 수 있었다. 끌어안는 시선, 손길,

서로에게 흐르는 감정이 너무나도 애틋하고 애틋하여 뭐라 말할 수 없는 그런 감정이 느껴졌다.

사림은 저도 모르게 가슴을 붙잡았다. 예전에 느껴졌던 통증이 배가되어 욱신거리고 있었다. 그러다 이내 그는 헛웃음을 내지었다.

"하, 하하하! 그런 건가? 이게 단순히 다쳐서 아픈 것이 아니라, 마음이, 마음이 아픈 것이구나."

가슴을 움켜쥔 그의 손끝이 미세하게 떨려왔다. 그리고 품에 넣어두었던 가락지가 그제야 느껴졌다. 생전 처음 느껴보는 기분에 점점 더 통증이 더해져만 갔다.

내가 꼬맹이 너를, 마음에 품었던 것인가? 나를 속였다는 것에 화내기보다는 네가 여인이라는 사실에 기쁠 뿐이고, 이리 마음이 아픈 것은 네가 보는 시선이 내가 아니라 저 사내라는 것. 저 양반 나부랭이.

"자현이라 합니다."

그래, 처음부터 꼬맹이는 제 이름을 속였다. 처음엔 유난히 밀어내더니 어느 순간 그를 보는 시선이 서글펐다. 그래서 그 눈빛에 괜스레 자신이 기분 나쁘고 이상했던 그 모든 것이, 그런 것이었나. 그렇다면 양반 나부랭이, 그놈은?

"내 숨을 쉬게 하고 심장박동이 되어버린 그러한 여인."

"찾아 헤맸는데, 찾았고. 이젠 꼭 지켜줄 것이다, 반드시."

그 여인이 홍이인가. 하지만 분명 처음엔 서로 모르는 것 같았는데.

"나 역시 너처럼 제대로 지켜내질 못해서. 그 곁에 있어주질 못해서. 씻을 수 없는 상처를 주고 말았지."

자꾸만 담의 목소리가 맴돌았다. 사림은 이내 고개를 휙 저으며 걸음을 돌렸다. 분명 자신이 모르는 뭔가가 더 있다. 꼬맹이 녀석은 남장을 하고 있고, 여인이었던 모습은 용모파기로 돌아다니고 있다. 게다가 그때는 그저 잘못 들은 것이라 여겼는데 얼핏 세자 저하라고도 했었지. 그리고 양반 나부랭이. 저놈도 단순한 종사관이 아닐 것이다. 확실하다.

어느새 사림의 회색빛 눈동자가 서늘하게 변하기 시작했다. 더 이상 바보처럼 아무것도 모른 채 있어선 안 된다. 진실이 무엇이든 제대로 볼 것이다. 피하지 않고, 제대로. 일단은 유도준, 그놈부터다.

사림은 왔던 걸음을 되돌아갔다. 그러자 아직까지 그곳에 준정이 서 있었다.

"아까 내가 했던 말."

준정은 사림의 목소리에 고개를 들었지만 이내 안색이 차갑게 일그러졌다.

"이젠 제대로 물어보마. 청이 그 아이가 유도준을 데리고 있는 것이냐? 유도준을 데리고 병판과 맞서는 이가, 그 아이가 맞는 것이냐?"

가능하면 몰랐으면 했다. 그때처럼 상처받고 무섭게 변해 버릴까 봐. 하지만 이미 그의 눈동자는 모든 것을 감당할 준비가 되어 있는 듯했다. 이것도 설마 그 화공 때문일까?

"어서 대답해라!"

"맞습니다."

결국 준정의 입에서 확답이 새어 나오자 사림은 눈을 질끈 감았다. 어쩐지 더한 폭풍이 밀려들 것 같았고, 가슴께의 통증이 더욱 욱신거리며 그를 괴롭히고 있었다.

✳

걸음을 돌린 담은 곧장 무랑에게 가려고 했다. 오늘 밤은 무척이나 길다. 게다가 달조차 구름에 가려 칠흑처럼 어둡기만 하다. 물론 모란각의 홍불은 그 어느 때보다 뜨겁게 일렁이고 있었지만.

이 밤이 지나 맹월을 모조리 잡아들이고 휘서에게 하는 보고는 무랑에게 맡길 것이다. 그리고 곧장 홍이에게 제 마음을 말할 것이다. 그 옥비녀의 주인은 너라고. 평생 나와 함께해 주었으면 한다고. 그러곤 같이 호월산으로 가서 영영 돌아오지 않을 것이다. 윤영대군이라는 이름도 버리고 오직 이담으로서 그녀와 영원히 함께할 것이다. 그렇게 자신이 사라져 버리면 휘서 역시 덜 불안해하겠지. 그리고 바른 왕의 길을 걸을 것이다.

"휘서 너라면 좋은 왕이 될 거다. 그 소식을 난 그저 멀리서 지켜만 보고 싶구나."

그때, 걸어가던 그의 걸음이 움찔하더니 이내 순식간에 칼을 빼들고서 허공을 향해 휘두르자, 쨍 하고 부딪히는 소리가 날카롭게 울리며 삿갓을 뒤집어쓴 살수가 그를 노려보고 있었다. 찰나의 움직임. 까딱 잘못했다간 눈치채지 못할 뻔했다.

"네놈은 뭐냐."

뭐지? 맹월인가? 아니, 이들은 살수다. 그것도 꽤 실력이 높은. 그런데 왜 여기에? 설마.

담은 저도 모르게 작은채가 있는 방향을 바라보았다.

"너는 관심 없다. 비켜라."

담은 움켜쥔 칼자루를 더더욱 꽉 쥐고서 떨리는 어조로 속삭였다.

"설마 화공에게 관심 있는 건가? 고작 화공 하나 죽이겠다고 이런 살수들이? 그것도 아니면."

"……."

"영상의 딸을 노리는 건가?"

살수가 흠칫한 사이 담은 망설임 없이 녀석의 복부를 그대로 꿰 뚫었다. 칼날 위로 투두둑 떨어지는 붉은 피. 하지만 그보다 그의 눈빛이 더 살벌했다. 주변에 다른 움직임이 느껴지고 있었다. 이 들은 맹월이 아니다. 이들이 노리는 것은 홍이. 영상의 딸. 정확히 말하면.

'세자빈!'

✳

옷을 다 갈아입고서 초조한 기색으로 연신 방 안을 왔다 갔다 하던 홍은 멀지 않은 곳에서 들려오는 기묘한 소리에 기분이 이상 해졌다. 뭔가가 맞부딪히는 소리. 그래, 칼이다.

"뭐지……."

뒷골에서부터 섬뜩함이 흐르면서 그녀는 떨리는 손으로 문고리 를 붙잡았다. 혹시 그놈인가? 그럼 사림 형님은? 설마 형님께서!

그녀는 벌컥 문을 열었다. 그러자 멀리서 들리는 소리가 더더욱 선명하게 들려왔다. 역시나 칼이 맞부딪히는 소리. 그녀는 뭔가에 홀린 듯 그쪽을 향해 달려갔다.

"형님, 형님, 형님!"

불안한 마음에 저도 모르게 사람을 부르고 말았다. 그런데 들려오는 목소리는 그가 아니었다.

"오지 마! 절대로 오지 마!"

멀리서 희미한 여러 개의 인영 너머로 담의 목소리가 들려왔다. 홍은 저도 모르게 심장이 쿵 하고 내려앉으며 걸음을 멈췄다.

"나리? 나리! 무슨 일이 있으십니까, 나리!"

"절대로 오지 마! 여기 오지 말고, 사람한테 가. 지금 당장. 절대로 다가오지 마라, 홍아!"

하지만 그가 외친 마지막 한마디에 그녀는 모든 것이 멈춰 버리고 말았다.

지금. 설마. 홍이라고?

✳

준정과 사림은 서로 마주 보며 서 있었다. 그 누구 하나 먼저 쉽사리 입을 열지 못할 만큼 팽팽한 공기 속에서 준정은 연신 제 손가락을 붙잡으며 마른 입술을 깨물고 있었고, 사림은 처음으로 뭔가 두렵다는 감정이 밀려드는 것을 느꼈지만 애써 마음을 다잡고서 낮게 속삭였다.

"말해."

"……."

"대체 그 아이가 무슨 일을 하고 있는지. 지금 유도준은 어디에 있는지. 네가 알고 있는 그 전부를 말해."

준정은 불안하게 뒤틀린 시선으로 사림을 바라보았다. 정말 이 말을 들어도 그는 괜찮을까? 그때처럼 무너지지 않을까? 상처받지 않을까? 그리고 사림은 그러한 그녀의 속내를 꿰뚫고선 말없이 고개를 끄덕였다. 그 조그만 움직임에 준정은 묵직한 숨을 내쉬고서 그가 서 있는 자리를 바라보며 입을 열었다.

"지난날, 이곳에서 제 앞에 마마께서 계셨습니다. 은밀히 이곳으로 유도준을 데려와 달라고, 내 이름을 말하면 금방 올 것이라고. 그 뒤엔 자신이 알아서 할 것이니, 그리만 해달라고……."

"……."

"해서 유도준을 이곳으로 불러들였습니다. 그리고 그날 밤 사라지셨지요. 저도 정확히 어디 계신지는 모릅니다. 살아 계신지도 잘 모르겠습니다."

"……청이는 도대체 왜 유도준을……."

"그저 오래전의 악연을 끊어내는 것이라고. 그때가 되었다고 그리 말씀하셨을 뿐. 절대 이 사실을 함구하라고 하셨습니다."

사림은 준정의 말에 주먹을 꽉 움켜쥐었다. 그의 머릿속으로 또다시 그때의 차가운 빗줄기가 들리는 듯했다.

몇 년 전, 모란각.

사림은 간신히 청이를 발견할 수 있었다. 홀로 방 안에서 떨고 있던 그 아이를 끌어안는 순간, 모든 긴장이 풀리면서 그제야 제대로 숨이 쉬어지는 듯했다.

"이제 괜찮다. 다 잘될 것이야. 이 오라비가 지켜주마. 이 오라비가 반드시 지켜줄 것이야."

청이는 말없이 사림의 품에서 눈만 느리게 깜빡이며 자꾸만 먼 곳을 바라보는 듯했다. 그렇게 함께 방을 빠져나온 사림은 얼른 그녀와 함께 이곳을 떠나려고 했다. 하지만 그런 그의 앞을 가로막은 이는 뜻밖의 사람이었다. 바로 병판 유장준.

사림은 그를 살벌하게 노려보면서 청이를 제 뒤로 숨겼다. 그러곤 말없이 서늘한 시선으로 서 있는 그를 향해 외쳤다.

"유도준, 그 자식이 청이를 이곳에 팔았습니다! 그 자식이 청이에게 무슨 짓을 하였는지 두 눈이 있다면 똑똑히 보시란 말입니다!"

하지만 장준의 시선은 그저 고개를 푹 숙이고 있는 청이를 향하고 있었다. 마침내 굳게 닫혀 있던 그의 목소리가 떨어졌다.

"더는 청이 저 아이를 우리 집 안에 둘 수 없겠구나."

"그게, 무슨 말씀이십니까."

"이는 저 아이를 위한 일이기도 하다. 내가 잘 말하여 좋은 곳으로 보내주겠다."

말 같지도 않은 소리에 사림은 헛웃음을 내짓다가 이내 청이의 손을 꽉 잡고서 그를 향해 외쳤다.

"웃기지 마! 그런 개 같은 소리 집어치워! 누구를 보내. 대체 누구를 보낸다는 거야! 아무리 우리가 당신에겐 흠밖에 되지 않는 존재지만, 그래도 우리 역시 당신 피가 섞였어! 그런데 어떻게 이럴 수 있어? 지금 내쫓겨야 할 사람이 누구인데. 대체 청이가 무슨 죄인데! 무슨 죄길래 청이만 쫓겨나야 하는 건데!"

"계집이니까. 그리고 서녀이니까. 자칫 소문이라도 돈다면 집안에 큰 해가 될 것이다. 네가 정말로 내 자식이라면 그걸 원치는 않겠지."

"그 자식은. 그 개자식은! 장자만 당신 핏줄이야? 그럼 처음부터 당신이 우리 어머니를 건드리지 말았어야지! 우리 같은 걸 낳지 말았어야지!"

빗줄기가 점점 더 굵어지고 있었다. 사림은 청이의 손을 꽉 쥐고서 점점 흐릿하게 보이는 그를 향해 절규를 토해냈다. 참 개 같고, 개 같은 삶이다. 어린 나이의 그가 감당하기엔 참으로 뭐 같지 않을 수 없었다.

"절대 못 놓아. 청이, 절대 아무 데도 못 간다고. 내가 지킬 거야, 내가! 그렇게 싫으면, 그렇게 우리가 싫으면 그냥 쫓아내. 우리도 미련 없어. 당신네 집에서 더 이상 버러지같이 살고 싶지 않다고! 어머니랑 나갈 거야. 그 빌어먹을 집안, 나가 버리면!"

하지만 그는 끝까지 말을 맺을 수가 없었다.

"……청아?"

누구도 아닌 청이 그 아이가 사림의 손을 먼저 놓았다. 그러고는 천천히 그의 곁을 스쳐 지나가기 시작했다. 사림은 잠시 넋을 잃다가 이내 다시금 그녀를 붙잡으려고 했지만 허청은 정확히 그의 손을 밀쳐 버렸다.

"청아, 지금 뭐 하는 거야! 청아, 이리 와!"

하지만 허청은 유장준 앞에 털썩 무릎을 꿇었다. 빗줄기가 미친 듯이 쏟아져 내리고 그 속에서 허청은 땅에 머리를 박고서 외쳤다.

"대감께 큰 해를 끼쳤습니다! 참으로 송구합니다. 제가 나가겠습니다. 대감께서 가라는 곳으로 갈 것입니다. 그리 할 것입니다."

"청아, 지금 그게 무슨 말이야!"

사림은 청이를 향해 달려갔다. 그러곤 여전히 고개를 숙이고 있는 그녀를 억지로 일으켜 세워서는 어깨를 붙잡고서 미친 듯이 흔들었다.

"너 지금 제정신이야? 무슨 헛소리야. 대체 어딜 간다는 거야. 네가 왜! 네가 무슨 잘못을 했는데!"

"지금 난! 존재 자체가 잘못이야."

처음으로 그 아이가 독하게 서린 시선으로 사림을 바라보고 있었다. 항상 밝기만 했던 아이. 항상 여리고 여리기만 하던 청이가,

달라지고 있었다.

"내가 지켜준다고. 이 오라비가 지켜준다니까!"

"오라버니는 나 못 지켜줘. 절대로 못 지켜준다고. 오라버니 하나도 어떻게 못 하면서 누굴 지키겠다는 거야!"

경멸이 스치는 눈빛에 사림은 저도 모르게 잡고 있던 그녀를 놓쳐 버리고 말았다. 어느새 그 자리에 유장준은 없었다. 이미 자신이 원하는 대답을 들었으니 이런 곳에 더는 있고 싶지 않은 것이겠지.

허청은 뒤돌아섰다. 그러곤 마지막으로 사림을 향해 말했다.

"그깟 말로는 그 누구도 지킬 수 없어. 마지막으로 오라버니에게 하는 충고야. 정신 차려. 강해져야 해. 우리가 아무리 소리를 지르고 발악을 한다고 해도 아무도 들어주지 않아. 강해지지 않으면, 그들의 머리 위에 있지 않으면 아무 소용 없다고."

"……."

"잘 있어, 오라버니. 아마 우린 다시 만나지 못할 거야. 설사 다시 만난다고 해도, 난 지금처럼 있지 않아. 절대로, 있지 않을 거야."

그렇게 허청은 모든 연을 끊어낸 채 모란각을 빠져나갔다. 사림 역시 청이의 손을 두 번 다시 잡을 수가 없었다. 비가 억수처럼 쏟아지던 날의 밤.

그 빗소리를 지울 수 없는 상처로 새겼던 그날의 기억.

사림은 눈을 질끈 감았다. 매몰차게 돌아서던 그 아이의 뒷모습이 아프게 아른거리고 있었다.

'청이 네가 정녕 복수를 하는 것이냐? 네가 스스로 피 묻은 복수를 하려는 거야? 이게 네가 네 자신을 지키는 방법이니? 그저 궐 안에서 행복하게, 행복하게 살리라 믿었던 내가 어리석었던 것이냐? 청아……'

※

"절대로 오지 마! 여기 오지 말고, 사림한테 가. 지금 당장. 절대로 다가오지 마라, 홍아!"

분명, 홍이라고 하였다. 그가 분명 제 이름을 불렀다. 그의 목소리만이 그녀의 귓가를 맴돌면서 자꾸만 현실을 잃어버리게 했다. 하지만 어떻게? 어떻게 그 이름을 아는 거지? 사림 형님이 말씀하셨나? 하지만 사림 형님이 그리 쉬이 남의 얘기를 입에 담으실 분이 아니신데. 그렇다면 설마,

'그가 기억하고 있는 건가? 지금의 나와 예전의 나를?'

순간, 멀리서 날카롭게 들려오는 칼의 울림에 홍은 정신을 바짝 차렸다. 지금은 이러고 있을 때가 아니었다. 그가 누군가와 칼을

겨루고 있다. 어쩌면 밀거래와 관련된 자들일지도 모른다. 자신이 나서는 건 오히려 독이다. 누구든 불러와야 해. 사림 형님이나 무랑!

홍은 떨리는 걸음을 억지로 돌려서는 미친 듯이 달리기 시작했다. 숨이 가빠왔지만 신경 쓰지 않았다. 어느새 신발이 벗겨지고 발끝으로 통증이 밀려들었지만 그 역시 신경 쓰지 않았다. 누구에게든 도움을 구해야 하는데 유희 때문인지 사람들이 보이지 않았다.

'빨리, 빨리, 빨리!'

마음만 너무 앞섰던 탓일까. 달려가던 그녀의 걸음이 비틀거리면서 이내 몸이 휘청이던 찰나, 누군가의 손이 그녀를 단단히 붙잡아주었다.

"하아!"

"괜찮으십니까?"

홍은 숨을 헐떡이다 이내 고개를 들었다. 꽹장히 단정한 외모의 사내가 그녀를 향해 걱정스러운 눈빛을 띠고 있었다.

"어딜 그리 가시기에 신도 잃어버리시고. 저런, 발이……."

어느새 그녀의 발이 흙투성이가 되어 있었다. 게다가 돌에 찍혀 상처까지. 하지만 그녀는 떨리는 손으로 그 사내를 붙잡고서 외쳤다.

"저기, 저기 사람이 위험한데. 도와주십시오! 제발!"

"무슨 일이십니까? 일단 숨을 쉬고……."

"그러니까, 저기 사람이……."

사내는 금방이라도 쓰러질 듯한 홍의 어깨를 꽉 붙잡았다. 그 순간, 왠지 모를 이상한 느낌이 스쳤다. 홍은 다시금 정신을 차리고서 저를 붙잡고 있는 사내를 잠시 바라보았다. 겉으론 아무렇지도 않아 보이긴 하는데. 뭔가 이상하다. 어쩐지.

'느낌이 안 좋아.'

홍은 조심스럽게 그 사내의 손을 밀어내려는 찰나, 그의 어깨 너머로 달려오고 있는 무랑의 모습에 안도의 숨을 내쉬었다.

"무랑!"

그녀의 외침에 사내는 붙잡고 있던 홍을 풀어주었다. 그녀는 한 치의 망설임도 없이 무랑을 향해 달려갔다. 무랑의 뒤에는 여러 관군들도 함께 있었다. 그 모습에 홍은 저도 모르게 눈물을 글썽이며 외쳤다.

"나리가 위험하십니다. 아무래도 밀거래 놈들이 나리를 노리는 것 같습니다!"

"그게 참말입니까?"

"예, 저쪽에서, 어서 빨리!"

무랑은 사색이 된 표정으로 관군들과 함께 홍이 가리킨 방향으로 달려갔다. 홍은 그제야 크게 숨을 내쉬며 살짝 고개를 돌렸다. 하지만 그곳에 있던 사내는 보이지 않았다. 대체 뭐지? 그냥 지나

가던 사람일까? 내가 너무 예민해져서 그런가? 하지만 정말로,

"느낌이 안 좋았어."

＊

무랑은 멀리서부터 담을 부르기 시작했다. 설마 정말로 맹월이 대군마마를 노리는 것인가!

"대군마마, 대군마마!"

그리고 그의 시야에 담의 모습이 뚜렷하게 보이기 시작하고, 그의 처참한 모습에 무랑의 눈빛이 파르르 떨려왔다.

"마마!"

담은 정말이지 필사적으로 칼을 휘두르고 있었다. 누구의 피인지 알 수 없을 만큼 온몸이 피로 범벅되어 있었고, 거친 숨소리와 더불어 멀리서 보아도 몸이 떨리고 있음을 느낄 수 있었다. 자객들은 몰려오는 관군들의 모습에 잽싸게 몸을 숨기기 시작했지만, 담은 끝까지 놈들의 숨통을 꿰뚫고 있었다.

"대군마마!"

무랑은 비틀거리는 담을 붙잡으려고 했지만 그는 오직 달아나는 놈들의 뒤를 눈으로 좇으며 외쳤다.

"절대 놓쳐선 안 된다! 저들을 모조리 잡아 숨통을 끊어!"

관군들은 담의 명령에 살수들의 뒤를 좇아 사라졌다. 그제야 주

변으로 적막이 몰려들었다. 하지만 끊어질 듯 위태로운 그의 숨소리가 얼마나 상황이 치열했는지를 알 수 있게 했다.

"대군마마, 대체 어찌! 저들은 맹월이 아니지 않습니까?"

"살수다. 누가 보냈는지는 모르겠지만, 절대로 한 놈도 살려둬선 안 돼."

저들이 노리는 이가 홍이라는 것을 안 이상, 절대로 놓쳐선 안 된다.

"홍이는?"

담은 그제야 그녀를 입에 담았다. 분명 이 근처에 있었는데. 혹시 다른 놈들에게 잡혔다면…….

"예?"

"홍이, 화공 말이다! 보지 못했느냐?"

"아, 저를 부른 것이 화공입니다. 무사합니다."

무랑의 말이 끝나자마자 담은 그를 지나쳐 빠른 걸음으로 걷기 시작했다. 무랑은 그런 그를 말리려고 했지만 어쩐지 쉽사리 걸음이 떨어지지가 않았다. 언제부터인지 대군마마의 시선엔 항상 그화공이 있었다. 혹여 조금이라도 위험해지지 않을까 전전긍긍하는 모습. 지금의 그 눈빛에서도 걱정을 넘어 뭐라 표현할 수 없는 감정이 묻어나고 있었다. 도대체 그 화공이 뭐길래. 지금도 왜 저렇게까지.

"설마 대군마마께서. 아, 아니, 그럴 리가, 그럴 리가 없으시지."

무랑은 괜한 생각에 얼른 고개를 가로저으며 자신도 관군들의
뒤를 따랐다.

＊

홍은 연신 불안하고 초조한 기색을 애써 억누르며 두 손을 꽉
붙잡았다. 괜히 자신이 나서면 방해가 될 테지만, 순간순간이 너
무나도 느리게 지나가는 것만 같았다. 하지만 믿을 수밖에 없었
다. 무사하실 것이라고. 절대로 다치지 않고, 평소 모습 그대로 와
주실 것이라고.

어느새 구름에 가려진 달빛이 살포시 그 빛을 내비추기 시작했
고, 그녀는 그제야 자신의 맨발을 바라보았다. 여기저기 긁히고
찍혀서 피가 보였다. 통증이 조금 느껴지긴 했지만 견딜 만했다.
그때, 바람 소리만이 울리던 공간으로 다른 소리가 들려오면서 그
녀의 시간이 미치도록 빠르게 흐르기 시작했다.

타박, 타박, 타박.

고개를 들지 않아도, 다가오는 발자국 소리 하나하나에 심장이
함께 울리고 있었다. 그 사람이다. 홍은 파르르 떨리는 손을 꽉 붙
잡았다. 차마 볼 수가 없었다. 꾹 누르고 있던 눈물이 그대로 뚝
하고 떨어질 것 같아서. 그럴 것 같아서. 행여나 실망하게 될까
봐. 기대감이 그대로 물거품이 되어버릴까 봐. 마침내 그녀의 발

치 앞에 그의 그림자가 드리웠다. 그러곤 다시금 울리는 목소리.

"홍아."

아까보다 더욱 선명하게 울리는 목소리. 움켜쥔 주먹을 그가 살 포시 잡아주었다. 그러다 이내 그가 무릎을 꿇고서는 상처투성이 가 된 그녀의 두 발을 살포시 감싸 안았다. 뜨겁게 퍼지는 온기가 그녀를 다시금 뒤흔들었다.

"왜 이리 다친 것이오."

"……."

"하여간 항상 제 몸은 생각하지도 않지, 예전이나 지금이나. 해 서 내가 그대에게서 눈을 뗄 수가 없소."

담은 천천히 제 신발을 벗어 홍의 발에 신겨주었다. 신이 너무 커서 헐렁거렸다. 무슨 이유인지 고개를 들어 저를 똑바로 보지는 않았지만, 그래도 이리 무사한 모습을 보니 담은 그제야 제대로 숨이 쉬어지는 것 같았다. 그때, 눈물에 잠긴 그녀의 목소리가 희 미하게 그에게로 스며들었다.

"대체, 어찌…… 어찌……."

정말 그가 기억하는 건가? 그 이름을? 정말로?

"무슨 일이오? 어디 다친 것이오?"

홍은 그제야 고개를 들었다. 그토록 참았던 눈물이 두 볼 가득 주르르 흘러내리고 있었다. 이젠 모르겠다. 설사 자신의 착각이라 고 할지라도, 직접 물어야겠다. 나를, 알고 있느냐고. 나를, 기억

하느냐고. 그러지 않으면,

'내가 미쳐 버릴 것 같아.'

"홍아?"

"그 이름, 어찌 아셨습니까?"

담은 그제야 자신이 그녀의 이름을 부르고 있다는 것을 자각했다. 너무 놀란 나머지 실수를 해버린 것이다.

"그게, 그러니까……."

하지만 담은 뒤이어 들려온 그녀의 한마디에 내뱉은 말을 맺을 수가 없었다.

"어찌 아신 것입니까, 저하."

저하. 담은 미친 듯이 흔들리는 시선으로 그녀를 똑바로 바라보았다. 잘못 들은 것인가? 하지만 분명 그녀의 입에서 저하라고, 저하라고…….

"지금, 무슨……."

"이담."

"하아……."

서로를 마주 보는 시선에서 두 사람은 뭔가를 깨닫게 되었다. 기억, 하는 것이다. 기억을…….

"저를, 기억하십니까?"

마침내 그토록 묻고 싶었던 말이 새어 나오자, 담은 떨림을 삼키며 천천히 손을 뻗어 그녀의 눈물을 닦아내렸다. 한없이 사랑스러운 모습. 예전이나 지금이나 제 가슴에 가득 차서 숨이 되고 심장이 되어버린.

"저를, 저를⋯⋯."

"단 한 번도, 기억하지 않은 적이 없었다. 너를 단 한 순간도 잊어본 적이 없어."

결국 홍은 눌렀던 울음을 터뜨렸고, 담은 그제야 그녀를 제 품에 가득 끌어안았다. 잊어버렸던 모든 것을 되찾듯, 그의 숨이, 심장이 빠르게 돌아가면서 으스러지듯 그녀를 끌어안았다. 홍 역시 두 손을 뻗어 그를 붙잡았다.

수없이 돌고 돌아서 이렇게 다시 만나게 되었다. 그도 나를 기억한다.

그녀도 나를 기억하고 있다. 결국 과거에서 지금으로, 말도 안되게 되돌아선 시간 속에서 서로가 서로를 그리워하며 여전히 연모하고 있었던 것이다.

'보고 싶었습니다.'

'보고 싶었소.'

나비가 하늘로 돌아왔다. 그리고 그 하늘도 오직 그 나비만을 바라보았다.

이젠 정말 그 나비만의 하늘이 되기 위해서, 그렇게 둘은 다시 만났다.

홍은 담의 얼굴을 미친 듯이 더듬었다. 마치 이것이 꿈이 아니라고, 혼자만의 착각이 아니라고 확인이라도 하는 듯 손가락 끝으로 그의 눈동자에 새겨진 제 모습을 더듬고 또 더듬으며 자꾸만 밀려드는 울음을 억지로 깨물었고, 담은 그 모습이 안쓰러워 그녀의 두 손을 꼭 붙잡고서 손등에 살며시 입을 맞추며 속삭였다.

"거짓이 아니오. 꿈은 더더욱 아니오."

"……"

"물론 지금 이 상황이 믿을 수는 없겠지만, 전부 다 사실이오. 그대가 보는 이 모든 것이 말이오."

결국 그녀는 참았던 흐느낌을 내뱉으며 그의 온기로 채워지는 따스함을 붙잡고서, 그제야 엉망이 된 그의 모습을 보았다.

"어찌 이리 다치신 것입니까? 예나 지금이나 어찌 이리 위험하기만 하신지."

"그대 역시 한시도 눈을 뗄 수가 없었소. 매번 내 걱정만 그리하고, 제 몸은 챙기지도 않고, 그 오지랖도 예나 지금이나 나아진 것이 없으니."

담의 말에 홍은 저도 모르게 피식 미소를 내지었다. 담은 붙잡고 있던 그녀의 손을 가만히 끌어당겨 그녀를 제 품에 안아 들었다. 그러곤 여리디여린 어깨에 살며시 고개를 묻고서 나지막이 속삭였다.

"한데 어찌 그리 모른 척을 한 것이오?"

홍은 잠시 망설이던 손길로 그의 커다란 등을 쓸어내렸다. 흙투성이가 된 옷과 상처가 자꾸만 아프게 와 닿았다.

"사실 절대로 저하를 만나지 않으려고 했었습니다. 지난날 저하와 저의 연이 너무 아프고 아파서, 다시금 그 연을 반복하고 싶지 않았습니다. 게다가 설사 저는 기억한다고 해도 저하께서 저를 모르시면 그 역시 마음이 너무 아플 것 같아서……."

아닌 척 아무렇지 않은 척 지금껏 그리 웃었지만, 가슴께가 항상 뭔가에 쓸리듯 아팠다. 그를 보는 내내 그리 아팠었다. 그저 무뎌지고 있었을 뿐.

"솔직히 지금도 믿어지지가 않습니다. 어찌 저희가 이리 다시 만난 것일까요?"

처음 시간을 거슬렀다는 사실을 깨달았을 때도 도통 믿어지지가 않았는데, 그 역시 시간을 거슬렀다니. 대체 어찌 된 일일까?

담은 그녀의 다정한 손길을 느끼며 잠시 눈을 감았다. 그 역시 어째서 이런 기적과도 같은 일이 벌어졌는지는 몰랐다. 그저 그녀의 죽음 앞에 모든 것이 사라지는 느낌이었다. 억지로 버티고 버텨보려고 했지만 자꾸만 제 숨이 사라지는 느낌. 해서 간절히 빌었다. 만약 다시금 그때의 순간이 온다면 절대 망설이지 않겠다고. 다음 생에선 나의 선택으로 내가 있을 곳을, 그녀만의 하늘이 될 것이라고. 절대로 그 손을 놓지 않을 것이라고.

그리고 어떠한 목소리와 인영을 보았다. 기억이 제대로 나진 않지만, 무척이나 익숙한 목소리와 익숙한 사내의 인영이었다.

나의 시간은 여기서 끝이지만, 너의 시간은 다시금 흘러갈 것이다.

목소리와 함께 자신에게 다가왔던 사내의 인영이 사라지면서, 그녀의 모습이 얼핏 보였었다. 마치 처음 만났던 그 환하디 환했던 모습 그대로.

"제가 얼마나 저하를 연모하는지 저하께서는 모를 것이옵니다. 정말로 제겐 저하가 전부이옵니다. 태어나는 그 순간부터 저하와 맺어진 인연이었고, 다른 것은 상상조차 할 수가 없었으니……"
"홍아……."
"저하, 이담……."

점점 멀어져가는 모습에 정말이지 필사적으로 손을 뻗고, 뻗었다. 닿을 듯 닿지 않은 채 사라지려고 하자 저도 모르게 가지 말라고 제발 내 곁을 떠나지 말라고 울부짖으며 눈을 떴을 때, 시간은 되돌아가 있었다.
정말 믿을 수가 없는 기적.
되돌아간 시간 속에선 그녀는 의식이 없었다. 하지만 반드시 깨어날 것이라고 믿고 그녀가 잠든 그 5년이란 시간 속에서 담은 그녀에게 가기 위한 준비를 했다. 가장 먼저 한 일은 바로 세자위에서 내려오는 일.

"하지만 모든 것이 되돌아간 것은 아니었습니다. 대체 왜 세자
위를……."

홍은 차마 묻지 못했던 말을 입에 담았다. 그러자 담은 천천히
그녀에게서 벗어나 숨결이 뒤섞일 듯, 가까운 거리에서 눈을 맞추
고선 엷은 곡선을 이루었다. 그녀는 그 모습에 혹시나 하는 생각
이 들어 떨리는 시선으로 속삭였다.

"저하, 설마……."

"그리 부르지 마시오. 그리 부르지 말고 내 이름을 불러주시오.
그 이름을 듣고자 되돌아왔고, 세자위도 버렸는데……."

"하아."

"그대에게 약조하지 않았소."

설마 하던 생각이 현실로 다가오자 한순간 숨이 막힐 듯했다.

정녕 저 때문인가? 저 때문에 세자위를 버리신 것인가? 고작 자
신 때문에…….

미친 듯이 흔들리는 홍의 눈동자를 보면서 담은 지금 그녀가 저
조그만 머리로 무슨 생각을 하는지 단번에 깨닫고선 두 손으로 아
주 소중히 그녀의 두 볼을 감싸며 저를 똑바로 보게 했다. 다정한
손길만큼이나 다정한 목소리가 그녀의 시선을 앗아갔다.

"이제부터 이담이라는 사내만 보시오. 다른 것은 아무것도 신
경 쓰지 말고, 나만 보는 것이오. 우린 이렇게 서로가 마주 보기

위해서 너무 많은 시간을 돌고 돌지 않았소? 이젠 욕심내어도 되는 것이오. 그대가 나를 온전히 가지는 것이오."

"저하……."

"내가 빌었던 것은 오직 하나. 세자로서 그대의 곁에 서는 것이 아니라 진정 사내로서 그대 곁을 지키는 것. 이제 내 하늘은 오직 그대요."

수많은 시간을 돌고 돌아서 하늘이 내게로 왔다. 정녕 그래도 되는 것일까? 그를 가져도 되는 것일까? 곁에 있고 싶다고, 그리 욕심내어도 되는 것일까?

서로의 연모가 독이 되고 상처가 되는 것이 아닌, 그저 연모하는 그 마음 하나로 서로를 바라볼 수 있는 그러한 연.

그의 숨결이 더더욱 뜨겁게 와 닿았고, 홍은 이내 조그맣게 고개를 끄덕이며 눈을 감았다. 그 순간, 그의 입술이 그녀의 숨결을 순식간에 머금고서 뜨겁게 뒤엉키기 시작했다. 갈급함과 간절함이 하나가 되면서 담과 홍은 서로의 손을 꽉 붙잡으며 서로를 거칠게 움켜쥐었다. 절대로 놓지 않을 것이다. 예전처럼 그렇게 물러나지 않을 것이다, 절대로!

그렇게 길고 긴 밤이 끝나가고 새벽이 밝아오고 있었다. 밤의 유희는 끝났다. 그리고 전과는 전혀 다른 시간이 다가오고 있었다.

※

살수들은 너무나도 능숙한 움직임으로 관군들을 따돌렸다. 그리고 다시금 때를 노려 모란각으로 스며들려 했지만, 누군가의 칼이 순식간에 그들의 숨통을 끊어놓기 시작했다.

"흐윽!"

"누구냐!"

살수들은 다시금 칼을 세웠지만, 보이지 않는 누군가가 무서울 정도의 속도로 그들을 죽여 나가고 있었다. 그리고 마침내,

"하아, 하아!"

마지막 남은 살수가 미친 듯이 허공을 향해 칼을 놀렸지만, 결국 뒤에서 나타난 이가 그의 복부를 꿰뚫으며 모든 숨이 사라지고 말았다. 그리고 무심하게 칼을 뽑아내는 이는 바로 홍과 부딪혔던 그 사내, 바로 백각이었다.

그는 칼에 묻은 피를 닦아내고서는 여기저기 널브러진 살수들의 시신을 바라보았다. 어차피 양제의 사람. 살려둘 생각은 없었다. 이들은 여기까지 자신을 데려올 미끼였을 뿐. 한데 문제는 지금부터였다.

"분명 그 여인은 세자빈마마가 확실하다. 한데."

한데, 대체 어째서 이곳에 윤영대군마마께서 계시는 것인가. 그것도 이 살수들과 맞서 싸우면서 세자빈마마의 곁에 함께 계시다니. 대군마마께서 세자빈마마를 모르실 리가 없었다. 그래, 그 얼

굴을 모르실 리가 없지. 그렇다면 대체 왜, 대군마마께서는 이 사실을 세자 저하께 고하지 않은 것이지? 대체 무슨 생각으로.

백각의 시선이 다시금 자객들을 향했다. 점점 서늘하게 식어가는 그의 눈빛은 살벌하기만 했다.

'설마, 다른 마음을 품고 계신 것인가?'

이제 와서 다시금 세자위를?

하지만 그는 고개를 가로저었다. 너무 생각이 앞서 나가선 안된다. 아직 아무것도 명백하지 않았다. 하지만 이 사실을 세자 저하께 숨길 수는 없었다. 자칫 저하께 큰 해가 될 수 있었으니까.

결국 그는 잠시 머뭇거리다 이내 걸음을 뒤로 돌렸다. 지금은 세자빈마마를 모셔가는 것보다 윤영대군마마의 속내를 아는 것이 더 시급했다.

'세자 저하께 고할 수밖에……'

❉

담은 홍을 작은채로 데려갔다. 많이 고단할 것이다. 너무 많은 일이 벌어졌으니까. 또한 자신 역시 마무리해야 할 일이 있었다.

"잠시 여기 있으시오, 금방 올 것이니."

말하지 않아도 홍은 그가 밀거래를 마무리하려고 한다는 것을 알았다.

"걱정 마십시오. 꼭 여기 있겠습니다."

그는 그녀의 입술에 아주 살짝 입을 맞추고선 천천히 돌아섰다.

어느새 그녀의 눈동자 위로 웃음기가 사라졌다. 솔직히 묻고 싶었다. 대체 그 아편 밀거래가 무엇이기에 이리 신경 쓰고 계시는 것이냐고. 하지만 그저 기다렸다. 언젠가 먼저 말해주기를. 한 가지 확실한 것은 그에게 무척 중한 일이라는 것. 게다가 그 일에…….

그때, 사림의 목소리가 들렸다.

"홍아."

홍은 그의 목소리에 얼른 고개를 돌렸다. 무척이나 걱정했는데, 무사해 보였다. 하지만 그답지 않게 무척이나 지쳐 보였다. 특히나 그의 회색빛 눈동자가 훨씬 더 공허하게 보였다.

"형님!"

그녀는 서둘러 그에게 달려갔다. 그러고는 여기저기를 살피면서 인상을 찡그렸다.

"혹, 어디 안 좋으신 것입니까? 어찌 이리 안색이……."

하지만 끝까지 말을 맺을 수가 없었다. 사림이 그녀의 어깨를 끌어당기더니 이내 뭐라 말하기도 전에 그녀의 어깨에 머리를 기대었다. 정녕 이런 모습은 처음이었다.

"형님?"

"조금만, 아주 잠깐만."

낮게 흐트러지는 목소리. 그 목소리마저도 너무 이상했다. 어쩐지 그가 너무 작게만 느껴졌다. 천하의 사림 형님께서…….

"어디 아프십니까?"

"아니, 그냥 고단하다. 어제 잠을 제대로 못 잤어. 나도 늙었나보다. 고작 잠 좀 설쳤다고 이 지경이라니. 천하의 사림이 참 많이 약해졌네."

"형님……."

"잠깐만 어깨 좀 빌리자."

"제 조그만 어깨가 도움이 되겠습니까?"

"아주 많이."

"하면, 쉬십시오. 정말 어제는 고단하였으니까."

그녀의 손이 어느새 그의 머리카락을 차분히 쓸어내렸다. 사그락, 사그락. 그녀의 가는 손가락 사이로 그의 머리카락이 스치면서, 사림은 그 다정한 느낌에 저도 모르게 편안하게 눈을 감으며 머리를 비웠다. 얼마쯤 지났을까. 그가 천천히 고개를 들어 저를 빤히 바라보는 홍과 시선이 마주했다. 말간 눈동자. 곱디고운 얼굴. 비록 사내 복색이긴 하지만 누가 보아도 여인인데. 참으로 고운 여인인데.

'유사림, 정말 많이 죽었네. 단번에 알아보지도 못하고, 바보처럼…….'

"좀 괜찮으십니까? 아니면 들어가서 눈이라도 붙이시는 게……."

"하나 물어도 되냐?"

"예?"

"양반 나부랭이한테 왜 네 이름 숨긴 거냐? 자현이라고 말이다."

지금껏 묻지 않았던 것을 그가 묻자 그녀는 저도 모르게 움찔했다. 그리고 보니 이젠 정말 자신이 여인이라는 것을 그에게 말해야 하지 않을까? 어느새 그는 자신에게 가족처럼, 친 오라비와도 같은 존재가 되었는데. 그런 그를 더는 속이고 싶지 않았다.

'설령 미움받는다고 하더라도, 달게 받을 것이다. 그리고 계속 잘못을 빌 것이야.'

그녀는 흔들리는 제 마음을 다잡고서 입을 열었다.

"사정이 있었습니다."

"그자를 예전부터 알고 있었던 거지?"

"……예."

그녀에게서 진실이 새어 나오자 사림의 가슴께가 또다시 미묘한 통증을 일으켰다. 어느 정도 눈치를 챘기는 했지만, 그래도 직접 들으니 느낌이 달랐다.

아마 양반 나부랭이가 찾았다는 그 여인이 홍이가 맞겠지. 홍이역시 그 양반 나부랭이를…….

그는 깨달은 진실을 그렇게 외면한 채 눈을 감아버렸다.

밝혀야만 했다. 지금이라도 그에게 자신의 정체를 밝혀야만 해.

홍은 굳게 결심을 하고서 아주 어렵사리 입을 열었다.

"형님께 한 가지 드릴 말씀이 있습니다. 사실은……."

"사정이 있는 것은 묻지 않으마. 남의 사정에 관심도 없고, 그런 오지랖도 없으니까."

"그것이 아니라……."

사림은 홍의 차분한 머리카락을 마구 헝클었다.

"혀, 형님!"

"넌 그냥 지금처럼 있어. 내가 지키면 되니까."

"예?"

"난 잠깐 준정을 만나야겠다. 피곤해 보이니 너는 들어가서 쉬어라."

"형님! 잠깐, 형님!"

하지만 사림은 돌아선 걸음을 멈추지 않았다. 본능적으로 저 아이가 무슨 말을 할지 알 수 있었다. 스스로 여인이라고 밝히려는 것이겠지. 하지만,

'되도록 내게 말하지 마라. 네가 여인이라는 걸 내게 끝까지 말하지 마.'

사내라고, 네가 사내라고 그렇게 알고 싶다. 아니라는 걸 알지만 그래도 네가 직접 말하지 않으면 계속 사내라고 여기고 이 마음을 억누를 수가 있어. 끝까지 묻고 그리 살 수 있어. 지금처럼 그냥 네 옆에 있으면서. 친 오라비처럼 지켜주면서…….

사림의 걸음이 문득 멈춰 섰다. 여전히 그녀의 손길이 느껴지는

듯했다. 하지만 이내 그는 고개를 가로저었다. 양반 나부랭이와 저 아이의 사이에 뭐가 있든지, 저 아이의 용모파기가 왜 돌아다니는지 그건 알 수 없지만, 지금 자신이 해야 하는 건 오직 하나. 그냥 지금처럼 꼬맹이를 지키는 것.

"그러니 말하지 말아라. 절대로 내게 말하지 마. 해서, 나를 흔들지 마라."

자꾸 사내로서 네게 가고 싶어지니까…….

※

담은 무랑에게서 예상치 못한 상황을 보고받았다.

"어젯밤 그 살수들이 한자리에서 모두 숨져 있었습니다. 모두 정확하게 목이 베였는데, 누군지는 모르겠지만 분명 한 사람의 소행입니다."

"배후는?"

"그것까지는……."

그의 안색이 차갑게 내려앉았다. 홍을 죽이려던 살수들이었다. 한데 그 살수를 노리는 이가 있었다니. 대체 누구지? 홍이가 위험하지 않을까? 살수를 보낸 배후조차도 알 수 없는데.

"그리고 맹월은 놓치고 말았습니다. 모든 문을 막아두었는데 어찌 빠져나간 것인지 정말 귀신처럼 사라졌습니다."

거기다 맹월까지. 담은 마음이 무거웠지만 내색하지 않았다.

"역시 호월산까지 가야 하는군."

"일단 저하께 보고를 올리실 것입니까?"

"……아니. 모든 일이 마무리되면 그때. 넌 먼저 호월산으로 가라. 가서 동태를 살펴."

"예, 대군마마."

호월산은 범 사냥꾼들만 오가는 산으로 그 지형에 대한 정보가 많이 없는 미지의 곳이었다. 물론 그 절경이 일품이어서 간간이 그림쟁이들이나 약초쟁이들도 들어가기는 했지만.

그렇게 무랑이 사라지고, 담은 차분히 머릿속을 정리하려고 했다. 하지만 뒤에서 들려오는 목소리에 정신이 흐트러졌다.

"그놈들 놓쳤다며? 내가 막 남 돕고 그런 성격이 아닌데도 불구하고 도와줬더니, 다 잡은 걸 놓쳐? 결국 같이 호월산까지 가야 하는 거냐?"

그날 이후 사림을 처음 보았다. 분명 홍이가 여인이라는 사실을 알아차렸을 텐데. 하지만 평소와 너무나도 똑같았다. 그래서 더 이상했다. 설마, 이대로 모른 척하려는 것인가?

"네놈 면상을 계속 봐야 하다니, 아주 진절머리가 난다."

"사림."

"뭐?"

"……나도 네놈 얼굴 계속 볼 생각에 아주 징글징글하다."

"내가 더 징글징글하다!"

그렇게 사림은 툴툴거리며 담을 스쳐 지나갔고, 그는 잠시 그 자리에 서서 멀어지는 사림을 바라보며 무거운 표정을 지었다. 생각보다 녀석의 마음이 깊었다. 아주 무서울 정도로, 너무 깊기만 했다.

※

"그게, 사실이냐?"

서슬 퍼런 목소리가 공기를 팽팽하게 하였고, 그 속에서 백각은 차마 고개를 들지 못한 채 짧게 속삭였다.

"예, 저하. 분명 윤영대군마마께서 그곳에 계셨습니다. 물론 맹월의 뒤를 쫓아온 것일 수도 있지만, 분명 세자빈마마와 함께 계셨습니다. 마마께 접근한 살수들을 직접 상대하셨으니까요."

"하, 하하하! 형님께서? 세자빈을? 하하하!"

실성한 듯 메마른 웃음소리가 섬뜩하게 흘러내렸다. 어느새 붓을 쥐고 있던 휘서의 손끝이 위태롭게 떨려왔다. 생각지도 못한 상황이었다. 형님께서 세자빈과 함께 있다니. 물론 세자빈이 실종된 사실은 모르실 테지. 하지만 그 얼굴까지 모르실 리가 없다. 원래는 형님의 세자빈이었으니까. 설사 우연히 만났더라도 내게 바로 고해야 하는 것이 아닌가? 맹월을 만났다면, 그 역시 내게 고해야 하는 것이 아닌가? 한데 아무런 소식이 없다. 며칠이 흘렀지만 그 어떤 소식도 들려오지 않았다. 오직 항구 마을에서 아편 거래가 발견되었다는 소식 이외에는 지금껏 아무런 언질이 없었다. 혹, 이 사실을 숨기기 위해서 조심하고 있는 것인가? 하지만 도대체 왜. 왜 세자빈을 숨기는 것인가. 도대체 왜!

"세자 저하."

"아직은 확실한 것이 없다. 정녕 형님께서 나를 배신하는 것인지, 아니면 다른 속사정이 있는 것인지. 그렇다면 내가 직접 판을 깔아 확인해 보는 수밖에."

아닐 것이라 믿고 싶었다. 형님께서 그러실 리가 없다고. 하지만 붓을 움켜쥔 손의 떨림이 가시질 않았다. 머리로는 아닐 것이라 하지만 혹시, 하는 망설임이 커지고 있었다.

그리고 다음날, 휘서는 조회에서 도승지를 불러 교지를 내렸다.

"영상의 여식이자 나의 세자빈이 현재 행방이 묘연한 상태요."

세자빈이 행방불명되었다는 소식에 대전이 술렁이기 시작했다.

민황은 떨리는 시선으로 휘서를 바라보았다. 대체 언제부터 그 사실을 알고 계셨던 것인가!

하지만 휘서는 너무나도 자연스럽게 안타까운 시선을 보이며 말을 이었다.

"영상께서 내게 직접 도움을 청하셨소. 아직 정식으로 국혼을 올리진 않았으나, 이미 간택된 나의 정비이며 이 나라의 세자빈을 내가 직접 찾아 나서는 것은 마땅한 일. 하여 도성을 비롯하여 모든 지역의 관군들에게 명하여 세자빈을 찾을 것이오. 이는 주상 전하께서도 허하신 일이니 왕명이나 마찬가지요."

현재의 왕은 몸이 몹시도 쇠약하여 침상에서 일어설 수 없는 지경에 이르렀다. 해서 세자인 휘서가 대리청정을 하고 있었지만 이미 용상의 주인과도 같았다. 하니, 그가 하는 말이 곧 왕명이었다.

"혹여나 세자빈에게 위해를 가하는 자가 있다면 이는 왕실을 능멸한 반역이니."

휘서의 목소리가 한층 나릿해지더니 이내 부드러운 미소를 지으며 섬뜩하게 속삭였다.

"죽음을 면치 못할 것이오."

웃음기를 머금은 휘서의 눈빛이 그들을 향해 날카롭게 흐르고 있었다.

대전을 빠져나온 휘서의 앞으로 민황이 다가왔다. 그는 고개를 숙인 채 모든 감정이 뒤섞인 어조로 속삭였다.

"세자 저하."

"제가 영상의 허물을 덮어준 것이나 마찬가지입니다. 제게 빚을 진 것이지요. 하니 이 빚은 언젠가 반드시 갚아야 할 것입니다."

그렇게 휘서는 민황을 빠르게 스쳐 지나갔다. 영상의 제대로 된 약점을 움켜쥘 수는 없게 되었지만, 하나의 패는 얻게 되었다. 그리고 지금은 영상의 약점보다 중한 일이 있었다.

'형님.'

이로써 조선 곳곳으로 세자빈이 실종되었고, 세자인 내가 그녀를 찾고 있다는 소식이 퍼질 것이다. 결국 형님의 귀에도 들어가게 될 터. 그럼에도 불구하고 형님께서 세자빈을 숨긴다면,

　'그땐 저도 형님을 믿을 수가 없습니다. 하니 제발, 그러지 마십시오, 제발!'

✻

　허청의 손끝이 하얗게 떨려왔다. 일이 무척이나 번거롭게 되었으니까.

　"세자 저하께서 세자빈마마가 행방불명된 사실을 대소신료들에게……"

　세자 저하께서 세자빈이 행방불명된 사실을 직접 밝히고 말았다. 일이 겉으로 드러난 이상, 자신이 섣불리 움직이게 되면 꼬리가 밟힌다. 세자빈을 쥐도 새도 모르게 데려올 명분이 없어졌으니! 한데, 어째서 갑자기 이리 급하게 나서신 것이지? 아직은 숨기셔야 하는데. 물론 지금 이 사태만으로도 영상을 압박할 수는 있지만, 그래도 결정적인 약점을 쥐어야 하는 것이 아닌가. 그런데 도대체 왜!

　"설마 내게 경고를 하는 것인가. 더 이상 나서지 말라고? 세자빈의 목숨을 노리지 말라고? 하! 어림도 없는 소리. 아직 끝이 아

니다. 세자빈이 궐에 들어오지 않은 이상 끝이 아니야!"

이렇게 된 이상 방도는 하나다. 자신이 더는 움직일 수 없게 되었으니 방도는 하나.

허청은 침착하게 숨을 내쉬고서 이내 붓을 들어 올렸다. 그러곤 누군가를 향해 빠르게 서찰을 써 내려가고 있었다. 하지만 어쩐지 그녀의 눈동자가 영 편치 못해 보였다.

✤

며칠이 지나고, 드디어 호월산으로 떠날 준비가 끝났다. 홍은 야무지게 상투를 틀어 매고 조그만 패랭이를 깊숙이 눌러쓰고서 능숙하게 봇짐을 메고선 밖으로 나왔다. 드디어 오랫동안 바라던 그곳으로 간다. 그것도 그와 함께 말이다. 지금 이 모든 순간이 너무 벅차고 행복해서, 그래서 너무 불안하기는 했지만 홍은 애써 고개를 가로저었다.

"행복한 건, 그냥 행복한 거야. 아무 일도 일어나지 않을 거야."

✤

사림은 모란각을 떠나기 전 준정을 만났다. 그녀는 평소와는 달리 굉장히 말간 얼굴과 평범한 무명옷을 입고서 그의 앞에 서 있었다.

"그런 모습은 처음이구나."

"미우십니까?"

"그 모습이 더 나아 보인다."

"참으로 감사합니다, 도련님."

준정은 그를 향해 깊숙이 고개를 숙였다. 그러곤 떨리는 손을 숨기려고 치맛자락을 꽉 움켜쥐었다. 준정은 더 이상 기생이 아니었다. 사림이 아주 큰돈을 주고서 그녀를 기적에서 빼준 것이었다.

"그때 널 제대로 꺼내주지 못한 것이 걸려서 그런 것이다. 하니 너무 신경 쓰지 마. 이젠 제대로 잘살아야 해. 다른 여인들처럼, 오직 한 사내의 곁에서 사랑하고 사랑받으며 그리 살아. 분명 널 깊이 아껴줄 이가 있을 거다."

사림의 한마디, 한마디에 준정은 커다란 눈동자 너머로 자꾸만 눈물이 고여갔다. 반드시 사랑하는 사내를 만나라고. 그렇게 제 연심을 밀어내는 그를 느낄 수 있었다. 그때의 제 마음을 무시한 것은 아니었구나. 하나, 받아들일 수도 없는 것이구나. 하지만 더는 미련 갖지 않을 것이다. 욕심낼 분이 아니니까. 그저 제 첫정으로 가슴에 묻는 것조차 벅찬 그런 분이니.

준정은 고개를 들었다. 눈가에 엷은 눈물이 고여 있었지만 환하게 웃을 수 있었다.

"이만 가보마. 언젠가 네 좋은 소식이 들렸으면 좋겠다."

"도련님!"

돌아서려는 사람을 준정이 잠시 망설이며 붙잡았다. 그러곤 이내 제 품에서 서찰을 하나 꺼내 들었다.

"그게 뭐냐?"

"사실 드리지 않으려고 했습니다. 도련님께서 아직까지 그때의 그 상처를 털어내지 못하고 계시니까요. 하지만 진정 앞으로 나아갈 수 있는 길은 이것뿐이라고 감히 이년이 생각했습니다."

준정은 서찰을 사람에게 건네주었다. 그는 어쩐지 조금 불안한 시선으로 그것을 받아 들었다. 그리고 이내 들려오는 그녀의 한마디.

"마마께서 보내신 것입니다. 도련님께 전해 드리라고……. 이미 이곳에 계시는 것을 알고 계십니다. 제가, 말씀드렸었으니까요."

허청. 청이, 그 아이가 보낸 서찰. 어느새 서찰을 붙잡은 그의 손끝이 떨려왔다. 정녕 내게 보낸 것인가? 그 아이가 정녕?

어느새 그는 묵직한 숨을 내쉬고서 그것을 조금 세게 움켜쥐었다.

"도련님?"

"고맙다, 전해줘서."

그렇게 진짜로 사람이 떠났다. 준정은 어쩐지 이번이 마지막일 것 같아서 그의 뒷모습을 새기고 새기고 또 새기며 속삭였다.

"부디 무사하십시오. 저보다 도련님께서 행복해지셔야 합니다. 제발, 제발."

사림은 무거운 걸음을 옮기고 있었다. 그의 눈동자에 스치는 감정은 오직 혼란. 이처럼 흔들리는 그의 모습은 처음이었다. 그때, 멀리서 홍의 목소리가 들려왔다.

"사림 형님! 형님!"

조그만 손을 방방 흔들며 어서 오라고 손짓하는 그녀의 모습. 사림은 그 모습에 저도 모르게 엷은 미소를 지으며 흔들리는 마음을 단단히 붙잡았다.

"어찌 이리 늦었느냐?"

담은 태연하게 말을 던졌지만, 사림의 표정이 평소와 다르다는 것을 깨닫고선 입을 다물었다. 사림은 곧장 홍에게 다가가서는 삐뚤어진 그녀의 패랭이를 고쳐 씌워줬다.

"꼬맹아, 나 잠시 어디 좀 다녀와야겠다."

"예?"

"그러니 먼저 호월산으로 가. 금방 뒤따라갈 테니까."

홍은 생각지도 못한 말에 걱정스러운 눈빛을 띠었다.

"어디 가십니까? 급한 일이셔요?"

하지만 사림은 그런 홍의 이마를 가볍게 쥐어박으며 말했다.

"그리 걱정하지 마라, 그 조그만 머리 터질라. 별일 아니야. 만나야 할 사람이 있어. 무척 보고 싶었던 사람. 잘 찾아갈 테니까 너도 한눈팔지 말고. 그 피리 있지? 그거 잘 갖고 있어. 필요할 때 부르면 내가 꼭 달려갈 테니까."

사림은 마지막으로 홍의 어깨를 잠깐 붙잡고서 담을 바라보았다. 담은 여전히 사림이 어떤 속내를 가지고 있는지 몰랐다. 하지만 그가 직접 말해줄 때까지 먼저 알 생각은 없었다.

"뭔지는 몰라도 조심해라."

"양반 나부랭이 주제에 누굴 걱정해? 너나 우리 꼬맹이한테 친한 척하지 말고. 전에도 말했지? 꼬맹이 목숨은 내 거라고. 머리카락 한 올이라도 다치지 않게 잘 지켜. 조금이라도 다쳤으면 너 내 손에 죽어."

그렇게 사림은 홍과 담에게서 멀어졌다. 지금부터 그는 도성으로 갈 생각이었다. 청이에게서 온 서찰. 거기에 적힌 말은 간단했다.

—오라버니를 뵙고 싶습니다. 도성으로 와주십시오.

그래, 보자. 만나보자. 만나서, 직접 네 입으로 들으리라.

그렇게 사림은 도성으로 향했고, 홍과 담은 호월산으로 향했다.

모란각의 향 없는 꽃이 저물고, 묘한 바람이 그들의 뒤를 따르고 있었다.

2장
세자빈 실종 사건

세자빈이 실종되었다는 사실이 조선 팔도로 퍼져 나가면서 그녀를 찾기 위한 움직임이 늘어났다. 다른 누구도 아닌 세자빈인데, 찾게 된다면 어마어마한 포상을 받게 될 것이라는 기대 때문이었다. 그들뿐만 아니라 포도청을 비롯하여 의금부에서 움직이기 시작했으니, 이제 그녀가 사라졌다는 사실을 모르는 이는 이 조선 땅에 아무도 없을 것이다.

이처럼 주변이 떠들썩할 때, 정작 영상 민황의 자택은 고요했다.

"아버님."

사랑채 주변을 맴돌던 민황은 규헌의 목소리에 고개를 들었다. 홍이가 사라진 뒤 하루에도 수십 번 이곳을 맴돌곤 했다. 그러면서 드는 생각은 항상 똑같았다. 그 아이가 사라진 것이 어쩌면 자신의 욕심 탓일지도 모른다는 생각.

"어찌 되었느냐?"

"팔도에서 홍이를 찾기 위해 움직이기 시작했습니다. 송구합니다, 제가 먼저 찾았어야 했는데……."

규헌은 고개를 떨어뜨렸다. 홍이가 사라진 뒤, 정말로 온갖 고생을 다 하면서 그 아이를 찾으려고 애를 썼다. 하지만 당최 하늘로 솟은 것인지 땅으로 꺼진 것인지 흔적조차 찾을 수가 없었다.

황은 그의 모습에 고개를 가로저었다.

"아니다. 그리 쉽게 찾을 수 있을 것 같았으면 이리 나가지도 않았을 테지. 그나저나 홍이가 사라진 것을 세자가 언제 알았을까. 혹 미리 알고 있었으면서 모른 척한 것이라면……."

"하지만 도대체 왜 그런 짓을?"

"내게 뭔가 바라는 것이 있겠지."

그의 미간이 딱딱하게 굳어지면서 짙은 한숨이 새어 나왔다. 그래도 이대로 홍이를 무사히 찾았으면 하는 바람이었다. 세자의 의도가 무엇이든 간에.

'홍아, 대체 어디 있는 것이냐. 무사한 것이냐? 어디 다치진 않았을지…….'

�֎

홍과 담은 단둘이 호월산으로 향하기 시작했다. 이 길로 며칠만 더 걸으면 호월산이 보일 터. 홍은 벌써부터 가슴이 미친 듯이 쿵쾅거렸고, 그 흥분이 얼굴에 고스란히 나타나자 옆에서 걷고 있던 담은 피식 웃으면서 슬쩍 입을 열었다.

"이렇게 걷는 것보다는 말을 타고 가는 것이 더 빠를 것이오."

"하지만 어디서 말을 구할 수 있겠습니까?"

"이대로 쭉 가면 어사들이 말을 빌릴 수 있는 곳이 있소. 거기서 구하면 되오."

담의 말처럼 얼마 지나지 않아 말을 보관하고 있는 마사가 나왔다. 하지만 어사도 아니시면서 어찌 말을 빌리시려고?

"어찌 말을 빌리려고 하십니까? 마패라도 있으신 것입니까?"

"그런 것은 없지만, 그래도 빌리는 방법이 있소."

그는 홍에게 걱정하지 말라는 듯 말을 하고서 관리에게 몇 마디를 하더니 이내 튼실한 말 한 필을 구해왔다.

"어떻소. 굉장하지 않소?"

"저하의 이름을 빌리는 것이지요? 종사관의 신분패 역시 저하께서 도와주신 것이고요."

지난날, 연녕대군이 얼마나 그를 아끼고 충심을 보였는지 알고 있었다. 그런 그가 세자위에 어떤 마음으로 올랐을까. 그리고 지금은 과연 어떤 관계인 것일까. 하지만 담에게 차마 물어볼 수가 없었다. 언젠가 제게 직접 말해줄 것이라 생각하면서. 그보단 연녕대군은 유허청, 그 여인이 그런 독한 마음을 먹고 있다는 걸 알고 있을까?

'아니, 모르실 것이다. 연녕대군이 알면서도 그녀를 내버려 뒀을 리가 없어.'

그렇다면 연녕대군도 한시바삐 이 사실을 알아야 할 텐데. 그녀가 생각보다 무서운 여인이라는 것을. 노론에 실질적인 자금줄이되어 대군마저도 뒤흔들 수 있으니. 게다가 이번 아편 밀거래에도 그녀가……

홍의 말에 담은 역시 뭐 하나 속일 수 없다는 듯 웃으며 그녀의 삐뚤어진 패랭이를 고쳐 잡는 척하면서 얼굴을 쑥 내밀었다. 그 모습에 홍은 당황하며 그를 밀어내려고 했지만, 쉽사리 놓아주지 않고서 그녀의 얼굴을 빤히 바라보며 속삭였다.

"어찌 그리 잘 아는 것이오? 내 얼굴에 그리 다 훤히 보이는 것이오?"

"누, 누가 보겠습니다. 놓아주십시오!"

"누가 보면 어떻소? 내 여인인데. 내 여인을 내가 이리 빤히 보겠다는데."

"하지만 남들이 보기에는 남색으로 오해할 것입니다."

"오해해도 상관없소."

담은 홍의 뜨거운 손을 살포시 붙잡았다. 그러자 그녀는 못내

싫은 척하다가 결국 포기하고서는 그의 손길에서 느껴지는 두근거림을 느꼈다. 단단하고 커다란 손. 매 순간순간 이렇게 꼭 잡고 싶었던 손.

"말은 한 필이면 충분하겠지? 그래야 내가 그대를 안고 달릴 수 있으니."

하지만 홍은 고개를 가로저었다.

"두 필이면 좋겠습니다. 저도 타고 싶으니 말입니다."

그는 생각지도 못한 말에 얼굴을 굳히고서 고개를 가로저었다. 말을 타다니. 그러다가 떨어지기라도 하면……. 생각만 해도 아찔했다.

"절대 안 되오."

"타게 해주십시오. 같이 타는 것도 즐겁지만, 혼자 타면 더더욱 즐거울 것 같습니다."

"어찌 그리 겁이 없는 것이오? 떨어지면 어쩌려고. 안 그래도 밤톨만 한데, 떨어지면 끝이오, 끝."

"하아? 아직도 그리 밤톨이라 하십니까?"

"시간을 거슬러도 밤톨인 것은 변함이 없소."

장난기 서린 목소리에 홍은 그의 손을 거칠게 놓고서는 한 걸음 뒤로 물러섰다.

"저하께서도 여전하십니다. 하기야 저희의 첫 만남이 그리 썩 좋지는 않았지요."

"뭐가 말이오? 너무 훤하고 잘난 사내를 보아서 가슴 떨리지 않았소?"

물론 가슴이 떨리긴 했다. 정녕 잘나고 귀한 분이셨으니까. 하지만 그 뒤로 여인의 손을 덥석덥석 잡는 것 하며, 등을 빌려달라고 하는 둥, 완벽했던 세자 저하의 모습이 많이 깨지긴 했었지.

"아무튼 저는 말을 타고 가고 싶습니다. 가르쳐 주십시오. 지금 아니면 언제 타보겠습니까?"

"하지만!"

"정 그리 걱정되시면 그냥 사내였던 자현이라 생각하고 가르쳐 주십시오."

그게 말처럼 그리 쉬운 일인가? 처음부터 자현으로 본 적 없다. 더더군다나 사내라니. 처음 순간부터 너무나도 애틋했고, 보고팠고, 제겐 더할 나위 없이 사랑스러운 여인이었다.

"나리."

어쩐지 말없이 침묵해 버리는 담의 모습에 홍은 슬그머니 그에게로 다가갔다. 물론 걱정되시겠지. 정녕 떨어지면 아찔하긴 했으니까. 하지만 홍은 꼭 한 번 타고 싶었다. 시간을 거스르면서 생각한 것은 그 옛날, 여인이기에 할 수 없었던 것. 영상의 여식이기에 하지 말아야 할 것들. 그런 것들을 모조리 날려 버리고 원 없이 숨을 쉬고 있는 그 순간, 할 수 있는 모든 것들을 경험하고 해보고 싶었다.

"도련님?"

어느새 그녀의 목소리가 조금 간드러지게 변하기 시작했고, 담은 그 모습에 애써 누르고 있던 가슴이 울렁거렸다. 어느새 제 앞에 와서는 동그란 눈동자를 빤히 뜨고서 반짝이고 있었다.

예전부터 저 눈빛에는 장사가 없었는데. 사내라고 하더니, 어느 사내가 저리 어여쁘게 반짝거린단 말인가. 그러다 결국엔,

"담 도련님, 부탁이어요. 예? 예? 조심할 것입니다. 담 도련님이 저를 지켜봐 주실 것이 아닙니까? 항상 제 앞에 계실 것이니까요. 절대로 다치지 않을 것입니다."

결국 그녀의 살포시 웃는 미소와 살랑거리는 어조에 넘어가 버리고 말았다. 어찌 버틸 수 있을까. 이미 담이라는 이름이 그녀의 붉은 입술에서 넘실거린 순간 다 끝난 것이었다.

"매번 그리 나를 들었다 놨다 하는 것이오?"

"제게 미혹되셨습니까?"

은근히 파고드는 목소리에 담은 결국 참지 못하고 그녀의 입술을 아주 살며시 머금고서 속삭였다.

"한순간도 미혹되지 않은 적이 없었소."

그리고 순식간에 파고든 뜨거운 숨결에 홍은 붉게 달아오른 몸을 어쩔 줄 몰라 하며 파르르 떨리는 손끝으로 그를 붙잡았다. 누군가 봐서 오해할 것이라는 생각은 이미 훨훨 날아가 버렸다. 그는 자신의 낭군님이니까. 이젠 정말로 제 곁에 계셔도 되는, 자신

이 욕심내어도 되는 그러한 임이시니까.

결국 담은 말을 두 필을 골랐다. 그나마 하나는 덩치가 조그만 말로 구했다.

"올라탈 수나 있겠소? 그나마 덩치가 작은 놈으로 고르긴 했는데."

"탈 수 있습니다!"

홍은 저를 무시하는 듯한 어조에 발끈해서는 말 앞에 섰다. 그러고는 안장을 잡고서 어떻게든 올라가려고 발버둥 쳤지만, 말이 가만있지 않을뿐더러 짧은 다리만 바동거렸다.

담은 자꾸만 터지려는 웃음을 꾹 참고서 그녀의 허리를 잡고서 위로 번쩍 올려주었다.

"호, 혼자 탈 수 있습니다!"

"물론 그렇겠지. 하지만 시간이 없으니 그냥 내가 올려주겠소."

어렵사리 말 위로 올라간 홍은 한 뼘이나 높아진 시야에 환한 미소를 지었다.

"이제 어찌 합니까?"

굉장히 의욕이 넘치는 모습. 담은 잠시 그 말에 함께 올랐다.

"혼자 탈 것이라니까요!"

"뒤에서 자세를 잡아줄 테니 잘 익히시오."

그러고는 그녀의 허리를 가볍게 감고서 함께 고삐를 쥐었다. 그의 단단한 가슴이 한껏 다가왔고, 숨결이 머리 위에서 간지럽게 울렸다. 홍은 저도 모르게 숨을 꾹 참았다. 이리 머릿속이 하얗게 변하는데 대체 어떻게 익히라는 거야!

"자아, 고삐를 이렇게 잡고, 발을 힘차게 구르면 되오. 말과 하나가 되는 것이 중요하지. 최대한 호흡도 같이 느끼면서. 말이 편안함을 느낄 수 있게 해야 하오. 그래야 이 말이 그대가 가고자 하는 곳으로 데려다줄 테니."

"아, 알겠습니다."

떨리는 듯한 그녀의 목소리에 담은 엷은 미소를 지으며 붉게 달아오른 귓가에 대고 속삭였다.

"다른 걸 몸으로 익히면 곤란하오."

잠시 후, 그 말뜻을 깨닫고서 홍은 밉지 않게 그를 노려보며 외쳤다.

"이제 내려가십시오! 저 혼자 탈 것입니다!"

몇 번의 실랑이 끝에 결국 담은 그녀를 홀로 내버려 둔 채 말에서 내려왔다.

처음엔 지켜보는 것조차 불안불안하여서 몇 번이고 그만두게 하고 싶었지만, 점점 말 위에서 타는 품새가 제법 익숙해지더니 안정적이게 말을 몰아가고 있었다. 사람보다 뜨거운 체온을 가진 말을 조그만 손으로 여러 번 쓰다듬고 다정하게 속삭이며 안심을 시켰다. 그러곤 아주 조금씩조금씩 함께 호흡을 맞춰가면서 그녀는 그녀 나름대로 말과 함께 걸어가는 법을 배우고 있었다. 그러

다가 결국에는,

"달립니다! 빨리 오십시오!"

"좀 천천히 가시오! 그러다가 넘어지겠소!"

"어찌 그리 느려 터지셨습니까! 제가 먼저 가겠습니다!"

담을 가로질러 미친 듯이 달리기 시작했다. 그녀의 패랭이가 뒤로 넘어갈 만큼, 잔 머리카락들이 바람에 살랑거리면서 고삐를 움켜쥔 손이 더욱 빠르게 움직였고, 그녀의 조그만 몸이 허공으로 붕붕 떠오르면서 정말이지 하늘을 팔랑거리는 나비 같았다. 궐에서 보던 모습과는 다르다. 더 넓은 곳에서 더 생기발랄하게 정말로 살아 숨 쉬는 것처럼.

그는 이내 헛웃음을 짓고서는 고삐를 잡고 말을 강하게 몰았다. 이제 겨우 말을 타기 시작한 여인에게 질 수는 없었으니까. 순식간에 홍의 옆으로 달려간 담이 외쳤다.

"너무 달리지 마시오!"

"질 것 같으십니까?"

"다칠까 봐 그러오."

"걱정 마십시오. 이 아이, 제가 마음에 든 것 같습니다!"

"수컷이오? 그럼 조금 곤란한데."

"예에?"

홍은 그의 말에 기가 막힌 듯 웃으면서 담과 함께 달리기 시작했다. 세상이 빠르게 지나간다. 옛날에는 감히 상상도 할 수 없었던 광경. 머릿속으로 그림이 빠르게 그려졌다. 얼른 붓을 쥐고, 먹을 갈아 그림을 그려보고 싶었다.

'호월산, 그곳은 얼마나 더 근사할까.'

항상 꿈만 꾸었던 그곳이 이제 얼마 남지 않았다. 그것도 함께 가자고 약조하였던 그와 함께. 정녕 꿈이 아닐까? 하긴, 지금 벌어지고 있는 모든 것이 너무 꿈 같은데. 하지만 정말로 꿈이라면 결코 깨고 싶지 않았다. 이 순간순간을 그저 마음껏 만끽하고 싶을 뿐이었다.

날이 저물기 시작했다. 괜히 산속에서 헤매다가는 큰 변을 당할 수도 있었다.

담은 홍의 옆으로 다가와 말했다.

"오늘은 이곳에서 머무는 것이 좋겠소. 더 깊이 들어가면 위험할 것이니."

"예."

그렇게 말에서 내려선 홍은 담을 도와 모닥불을 피웠다. 산속의 날은 정말이지 빠르게 저물어갔다. 담은 마지막으로 말이 쉴 수 있도록 도와준 뒤, 불길 앞에 앉아 있는 홍의 옆으로 가서 앉았다. 혹여 찬이슬에 몸이 차가워질까 봐 담은 자신이 입고 있던 도포를 벗어 그녀의 어깨를 감싸주었다.

"대군마마."

처음에 나리라고 하더니, 어느 순간 그녀는 그를 대군이라 부르고 있었다.

"이제 그만 도련님이라고만 불러주면 좋을 텐데."

"좀 더 후에 그리 부를 것입니다."

아직은 조금 불안했다. 그를 담 도련님이라고 부르는 것이. 담도 그녀의 마음을 알기에 서두르지 않았다.

"처음엔 왜 저를 모른 척하신 것입니까?"

텅 빈 안료통을 보고도 아무렇지도 않은 모습에 홍은 단념해야만 했다. 그가 자신을 기억하지 못한다고. 후에 떠오른 것도 아닌 것 같았다. 분명 처음부터 알고 있었던 것이다.

"나 역시 그대와 똑같았소. 날 기억할 것이라 생각지 않았으니까. 해서 쉽게 아는 척할 수가 없었소. 어차피 처음부터 기대한 것도 아니고. 그래서 다시 차근차근 다가갈 생각이었소. 그 곁으로. 그대의 사람으로. 약조했으니까."

"아주 먼 훗날, 먼 훗날 다시 만나자. 그땐 하늘과 나비가 아닌 사내와 여인으로. 해서, 다시 나의 여인이 되어다오. 나는 결코 너를 놓지 않을 것이니. 결코, 놓지 않을 것이니. 평생을 너만 연모할 것이다."

오직 그 약조 하나를 새긴 채 시간을 거슬렀다. 오직 그 약조 하나만을 품고서 그녀에게 가기 위해서.

홍 역시 그가 제게 마지막으로 했던 그 말을 떠올리자 저도 모르게 눈가에 눈물이 차올랐다. 안타까운 사람. 안쓰러운 사람. 고작 그 약조 하나를 품고서 먼 길을 돌고 돌아서, 결국 이리 제 곁으로 오신 것인가.

"또한 지금 이곳에서 난 해야 할 일이 있소. 거기에 그대를 휘말리게 하고 싶지는 않소."

그게 지금 세자 저하와 관계되어 있는 일인가? 그가 종사관으로 변복하여 밀거래를 쫓는 일과?

"제게 말해주시지 않을 것이지요?"

"때가 되면. 모든 것이 다 해결되고 나면, 그때 말해주겠소."

모닥불 빛이 약하게 흔들렸다. 담은 자신의 옆자리를 톡톡 두드리며 말했다.

"내 옆에 있으시오."

"예? 하, 하지만!"

사내라고 알고 있었을 때는 그래, 어쩔 수 없다고 치지만 그래도 여인이라는 걸 알았고, 서로 마음을 품고 있는데 어떻게 남세스럽게 그의 옆에서 잠을! 하지만 담은 포기하지 않고서 망설이는 그녀의 손목을 부드럽게 붙잡았다.

"부부가 아니었소? 그리고 옆에 있어야 내가 쉽게 지켜줄 것이 아니오? 게다가 내 눈에 닿아야 나도 안심이고."

"그래도……."

그의 눈길에 닿는다고 생각만 해도 가슴이 미친 듯이 콩닥거렸다. 하지만 살며시 끌어당기는 그의 손을 뿌리칠 수가 없었다. 그가 제게 미혹되었다고 하지만, 자신 역시 그에게 미혹당했다. 도저히 그를 거부할 수가 없었으니까.

결국 홍은 그의 옆에 가만히 누웠다. 신경이 자꾸만 뒤쪽으로 향하면서 잠을 청하기가 어려웠다. 하지만 담은 그저 그녀를 지켜보기만 했다. 편하게 잘 수 있도록 가끔 그녀의 머리맡을 쓰다듬어 주기도 했다.

그의 손길이 머리카락을 기분 좋게 스치면, 향긋한 봄바람이 불어오는 듯했다. 처음엔 어쩔 줄 몰라 했지만, 어느새 그 편안함에 취하여 그녀는 무거워진 눈꺼풀을 깜빡이며 이내 스르르 잠에 빠져들었다.

담은 어느새 깊이 가라앉은 그녀의 숨소리를 느끼고서 엷은 미소를 지으며 허공을 응시했다. 지금 이 모든 것이 너무나도 행복했다. 이번에는, 이번만큼은,

"반드시, 반드시 지킬 것이오."

그대와의 이 순간순간들을…….

�֍

"하면, 영상의 여식이 실종된 것이 꽤 오래전의 일이라는 것이냐?"

"자세한 것은 알 수가 없사옵니다, 마마. 하오나 어제오늘 일은 아닌 듯싶사옵니다."

교태전의 촛불이 불안하게 흔들렸다. 효경은 떨리는 숨을 삼키며 주먹을 꽉 붙잡았다. 세자빈이 실종되었다는 소식이 퍼지자마자 그녀는 몹시도 불안함을 느꼈다. 만약 이대로 그녀를 찾지 못한다면, 세자에게 닿아 있던 소론의 연결점이 사라지고 세자는 다시금 지금의 노론과 한배를 타야만 한다. 물론 거기까지는 문제가 되지 않지만, 하필이면 자신이 양제와 함께 노론을 견제하기 위해 병판의 아들을 납치한 것이 아닌가.

"마마?"

"이 일을 어찌하면 좋단 말인가. 이 사실이 알려지면 동궁은 끝장인데."

너무 경솔한 짓을 하였다. 그때는 양제의 말만 믿고 너무 경솔한 짓을 하였어. 다른 누구도 아닌 노론의 영수, 좌상의 사람이자 병권을 쥐고 있는 병판을 건드리다니. 궐에서 살아남는 방법을 잊은 것인가? 들어도 못 들은 척, 보아도 못 본 척 그리 지냈어야 했는데 어쩌자고 양제의 손을 잡은 것인가. 현비마마께서 어찌 돌아가셨던가. 모두 다 노론을 견제하려다 오히려 당한 것이 아닌가! 아무리 자신이 무지하다고는 해도 그것은 안다. 게다가 양제, 그 아이도 내게 뭔가를 숨기는 것 같고.

'물론 용종을 품었으니 동궁에게 해를 가하진 않을 테지만, 그래도 불안하다. 과연 병판의 아들은 호월산에서 살아 있는 것인가? 혹 죽었다면…….'

효경은 너무나도 끔찍한 상상에 머리를 가로저었다. 그리되어선 안 된다. 절대로 그리되어선! 하지만 이대로 손 놓고 양제만을 믿고 있을 수는 없었다. 자신이 스스로 움직여야 할 터. 혹시라도 일이 잘못된다면,

'모든 걸 내가 감당해야 해. 절대로 동궁에게 해를 끼쳐서는 안 돼!'

"박 상궁."

"예, 마마."

자꾸만 두려움에 온몸이 떨려왔지만, 그녀는 꾹 참았다. 자신이 해야만 했다. 오직 자신만이 할 수 있었다.

"지금부터 은밀하게 양제의 뒤로 사람을 붙이게."

"예? 하오나 어찌 양제마마께……."

"누구를 만나는지, 귀궁에서 무슨 이야기가 오가는지 하나도 빠짐없이 내게 고해야 할 것이야. 절대로 들키지 않고, 믿을 만한 아이로. 알겠는가?"

그녀의 목소리가 한층 낮게 가라앉았다. 그럼에도 불구하고 떨고 있는 효경의 모습에 박 상궁은 마른침을 꿀꺽 삼키고서 고개를

끄덕였다.

박 상궁이 교태전을 빠져나가고, 효경은 흔들리는 촛불을 바라보며 기도를 올렸다.

"부디 세자빈을 무사히 궐 안으로 데려올 수 있기를. 지금은 그 방법뿐이다."

※

그렇게 몇 날 며칠이 지났다. 홍이 말을 타는 것에 너무나도 능숙해져서 걸음이 빨라졌고, 그 덕분에 며칠은 더 걸릴 것이라 생각했던 호월산 문턱에 다다를 수 있었다. 생각 같아서는 얼른 산속으로 들어가고 싶었지만, 뭔가 심상치 않은 날씨를 보면서 담이 말에서 그냥 내리려는 그녀를 안아서 땅으로 내려주며 말했다.

"아무래도 오늘 하루는 이곳에서 쉬어야겠소. 날씨가 심상치가 않소."

"저 혼자 내려올 수 있습니다."

"나도 알고 있소. 해서 너무 섭섭하오. 나한테 계속 기대면 좋을 텐데."

담의 투정에 홍은 기가 막힌다는 듯 혀를 내두르며 하늘을 바라보았다. 바람이 강해졌다. 게다가 바람에 흔들리는 산이 제법 매서웠다. 안 그래도 범이 머무는 곳이다. 날씨까지 험준하다면 굉장히 위험할 터. 조금 이르긴 하지만 이곳에서 쉬어야 할 것 같았다.

"다행히 밖에서 자지 않아도 될 것 같소."

그는 손가락으로 작은 오두막을 가리켰다. 호월산으로 약초를 캐러 다니는 약초쟁이들이 쉬어가는 곳이었다. 혹시라도 비가 오면 조금 곤란했는데, 다행이었다.

홍은 먼저 오두막으로 들어갔다. 안은 제법 아늑했다. 약초향도 물씬 풍기는 것이 쥐가 나올 것 같지도 않았다. 그녀는 주변에 떨어진 나뭇가지들을 모아서는 불을 피웠다. 담은 말들을 잘 묶어두고서 오두막으로 들어왔다. 어느새 그녀는 봇짐을 풀어다가 종이를 펴고 먹을 갈고 있었다.

"무얼 하는 것이오?"

"미리 조금 그려놓으려고 합니다. 먹도 갈아놓고요. 내일부터는 이곳저곳을 그려야 하지 않습니까."

"안료는 충분하오?"

그러자 홍은 피식 웃으며 봇짐에 깊숙이 넣어두었던 안료 몇 개를 꺼내 보였다.

"사림 형님께서 주신 것입니다. 이걸로 꼭 절경을 그리라고 하셨습니다."

"그자가?"

"예. 형님은 가신 일이 잘되고 있는지 모르겠습니다."

홍은 사림이 준 안료통을 조심스럽게 매만졌다. 모란각에서 그와 이렇게 헤어질 줄은 몰랐다.

"그리 걱정하지 마라. 그 조그만 머리 터질라. 별일 아니야. 만나
야 할 사람이 있어. 무척 보고 싶었던 사람. 잘 찾아갈 테니까, 너도
한눈팔지 말고. 그 피리 있지? 그거 잘 갖고 있어. 필요할 때 부르면
내가 꼭 달려갈 테니까."

분명 그도 해야 할 일이 있었으니까. 항상 너무나도 당연하게
제 곁에 있어서, 정녕 오라비라도 된 듯 착각을 하고 있었던 모양
이다. 훗날 정말 헤어지게 되면 어찌하려고. 그땐 어찌하려고.
그녀는 안료통을 소중히 움켜쥐며 다시금 봇짐에 집어넣었다.
담은 그녀의 행동을 물끄러미 바라보며 말했다.
"사림은 걱정 마시오. 강한 사내가 아니오. 괜한 싸움에 말려들
었다면, 상대방을 더 걱정해야 할 것이오."
"그렇지요? 강하시니까."
"그가 준 피리, 잘 간직하고 있으시오."
"물론입니다."
담은 잠시 오두막을 빠져나왔다. 그도 사람이 대체 어디로, 누
구를 만나러 갔는지 알 수가 없었다. 물론 홍에게 조금 물어본다
면 어쩌면 사소한 단서라도 나올지 모르지만, 담은 어쩐지 그를
맹목적으로 믿고 싶었다. 그가 홍이 여인이라는 것을 알면서도 모

르는 척 지켜주고 감싸주는 걸 알고 난 후로 더더욱.

"그나저나 무랑이 늦는군."

분명 호월산에 먼저 도착했을 것인데, 아직 모습을 보이고 있지 않은 것을 보면 뭔가 발견한 것인가? 맹월의 흔적이라던가. 아니면 다른 것을……

어느새 빗방울이 하나둘씩 떨어지기 시작했다. 오늘 밤은 꽤 지독할 것이라 여기면서 담은 얼른 오두막으로 들어갔다.

오두막 안으로 들어가니, 얼추 먹을 다 간 그녀가 그림을 그리고 있었다. 제법 튼실한 말이 초원을 달리고 있는 모습이었다.

"음, 춘화가 아닌 것이오?"

장난기가 섞인 그의 목소리에 홍은 밉지 않게 그를 노려보며 달리는 말에 집중했다.

"하여, 서운하십니까?"

"그 말 위에 내가 있으면 덜 서운할 것 같은데."

담은 그녀의 옆에 앉아 익숙하게 먹을 갈기 시작했다. 비 냄새와 함께 먹향이 뒤섞였다. 타오르는 불꽃이 공기 중으로 따뜻하게 스며들었고, 그 너머로 그녀의 모습이 무척이나 어여쁘게 보였다.

"호월산 절경을 다 그리고, 모든 일이 끝나면 말이오."

홍은 그림에 집중하는 척하면서 그의 목소리에 귀를 기울였다.

"내가 그대에게 무언가를 주면서 아주 중요한 말을 할 것이오."

"……"

"하면, 그 말을 꼭 들어주었으면 좋겠소."

그림을 그리던 홍의 손이 멈칫했다. 그러고는 천천히 고개를 들었다. 그러자 저를 빤히 바라보는 그의 시선이 와 닿았다. 항상 이런 식으로 지켜보고 있었던 걸까? 매번 이렇게 너무나도 다정한 시선으로⋯⋯.

"지금 해주시면 아니 되는 것입니까?"

"아직은 안 되오. 솔직히 조금 겁나거든, 그대가 들어줄지."

홍은 천천히 손을 뻗어 그를 붙잡았다. 달뜬 열기가 흘러들었다. 이것은 모닥불 때문이 아니었다.

"들어드릴 것입니다, 그것이 무엇이든."

그의 품 안에 아직 그녀에게 주지 못한 비녀가 들어 있었다. 그녀에게 하고 싶은 말. 모든 일이 끝나게 되면, 다시 한 번 나의 아내가 되어달라고 정식으로 말하고 싶었다. 그래서 함께 조선을 떠나서 아무도 모르는 곳에서 단둘이 그렇게 살고 싶었다. 그녀는 지금처럼 그림을 그리고, 자신은 그 모습을 바라보면서.

"조금만 더, 기다려 주시오."

"걱정 마십시오. 항상 제 앞에 계셔주신다고 하셨지요? 저는 항상 그 뒤에 있을 것입니다."

살포시 떨리는 숨결. 담은 천천히, 아주 천천히 그녀의 손목을 붙잡고서 그 숨결을 머금었다. 서로가 서로를 향해 다가가는 호흡. 그 감미롭고 진한 설렘에 취하여 홍은 쥐고 있던 붓을 놓쳐 버렸고, 그림 위로 먹물이 엉망으로 번져 가고 있었다. 검게, 검게…….

✳

비가 쏟아졌다. 맑았던 하늘 위로 먹구름이 잔뜩 몰려와 천둥이 몰아치고 있었다. 허청은 처마 아래로 떨어지는 빗방울을 바라보며 서 있었고, 진 상궁은 안절부절못한 표정으로 어렵사리 입을 열었다.

"마마, 날이 차갑사옵니다. 그러다가 행여 몸이라도 상하시면……."

"교태전에 기별을 넣은 것은 어찌 되었느냐?"

세자빈이 실종되었다는 사실이 조정에 퍼진 이후, 허청은 혹시라도 중전이 동요할 것을 걱정하여 곧장 기별을 넣었다. 하지만 지금껏 교태전은 침묵을 유지하고 있었다.

"아무런 대답이……."

"훗, 중전께서 아주 맹탕은 아니신 모양이야."

하지만 이제 와 제 손을 완전히 놓을 수는 없겠지. 그녀 역시 중전의 손을 놓을 수는 없었다. 그녀는 자신을 지켜줄 마지막 방패니까. 행여 일이 조금이라도 잘못되었을 때, 중전마마를 배후로 몰아 세자 저하께서 자신을 지킬 수밖에 없도록, 그렇게 만들어야만 했다.

허청은 이제 조금씩 나오기 시작한 자신의 배를 천천히 쓰다듬었다.

"걱정 마세요. 이 어미가 모든 것을 아기씨의 것으로 만들어놓을 것입니다. 그리 만들 것이에요."

그때, 귀궁의 나인이 진 상궁을 찾아와 귓속말로 속삭였고, 진 상궁은 의아한 표정을 짓더니 이내 허청에게 다가와 속삭였다.

"마마, 누군가 마마를 찾아왔사옵니다."

"나를?"

"예. 누군지는 밝히지 않고, 마마의 서찰을 들고 왔사옵니다. 모란각에서 왔다는데……."

모란각이라는 말에 허청의 표정이 순식간에 환해지면서 걸음을 바삐 뒤로 돌렸다.

그곳에 삿갓을 쓴 사내가 비를 맞고 서 있었다.

허청은 떨리는 시선으로 살짝 숨을 삼키다 이내 입을 열었다.

"오라버니……."

삿갓 너머로 회색빛 눈동자가 번뜩이면서 사림이 허청을 바라보며 서 있었다. 수년 만에 그가 그녀를 만나러 왔다.

※

담은 잠이 든 홍의 어깨에 도포를 덮어주었다. 산속이라 걱정하였지만, 그렇게 쌀쌀하지 않아 다행이었다. 그래도 불이 꺼지면 곤란했기에 마른 장작을 더 집어넣으려는 찰나, 밖에서 느껴지는 인기척에 순식간에 칼자루를 움켜쥐었다. 팽팽하게 흐르는 긴장감. 혹, 맹월이라면 곤란했다. 아직 홍이는 그자들에 대해서 아무것도 아는 것이 없었으니까. 하지만 다행히 맹월이 아니었다.

"대군마마."

무랑의 목소리. 그는 안도의 숨을 내쉬고서 오두막을 빠져나왔다. 여전히 비가 내리고 있었다. 하지만 무랑이 들어오지 않는 것을 보니, 다급한 일인 듯싶었다.

"무슨 일이냐? 맹월을 발견한 것이냐?"

"그것이 아니옵고, 더 큰일이옵니다."

"더 큰일이라니?"

"세자빈마마께서 실종되셨다고 합니다."

"……뭐?"

"이미 조선 팔도로 소문이 번지고 있습니다. 세자 저하께서 포도청과 의금부까지 풀어 세자빈마마를 찾고 계시고요. 만약, 누군가 세자빈마마에게 위해를 가한다면 이는 왕실을 능멸한 것이라며 대역죄로 다스린다고 하옵니다."

담은 숨을 꾹 참고서 눈을 감았다. 벌써, 벌써 퍼지기 시작한 것인가? 하지만 너무 빠르다. 아직은 안 되는데. 아직은 홍이의 정체를 들켜서는 아니 되는데. 역시, 그때 춘곽에서 만난 살수들은 홍이를 노린 이들이 확실하다. 노론인가? 노론의 짓인가? 그보단 휘서가 내 옆에 홍이가 있다는 사실을 끝까지 몰라야 하는데. 절대로 알게 해서는 아니 되는데.

"대군마마?"

"일을 서둘러야겠다. 당장 맹월의 본거지를 찾아야 해. 내일, 바로 호월산으로 들어간다."

"예, 마마."

그는 오두막으로 들어와 곤히 자고 있는 홍의 손을 천천히 붙잡았다. 그의 손에 아프게 와 닿는 그녀의 흉터.

"조금만, 조금만 더 기다려 다오. 나를 믿고 조금만 더 기다려 줘."

3장
놓쳤던 손을 다시 잡기엔······.

사림은 떨리는 시선으로 제 앞에 앉아 있는 청이를 바라보았다. 지난 세월 동안 그녀는 많이 달라져 있었다. 더 어여쁘고 기품 있는 모습. 저를 보자마자 눈물지으며 환하게 웃는 모습은 그대로였지만.

"얼마나 보고 싶었는지 모릅니다. 어찌 기별 한 번 주시지 않으셨습니까?"

청은 그에게 차를 건네면서 섭섭하다는 어조로 속삭였다. 사림은 잠시 말없이 그런 청이를 바라보고 또 바라보며 눈동자에 담았다. 저리 착한 아이인데. 원래 그런 아이인데. 그런 짓을 했을 리가 없는데. 목아, 그 여인이 잘못 알고 있는 것은 아닐까? 준정 역시 뭔가 잘못 알고 있을 수도 있고. 하지만 두 사람 다 필사적이었다. 유도준을 납치한 것이 청이, 저 아이라고. 그리고 그 생사도 알지 못한다고.

"오라버니?"

저 아이가 저 미소 속에 칼날을 품고서 사람을 죽이려고 한다는 것을.

"무슨 일이 있으십니까?"

허청의 걱정스러운 속삭임과 눈빛. 사림은 혼란스러운 감정을 애써 누르고서 들고 있던 찻잔을 내려놓은 채 입을 열었다.

"사실은 평생 마마를 보지 않을 작정이었습니다. 이미 저는 마마의 손을 한 번 놓쳤으니, 마마를 볼 자격도 없고. 저라는 존재가 어쩌면 마마께 방해가 될지도 모르니까."

"오라버니."

"하지만 한 가지, 확실하게 마마께 묻고 싶은 것이 있어 이리 온 것입니다."

그녀는 사림의 낮게 가라앉은 분위기에 더는 웃지 않고서 그녀 역시 쥐고 있던 찻잔을 내려놓았다. 오랜만에 만난 남매의 상봉은 그리 오래가지 않았다. 하기야 서로 다른 목적이 있어 만나는 것인데. 다른 남매와는 이제 다르지 않던가. 허청은 조금 씁쓸한 느낌이 들었다.

"물어보시지요."

"유도준이 행방불명되었습니다. 해서 병판께서 내게 그놈을 찾으라고 했지요. 그런데 그놈의 뒤를 좇으면 좇을수록 이상했습니다. 자꾸만, 마마의 이름이 나왔으니 말입니다."

이 순간에도 사림은 그녀의 입에서 아니라는 대답이 나오길 바랐다. 제발, 아니라고. 그 일과 관계된 것이 없다고. 제발!

하지만 허청의 입꼬리가 곡선을 그리면서 이내 섬뜩한 웃음이 흘러나왔다.

"후훗, 그래서요?"

"아닌 것이지요? 마마께서 그 일에 관여되어 있는 것은……."

"제가 그런 것입니다. 제가 유도준을 납치하여 호월산에 감금하였습니다."

하지만 그토록 간절히 바랐던 바람은 이루어지지 않았다. 그녀는 너무나도 태연하게 자신이 저지른 짓이라고 말했다. 게다가 웃기까지 하면서. 사림은 제 눈으로 보고도 믿을 수가 없었지만, 이내 허탈감이 밀려들면서 차갑게 일그러진 시선으로 그녀를 노려보았다.

"대체, 대체 왜 그런 짓을 하신 것입니까. 대체 왜!"

"제가 왜 그런 짓을 했는지는 누구보다 오라버니가 더 잘 알고 있지 않습니까? 아니, 오라버니는 제게 이러시면 안 되지요! 유도준의 사지를 찢어버려도 시원치가 않습니다. 병판이 웃는 낯짝으로 이곳을 아무렇지도 않게 돌아다닐 때마다 제 오장육부가 뒤틀리는 기분입니다. 다른 누구도 아니고, 오라버니는. 오라버니만큼은 제 심정을 누구보다 더 잘 아셔야지요! 저보다 더 잘 아셔야지요!"

"마마……."

사림의 떨리는 목소리가 그렇게 흩어졌다. 저 아이는 저토록 커다란 독기와 원한을 품고서 이곳에 있는 것인가.

허청은 제 배를 고이 쓰다듬고서 속삭였다.

"이제 거의 다 왔습니다. 병판을 무너뜨리고, 내 아이가 보위에 올라서 나를 멸시하고 기망했던 모든 이들에게 철퇴를 가할 날이! 한데, 망할 계집 하나가 그것을 방해하고 있습니다."

"마마?"

"제가 오라버니를 부른 이유는 하나입니다. 오라버니는 해주실 수 있으시니까요. 예전에 그랬지요? 저를 지켜줄 것이라고. 그럴 것이라고. 그러니 이제 지켜주십시오. 제 손을 다시 잡아주십시오!"

"그게 무슨……?"

"지금 조선 곳곳에 세자빈이 실종되었다는 방이 붙었습니다."

"세자빈?"

"오라버니도 잘 아는 여인입니다."

허청의 한마디에 사림의 심장이 빠르게 뛰어올랐다. 아니, 아니다. 그럴 리가 없다. 그럴 리가…….

하지만 그녀는 그에게 너무나도 익숙한 용모파기 하나를 보여주었다.

"비로 오라버니의 옆에서 남장을 하고 다니는 화낭, 그 화공이 바로 세자빈입니다."

도저히 믿을 수가 없었다. 도저히 믿을 수가 없어서, 사림은 말문조차 막혀 버린 채 떨리는 시선으로 용모파기만을 응시했다. 그래서 그때 그 입으로 저하라는 말을 담은 것인가? 단순히 잘못 들은 것이라 생각했는데. 정녕 그 아이가,

'세자빈이라고?'

평소 그답지 않게 회색빛 눈동자가 탁한 빛을 띠며 흔들렸다. 그리고 그러한 사림을 허청은 더더욱 뒤흔들기 시작했다.

"아직 국혼을 치른 것은 아니지만 이미 간택된 세자빈입니다. 5년 동안 의식을 잃고 있어, 저하께서 기다렸던 것이지요. 하나 이 여인만 사라지면, 용종을 품은 제가 세자빈이 될 수 있습니다. 그럴 수 있습니다. 그러니 오라버니, 부디, 부디 이 여인을 죽여주십시오."

"……뭐?"

"죽여주십시오. 오라버니는 하실 수 있지 않습니까. 제발 저를 위해서, 제발!"

들고도 믿기지가 않았다. 죽여달라고? 누굴? 홍이를? 그것도 저 아이가 내게 직접 죽여달라고 한 것인가? 사람을 죽이는 것을 저리 쉬이여기게 될 만큼, 그리 가벼이 할 만큼 그리 변한 것인가.

잠깐. 그렇다면 혹, 춘곽에서 보았던 그 살수들도⋯⋯

"마마께서 보낸 것입니까? 춘곽에서 보인 살수들, 마마께서 보낸 이들입니까!"

"예, 제가 보냈습니다. 하지만 실패했지요. 하나, 오라버니가 이리 있으니 얼마나 하늘이 저를 돕고 있는 것입니까."

사림은 허청의 눈동자를 똑바로 바라보았다. 그 눈동자엔 단 한 치의 망설임이나 두려움도 없어 보였다. 오로지 자신의 목적을 위해서, 그것을 위해서 다른 이의 목숨 같은 건.

"하아, 대체 무엇이⋯⋯ 무엇이 마마를 이렇게 변하게 한 것입니까. 대체 무엇이!!"

그는 허청의 어깨를 붙잡고 절규했다. 그래, 세월이 지나면 변할 수 있다. 그 무엇도 변하지 않는 것이 없는데, 하물며 사람인데. 하지만 이렇게 변할 줄은 몰랐다. 참으로 마음이 여린 아이였다. 저도 배가 고프면서, 제 배고픔은 생각지도 않고 더 배고픈 아이에게 밥을 나누어주었고, 저도 아프면서, 저 아픈 건 생각하지도 않고 어머니와 다른 노비 아이들을 걱정하였다. 그렇게 단 한 번도 누구에게 모질지 못하던 아이가, 그랬던 아이가⋯⋯.

허청은 금방이라도 무너질 듯 위태로운 사림의 회색빛 눈동자를 바라보았다. 그러곤 짙은 숨을 내쉬며 싸늘한 시선으로 입을 열었다.

"이리 변하지 않으면 전 예전에 죽었을 것입니다. 오라버니는 어찌 이리 변한 것이 없으십니까? 그렇게 당했으면서, 그리 당했으면서 아직까지도 병판의 아래에서 대체 왜 그러십니까!"

"……."

"하여 그때 오라버니의 손을 놓은 것입니다. 오라버니를 믿지 않은 것입니다. 그때의 오라버니는 너무 나약했으니까. 누구 하나 지킬 수 없을 만큼 나약하기 짝이 없었으니까! 한데 지금도 이러시면 어찌합니까. 지금도 그리 나약해서야, 도대체!"

순간, 허청은 움찔했다. 그가 변하지 않은 것이 아니라, 할 수 없는 것이 아닐까. 민홍, 그 계집을 죽일 수 없는 것이 아닐까. 준정이 보낸 서찰에서 뭔가 이상함을 느끼긴 했었다.

'하지만 오라버니는 그 계집이 여인이라는 사실을 몰랐잖아.'

아니면 눈치채고 있었나? 하여 그 계집을 마음에 품은 것인가? 설마!

허청은 미친 듯이 흔들리고 있는 사림의 모습에 아무것도 확신할 수 없었다. 하지만 설사 그렇다고 하더라도 그는 절대로 자신을 놓을 수 없다, 절대로!

그녀는 다시금 눈물을 머금고서 사림을 와락 끌어안았다. 그러곤 아주 간절한 목소리로 애원했다.

"처음 모란각으로 팔려갔을 때. 그때 얼마나 두려웠는지, 오라버니는 절대로 모르십니다. 오라버니의 손을 놓은 채 홀로 견뎌야 했을 때도 얼마나 두려웠는지 모르십니다. 그런 제가 어찌 원망하지 않을 수 있습니까. 어찌 변하지 않을 수가 있습니까!"

"마마……."

떨리는 그녀의 어깨에 사림은 머뭇거리다 손을 뻗어 허청을 안아주었다. 겉으로는 멀쩡해 보였지만 그 속은 새까맣게 타들어갔을 것이다. 이 아이 혼자서, 혼자서 버텨야 했으니까. 하지만 그렇다고 해도 어찌 제 손으로 홍이 그 아이를. 그 아이를…….

"오라버니, 제발 저를 지켜주세요. 저를 도와주세요. 오라버니밖에 없습니다. 이 궐에서 저를 지켜주실 분은 오라버니뿐이에요!"

허청은 두 손으로 사림의 얼굴을 감싸고서 제 눈을 똑바로 바라보게 하였다. 그리고 기억하게 만들었다. 지난날, 자신을 지켜주지 못한 죄책감. 끝까지 이 손을 잡지 못한 채 놓을 수밖에 없었던 그 무력감. 하여 흔들리기를, 제게 속죄하기를!

사림은 그녀의 눈동자에 도저히 잡고 있는 손을 놓을 수가 없었다. 하지만, 하지만…….

"시간을 드리겠습니다."

"……."

"하지만 오래 기다릴 수는 없습니다, 오라버니."

일단은 물러나기로 했다. 너무 몰아붙인다면 어쩌면 어그러질 수도 있으니까. 하지만 허청은 확신했다. 제아무리 그 계집을 마음에 품었다고 해도 그는 절대 제 손을 놓을 수 없다. 저를 외면할 수 없다. 절대, 그럴 수 없다.

사림은 사리에서 일어섰다. 지금은 단 한시도 이곳에 있고 싶지 않았다. 잠시 저 아이의 얼굴을 멀리했으면 했다. 그렇게 등을 돌린 그는 가슴이 미어질 것 같았다. 어찌 이리되었을까. 혹여 다시 만나게 된다면, 그리된다면 하고 싶은 말이 많았는데. 그리 많았는데. 단 한 마디도 할 수가 없게 되었다. 서로 마주 보며 웃는 것조차, 할 수가 없게 되었다.

"청아."

"……."

고작 이름 한 번 불러본 채 사림은 그렇게 귀궁을 빠져나왔다.

허청은 마지막으로 낮게 울린 사림의 목소리를 되뇌었다. 하지만 이내 눈을 감고서 외면했다. 그가 남긴 빈자리조차 보지 않은 채 그저 눈을 감았다.

귀궁 밖은 서늘한 밤바람이 몰아치고, 달빛 하나 없이 까만 어둠이 내려와 고요하고 적막했다. 밖에서는 진 상궁이 사림을 기다리고 있었다. 그를 당분간 별채에서 모시기 위해. 사실 말은 모시는 것이지만, 다른 이의 눈에 띄지 않게 감금하는 것이나 마찬가지였다.

"제가 모시겠습니다."

사림은 진 상궁의 목소리에 아무 말 없이 삿갓을 눌러썼다. 그의 눈동자는 텅 비어 있었다. 한 걸음, 한 걸음 내딛는 그의 발걸음은 그저 무거웠다. 너무 한꺼번에 몰아친 진실 앞에서, 그 무게 앞에서 그는 그 어떤 것도 선택할 수가 없었다. 대체 나는 어찌해야 하는 걸까. 대체 어찌해야…….

'지금이라도 널 멈추게 할 수는 없는 것이냐? 청아…….'

사림이 사라지고, 허청은 그제야 감았던 눈을 뜨고서 온기가 남아 있는 빈자리를 바라보았다. 이런 온기를 얼마 만에 느끼는 것일까. 이 궐에서 그녀는 믿을 수 있는 사람이 아무도 없었다. 단한 사람도. 그게 세자 저하라 할지라도. 그런 그녀가 유일하게 믿을 수 있는 사람인데, 그런데 그런 오라비마저 그 계집이 뒤흔들고 있는 것인가? 도대체 자신과 무슨 악연으로 이뤄져 있기에.

"예전이나 지금이나 아주 똑같이 내 발목을 붙잡고 있구나."

허청은 제 손을 바라보았다. 그날 절벽에서 민홍의 손을 놓쳐버린 뒤, 제 눈앞에서 절벽으로 떨어지는 그 계집을 바라보면서 그녀 역시 절벽에 몸을 던졌었다. 어떻게든 그녀를 잡아야겠다는 일념. 어차피 그녀를 데려가지 못하면 모든 것이 끝장이었으니까. 실낱같던 희망이 사라지는 것이었으니까. 그렇게 차가운 물이 그녀의 숨통을 조이며 정신을 앗아가기 시작했다. 이대로 죽는 것이 억울했지만, 방법이 없었다. 아무런 방법도.

그렇게 정신을 놓아버리고 다시 눈을 떴을 때, 그녀는 되돌아와 있었다. 다시 처음으로.

시간을 거슬렀다는 것을 믿을 수가 없었지만, 하늘이 제게 주신 기회라고 생각했다. 처음부터 다시 해야만 했지만, 한 번 했던 일이기에 절대 두 번의 실수는 하지 않을 거라 다짐했다. 그런데 그 기회는 너무나도 쉽게 제 손에 쥐어졌다. 민홍, 그 계집은 깨어나지 못하고 있었고, 다시금 노론의 자금을 모으며 지금의 윤영대군을 치려고 하니, 스스로 세자위에서 물러난 것이었다. 그리고 그토록 바라던 일. 연녕대군, 그분이 세자위에 올랐다. 세자빈으로 내정된 민홍이 5년 동안 깨어나지 못하니, 세자빈이 되는 것도 멀지 않았다고 생각했다. 마침내 그토록 바라던 복수를 완성할 수 있을 거라 여겼는데. 민홍이 잠에서 깨어났고, 사라졌다. 그때부터 일이 조금씩 어긋나기 시작하는 기분이 들었다.

처음엔 민홍을 제 눈앞에 데려와 확인하고 싶었다. 그녀 역시 과거의 기억을 가진 채 되돌아온 것인지. 정녕 그런 것인지. 하지만 이젠 아무래도 상관없다.

"이번만큼은 안 돼. 너 역시 시간을 거슬렀다면, 다시 한 번 죽여주지. 그때 그토록 네년은 죽고 싶어 했으니까, 이번엔 내 손으로 아주 제대로 죽여주겠어!"

✻

서늘한 바람이 불어왔다. 호월산은 그 날씨마저도 변덕스러워, 언제 어디서 비가 내릴지 모르고 찬바람이 불지 모르는 기이한 곳이었다. 그런 산속에서 맹월의 수장 비형이 먼 곳을 바라보고 있었다. 담의 예측대로 맹월의 본거지는 바로 이 호월산이었다.

희미한 불빛이 하늘거리고, 수백의 맹월 단원들이 마지막 준비를 하고 있었다. 드디어 거사에 필요한 자금은 모두 모았다. 게다가 도성은 실종된 세자빈을 찾기 위해 혈안이 되어 있어 의금부의 병력이 모두 흩어진 상황. 궐의 수비 역시 많이 무너졌으니, 지금이 바로 거사를 치를 기회였다. 궐을 쳐서 반역을 일으켜 세자의 목을 따고, 노론을 꺾어내는 것. 이들은 이미 그곳에서 죽을 각오를 했다. 후손들이 제대로 숨을 쉬고 살 수 있도록. 절대로 물러나선 아니 되었다.

"수장 어른!"

비형의 앞으로 상단의 행수가 고개를 숙였다.

"곧 명에서 새 무기가 들어올 것입니다."

비록 춘곽에서 제대로 자금을 모으진 못했지만, 그래도 예전부터 모아온 자금 덕분에 겨우 새 무기를 구할 수 있었다.

"그날이 거사 날이 되겠구나. 절대로 실수해선 아니 된다."

"예. 한데 호월산 아래에서 수상한 움직임을 보았다고 합니다."

수상한 움직임이라는 말에 비형은 단번에 윤영대군과 유사림, 그들을 떠올렸다. 그래, 이쯤이면 도착했겠지. 거사를 치르기 전

몸풀기는 제대로 할 수 있겠군. 특히나 윤영대군의 목을 치게 된다면 궐에서 더더욱 동요하게 될 것이다.

'어쩌면 유리하게 될 수도 있겠구나.'

"그들의 움직임을 살펴라. 하여 쫓아서 죽인다."

행수는 생각보다 날 선 그의 목소리에 긴장된 숨을 삼키며 조심스럽게 물었다.

"그가 대체 누굽니까?"

"윤영대군이다."

�֎

홍과 담은 드디어 호월산으로 발을 내디뎠다. 이른 아침인데도 바람이 꽤나 서늘했다. 게다가 워낙 나무가 우거진 터라 하늘이 제대로 보이지 않아, 햇볕이 제대로 아래로 내려오지 않았다. 홍은 종이를 들고서 이곳저곳을 살피며 그림을 그렸지만, 자꾸만 무랑과 함께 있는 담이 신경 쓰였다. 그도 그럴 것이, 어제부터 영 표정이 좋지 못했으니까.

'분명 무슨 일이 있는 것인데······.'

담은 호월산의 지형을 눈으로 대충 훑으며 무랑에게 낮은 목소리로 속삭였다.

"맹월의 수장이 나를 알고 있다."

"예?"

"아주 잠깐 만났어. 아주 무서운 자다. 실력도 상당하고. 아마 우리가 움직이고 있다는 걸 이미 알고 있을지도 모르지."

그의 시선은 자꾸만 먼 곳을 향하고 있었다. 마치 수장의 시야 바로 아래 있는 듯한 기분이 들었다.

"그렇다면 스스로 호랑이 굴로 들어온 것이 아닙니까."

"이미 호월산에 오기로 한 순간부터 각오한 일이다. 범을 잡으려면 굴로 들어갈 수밖에."

"하오나, 대군마마."

"그러니 우리끼리는 위험하다. 저쪽 병력이 얼마나 되는지 알 수가 없지 않느냐. 게다가 아무리 우리가 춘곽의 자금줄을 차단하였다고 해도 이미 어느 정도 군자금을 모았을 터. 벌써 거사일을 정했을지도 모르지. 우리가 먼저 저들을 이곳에서 끝내야 한다. 절대로 도성까지 보내선 아니 돼."

무랑은 불길한 생각이 들었다. 갑자기 제게 이런 말을 하는 이유가 무엇일까. 설마, 설마.

담은 걸어가던 걸음을 멈추고서 잠시 뒤를 바라보았다. 그의 시선 끝에는 홍이 서 있었다. 아주 잠시 엷은 미소를 그리며 이내 무랑을 향해 말했다.

"무랑, 네가 세자 저하께 이 모든 사실을 전해라. 그리고 호월산으로 병력을 보내달라고 청하거라."

부랑은 믿을 수 없다는 표정으로 고개를 가로저었다. 맹월이 이곳에 있다. 그런데 이곳에 홀로 남으시겠다고? 그들이 대군마마를 노리고 있을지도 모르는데!

"절대로 아니 되십니다, 절대로! 저들이 대군마마를 발견한다면 결코 살려두지 않을 것입니다!"

"닷새. 딱 닷새를 줄 것이다. 그 뒤로는 나도 얼마 버티지 못할 것이야. 그러니 서둘러라."

"하오나, 대군마마!"

"무랑! 이것은 명이다. 감히 명을 거역하는 것이냐?"

담의 단호한 목소리에 무랑은 주춤할 수밖에 없었다. 게다가 그 역시 이 방법밖에 없다는 걸 잘 알고 있다. 맹월을 먼저 공격하기 위해선 병력이 필요했고, 병력을 지원하기 위해 자리를 피한 사이 맹월이 먼저 도성으로 움직인다면 큰일이었으니까.

"서둘러라, 랑아."

무랑은 결국 선택할 수밖에 없었다. 자신이 한시라도 빨리 도성으로 달려가 지원을 받아야만 했다. 그러곤 지금의 주군을 구해야만 했다.

그는 무릎을 꿇고서 간곡하게 청했다.

"반드시, 반드시 무사하셔야 하옵니다. 살아 계셔야 하옵니다."

"그래."

그렇게 무랑은 재빠르게 호월산을 내려가기 시작했다. 담은 그런 무랑의 뒷모습을 바라보며 주먹을 움켜쥐었다. 닷새. 닷새 동안 어떻게든 버텨야만 했다. 혼자만이 아니라 그녀를 지키면서.

"아직도 제게 말씀하지 않으실 것입니까?"

어느새 홍이 그의 곁으로 조심스럽게 다가왔다. 무랑이 떠났다. 아주 다급해 보이면서도 표정이 한없이 일그러져 있었다. 그것은 지금의 담도 마찬가지였다.

"홍아."

담은 한숨을 내쉬듯 그녀의 이름을 부르며 눈을 마주했다. 그녀의 커다란 눈망울이 오직 그를 향하면서 다독이고 있었다. 그 모습에 담은 어쩔 수 없다는 듯 피식 웃었다. 예나 지금이나 저 눈빛 앞에선 당해내질 못한다.

"대군마마."

"대군이라 하지 말고 도련님이라 불러주시오. 그냥 이름만 불러도 좋고."

"……."

담은 천천히 홍의 손을 잡고서 나무 아래 자리를 잡았다. 어느새 서늘한 바람이 잦아들고, 우거진 나무 사이로 햇빛이 내려오고 있었다. 고요한 적막. 그 속에서 그들의 목소리만이 가만가만 들려왔다.

"어디서부터 말을 해야 할까. 나는 사실 단순히 아편 밀거래를 잡고 있는 것이 아니오. 세자 저하, 그러니까 그대가 알고 있는 연녕대군의 밀명을 받고서 반역의 무리, 맹월을 처단해야만 하오.”

그는 맹월에 대해서 그녀에게 모든 것을 말하기 시작했다. 사실 끝까지 몰랐으면 했지만, 그녀 성격상 모른 척 넘어갈 리 없었다.

“내가 세자위에서 내려온 뒤 맹월이 만들어졌소. 연목아, 그녀에게서 대충 들어서 알 테지만 노론의 악행을 견디지 못한 백성들이 분노를 품고서 일어난 이들이지. 그대를 공격했던 그 백안의 사내, 그가 바로 맹월의 수장이오. 그들이 지금 이 호월산에 있지. 나는 그들을 어떻게든 막을 생각이오. 그들이 지금의 세자, 휘서를 믿을 수 있도록. 하여 휘서를 강력한 세자로 만들고 싶소.”

홍은 생각보다 더 엄청난 진실에 말문이 막혀왔다. 그러면서 머릿속으로 연녕대군을 떠올렸다. 지난날에도 연녕대군은 오직 그를 위해 움직였다. 그는 그런 사람이었다. 하여 연녕대군은 믿을 수가 있었지만,

‘유허청……’

그 옆에 있는 그 여인은 마음에 걸린다. 이젠 후궁이 된 여인. 과연 연녕대군은 그때 허청이 하려는 짓을 몰랐을까? 정녕 아무것도 몰랐던 걸까? 이번 아편 밀거래도 분명 유허청이 관계되어 있었다. 그 백안의 사내가 내게 했던 말을 똑똑히 기억하고 있으니까.

"시간 끌지 말고 당장 말해! 그게 어떤 것인 줄 아느냐? 너 같은 것이 함부로 다룰 물건이 아니다. 아니면 네년도 처음부터 양제, 유허청 그 계집과 한패였던 것이냐!"

그래, 분명 그리 말했어. 그러니 그 아편 밀거래의 본 배후는 유허청이 분명해. 과거에도 그녀는 왕실의 그림으로 군자금을 모으려고 했으니까.

홍은 판단이 서질 않았다. 그들을 믿어야 할지 말아야 할지. 지금이라도 담에게 이 모든 사실을 말해야 할지도.

살짝 어두워진 홍의 표정에 담은 그녀가 염려하는 것이 다른 것이라 생각하고서는 그녀의 여린 어깨를 제 품으로 조심스럽게 끌어당겼다.

"휘서는 절대로 노론에게 흔들리지 않을 것이오. 나보다 더 나은 군주가 될 것이라 믿고 있소. 해서 휘서를 제대로 세자위로 세운 뒤, 나는 조선을 떠날 것이오."

"예?"

홍은 당황스러운 표정으로 그를 바라보았다. 그러자 그는 진지한 눈빛으로 다시금 속삭였다.

"처음엔 궐에서만 멀어지면 된다고 생각했는데, 이 호월산에서 그대와 평생을 지내며 한 걸음 뒤에서 지켜보려고 했는데, 그 역시 욕심이었소. 내가 조선에 있는 것은 휘서에게 도움이 되질 못하오. 그러니 떠나야겠지. 그러니 나와 함께 가주겠소?"

아까지만 해도 당당하던 그의 눈빛이 차츰차츰 흔들리기 시작했다. 그러곤 떨리는 숨을 삼키며 그녀를 향해 천천히 손을 내밀었다.

"나와 함께 조선을 떠나서, 가고 싶은 곳을 마음껏 다니며 그리 살지 않겠소?"

"하아……."

제 앞에 내밀어진 손. 홍은 이상하게 가슴이 뜨겁게 벅차오르면서 온몸이 마구 두근거렸다. 그러다가 그의 빈 손바닥 위로 다른 무언가가 눈에 보이면서 차마 제대로 말을 할 수가 없었다. 그것은 춘곽에서 그녀가 잠깐 보았던 옥비녀였다.

"이건……. 그럼 이걸 제게 주려고……."

담은 아주 많이 쑥스러웠지만 그 옥비녀를 꼭 움켜쥐고서 그녀를 향해 제 마음을 제대로 속삭였다.

"호월산에서 주고 싶었소. 이걸 하고 내 곁으로 와달라고. 나의 지어미가 되어달라고 말하고 싶었소. 이젠 평생을 그대와 함께하고 싶으니까. 이게 내가 그대에게 꼭 해주고픈 말이었소."

홍은 그것을 꼭 움켜쥐었다. 그의 온기가 느껴진 순간, 참고 있던 눈물이 떨어지면서 그것을 가슴으로 품어 올렸다.

다른 정인에게 줄 것이라 생각했었는데, 제 것이었다. 차마 욕심나면서도 욕심내어선 안 된다고, 절대로 그럴 수 없다고 그리 생각했었는데. 정녕 그와 영원히, 평생을 함께할 수 있는 것일까? 그렇다면 욕심내고 싶었다. 그의 곁을 욕심내고 싶었다.

"도련님, 이것을 제게 해주십시오."

홍은 수줍게 다시금 비녀를 건네주었다. 담은 조금 당황스러운 어조로 저도 모르게 머리를 긁적였다.

"하, 하지만 아직 제대로 혼례조차 올리지 않았는데, 벌써 머리를 올리는 건……."

하지만 홍은 물기를 머금은 눈동자로 사랑스럽게 웃으며 속삭였다.

"이미 한 것이나 다름없지 않습니까? 예전이나 지금이나 저는 오직 도련님의 여인이고 지어미입니다."

다른 거추장스러운 것은 필요 없었다. 그저 같은 마음을 품고 있다는 것이 중요할 뿐. 세자와 세자빈. 비록 그러한 자리는 아니더라도, 부부의 연으로 그저 매 순간순간 함께할 수 있다는 것. 그를 마음껏 연모해도 된다는 사실. 마음껏 연모하고 마음에 품어도 그것이 절대로 그에게 독이 되지 않는다는 것이 너무나도 벅차고 감사할 뿐이었다.

담은 그녀의 말에 떨리는 숨을 삼키며 아주 조심스럽게 그녀의 머리카락을 빗어주고서 제 손으로 그녀의 머리를 틀어 올려 비녀를 꽂아주었다. 동그란 이마가 훤히 보이고, 조금 어설프지만 쪽진 머리를 하고서 수줍게 제 앞에 앉아 있는 홍의 모습. 비록 복색이 전혀 어울리진 않았지만, 담의 눈에는 너무나도 귀하고 사랑스러운 여인이 앉아 있었다.

"이상하지요?"

홍은 그제야 자신의 복색이 남장을 한 모습이라는 걸 깨달았다. 하지만 담은 그런 그녀를 품에 끌어안고서 고개를 가로저었다.

"너무 아름답소. 너무 어여쁘오."

담은 두 손으로 그녀의 작고 고운 얼굴을 담았다. 그러곤 연신 깜빡거리는 까만 눈동자를 바라보다 이내 천천히 고개를 숙였다. 홍 역시 그의 뜨거운 숨결을 느끼며 자연스럽게 눈을 감았다. 서로의 입술과 입술을 머금고서 진득이 피어오르는 열기에 취해 감히 아무런 생각도 할 수가 없었다.

홍은 그의 옷자락을 한껏 움켜쥐고서 유허청, 그 여인에 관한 기억을 눌렀다.

'그래. 어차피 지나간 시간이다. 이미 끝난 일이야. 이미 그녀는 원하던 자리를 갖지 않았던가. 괜히 말을 담을 필요가 없어. 지금의 연녕대군마마를 믿어야 해.'

이담, 이분이 원하시는 대로 이루어질 수 있도록. 하여 함께 조선을 떠나 이분의 곁에서 평생을, 평생을 그리 살고 싶어.

'그래, 이번 생은 그리 살고 싶어.'

✳

사림은 귀궁 별채에서 지내고 있었다. 며칠이 지났는지도 모른 채, 어둠 속에서 그저 멍하니 허공을 응시하며 생각이란 놈을 하려고 애를 쓰고 있었다. 아직까지도 모든 것이 너무 혼란스러웠지만, 뚜렷이 떠오르는 것은 하나.

'청이, 그 아이가 홍이를 죽이려고 한다는 것.'

홍이가, 그 아이가 세자빈이기 때문에. 하지만 그는 결코 홍이를 죽일 수 없었다. 절대로. 게다가 청이를 이대로 둘 수도 없었다. 정녕 복수를 해야 한다면, 그 손에 피를 묻혀야 한다면 자신이 하겠다. 청이 대신. 그 아이는 그저 이 궐에서 행복하기만 하면 된다. 홍이는 분명 세자빈이 되고 싶지 않아서 궐을 나온 것일 터. 그러니 남장을 하고서 지금껏 신분을 숨긴 것일 테지. 그러니 지금 일을 마무리하고 그 아이와 떠나면 된다. 청이를 그리 설득하면 돼.

그렇게 자리에서 벌떡 일어선 사림은 별채의 문을 열었다. 그러자 그 앞을 지키고 있던 궁녀들이 흠칫 놀라며 그의 앞을 가로막았다.

"어딜 가시는 것이옵니까?"

"청이, 아니, 양제마마께선 귀궁에 계시는가?"

"예?"

"계시느냐고!"

짜증이 뒤섞인 사림의 목소리에 궁녀들은 벌벌 떨면서 고개를 끄덕였다.

"예, 귀궁에 계시옵니다. 하오나 마마의 명이 떨어질 때까지 귀공께선 여기서 한 발자국도 나서선 아니 되시옵니다."

"마마께서 원하는 대답을 하기 위함이다. 비켜라."

사림은 안 된다는 궁녀들을 억지로 밀쳐 내고서 귀궁으로 걸음을 옮겼다. 하지만 정작 귀궁에 도착해서는 걸음을 옮길 수가 없었다. 귀궁의 후원에 누군가 서 있었다. 바로 허청과 세자. 그런데 뭔가 분위기가 심상치가 않아 보였다. 사림은 청이를 바라보다 이내 세자를 향해 시선을 두었다. 처음 보는 세자의 모습.

'저자가 바로, 세자……'

✻

휘서는 귀궁으로 향했다. 백각에게서 모든 사실을 듣고 난 뒤, 형님의 일 때문에 허청에 관한 걸 뒤로 미루고 있었지만 이젠 그럴 수가 없었다. 세자빈이 실종되었다는 사실을 도성 곳곳으로 알렸다. 그러니 그녀는 이제 어떻게든 반드시 세자빈을 시해하려고 할 것이다. 만약 정말로 그녀가 세자빈을 시해하게 된다면, 더 이상 그녀를 감싸줄 방도가 없었다. 게다가 그렇게 되면,

'내 계획도 모두 틀어지게 된다.'

그러니 어떻게든 막아야만 했다. 자신의 계획이 끝날 때까지, 그때까지만 그녀는 얌전히 귀궁에 갇혀 있어야만 했다.

그렇게 귀궁에 도착한 휘서의 발걸음이 조금 주춤했다. 가슴께가 이상하게 욱신거리면서 미묘한 떨림이 느껴졌다. 아직까지도 이러한 감정이 남아 있는 것인가. 아니, 처음부터 없어진 적이 없었지. 매번 그랬다. 그녀를 만나러 가는 이 걸음은 항상 떨리고 또 떨려올 뿐이었다. 그렇게 귀궁 안으로 조심스럽게 들어서자, 후원으로 홀로 달빛을 맞으며 서 있는 유허청, 그녀의 모습이 보였다. 그녀는 말간 얼굴을 한 채 한 손으로 제 배를 아주 조심스럽게 쓸어내리며 서 있었다. 마치 그녀를 처음 만났던 그 모습 그대로.

휘서는 허청에게서 눈을 떼지 않은 채 저도 모르게 시간을 거스르고 있었다. 무척이나 아름다운 여인. 그때나 지금이나 달라지지 않았다. 그녀를 처음 만난 곳은 모란각이었다. 그때의 그녀는 무척이나 작은 여인이었다. 모란각 외진 곳에서 지금처럼 달빛 아래서 지금과는 비교도 되지 않을 정도로 소박한 옷차림새로 두 손을 모은 채 눈을 감고 있던 모습. 하지만 그 모습에 시선을 빼앗기며 한눈에 반해 버리고 말았다. 제 모든 마음을 뒤흔들어 버린 여인. 물론 그녀는 절대로 알지 못할 테지만.

"저하."

허청은 그제야 인기척을 눈치채고서 고개를 돌려 휘서를 맞이했다. 고개를 숙이며 다가온 그녀에게선 그때와는 달리 독한 미향이 느껴졌다. 휘서는 그런 그녀를 바라보며 이내 입을 꾹 다물었다. 그때부터 지금까지, 제 가슴에 파고들어 한 사내의 연심을 지독히도 가져가 버렸다. 연모했다. 하여 속내를 알면서도, 저를 이용하려는 걸 알면서도 그 손을 잡을 수밖에 없었다. 갖고 싶어서. 제 곁에 영원히 두고 싶어서. 정녕 그러해서.

"저하? 무슨 일이 있으시옵니까?"

허청은 그의 뜻밖의 걸음에 당황했지만 이내 속내를 숨겼다. 행여나 이곳에 사림 오라버니가 있다는 걸 알아서는 아니 되니까. 그런데 어쩐지 그의 모습이 평소와 조금 달라 보였다. 말없이 바라보는 시선. 허청은 잠시 머뭇거리다가 이내 그가 먼저 입을 열 때까지 가만히 그를 기다렸다.

휘서는 저도 모르게 묵직한 숨을 눌렀다. 그녀를 연모한다. 그것은 지금도 마찬가지. 해서, 그녀가 저지르는 모든 악행을 눈감아줄 수밖에 없었다. 하지만 이젠, 다른 방법으로 그녀를 연모하려고 한다. 어차피 그녀가 궐에 있는 이유가 복수이기 때문이라면. 그 복수로 인하여 그녀가 점점 망가져 간다면. 그녀의 복수를 자신이 대신 이루어주고 그녀를 자유롭게 놓아줄 것이다. 이 궐에서 보내줄 것이다. 제 품을 떠나 원 없이 자유롭게, 행복하게 그리 살길 바라면서.

"양제."

그의 싸늘한 목소리에 허청은 침착하게 마음을 다잡았다.

"예, 저하."

그걸 위해서 지금껏 일부러 모질고 독하게 밀어냈다. 양제를 멀리하고 있다는 소문이 궐 밖으로까지 퍼져야 훗날 그녀를 궐에서 조용히 내칠 수 있는 명분이 생길 테니까. 그게 지금 휘서가 허청, 그녀를 위해 마지막으로 해줄 수 있는 연모였다.

"영상의 여식이 행방불명된 사실을 그대는 알고 있었다. 해서 그녀를 시해하려고 하였지. 지금껏 눈감았으나 더는 안 된다."

허청은 흔들리는 눈빛으로 휘서를 바라보았다. 지독히도 차가운 시선.

"춘곽에서도 그대가 무슨 일을 저질렀는지 다 알고 있다. 지금껏 나는 그대에게 수없이 많은 기회를 주었다. 아편 밀거래까지도 눈감아주었지. 하지만 더 이상은 안 돼. 더 이상은 그대를 눈감아줄 수가 없어. 세자빈을 시해한다는 것은 나를 기망하고, 왕실에 반기를 든 반역과도 같다."

그녀는 미치도록 떨리는 마음을 다잡았다. 그의 입에서 세자빈이라는 다른 여인이 흘러나올 때마다 마음이 연신 욱신거리고 차가운 불꽃이 치솟았지만, 태연하게 견뎌야만 했다.

역시 이 때문인가. 세자빈, 그 계집을 보호하기 위해서 영상의 약점을 잡는 것도 뒤로한 채 대소신료들에게 공표하고 도성 곳곳으로 방을 붙여 그녀를 찾기 시작한 것인가.

휘서는 허청의 배를 바라보았다. 아직은 크게 불러오지 않은

배. 저 뱃속에 어떤 아이가 들어 있든, 그는 저 아이를 평생 그리워하며 살 것이다.

"딸을 낳아라."

"……."

"오래, 그 아이를 오래 보고 싶거든. 만약 아들이 태어난다면, 아마 세상 빛을 제대로 보지 못할 것이다."

마음에도 없는 말을 독하게도 내뱉었다. 저 아이에겐 너무나도 미안하고 미안하지만, 그 미안함에 차마 그 얼굴조차 보지 않을 것이다.

그리고 휘서의 그 마음에도 없는 말에 허청의 심장은 그대로 쿵하고 내려앉는 것 같았다. 그래도 아주 조금이나마 믿고 있었다. 이 아이만은, 이 아이만은 그가 받아줄 것이라고. 저는 미워하더라도, 외면하더라도, 이 아이는, 그래도 저하의 핏줄이니까. 그러니까. 그런데 어찌 그런 말을 할 수 있는가. 어찌 제게!

모든 희망마저 산산이 부서지고, 허청은 휘서를 차갑게 노려보았다.

"지금에서야 확신이 들었습니다. 저하께서는 결코 이 아기씨를 지켜주지 않으실 거라고. 하니 제가 이 불쌍한 아기씨를 지켜 드려야지요. 그 누구도 축복하지 않을 이 아기씨를 지키기 위해서라도 제가 세자빈이 되어야겠습니다."

"양제!"

"어디 지금 내쳐 보십시오. 저를 지금 내치시란 말입니다! 저는 절대로 포기 못 합니다. 제가 세자빈이 되지 못하라는 법이 어디 있습니까? 제 아이만이 유일한 왕자라면. 그렇다면 못 갈 것도 없지요, 그 자리. 세자빈. 나아가 교태전까지!"

투두둑. 참고 있던 눈물이, 이젠 다 말라서 제 몸에 남아 있지 않을 거라 여겼던 눈물이 떨어졌다. 물론 그를 이용하려고 했다. 복수를 위해서 그에게 다가간 것이다. 하지만, 하지만 연모했었다. 모란각에서 그를 처음 본 순간, 이 마음에 그를 품었었다. 그의 다정한 손길, 다정한 시선이 그립고도 그리워서 잊을 수가 없어서. 해서 복수라는 이름으로 그를 붙잡고 싶었었다.

'하지만 이젠 정말 끝이다. 모든 것이, 끝났다.'

휘서는 흐르는 눈물을 닦아주고 싶었다. 모든 것이 거짓이라고. 내가 한 말에 단 하나의 진심도 들어 있지 않다고. 그렇게 말하면서 그녀를 끌어안고 다독이고 싶었지만, 끝내 그는 주먹을 꽉 움켜쥐며 파르르 떨리는 눈길 속에 그녀를 지워내며 몸을 돌려 버렸다. 그러곤 끝까지 잔인하게 그녀를 밀어내며 제 자신을 강하게 채찍질하였다.

"마지막이라고 하였다. 더는 그 어떤 자비도 두지 않을 것이다. 그 자리에서 뱃속의 아기씨를 지키고 싶다면, 자중하여라. 이 귀궁에서 자중하고 또 자중하여 죽은 듯이 그리 지내어라."

그렇게 그의 발걸음이 멀어져 갔다.

휘서는 귀궁을 빠져나오고서야 참았던 숨을 토해내며 벽을 짚었다. 내관들과 상궁들이 걱정스러운 눈빛으로 바라보았지만, 그는 손짓을 하며 다가오지 못하게 하였다. 가까이 다가오면 지금의 이 표정을 들킬 것 같았다. 한없이 보고파 하는 얼굴을. 그리워하는 얼굴을. 그녀를 잡고 싶어 하는 이 얼굴을……

휘서가 사라지고, 허청은 제 가슴을 움켜쥐며 쓰러지듯 고개를 숙였다. 처음 병판에게 버림받고 그가 가라는 곳으로 가려고 했지만, 그녀는 그에게 반항을 하듯 모란각에 남았다. 하지만 그러한 반항은 부질없었다. 그 누구도 몰랐으니까. 심지어 사림 오라버니조차 알지 못하는 일.

허청은 참으로 제 인생이 허무하다는 것을 느꼈다. 이 세상에 있어도 있는지 모르고, 죽어도 죽었는지 모르는 그러한 삶이었으니까. 그렇게 그녀는 모란각에서 지냈지만 기녀가 되진 않았다. 그저 가만히 있었다. 모란각의 사람들도 그녀가 병판과 관련된 여인이라 여기고선 그녀를 함부로 건드리지 않았다.

그렇게 하루하루를 죽어가듯 살아가던 그녀가 어느 날, 그를 만났다.

귀하디귀한 사람. 바로 연녕대군.

멀리서 걸어오는 그 사람의 화려한 도포 자락 너머로 그보다 더 훤한 빛이 느껴지는 듯싶었다. 그녀에겐 그리 보였다. 그리고 훗날 그가 대군이라는 사실을 알고서 복수를 명분 삼아 스스로 기녀 옷을 입고서 그를 끌어당기며 속삭였다.

"저를 데려가 주십시오. 저를 지켜주십시오. 그럼 저의 모든 것을 대군마마께 드릴 것이옵니다."

분명 어설픈 몸짓이었을 텐데, 그는 진심으로 제 손을 잡고서 결국 여기까지 왔다. 물론 지금의 그는 그때와는 너무나도 많이 변해 버렸지만.

연모하였으나, 다른 여인들처럼 평범하게 연모할 수가 없었다. 그리고 이젠 너무 멀리 와버린 듯싶었다.

허청은 고개를 들었다. 어느새 달빛이 사라지고 있었다. 누군가의 인기척이 느껴졌다.

"마마."

사림의 무거운 목소리. 허청은 이내 흘러내렸던 눈물을 말끔히 지워냈다. 이미 돌이킬 수 없게 되었다면, 이제 내게 남아 있는 것은 오직 하나. 복수뿐이다. 그분의 마음을 바라지도 않을 것이다. 오직 내 아이를 보위에 올려 왕의 어머니가 될 것이다. 왕의 어머니가 되어 천하를 내 발아래에 둘 것이다. 그렇게, 내 복수를 완성할 것이다.

'그러니 아가, 반드시 왕자이어야 한다. 너는 반드시 왕자이어

야만 해.'

"청아."

사림은 다시금 낮은 목소리로 그녀를 불렀다. 세자와 청이의 사이에 팽팽하게 흐르던 공기. 무슨 얘기가 오갔는지는 모르겠지만, 그래도 그것만 봐도 그녀가 이 궐에서 그 누구에게도 기댈 수 없다는 걸 깨달았다. 허청은 사림을 붙잡고서 절박하게 외쳤다.

"오라버니도 보았지요? 이 궐에 내 사람은 아무도 없습니다, 아무도! 오라버니가 날 도와주지 않으면, 난 여기서 죽어! 죽는다고! 그러니까 오라버니, 제발!"

그는 그녀의 손을 꼭 잡아주었다. 청이가 이 궐에서 살아남기 위해 더더욱 변해야만 했다는 걸 알았다. 그것도 너무나도 절실하고 절박하게. 하지만 그래도 청이가 바라는 그 청은 도저히 들어줄 수가 없었다.

'내 손으로 어찌 그 아이를……. 그럴 수는 없어.'

사림은 떨고 있는 허청을 가만히 안아주고서는 큰 손으로 어깨를 다독여 주었다.

"세자빈, 아니, 홍이는…… 그 아이는 제가 데리고 떠나겠습니다."

"그게 무슨……?"

"제가 데리고 멀리 떠날 테니까, 그 아이는 그만 놓아주십시오. 그리고 마마께서 바라는 복수. 그것도 제가 할 테니, 마마께서는 여기서 그만두십시오.”

“오라버니…….”

“병판의 눈앞에 유도준을 데려다주면 저를 초로 보내주겠다고 약조했습니다. 그러니 일단 병판에게 유도준을 내어주고 다른 방법으로 복수를 할 것입니다. 그리고 복수가 끝나는 대로 홍이를 데리고 초로 떠날 것입니다.”

끝내 그는 민홍, 그 계집을 죽이겠다고 말하지 않았다. 결국 그도 제 편이 아니다. 오라버니마저 그 세자빈 계집의 편인 것이다.

‘그래, 나 혼자야. 나 혼자 나를 지켜야 해. 이 아이도 내 손으로 지켜야 해!’

그렇다면 좋다. 나는 내 방식대로 그 계집을 죽이고 복수를 하겠다. 끝까지, 끝까지 살아남을 것이다. 설령 하나뿐인 혈육마저 이용하게 되더라도.

허청은 독기 어린 눈빛을 지우고서 사람을 바라보며 살포시 미소를 지었다.

“고맙습니다, 오라버니. 역시 제겐 오라버니뿐입니다. 유도준은 아직 호월산에 있습니다. 제가 그가 있는 곳을 가르쳐 드리지요.”

그는 살짝 머뭇거리다 속삭였다.

“고맙구나, 청아.”

그러고는 허청을 다시금 꼭 끌어안고서는 엷은 미소를 지었다.

이해해 주어서 고마웠다. 조금이라도 이해해 주어서. 그렇다면 이제부터 자신이 해야 할 일은 명확해졌나.

"조금만 시간을 주십시오. 오라버니가 먼 길 떠날 수 있게 저도 조금 준비를 해야 하니까."

"알겠습니다."

허청은 가만히 손을 뻗어 사림을 안았다. 어쩌면 이것이 마지막일 수도 있다. 오라버니의 뒤로 자객을 붙여 세자빈, 그 계집부터 죽여 버릴 것이다. 그것이 안 된다면 이미 죽어버린 유도준의 시해를 그 계집에게 뒤집어씌워서 파멸시킬 것이다.

'미안해요, 오라버니. 하지만 이번엔 꼭 날 지켜줘. 날, 지켜줘.'

4장
어긋나기 시작하는 운명

어느덧 이틀이 지났다. 홍과 담은 맹월을 의식하여 조심스럽게 움직였지만, 워낙 지형이 넓고 복잡하다 보니 아직까진 별다른 움직임이 없었다. 문제는 몸을 숨기고 있는 지금으로서는 이 지형이 무척이나 고마웠지만, 후에 그들을 찾아야 할 때는 굉장히 난감해질 것이다. 하지만 담은 훗날은 훗날에 생각하기로 했다. 지금은 그녀가 안전한 것이 더 우선이었으니까.

호월산으로 계속 오르면서 풍경이 시시각각으로 변해갔다. 처음엔 우거진 나무만 무성하더니, 가면 갈수록 꽃 냄새를 풍기는 바람이 불어오면서 들꽃이 가득 피어 있었다.

홍은 가끔씩 걸음을 멈추고서 그림에 집중했다. 그 모습이 진지하면서도 두 볼이 붉게 상기된 것이 무척이나 즐거워 보였다.

"스승님께서 말씀하셨던 그 절경이 얼마 남지 않았나 봅니다."

홍은 제 옆에 자연스럽세 나가와 앉은 담을 향해 말했다.

"바람결에 묻어오는 꽃향기가 강해졌소."

"예, 무척이나 떨리고 설렙니다."

그녀는 그리던 그림을 마저 마무리했다. 그런데 어쩐지 안료를 아끼는 듯한 모습이었다.

"그 안료는 사림이 준 것이라 쓰지 않는 것이오?"

"형님께서 꼭 절경을 그릴 때 사용하라고 하셨습니다. 그러니 함부로 쓸 수는 없지요. 그나저나 형님께서는 가신 일은 잘되셨는지 모르겠습니다."

"만나야 할 사람이 있어. 무척 보고 싶었던 사람."

그때 그의 회색빛 눈동자가 무척이나 그리움에 흔들리던 것을 홍은 볼 수 있었다. 대체 누구일까, 그가 그토록 보고 싶어 하는 사람이. 혹시 전에 말했던 그 누이동생일까? 그렇다면 정말로 다행인데.

담은 홍의 모습을 보면서 사림을 떠올렸다. 그 역시 그가 어디로 갔는지 알 수 없었다. 하지만 반드시 이곳으로 돌아올 것이다. 그가 이렇게 아무 말 없이 사라질 리가 없었으니까. 왜냐면 마음에 품은 이가 이곳에 있으니.

"사림과는 어떤 연으로 지금껏 같이 다니게 된 것이오?"

"음. 저를 구해주셨습니다. 게다가 같이 있다 보니 친 오라비처럼 느껴져서. 형님께서 없으셨다면 전 이곳까지 올 수 없었을 것입니다."

그에겐 차마 말로는 다 하지 못할 고마움이 많았다. 그러니 그런 분을 계속 속일 수는 없는데. 지난날, 그에게 여인임을 밝히려고 했지만 때를 놓치고 말았다. 계속 시간이 흐를수록 밝히기 어려워질 것이고, 그리되면 그의 실망감은 더욱 짙어질 것이다.

"형님께 얼른 제가 여인임을 말해 드려야 하는데. 사실 조금 두렵습니다."

"아직은 밝히지 마시오."

"예?"

"그도 중요하게 할 일이 있는 것이 아니오. 섣불리 밝힌다면 그도 위험해질 수 있지 않겠소?"

"하긴, 저희 일에 휘말리게 할 수는 없지요."

홍은 고개를 끄덕였다. 밝히더라도 지금은 아니다. 모든 일을 마무리한 뒤에 그때 밝히는 것이 좋을 것 같았다.

담은 잠시 망설이다 아주 조심스럽게 물었다.

"혹, 그자가 어디서 왔는지, 지금 무얼 하고 있는지 알고 있는 것이오?"

물론 그는 사림을 믿었다. 그래도 혹시라는 것이 있으니…….

하지만 홍은 그 질문에 대수롭지 않은 듯 말을 이었다.

"형님은 도성에서 처음 뵈었습니다. 누군가를 찾고 있다는 것 외에는 저도 자세한 것은 모릅니다."

"누군가를 찾는다?"

"예."

홍은 다시금 그림을 그리다가 뭔가를 번뜩 떠올리고선 마구 고개를 가로저었다.

"형님은 아닙니다. 사림 형님은 믿을 수 있는 분이십니다!"

혹여 그가 사림 형님을 의심하는 것은 아닌가, 걱정이 되었다. 절대로 사림 형님은 이번 일과 관련이 없다. 비록 예전에는 도적질을 좀 한 것 같기도 하고 자신도 형님이 누굴 찾는지, 무얼 하는지 알 수는 없지만 그래도 믿을 수 있는 분이었다.

담은 홍을 향해 피식 웃고서는 그녀의 삐뚤어진 머리카락을 정리해 주었다. 현재 그녀는 비녀를 꽂고 있지 않았다. 사실 사내 복색에 비녀는 너무나도 안 어울렸다. 하지만 그녀의 품 안에 비녀가 담겨 있었다. 모든 일이 끝나면 더 이상 사내 복색을 하지 않고 어여쁜 여인의 모습으로 그 비녀를 꽂고서 함께 손을 잡고 멀리, 아주 멀리 떠날 것이다.

"나도 알고 있소. 그리고 나도 그자가 썩 마음에 드오. 하지만 그대가 그리 믿고 있으니, 조금 질투가 나는군."

"괘, 괜한 말씀을 하십니다!"

그녀는 저도 모르게 벌게진 얼굴을 감싸고서 그림을 대충 마무리한 뒤, 자리에서 벌떡 일어섰다.

"갈 길이 멉니다. 서두르시지요!"

홍은 앞장서서 길을 걸었다. 담은 그 뒤를 따르면서 사람을 떠올렸다. 누군가를 찾고 있다라……. 만나러 간다는 사람이 그 사람인가? 아니면 그와 관련된? 그나저나 지금쯤이면 무랑도 도성에 거의 당도했을 것인데.

'시간이 없다, 랑아. 서둘러 다오.'

꽃향기가 더욱 짙어지는 곳으로 걸음을 옮기고 옮겨서, 드디어 탁 트인 풍경과 더불어 그림쟁이들이 가장 담고 싶어 한다는 풍경, 호월산 절경에 도착했다.

홍은 그저 멍한 시선으로 그 자리에 가만히 서 있었다. 어린 시절 매번 꿈꾸던 곳. 스승님의 머리맡에서 매번 상상으로만 그려보던 그곳.

"호월산은 조선 팔도의 꽃들이 모여 있는 곳이지. 그 꽃들이 환하게 피어 하늘과 맞닿으면, 정말이지 그런 절경이 따로 없단다. 그곳 절경을 눈으로 담고, 붓끝으로 그리는 것이 그림쟁이들의 가장 큰 꿈이지."

홍은 천천히, 아주 천천히 걸음을 옮겼다. 새하얀 꽃들이 바람결에 넘실거리는가 싶더니, 곧장 노란 꽃이 춤을 추다 이내 붉은 물결을 이루며 새파란 하늘 아래 끝없이 펼쳐져 있었다. 스승님의 말대로였다. 이러한 풍경을 어찌 붓 안에 담을 수 있을까, 어찌.

'스승님, 제가 이곳에 왔습니다. 이 홍이가, 이곳에 왔습니다.'

절경을 직접 눈으로 본 것도 감탄스러웠지만, 평생 절대로 오지 못할 것이라 여긴 곳을 제 발아래 두었다는 것이 더욱 벅차올랐다. 어느새 담이 그녀의 뒤로 다가가 조심스럽게 어깨를 안아주었다. 따스하고 다정한 온기가 퍼져 나가면서, 홍은 그의 가슴에 머리를 기대고서 그의 손을 잡았다.

"결국 돌고 돌아 이리 함께 왔습니다."

"이제라도 그 약조를 지킬 수 있어 기쁘오."

"저 역시 대군마마와 함께라서 믿을 수 없이 기쁩니다."

담은 홍의 시선을 따라 끝없이 펼쳐진 하늘을 바라보았다. 그러다 조금 떨리는 목소리로 속삭였다.

"이제 여기서 내 초상화를 그려주겠소?"

"예?"

홍은 뜬금없는 소리에 움찔 놀라서는 고개를 돌렸다. 하지만 담은 태연하게 말을 이었다.

"그려주기로 약조하지 않았소."

"제가 언제 말입니까?"

"묘운각 화원에서 내 어진을 그려준다고 하지 않았소? 물론 내가 왕이 되진 못했지만. 그냥 초상화만 그려주시오. 게다가 세필 붓과 안료를 사줄 때도 분명 그려달라고 하였는데."

"하, 하지만……."

"아! 그리고 그대가 처음으로 그려준 내 얼굴은 내가 직접 받지 못했으니 그것은 무효요."

그래, 그의 얼굴을 그린 적이 있었다. 눈물로 그렸던 얼굴. 서로에겐 아프고 아픈 기억. 되돌아온 시간에서 다시 새로운 시간을 살려고 하니, 그 기억은 지우는 것이 좋을 것 같았다.

"예, 그려 드리겠습니다. 이번엔 제가 직접 대군마마께 드릴 것입니다."

이름 모를 새하얀 꽃이 살랑대는 한가운데 자리를 잡고서 홍은 종이를 펴고 먹을 갈아 조심스럽게 붓을 내려놓았다. 그러고는 한 손으로 침착하게 그의 얼굴을 더듬었다. 부드러운 살결과 손끝을 휘어 감는 따스한 체온. 짙은 눈썹과 그 아래 오뚝하게 솟은 코. 커다랗고 까만 눈동자를 지나 마지막, 그의 숨결이 오가는 입술까지. 훤칠하고 훤칠한 얼굴. 한때는 완벽하기 그지없는 세자 저하라는 소문에 무척이나 궁금하였던, 자신의 낭군님.

담은 눈 한 번 깜빡이지 않고 손끝으로 제 얼굴을 더듬고 새겨 가는 그녀의 모습을 담았다. 그러자 가슴이 무척이나 빠르게 뛰어오르면서, 모든 것이 벅차게만 느껴졌다.

그녀가 보는 자신의 모습. 오직 그녀의 눈동자에 담겨 있는 자신의 모습. 성발이지 할 수만 있다넌 평생 그녀의 눈동사에 담기고만 싶었다. 오로지 나만 바라보며 그리 살게 하고 싶었다. 그러다 그녀의 손가락이 수줍게 그의 입술에서 멈칫하자, 담은 엷은 미소를 지으며 그 작디작은 손가락에 가볍게 입을 맞추었다.

"하아……."

홍은 그가 내쉬는 뜨거운 숨결이 부끄러워 얼른 피하려고 했지만, 담이 먼저 그녀의 손목을 잡고서 도망가지 못하게 했다.

"좀 더 나를 자세히 보시오. 그래야 멋진 초상화가 나올 것이 아니오."

하지만 홍은 잠시 머뭇거리다 이내 그를 가만히 바라보며 속삭였다.

"대군마마의 모습은 매 순간순간 잊어본 적이 없습니다. 눈을 감으면 꿈에서도 나오는걸요. 그러니, 지금 바로 그릴 수도 있습니다. 아시지요? 제가 한 번 본 그림은 결코 잊지 않는다는 것을. 대군마마, 담, 당신도 제게 마찬가지입니다."

생각지도 못한 그녀의 진심에 그는 저도 모르게 잡고 있던 그녀의 손을 스르르 놓았다. 매번 놀라고 만다. 그녀가 저를 향해 속삭이는 마음의 크기에. 그녀는 궐을 나가던 순간에도 끝까지 저를 향한 연모를 놓지 않았었다. 그것은 그녀에게 받았던 그 어진에서도 절절하게 느낄 수 있었다.

"매번 내가 부족한 것 같소. 나는 그대에게 너무 부족한 사람이오."

"아닙니다. 절대로 아닙니다."

담은 홍을 가만히 안아주었다. 그러다가 자연스럽게 그녀의 입술을 머금고서 달뜬 숨을 삼켰다. 내게 너무나도 벅차고 벅찬 이 사람을, 이 여인을 이번엔 절대로 놓지 않을 것이다. 절대로.

그렇게 그녀의 붓이 움직이기 시작했다. 종이 아래 아주 정성껏 그려지는 그의 얼굴. 담이 그 모습을 가만히 눈에 담으며, 두 사람 다 똑같은 생각을 했다. 이 순간 시간이 멈췄으면 좋겠다고. 정말로 그랬으면 좋겠다고.

❋

조회 시간. 여전히 병판은 모습을 드러내지 않고 있었다. 그의 장자가 행방불명된 이후, 그를 조정에서 보는 것이 꽤나 어려워졌다. 그 때문에 노론 일파들이 눈에 띄게 불안해하는 모습을 볼 수 있었다. 휘서 역시 은밀히 유도준의 행방을 알아내려고 했지만 도통 단서가 발견되지 않았다.

"정녕 행방불명인 것인가. 아니면 이미 벌써 목숨을 잃은 것인가."

홀로 경회루 주변을 맴돌던 휘서는 문득 걸음을 멈추고서는 고요한 호수를 바라보았다. 만약 그렇다면 감히 누가 병판의 아들을 건드렸을까. 이는 노론에게 반기를 든 것이나 마찬가지인데. 물론 일이 이렇게 되면 그가 세자빈을 맞이하여 소론에 힘을 실어주는 것이 더욱 쉬워질 터. 하지만 뭔가 느낌이 좋지 않았다. 순간, 휘서는 허청을 떠올렸지만 이내 고개를 가로저었다.

"아니야. 그 정도일 리는 없어. 그렇게까지는 아닐 것이야."

좀 더 본격적으로 찾아봐야 할 것 같았다, 병판의 장자를. 어쩌면 이번 일에 가장 큰 변수가 될 수 있을 테니까.

✳

그날 저녁. 사림은 아침 일찍 떠날 수 있도록 짐을 챙겼다. 사실 딱히 짐이라고 할 것도 없었다. 그저 칼 한 자루 옆구리에 단단히 챙기고 떠나면 그만이니까. 그보단 홍이, 그 아이가 보고 싶었다. 청이에게 그 아이를 데리고 떠나겠다고 말한 이유 중 하나가 제 곁에 있어주었으면 하는 바람도 있었다. 물론 그 아이는 저를 그 저 오라비로 여기고 있지만.

문득 이담, 그 녀석의 얼굴이 스쳤다. 분명 녀석은 단순한 종사관이 아닐 것이다. 홍이가 여인이라는 것도 처음부터 알고 있었을 것이고. 그녀가 세자빈이라는 사실도 알고 있을까? 혹여 두 사람의 연이 그렇고 그런 연이라고 할지라도 사림은 상관없었다.

'어차피 처음부터 사내라고 생각한 아이다. 동생처럼 지켜주고 싶다고 생각했던 아이야.'

비록 그 마음이 지금은 달라졌다고 해도, 홍이가 행복하다면 굳이 제 마음을 전할 생각은 없었다. 그저 지금처럼 그녀의 뒤를 지켜주면서, 오라비로 그리 살아도 좋을 것 같았다.

문득 사림은 그녀에게 주기 위해 샀던 가락지가 떠올랐다. 사림은 그것을 잠시 꺼내 바라보았다. 이걸 전해줄 일은 아마 평생 없을 것이다. 그저 누이동생으로서 귀여워하며 줄 수도 있겠지만, 그러고 싶진 않았다. 이것은 사내로서 그녀를 연모하는 마음으로 산 것이다. 그러니 진심으로 주지 않을 바에는 건네주지 않는 것이 나았다.

"오라버니."

그때, 청이의 목소리가 들렸다. 사림은 얼른 문을 열었고, 허청은 덤덤한 표정으로 그의 앞에 섰다.

"들어오십시오."

"아닙니다. 그저 작별 인사와 유도준, 그가 있는 곳을 알려 드리기 위해 온 것입니다."

그녀는 아주 조심스럽게 품에서 지도를 하나 꺼냈다.

"표시된 곳에 유도준이 있습니다."

사림은 그 지도를 받아 들고서 무겁게 고개를 끄덕였다.

"이젠 이 일은 잊으십시오. 지금부터 유도준을 납치한 사람은 바로 저입니다. 아시겠습니까?"

"오라버니……."

"아마 오늘이 마마를 보는 마지막일 것 같습니다."

허청은 그 말에 고개를 끄덕였다. 사림은 잠시 머뭇거리다 이내 손을 뻗어 그녀를 안아주었다. 한참 어리던 아이는 이렇게 자라 어느덧 여인이 되었다. 이렇게 안는 것도 쑥스럽고 어색해질 정도로 어여쁜 여인이.

"어여쁘십니다."

"……."

"이 말을 꼭 해주고 싶었습니다. 그러니 이제 더 이상 복수에 연연하지 마십시오. 뱃속의 아이, 잘 낳고 잘 길러서 이 궐에서 행복하게 사십시오. 마마의 묵은 미련과 과거는 이 오라버니가 다 가지고 갈 테니까."

"전 오라버니에게 항상 커다란 짐만 주고 상처만 주었습니다. 송구합니다."

"아닙니다. 절대로 아닙니다."

사림은 청이를 놓아주었다. 그녀는 마지막으로 고개를 숙이며 진심으로 속삭였다.

"오라버니도 부디, 행복하십시오."

별채를 빠져나온 허청은 담담한 얼굴 위로 싸늘한 눈빛을 지은 채 진 상궁에게 말했다.

"살수들은?"

"이미 대기하고 있습니다."

"내일 오라버니가 호월산으로 떠난다. 분명 민홍, 그 계집에게 먼저 갈 테니 뒤따라가 반드시 죽여라."

"예, 마마."

무서운 명이 떨어졌다. 세자빈을 시해하라는 명. 그리고 그 모습을 귀궁 나인들 속에 숨어 있던, 효경이 몰래 숨겨두었던 궁녀가 보게 되었다.

궁녀는 너무나도 엄청난 말에 가슴을 붙잡고서 허청이 사라진 틈을 타 그대로 교태전을 향해 달렸다. 그러고는 효경에게 고개를 숙인 채 떨리는 목소리로 자신이 본 모든 것을 상세하게 고했다.

"하여, 양제마마께서 세, 세자빈마마를……."

효경은 너무나도 엄청난 사실에 숨조차 제대로 쉴 수가 없었다. 실종된 세자빈의 행방을 양제가 알고 있다는 것도 놀랄 일인데, 세자빈을 시해하려고 하다니. 분명 그녀가 세자빈에 오르기 위해서, 나아가 이 교태전을 차지하기 위해서일 것이다.

"생각보다 더 무서운 아이구나. 참으로 무서운 아이야. 나는 그것도 모르고 그 간악한 손을 잡았구나."

"중전마마!"

분명 유도준의 목숨도 이미 이 세상에 없을 것이다. 대체 그녀가 왜 병판의 집안을 건드렸는지 알 수는 없지만, 이대로 망설이고 있을 시간이 없었다. 세자빈을, 세자빈을 구해야만 한다. 더 이상 동궁에게 숨길 수는 없었다.

"채비를 하게. 지금 바로 동궁전으로 갈 것이야."

짙은 어둠이 연신 동궁전으로 향하는 그녀의 발목을 붙잡으며 가지 말라고, 가지 말라고 말하는 것 같았다. 그만큼 엄청난 두려움이 엄습했다. 하지만 지금 자신이 이대로 눈을 감아버린다면 더 큰 재앙이 동궁의 앞을 가로막을 것이다.

'모든 건 이 어미의 책임입니다. 그러니 죄를 받아야 한다면, 모두 이 어미가 받을 것입니다.'

문득 그 예전 현비마마의 선택이 떠올랐다. 그분이 왜 그런 선택을 해야만 했는지 알 것 같았다. 물론 이번 일은 분명 제 잘못이다. 함부로 경거망동하여 생긴 일.

그렇게 그녀는 동궁전 앞에 섰다.

"중전마마, 저하께서 이미 기다리고 계시옵니다."

내관이 길을 비켜주었고, 효경은 천천히 동궁전 안으로 들어갔다. 안에는 흔들리는 촛불 앞에 자신을 환한 미소로 맞아주는 세자, 휘서가 있었다.

"어마마마, 이 늦은 시각에 어인 일이시옵니까?"

효경은 떨리는 주먹을 꽉 움켜쥐고서 이내 그의 앞에 무릎을 꿇었다.

너무나도 갑작스러운 상황에 휘서는 잠시 움찔하다 이내 황급히 그녀를 일으켜 세우려고 했지만, 절규 속에 흩어진 한마디가 그의 움직임을 붙잡았다.

"동궁! 이 어미를 용서하지 마세요. 이 어미의 불찰입니다. 이 어미가 생각이 짧아 감히, 양제와 함께 그런 참담한 짓을 저질렀습니다!"

"어마마마?"

효경은 휘서를 올려다보았다. 어둠 속에서 아들의 모습이 이토록 거대하고 무섭게 느껴질 줄은 몰랐다.

"병판의 장자 유도준, 유도준을 양제와 함께 제가 손을 썼습니다!"

순간, 휘서의 눈동자가 미친 듯이 흔들리기 시작했다. 지금 무슨 소리를 들은 것인가? 진정 무슨 소리를!

"그게, 무슨 말씀이십니까?"

"병판의 시선을 돌리기 위함이었습니다! 전부 다 동궁을 위해서였습니다! 동궁이 소론의 여식을 세자빈으로 맞이하면 분명 노론이 가만있지 않을 것이기에. 조금이나마 그들의 시선을 돌리기 위해서, 그래서……."

"지금 그게, 그게 말이 된다고 생각하십니까! 어찌 어마마마께서, 어마마마께서!"

"도, 동궁!"

휘서는 비틀거리며 효경에게서 몇 걸음 뒤로 물러났다.

어마마마가. 대체 어마마마가 어찌 그런 끔찍하고 무서운 일을! 게다가 청이 그 아이가, 정녕 거기까지. 아닐 것이라 믿었는데. 정녕 아닐 것이라고! 모든 믿음이 한순간에 무너지기 시작했다. 이 자리에서는 그 누구도 믿어선 아니 된다는 것인가? 그 누구도? 심지어 혈육까지!

"아…… 아……."

"동궁, 이 일이 문제가 된다면 이 어미에게 벌을 내리세요. 이 어미가 잘못한 것입니다. 동궁에겐 죄가 없습니다! 절대로 동궁에게 해가 되지 않게 할 것입니다! 그러니……."

가녀린 어깨를 바들바들 떨면서 차마 제대로 말도 하지 못한 채 울먹이는 어머니의 모습에 휘서는 헛숨이 새어 나왔다. 어머니가 먼저 저런 생각을 했을 리가 없다. 살아생전 현비마마께서 교태전에 계실 때, 유일하게 숨을 죽이고 자세를 낮추어, 죽은 듯이 지내어 이 자리까지 오신 어머니. 그런 간 큰 일을 하셨을 리가 없다.

'그 아이가 끌어들인 것이다. 그것도 일부러 끌어들인 것이야. 하여 훗날 이 일이 밝혀져도 내가, 내가 이 일을 덮을 수밖에 없게 하기 위해서. 어마마마를 지켜야만 하니까…….'

휘서는 끔찍한 생각에 숨을 삼키며 눈을 감았다. 그저 가만히 있어만 주면 되는데. 영원히 내 곁에 있어달라는 것도 아니고, 그저 잠시만, 잠시만 있어주면 내가 너를 자유로이 해줄 것인데. 그럴 것인데.

그는 눈을 떴다. 어느새 눈동자 사이로 맺혔던 눈물이 싸늘하게 식어가고 있었다.

이 사실이 밝혀지면 병판이 가만있지 않을 것이다. 분명 유도준도 이 세상 사람이 아닐 터. 자신의 계획이 그야말로 물거품이 되어버린다. 영상의 세력, 즉 소론을 키워서 노론을 견제한 뒤, 후에 병판을 몰아낼 계획.

'덮어야 한다!'

"어마마마, 일단 이 일은 무조건 함구……."

"이 어미는 그 아이가 그토록 무서운 아이인 줄 몰랐습니다. 진정 동궁을 위해서 그리 했을 뿐입니다! 한데, 한데 그 아이가 세자빈 자리를 노리고 있었을 줄이야……."

"어마마마?"

"이러고 있을 때가 아닙니다. 이 어미가 이 모든 사실을 밝힌 이유는, 지금 양제가 세자빈이 어디 있는지 알고 있습니다. 하여 지금 살수를 보내 세자빈을 죽이려고 한단 말입니다!"

세자빈이 있는 곳을 알아냈다고? 그때, 밖에서 내관의 목소리가 들렸다.

"세자 저하, 무랑이 저하를 뵙기를 청하옵니다."

무랑. 형님께서 드디어 제게 서신을 보낸 것인가. 세자빈을 자신이 데리고 있다는 그러한 서신을?

휘서는 마음을 굳게 먹었다. 그러고 여전히 일어나지 못하고 있는 효경을 일으켜 세우고선 차가운 어조로 말했다.

"어마마마, 지금부터 아무렇지 않은 척, 아무것도 모르는 척, 그리 교태전에 몸을 숨기고 계셔야 하옵니다. 절대로 나서선 아니 되십니다. 아시겠습니까?"

"하지만 동궁, 그러다 동궁에게 무슨 일이 생긴다면!"

"제가 알아서 할 것입니다. 진정 저를 살리고 싶으시다면, 침묵하십시오."

그에게서 느껴지는 강한 위압감에 효경은 눈물을 삼키고서 고개를 끄덕였다. 그러곤 태연한 모습으로 허리를 꼿꼿하게 세우고서 동궁전을 빠져나갔다.

잠시 후, 무랑이 들어왔다. 무척이나 다급해 보이는 모습. 휘서는 마음을 추슬렀다. 절대로 마음을 드러내선 안 된다. 모든 걸 감추고 형님이 내게 내린 결론을 봐야만 한다.

'이게 마지막입니다, 형님. 제게 세자빈의 존재를 알리세요. 제가 형님을 믿을 수 있도록, 제발!'

"세자 저하를 뵈옵니다."

예를 갖추는 무랑의 모습에 휘서는 침착하게 말을 이었다.

"윤영대군의 말을 전하라."

겉으로는 태연했지만 그의 속은 바짝바짝 타들어가고 있었다. 그리고 마침내 무랑은 품 안에서 서찰을 꺼내어 조심스럽게 형님의 말을 전했다.

"맹월의 본거지가 호월산이라는 점이 명백해졌사옵니다. 지금 당장 호월산에 병력을 보내시어 맹월을 소탕해야 하옵니다, 저하."

"……."

"저하?"

이어지는 침묵. 무랑은 의아한 표정으로 고개를 들었다. 하지만 어둠 속에서 휘서의 표정은 제대로 보이지 않았다.

"저하……."

"달리 전할 것은 없느냐?"

낮게 가라앉은 목소리. 무랑은 왠지 모를 섬뜩함을 느끼고서 저도 모르게 되묻고 말았다.

"예?"

"다른 말은 없냐고 묻지 않느냐! 형님이, 아니, 진정 운영대군이 그 말만 전하더냐!"

그의 분노가 한꺼번에 밀려들었다. 무랑은 흔들리는 시선으로 어느새 자신의 코앞까지 다가온 휘서를 향해 땅에 고개를 조아리며 외쳤다. 대체 무슨 일이지? 왜 저런 반응을.

"더, 더는 아무 말씀도……."

"하. 하하, 하하하!"

메마른 웃음소리가 흩어졌다. 휘서는 텅 빈 시선으로 허공을 응시하며 입술을 깨물었다. 결국 형님께선 세자빈에 관한 사실을 함구했다. 그토록 조선 팔도 곳곳에 방을 붙였는데. 형님께서 절대 모를 리가 없는데!

"세자빈이 실종됐다. 그 사실을 너는 아느냐?"

여전히 그의 시선은 초점을 잃은 채 먼 곳을 바라보고 있었다.

"물론이옵니다. 대군마마께서도 걱정하고 계시옵니다."

"하, 하하, 하하하하!"

"세자 저하?"

결국 형님이 배신한 것이로구나. 대체 무슨 이유인지 알 수 없지만, 혹여나 다시금 이 세자위를 노리는 것이라면, 나는 형님을 용서할 수 없다. 이 자리를 탐한 적은 없지만 형님이 제게 주신 이상, 그리고 이 자리에 그가 반드시 있어야 할 이유가 있는 이상, 세자위에서 내려올 수 없다.

'저는 그 여인을 지켜야겠습니다, 형님.'

공허한 시선으로 섬뜩한 섬광이 스쳤다. 뒤집어씌울 것이다. 허청, 그 여인을 살리기 위해서. 이 자리를 지키기 위해서. 방법이 없다. 형님은 내가 내민 마지막 그 손을 놓아버렸으니. 게다가 유도준의 일을 덮기 위해서는 어쩌면 형님은 제게 가장 좋은 패일 수도 있었다.

"밖에 누구 없느냐!"

휘서의 쩌렁쩌렁한 목소리에 밖에서 대기 중이던 내관이 다급하게 달려들어 왔다. 그때까지도 무랑은 도통 지금의 상황을 이해할 수 없었다.

"부르셨사옵니까, 세자 저하."

그는 망설임 없이 제 앞에서 고개를 숙이고 있는 무랑을 가리키며 말했다.

"지금 당장 저자를 의금부에 하옥하라."

"저하?"

"지금 당장!"

무랑은 믿을 수 없다는 시선으로 고개를 들어 휘서를 바라보았다. 그러고는 그를 불렀다. 하지만 휘서는 고개를 돌린 채 무랑을 외면했다.

"저하, 저하, 세자 저하! 대체 어찌!"

그때, 동궁전으로 군사들이 밀려들었다. 그러고는 무랑의 양팔을 붙잡고서 끌어내리려고 하자, 그는 필사의 몸짓으로 휘서를 향해 외쳤다.

"세자 저하, 저하! 이러실 수는 없사옵니다! 이러다간 맹월에게 대군마마께서 당하십니다! 대군마마께서 위험하시옵니다! 세자 저하!!"

"윤영대군이야말로 나를 배반한 역당이다."

"예?"

휘서는 붙잡힌 무랑에게 천천히 다가왔다. 그러곤 그의 턱을 붙잡고서 귓속말로 속삭였다.

"윤영대군의 옆에 있는 화공, 그 화공이 세자빈이다. 그 사실을 윤영대군이 모를 리가 없을 터. 윤영대군이 내가 그토록 찾던 맹월의 수장이다."

그의 말에 무랑의 눈동자가 미친 듯이 흔들리면서, 속수무책으로 군사들에게 끌려갔다. 점점 멀어지는 휘서의 모습을 바라보면서 무랑은 도무지 자신이 방금 무슨 말을 들었는지 이해할 수가 없었다.

'화공이라니. 그 화공이 세자빈이라고? 하지만 그 화공은 사내다. 계집이 아니란 말이다. 그런데 어찌!'

순간, 무랑은 지금껏 대군께서 그 화공을 대하던 태도가 조금 다르다는 걸 떠올렸다. 처음엔 대수롭지 않게 생각했던 모든 것들이 지금은 혹시나, 하는 진실로 와 닿기 시작했다.

'그, 그렇다면 정녕 그 화공이 세자빈? 하지만 어찌 그 사실을 숨기신 것인가. 저하께서도 알고 계시는 사실을 도대체 왜!'

이는 진정 반역이었다. 감히 세자빈을 숨기고 은닉한 죄. 백 번을 죽어도 모자랄 역모!

"윤영대군이 내가 그토록 찾던 맹월의 수장이다."

무랑은 귓가에 남아 있는 휘서의 목소리에 온몸을 떨었다. 세자

저하는 이번 일을 계기로 맹월과 더불어 대군마마를, 대군마마를,
 '죽이실 작정이다!'

　휘서는 그대로 군사들을 이끌고 귀궁으로 향했다. 이미 백각이
호월산 주변에서 자신의 명을 기다리고 있다. 그러니 백각을 움직
여 세자빈을 데려오고, 윤영대군을 그 자리에서 맹월과 함께 참할
것이다. 유도준을 죽인 것도, 그 또한 윤영대군의 짓이 될 것이다.
노론에게 가장 깊은 원한이 있는 사람이 윤영대군이니 뒤집어씌
우는 것이 결코 이상하지 않을 터.
　마침내 그의 걸음이 귀궁 앞에 멈춰 섰다. 진 상궁은 갑작스러
운 그의 등장에 당황하여 나왔지만, 휘서는 그런 진 상궁을 무시
한 채 군사들에게 명했다.
　"지금부터 귀궁을 감시하라. 절대로 양제가 밖으로 나오지 못
하게 감금하라."
　"예, 저하."
　군사들이 흩어지고, 진 상궁은 황망한 마음으로 그의 앞에 무릎
을 꿇고서 외쳤다.
　"세자 저하, 대체 이것이 무슨!"
　"무슨 일이시옵니까, 세자 저하."
　어느새 허청이 귀궁에서 나와 휘서를 바라보았다. 그러자 휘서
는 그대로 허청의 손목을 강하게 잡고서 귀궁으로 그녀를 끌고 가

기 시작했다.

허청은 순간 움찔했다. 이런 모습은 처음이었다. 이토록 무서운 모습은.

휘서는 허청을 귀궁으로 끌고 가 잡고 있던 손을 더욱 옥죄며 그녀에게 시선조차 주지 않은 채 외쳤다.

"유도준을 납치한 죄. 하여 죽인 죄! 그 죗값을 치르게 할 것이다!"

그의 입에서 흘러나온 말에 허청은 심장이 철렁였다. 설마 중전이 모든 사실을 말한 것인가?

"억울하옵니다."

"뭐라? 억울하다?"

휘서는 그제야 허청을 바라보았다.

"그렇사옵니다. 이 일에는 중전마마께서도 가담하여 계시는 일이옵니다. 한데 어찌 제게만 죄를 물으신다 하시옵니까! 아니면, 중전마마께도 그 죗값을 치르게 하실 것이옵니까!"

그 순간, 휘서가 허청의 두 어깨를 붙잡고서 절규했다.

"이 때문에 어마마마를 끌어들인 것이냐? 이 일이 밝혀지면 내가 너를 버릴까 봐? 너를 지키지 않을까 봐? 어마마마가 아니더라도 나는, 나는 너를 저버리지 않았을 것이다! 해서, 내가 너를 지키기 위해서 지금 누굴 희생시키는지 아느냐!"

창백하게 일그러지는 표정. 분노와 원망에 가득 찬 목소리. 하지만 허청은 그의 눈동자를 보는 순간 말문이 막혀 버렸다.

"⋯⋯."

한없이. 아주 한없이 슬픈 눈동자. 그 모습에 허청은 저도 모르게 가슴이 욱신거렸다.

"네가, 네가 아느냐 말이다. 내가 정녕 너를 지키기 위해⋯⋯ 그러기 위해서, 어디까지 무너졌는지, 누구의 손을 놓았는지!"

바들바들 떨리는 그의 손이 힘없이 무너졌다. 휘서는 고개를 숙이고서 숨이 막힐 듯한 목소리로 속삭였다.

"제발 여기서 그만해라. 너를 믿는 나를 더는 비참하게 하지 말고⋯⋯."

무슨 말을 해야 하는데. 그래야 하는데. 허청은 뭔가에 가로막혀 말이 나오질 않았다. 가슴께에 꽉 막혀 있는 무언가가 말을 하면 그대로 터질 것만 같았다.

"유도준의 시신은, 어디에 두었느냐. 제대로 대답하지 않으면 넌 정말로 죽게 된다."

"⋯⋯호월산. 호월산 중반, 아무도 가지 않는 암자, 그곳에 두었습니다."

휘서는 잠시, 아주 잠시 허청의 가슴에 기대어 그녀의 떨리는 심장 소리를 듣고선 그대로 걸음을 돌렸다. 그러고는 백각에게 급서를 띄웠다. 모든 일이 제 손을 떠나고, 몸 안에 남아 있는 힘이 전부 빠져나가는 느낌이 들었다.

"······형님."

가만히 속삭이는 목소리. 휘서는 눈을 감았다. 굵은 눈물이 떨어져 내렸다.

"송구합니다. 송구합니다."

'하지만 형님, 저는 저 여인을 지키기 위해서, 그래서 이 자리에 오른 것입니다. 그러니 제게 주신 이 자리, 마지막까지 저를 위해 죽어주십시오.'

한편 세자의 군사들이 들이닥치자, 사림은 혹여 청이에게 무슨 일이 생길까 염려되어 칼을 숨긴 채 귀궁으로 숨어들었다. 하지만 쾅쾅거리는 발걸음 소리와 함께 세자가 청이를 붙잡고 걸어가고 있었다. 쉽사리 나설 수가 없는 분위기. 그는 숨을 죽은 채, 그들이 사라진 방문 앞을 지켰다. 그러다 흘러드는 목소리 너머로 충격적인 사실을 듣고 말았다. 바로 청이가 유도준을 죽였다는 사실.

'유도준을 죽였다고? 하지만 분명 내게는 그런 말을 하지 않았는데······.'

순간, 방 안쪽에서 발걸음 소리가 가까워지면서 사림은 얼른 몸을 피했다. 세자가 사라지고, 침묵이 흘렀다. 사림은 흔들리는 시선으로 홀로 남겨진 허청을 바라보았다. 그녀는 허리를 꼿꼿하게 세운 채, 주먹을 움켜쥐고서 텅 빈 자리를 지키고 있었다.

"마마."

낮게 흐트러지는 그의 목소리. 순간 그녀의 어깨가 움찔하면서 천천히 고개를 돌렸다.

"오라버니?"

"지금 제가 들은 말이 사실입니까? 유도준을 죽였다고? 그렇다면 대체 제게 왜 거짓을 고한 것입니까, 대체 왜!"

"그, 그게 아닙니다. 오라버니, 그게 아니라!"

"설마 저를 이용해서 홍이를 죽일 생각이었습니까?"

그러자 그녀의 눈빛이 움찔했다. 사림은 그 찰나를 놓치지 않고서 이내 허탈하게 웃었다. 정말이란 말인가? 저를 이용해서, 홍이를 죽이려고. 그러기 위해서.

"저를 속이고? 하하하. 정녕 홍이가 그렇게 마마의 눈엣가시였습니까? 제가 데리고 멀리 떠날 텐데. 가만히 있으면, 제가 그 복수도 다 해주고 떠날 것인데!"

"오라버니야말로 제가 더 중하신 겁니까, 아니면 그 계집이 더 중하신 것입니까!"

"그게 무슨!"

"불안하니까요. 오라버니도 아시다시피 전 초의 피가 섞여 있고, 병판이 숨기고 싶어 하는 서녀인데. 그 여인은 세자빈이고, 영상의 딸이라는 대단한 배경도 있습니다. 그러니 제가 이 자리에서 얼마나, 얼마나 불안하겠습니까! 그러니 그냥 죽여주시면 아니 되는 것입니까? 저보다 어찌 그 계집을 더 지키려고 하시는 것입니까!"

"누이동생이 그런 끔찍한 짓을 하려고 하는데 어느 오라비가 아무 말 없이 그런 일을 해준단 말이냐!"

사림은 떨리는 시선으로 예전의 누이동생을 대하듯 하며 허청을 바라보았다.

"말려야지. 혼을 내야지. 절대로 그러지 말라고, 때려서라도 그래야지! 나는 청이 너를 여기서 그만두게 하고 싶다. 복수라는 이름으로 네 손에 절대로 피를 묻히게 하고 싶지 않단 말이다! 네 말대로 변할 수밖에 없고, 변해야 살 수 있지만, 그래도 이건 아닌 것 같다. 이런 식으로 변하는 것은, 아닌 것 같구나."

사림은 돌아섰다. 그러곤 마음을 진정시키며 말했다.

"이곳에 갇혀 지내는 편이 나을 것 같습니다. 그래야 마마의 손발을 묶어놓을 수 있을 테니. 조금만 참고 기다리십시오. 이 오라비가, 이 손에 피를 묻히는 한이 있더라도 빨리 끝낼 테니까."

"오라버니!"

하지만 사림은 허청의 목소리를 뒤로한 채, 세자의 군사들이 깔려 있는 귀궁의 앞쪽이 아닌 뒤쪽으로 재빨리 빠져나왔다. 서늘한 바람이 불었다. 그는 입술을 깨물고서 지친 몸을 기댄 채 하늘을 바라보았다. 말은 그렇게 해도 아직은 갈 수가 없었다. 청이를 이곳에 홀로 두고 떠날 수가 없었다.

'조금만, 조금만 기다려라, 꼬맹아.'

절대로 널 죽게 내버려 두지 않아. 설령, 내 목숨이 걸린다고 해도. 청이도 너도, 절대로 포기하지 않을 거다. 이번엔 전부 다, 전부 다 지키고 말 것이다.

사림마저 사라지고, 허청은 정녕 텅 빈 궁 안에 털썩 주저앉아 떨리는 숨을 내쉬었다. 차가운 공기가 자꾸만 그녀의 가슴을 답답하게 만들었다. 이대로 가다간 제 계획이 모두 물거품이 되고 만다. 복수가 무너지고 말 것이다. 어떻게든 움직여야 하는데. 남아 있는 상단에 연통을 넣어 모든 자금을 끌어당기는 한이 있더라도, 세자빈을 죽이고, 병판을 죽이고, 그렇게 전부를 죽여야 하는데……

'왜, 왜 몸이 움직이지 않는 거지?'

자꾸만 그녀의 머릿속으로 휘서의 그 마지막 눈동자와 제게 절규하듯 외치던 목소리가 맴돌아 움직일 수가 없었다.

"내가 너를 버릴까 봐? 너를 지키지 않을까 봐? 어마마마가 아니더라도 나는, 나는 너를 저버리지 않았을 것이다! 해서 내가 너를 지키기 위해서 지금 누굴 희생시키는지 아느냐!"

"내가 정녕 너를 지키기 위해…… 그러기 위해서, 어디까지 무너졌는지. 누구의 손을 놓았는지!"

"제발 여기서 그만해라. 너를 믿는 나를 더는 비참하게 하지 말고."

제 어깨를 잡던 손끝이 미치도록 떨리고 있었다. 제 눈을 똑바로 바라보면서, 무너지던 그 시선 앞에 절절하게 외치는 그 말은 마치 사내가 여인에게 속삭이는 연모 같았다.

설마 그분이 나를 연모하는 것인가? 나를?

"아니야. 그럴 리가 없어. 그럴 리가……."

그래, 그럴 리가 없다. 내가 그를 이용하려고 한다는 것을 그는 알고 있다. 그런 나를 연모해 줄 리가 없어. 은애할 리가 없어. 게다가 그리 매정하게 나를 밀어내시는데. 항상 저를 봐주지도 않으시는데.

"정신 차려, 유허청. 나약해지지 마. 이대로 그때처럼 다시 무너질 순 없어, 절대로!"

허청은 자신의 배를 붙잡고서 다시금 자리에서 일어섰다. 지금은 섣불리 움직일 수 없었지만, 이대로 무너지진 않을 것이다.

❋

어느덧 닷새. 담은 홍을 지켜보면서 연신 불안한 마음을 감추려고 애썼다. 지금껏 맹월이 움직이지 않는 것도 이상했고, 무랑에게서 연락이 없는 것도 불안했다. 하지만 섣불리 판단하여 움직이는 것은 더 위험하니, 믿고 기다릴 수밖에 없었다.

그때, 멀리서 홍이 뭔가를 끌어안고서 달려왔다. 아마도 그렇게 공들이고 공들이던 초상화가 완성된 모양이었다. 그녀는 초상화와 함께 호월산의 절경을 같이 그렸다. 초상화는 대충 그려도 된다고 하였는데, 절대로 그럴 수는 없다면서 밤을 새우면서까지 그림에만 집중했다. 밑그림을 그리던 때에만 저를 계속 바라보고, 그 뒤론 보지도 않고선 말이다.

'저 초상화를 받고 난 뒤, 다시는 초상화를 그려달라 하지 말아야겠다.'

애꿎은 그림에게 투기를 느끼면서, 담은 한 걸음 먼저 다가섰다.

"드디어 초상화를 다 그린 것이오?"

홍은 막상 그의 앞에서 조금 우물쭈물했다. 그도 그럴 것이, 이렇게 직접 주려니까 조금 부끄럽고 쑥스러웠다.

"그리긴 다 그렸습니다. 한데, 마음에 드실지는⋯⋯."

"분명 마음에 들 것이오. 오직 나만 생각하고 그린 것이 아니오?"

담은 그녀에게 손을 내밀었다. 홍은 잠시 망설였지만, 이내 수줍게 그림을 건네려는 순간, 그의 눈빛이 한순간 움찔하면서 그대로 홍을 안고 바닥에 엎드렸다. 그리고 곧장 그들의 머리 위로 매섭게 날아가는 화살 하나.

홍은 담의 품 안에서 갑작스럽게 벌어진 상황에 심장이 쿵, 하고 내려앉았다.

"대, 대군마마?"

담은 재빨리 주변을 살폈다. 멀리 떨어지지 않은 곳에서 사람의 기척이 느껴졌다.

"……맹월……."

그의 짧은 속삭임에 홍의 표정이 창백하게 일그러졌다. 맹월은 그가 말했던 역당의 무리. 멀리서 그들의 외침이 들려왔다.

"저쪽이다!"

담은 재빨리 홍의 손을 잡고서 달리기 시작했다. 드디어 맹월이 움직였다. 대충 느껴지는 기척만 봐도 열댓 명은 되어 보였다. 하지만 흩어져 있는 이들이 움직인다면, 수가 늘어나는 건 시간문제. 멀리서 연신 화살이 날아왔고, 담은 홍의 뒤로 자리를 잡고서 계속 달렸다.

"절대로 뒤돌아보지 마시오!"

"대군마마!"

"절대로 멈춰서도 아니 되오! 우리가 어디로 가야 하는지, 기억하고 있소?"

"예!"

홍은 가빠오는 숨을 꾹 누른 채 연신 발을 놀렸다. 그에게 짐이 되고 싶지 않았으니까. 사실 그들은 혹시나 이런 일이 일어날 것을 대비하여, 나흘 전부터 산의 지형을 외우고 도망칠 곳을 미리 정해두었다. 여기서 조금만 더 달리면 덤불이 우거진 동굴이 하나 나온다. 그리 넓지는 않지만, 그래도 몸을 숨기기엔 안성맞춤인 곳이었다.

화살이 계속 날아왔고, 담은 그녀의 어깨를 감싸고 손을 잡고서 계속해서 달렸다. 그러다 마침내 동굴에 도착해서는 그녀를 품에 꼭 끌어안고서 몸을 납작 엎드렸다.

"하아, 하아, 하아……."

그녀는 미친 듯이 뛰어오르는 숨을 억지로 삼키려 했다. 담은 그녀를 더욱 꽉 안아주면서 연신 그녀의 귓가에 대고 다정하게 속삭였다.

"괜찮을 것이오. 절대로 무서운 생각 하면 안 되오."

무섭지 않다, 그의 체온이 온몸을 맴돌며 무서운 생각을 전부 밀어내고 있었으니까. 그의 품 안에서 연신 들려오는 그의 심장 소리로도 안심이 되었다.

어느새 주변의 소리가 잠잠해졌다. 동굴이 지형 아래에 있어서 제대로 살피지 않으면 잘 보이지 않았다. 그는 기척이 사라진 것을 느끼고서 그녀를 안고 있던 손을 조심스럽게 풀었다. 하지만 홍이 그런 그를 꽉 붙잡고서 고개를 들었다.

"대군마마."

불안한 듯 속삭이는 목소리. 하지만 담은 엷은 미소를 지으며 말했다.

"괜찮을 것이오."

"가지 마십시오. 그들이 근처에 있을 것입니다."

"그러니 그들이 이곳을 발견하기 전에, 다른 곳으로 유인해야 하오."

"그렇지만, 그렇지만!"

그의 온기가 멀어지자, 자꾸만 불안한 기분이 들었다. 아직 초상화를 전해주지 못했다. 그때와 마찬가지로. 이번에도 전해줄 수 없게 된다면, 그리된다면,

'나는, 나는 살 수가 없다. 절대로 이분이 없는 세상을 홀로 살 수 없어…….'

하지만 가지 말라고 더는 붙잡을 수가 없었다. 이 일이 그에게 얼마나 중요한 일인지 알기에. 몸과 머리가 다른 목소리를 내며 홍을 뒤흔들었다.

담은 그 모습을 안쓰럽게 바라보며 다시금 그녀를 안아주었다. 그러곤 그녀의 하얀 이마에 입을 맞추고선 이내 아래로 내려와 입술을 삼키며 그 위로 뜨겁게 속삭였다.

"반드시 돌아올 것이오. 내가 다시 그대에게 돌아온 이유는 오직 하나. 끝까지 함께하기 위함인데, 절대로 이런 곳에서 그대를 홀로 두고 죽지 않을 것이오."

"······알고 있습니다. 담, 당신을 믿으니까."

홍은 그의 얼굴을 더듬고서 이번엔 먼저 입을 맞추었다. 불안한 마음을 모두 누르며, 오직 그가 무사하길 바라며 연신 입을 맞추고 또 맞추었다. 아주 간절하고 간절하게······.

그렇게 담이 재빨리 동굴을 빠져나갔다. 홍은 그의 뒷모습을 바라보며 완성된 초상화를 꽉 끌어안았다. 이럴 때 사림 형님이라도 계신다면 덜 불안할 텐데. 그럴 텐데.

"돌아오세요, 담. 반드시 이곳으로······."

❋

"수장이 말한 녀석이다. 잡아라!"

담은 칼자루를 움켜쥐고서 맹월을 몰기 시작했다. 아직까진 수가 그리 많은 편은 아니었다. 직접 대항하는 녀석들은 가차 없이 칼로 맞서고, 쓰러진 녀석들에게서 활과 화살을 빼앗아 활용하기도 했다. 대충 외운 지형을 이용해 몸을 피하면서 연신 그들의 얼굴을 살폈다. 역시나 이들 중 수장, 그 비형이라는 자는 보이지 않았다.

'그나마 다행인가. 그자가 있었다면 정말로 오래 버티지 못했을 테니까.'

그는 저도 모르게 사림을 떠올렸다. 그자가 이토록 그리울 수가 없었다. 그때 반대편에서 획 하는 소리와 함께 화살이 정확히 그의 어깨를 꿰뚫었다.

"흑!"

짧은 비명. 하지만 쉴 틈이 없었다. 그는 화살이 날아온 방향을 향해 달려가 칼을 휘둘렀다. 어깨에서 통증이 느껴졌다. 하지만 다행히 독이 묻거나 하진 않은 것 같았다. 그의 주변으로 피비린내가 진동하기 시작하고, 점점 수가 늘어나기 시작했다. 담은 이를 악다물고서 빠르게 칼을 휘두르고, 휘두르고, 또 휘둘렀다.

'어차피 이기는 것이 아닌 따돌리는 것이 목적이니, 다른 곳으로 유인하여 재빨리 몸을 피해야 해.'

담은 얼추 도주할 구멍을 살피고서 이내 걸음을 옮기려는 순간, 갑자기 다른 무리들이 그의 눈앞에 나타났다.

"저놈들은 뭐야!"

맹렬히 공격하던 맹월은 갑자기 나타난 무리에 움찔했다. 같은 편이 아닌가? 그때, 그들이 맹월에게 화살을 쏘면서 공격하기 시작했다.

담은 숨을 헐떡이며 그제야 그들의 복색을 눈에 담았다. 낯익은 복색. 바로 관군들의 모습. 그들은 궐에서 온 것이다.

'하아! 무랑이 제대로 도착했구나. 휘서의 군대야.'

그는 그제야 미소를 지으며 그들에게 다가가려고 했다. 그때, 누군가 그의 발 앞에 뭔가를 툭 하고 떨어뜨렸다. 그리고 그걸 본 담의 시선이 떨려왔다. 시신이었다. 그것도 온몸이 칼자국으로 상한 시신. 한데 얼굴이 낯이 익었다.

"서, 설마, 병판의 장자……."

그래, 유도준! 아주 예전에 몇 번 본 적이 있었다. 그런데 왜 그가 죽은 채로 있는 거지? 그리고 이자를 왜 제 발 앞에…….

담은 불길한 시선으로 이걸 내려놓은 이를 바라보며 입을 열었다.

"대체 이게 무슨 짓이냐. 이자는 병판의 장자가 아니더냐. 궐에서 온 것이 아니란 말이냐?"

"……."

"대답하라! 세자 저하께서 보낸 군대가 아니란 말이냐!"

그 순간, 그자가 갑자기 자신의 심장에 칼을 꽂고서 그대로 자결했다. 담은 흔들리는 눈동자로 쓰러진 이를 바라보았다. 어느 순간 맹월도 공격을 멈춘 채 웅성이기 시작했다.

"뭐야, 세자의 사람이 아니야?"

"같은 한패가 아닌 거야?"

그때, 맹월과 싸우던 다른 이가 담을 향해 큰 목소리로 외쳤다.

"우리는 세자 저하의 군대입니다! 맹월을 소탕하기 위해 이곳으로 온 것인데, 유배 중이신 윤영대군마마를 이리 뵙게 될 줄은 몰랐사옵니다. 그것도 대군마마께서 직접 병판의 장자를 죽이시고, 맹월과 한통속으로 저희들의 목숨을 위협하시다니! 이는 세자 저하께 반기를 든 역당, 맹월과 한패라는 뜻일 터. 혹, 맹월의 수장이시옵니까?"

말도 안 되는 소리가 울려 퍼졌다. 맹월 역시 의아한 표정으로 수군거리기 시작했고, 그 속에서 담은 모든 것이 너무나도 혼란스러웠다.

지금, 저들이 무슨 말을 하고 있는 것인가. 맹월의 수장? 병판의 장자를 자신이 죽였다고?

"지금 그게 무슨 개 같은 소리냐! 너희들은 세자 저하의 군대가 아니다! 누구냐, 너희들은 대체!"

담은 분노에 가득한 표정으로 그를 향해 달려갔다. 그러자 갑자기, 그자가 일부러 그에게 달려와서는 그대로 담의 칼에 스스로 제 가슴을 찔렀다.

"우욱!"

"지, 지금 대체!"

하지만 그자는 더욱 깊숙이 제 가슴에 칼을 박고서는 그대로 쓰러졌다. 그러곤 다른 쪽에서 울려 퍼지는 목소리.

"윤영대군이 공격했다! 맹월의 수장은 역시 윤영대군이었다! 이제부터 윤영대군은 세자 저하께 반기를 든 역당으로, 이 자리에서 척살한다!"

그러고는 어디선가 다른 군사들이 나타나기 시작하면서 그들의 칼날은 담을 향해 날아들기 시작했다. 어느새 그가 맹월의 수장이 되어서…….

                              ✻

　홍은 하염없이 바깥을 바라보았다. 너무나도 고요한 산이 불길했다. 지금쯤이면 돌아오실 때가 되었는데, 아무런 기척도 느껴지지 않았다. 대체 무슨 일이지? 밖에서 무슨 일이 벌어지고 있는 걸까.

　그녀는 저도 모르게 사림이 준 피리를 움켜쥐었다. 이 피리를 불면 형님이 눈앞에 나타났으면 했다. 그랬으면 했다.

　"대군마마, 사림 형님……."

　그때, 멀리서 사람의 발자국 소리가 들려왔다. 홍은 그가 돌아온 건가 싶어 버선발로 달려 나갔지만, 이내 그녀의 눈동자가 파르르 떨리면서 저도 모르게 한 걸음 뒤로 물러섰다. 어둠 속에서 나타나는 낯선 사내의 모습. 기다리던 그의 모습이 아니다. 그런데 어디선가 본 것 같았다.

　'대체 어디서 봤더라? 대체. 하!'

　기억났다. 춘곽, 모란각에서 우연히 부딪혔던 남자. 뭔가 위험한 느낌이 들어서 저도 모르게 소름이 돋았었는데. 그런데 왜 이 남자를 여기서 만나는 거지?

　'도망가야 해.'

홍은 본능적으로 그것을 느끼고서 재빨리 몸을 돌리려고 했지 만, 어느새 그녀를 발견한 백각이 그녀를 향해 짧게 말했다.

"세자빈마마."

순간, 홍은 달아나려던 걸음을 멈췄다. 그러고는 하얗게 질린 표정으로 고개를 돌렸다. 어느새 백각은 그녀에게 다가와 고개를 숙이며 예를 갖추었다.

"세자빈마마를 뵙사옵니다."

"하아……."

"얼마나 저하께서 찾으셨는지 모르옵니다."

저하라는 말에 홍은 무슨 반응을 어떻게 해야 할지 몰랐다. 이 제껏 잊고 있었으니까. 자신이 지금의 세자, 연녕대군의 세자빈이 라는 사실을. 그런데 막상 현실이 되어 이렇게 듣게 되니, 생각했 던 것보다 훨씬 더 듣고 싶지 않았다.

"제, 제발 나를 모른 척해줘요. 난 세자빈이 될 수 없어요. 그럴 자격이 없다고요! 그냥 날 여기서……."

"윤영대군마마께 가시는 것이옵니까?"

"그건……."

"그리되면 윤영대군마마께서 더 위험해지실 것이옵니다."

더 위험하다? 그 말은 즉, 지금도 위험하다는 말이 아닌가!

연신 떨고 있던 그녀의 눈동자 너머로 일순간 불꽃이 일었 다. 그러곤 떨리는 심장을 꽉 붙잡고서 백각을 똑바로 노려보며 외쳤다.

"지금 그게 무슨 말인가요, 윤영대군께서 위험해지다니! 그분은 나와 아무런 관련이 없어요. 없다고요!"

"이미 모든 사실을 저하께서 알고 계시옵니다. 세자빈마마가 실종된 사실을 조선 팔도로 방을 붙였고, 윤영대군마마께서는 이 사실을 알면서도 함구하며 세자빈마마를 모시고 계시옵니다. 이 것이 얼마나 위험한 일인지 모르시지는 않으시겠지요."

"그건!"

고개를 숙이고 있던 백각이 처음으로 고개를 들고서 홍을 바라보며 말했다.

"이는 윤영대군마마의 역모이옵니다. 하여 세자 저하께서는 대군마마의 목숨을 원하시옵니다."

목숨이라는 말에 한순간 홍의 걸음이 휘청했다.

이미 다 알고 있다고? 그렇다면 담, 그도 이 사실을 알고 있다는 건가? 일부러 내게 말을 하지 않은 거야? 홀로 감당하기 위해서?

아주 예전에 생각했던 대로다. 자신은 이미 세자의 여인. 한낱 대군이 세자빈의 곁에 있다는 것은 죽음을 면치 못할 반역. 내가 계속 그의 곁에 있게 된다면. 그리된다면,

'또다시 그분이 위험해지시는 건가? 그런 것인가.'

홍은 문득 뭔가를 깨달고선 두려움에 가득 찬 목소리로 외쳤다.

"지금 대군마마께선, 대군마마께선 무사하신 것이지요!"

✻

"윤영대군이 공격했다! 맹월의 수장은 역시 윤영대군이었다! 이제부터 윤영대군은 세자 저하께 반기를 든 역당으로, 이 자리에서 척살한다!"

그 말을 끝으로 숨어 있던 휘서의 군대가 움직이기 시작했다. 하지만 담은 결코 그들을 향해 칼을 휘두를 수 없었다. 이들의 목숨을 취할 수 없었다. 정녕 이들이 휘서의 군대라면, 정말로 그의 명대로 움직이는 것이라면, 이들의 목숨을 취함과 동시에 정말로 역모가 되어버린다.

'하지만 대체 왜. 휘서가 대체 왜 내게 칼을!'

담은 연신 날아오는 그들의 칼을 피하면서 숨을 헐떡였다. 안 그래도 부상이 있는 몸이라 둔할 수밖에 없었다. 게다가 적군도 아닌 아군을 상대로!

하지만 침착해야만 했다. 냉정하게 도대체 왜 이런 일이 벌어졌는지 생각을 해야만 한다. 무랑이 도성에 도착하지 못했나? 아니면 그 사이에 무슨 일이 있었나?

'설마 노론이 나와 휘서의 사이를 이간질하고 있는 것인가?'

아니, 그렇다고 흔들릴 휘서가 아니다. 그렇다면 대체 왜. 무엇 때문에!

순간, 그의 머릿속을 스치는 단 하나.

"이미 조선 팔도로 소문이 번지고 있습니다. 세자 저하께서 포도
청과 의금부까지 풀어 세자빈마마를 찾고 계시고요. 만약, 누군가 세
자빈마마에게 위해를 가한다면 이는 왕실을 능멸한 것이라며 대역죄
로 다스린다고 하옵니다."

담은 떨리는 숨을 삼켰다. 설마 휘서가 알게 된 것인가? 세자
빈, 홍이가 나와 함께 있다는 사실을. 하여 이런 선택을 한 것인
가? 내가 저를 배신한 줄 알고? 다시 세자위를 노리는 줄 알고?
하지만 대체 유도준의 시신은 무엇이란 말인가.

"윽!"

잠시 한눈을 판 사이 그의 어깨로 화살 하나가 스쳤다. 담은 이
를 악물고서 칼로 화살을 쳐내며 지형이 험한 곳으로 점점 더 들
어갔지만, 그만큼 그에게도 무리가 갔기에 점점 한계에 다다르고
있었다.

"절대로 놓치지 마라! 맹월의 수장이다! 역당들이다!"

저를 향해 외치는 소리가 점점 커지고 있었다. 진짜 맹월은 이
미 몸을 숨긴 상태. 이대로 죽는 것인가? 하지만 홍이가. 홍이가!

'이게 정녕 휘서의 선택이라면, 그렇다면 나는 저들을 죽일 수

밖에 없다. 그게 내 선택이다.'

절대로 홍이를 두고 죽을 수는 없으니까, 그럴 수는 없으니까. 설사 자신이 역모의 오명을 쓰게 된다고 할지라도!

결국, 그는 굳은 결심을 하고서는 칼자루를 다시 고쳐 잡았다. 그러곤 서서히 다가오는 그들을 향해 칼을 휘두르려는 순간, 누군가의 칼이 더 빠르게 휘서의 군대를 꿰뚫기 시작했다.

"으윽!"

"한패가 나타났다!"

"한패?"

담은 제 앞에서 아주 냉혹하게 칼을 휘두르며 피를 부르는 이를 바라보았다. 검은 삿갓 때문에 얼굴이 제대로 보이진 않았지만, 뿜어져 나오는 기운과 얼핏 익숙한 솜씨에 눈동자가 흔들렸다. 그리고 마침내, 쓰고 있던 삿갓이 아래로 떨어지면서 백안의 눈동자가 살벌하게 번뜩였다. 바로 맹월의 수장, 비형이었다.

"모조리 쓸어버려라!"

그의 말이 끝나자마자 아까와는 비교도 할 수 없는 인원의 맹월들이 튀어나와 그야말로 난장판이 벌어지고 있었다. 아직 완전히 무기를 갖추지 못한 맹월들은 농기구 같은 것을 들고서 휘서의 군대를 제압하기 시작했다. 그 속에서도 비형의 실력은 압도적이었다. 귀신과도 같은 몸놀림으로 거의 도륙에 가까운 광기를 보이고 있었다.

담은 피가 흐르는 어깨를 꽉 붙잡고서 비형을 바라보았다.

'도대체, 저자가 왜 나를 돕고 있는 거지?'

얼마나 지났을까. 맹월의 수는 점점 늘어났고, 죽어가는 휘서의 군대는 점점 줄어들었다. 그러다 결국,

"후퇴하라! 전원 후퇴하라!"

휘서의 군대가 퇴각하기 시작했다. 비형은 멀어지는 군대를 보고서 일부러 쫓아가거나 하진 않았다. 맹월 역시 쥐고 있던 무기를 떨어뜨리고선 호월산이 떠나가라 환호성을 지었다.

"와아아아!"

볼품없는 무기로 그래도 승리를 이뤄낸 것은 앞에서 활약한 비형의 공이 컸다. 어느새 그의 시선은 담에게로 향했고, 담 역시 그를 노려보며 애써 몸을 일으켜 세웠다.

비형은 피가 묻은 칼을 무심히 털어내고서 그에게 다가왔다. 그러고는 비릿한 미소와 함께 속삭였다.

"결국은 세자에게 버림받은 개가 되었군."

"닥쳐라."

비형은 담의 모습을 머리부터 발끝까지 훑었다. 처음 그를 쫓던 선발대가 돌아왔을 때, 그들이 하는 말이 믿어지지가 않았다. 세자의 군대가 이곳으로 들어와 자신들이 쫓던 이를 맹월의 수장으로 몰기 시작하더니 공격했다는 말.

역시 지금의 세자도 노론과 다를 것이 없다. 윤영대군이 제 자

리를 탐낼까 봐 이렇게 선수를 치다니.

"본디 왕이 되지 못한 왕자들은 대부분 왕이 될 자에게 죽어 나가곤 하지. 존재 자체만으로도 가장 그들이 두려워하는 존재가 되니까. 윤영대군, 넌 그 자리를 절대 연녕대군에게 넘겨주어선 아니 되었다. 아무리 예전엔 호형호제하던 사이였다고 하더라도, 연녕대군에게 가장 위협이 되는 존재는 바로 그대니까. 그러니 그대가 살기 위해선 다시금 세자가 되어야만 해."

"그게, 무슨 말이지?"

"내가 널 도움으로써 넌 더더욱 우리와 한편이 되고 말았다. 지금의 세자가 원하는 대로 말이야."

"그걸 위해서 날 도운 건가?"

"고작 그것 때문이라면 이런 수고를 할 필요도 없지."

대체 저자가 무슨 소리를 하고 싶은 거지?

"빙빙 둘러서 말하지 마라."

순간, 비형은 담의 어깨를 강하게 붙잡고서 끌어당기며 낮게 속삭였다.

"내 손을 잡겠나? 맹월의 수장은 안 되지만 더 높은 자리를 줄 수는 있다. 지금의 세자를 몰아내고, 노론을 몰아내고, 다시금 그대에게 세자위를 안겨줄 수도 있단 말이다."

"……뭐?"

"내가 너를 한 번 더 믿어보겠다는 것이다. 사실 그대가 세자위에 있었을 때, 나는 세자인 그대가 썩 마음에 들었으니까. 어떤가? 내 손을 잡고 함께 거사를 도모하는 것이."

비형의 진짜 목적. 그리고 그 목적에 담은 가슴께로 싸늘한 감정이 휘몰아치고 있었다.

❋

"아직은 무사하시옵니다."

아직은 무사하다는 말이 가시처럼 박혀온다. 그의 곁에 있는 시간을 처음으로 욕심내고 탐내었다. 그런데 결국, 시간을 거슬러도 운명은 바꿀 수가 없나 보다. 그의 여인이 되고 싶지만, 평생을 함께하고 싶지만. 지금 이대로는 그의 곁에 있을수록 그때의 일을 반복하는 결과밖에 되지 않았다.

'그는 완전히 궐을 벗어났지만, 나는 아직 아니다. 나는 아직 궐에 묶인 나비다. 다시는 궐로 돌아가지 않을 것이라고 다짐했는데, 지금은 그저 도망친 상태에 불과해.'

"세자빈마마."

백각의 속삭임에 홍은 마음을 다잡고서 아까와는 전혀 다른 눈빛으로 명을 내렸다.

"하루의 말미를 다오."

달라진 그녀의 어조에 백각은 세자빈으로서 그녀에게 예를 갖추었다.

"하오나 마마, 시간이 없사옵니다."

"이것은 부탁이 아니고 명이다. 하루의 말미를 내게 주거라. 하면 그대를 따라서 군말 없이 궐로 갈 것이다."

명령이라는 말에 백각은 더 이상 그녀를 말릴 수가 없었다. 어차피 도망치지는 못한다. 멀지 않은 곳에서 그가 그녀를 감시할 테니까.

"마마를 믿고 기다리겠사옵니다. 하면, 내일 뵙지요."

그렇게 백각이 사라졌다. 홍은 그가 사라진 빈자리를 보곤 한껏 용기를 품고서 주먹을 움켜쥐었다. 어느새 그녀의 눈동자 위로 침착함과 냉정함이 가라앉았다.

"절대로, 그때와 똑같아질 수는 없어."

기적처럼 되돌아왔고, 내게 다시 주어진 기회였다. 그때와 같은 선택을 하진 않을 것이다. 무슨 일이 있어도 반드시 그와 함께할 것이다. 그러기 위해서는,

'내가, 궐로 돌아가야 해.'

5장

초야, 꽃을 품다

"어떤가? 내 손을 잡고 함께 거사를 도모하는 것이."

비형은 그를 향해 손을 내밀었다. 다시금 내게 하늘이 되어보라고. 그 길만이 살길이라고 속삭이는 목소리. 하지만 담은 고개를 가로저었다.

"나는 두 번 다시 세자위에 오를 생각이 없다. 그 때문에 지금의 세자를 죽일 생각은 더더욱 없고. 내가 먼저 스스로 하늘을 저버렸다. 그러니 내겐 더 이상 그 자격이 없어."

순간, 담은 이번엔 비형의 어깨를 붙잡고서 강하게 끌어당겼다. 그러고는 그의 귀를 향해 낮게 외쳤다. 작은 목소리. 하지만 높낮이 없는 어조에서 뿜어져 나오는 위압감은 한때 세자였던 그의 기백을 보여주었고, 비형은 저도 모르게 속으로 움찔하고선 이내 허한 웃음을 지었다.

"하지만 아무리 왕권이 무너지고 있다고는 하나, 너 같은 것이 함부로 세자를 바꾸니 마니 할 자리가 아니다. 세자는 하늘이 내리고, 그 세자가 왕이 되어 조선이 된다. 너희들의 비통함은 잘 알겠지만, 그렇다고 해서 칼로써 세우는 정의가 옳은 정의라고 할 수 없다. 내가 그대들에게 마지막 기회를 주지."

어느 순간 담의 시선이 비형의 백안을 노려보았다. 그리고 한마디 한마디에 진심을 담아 내뱉었다.

"지금의 세자를 믿어라. 분명 그대들의 비통함을 끌어안아 줄 테니까."

진심으로 하는 말이었다. 이들도 어찌 보면 가여운 백성들이었다. 노론의 악행을 견디지 못해서, 자신들을 지켜주지 못한 왕실에 실망하여 스스로 농기구를 들어 올린 이들. 스스로의 목숨을 바쳐, 제 자식들이라도 사람답게 살길 바라며 그렇게 일어난 사람들. 그래서 다시금 기회를 주고 싶었다. 담은 휘서를 믿고 있으니까. 반드시 이들이 원하는 세자가 되어줄 것이라고, 그렇게 생각하고 있으니까.

하지만 비형은 이내 담의 손을 붙잡고서 제 어깨에서 거칠게 손을 치웠다.

"다음에 만나게 된다면, 정말로 그대의 목숨을 취할 것이다."

서로에게 새기는 명백한 거절. 그렇게 비형은 돌아섰고, 나머지 맹월들도 그의 뒤를 따라 사라지고 있었다.

담은 안타까운 시선으로 그들의 빈자리를 바라보다 이내 밀려드는 통증에 미간을 찡그리며 유도준의 시신이 있던 곳을 바라보았다. 그 난리 통에도 시신은 그들이 거둬갔다. 대체 무슨 속셈인지는 모르겠지만, 정말 그 시신이 병판의 아들이 맞는다면, 누군가 병판을 건드렸고, 이는 노론에게 칼을 내민 것이나 마찬가지다. 이 사실을 휘서가 알게 되어 내게 뒤집어씌우려는 것인데.

'감히 이런 짓을 한 이를 휘서는 알고 있다는 건가?'

그렇다면 대체 누구기에 이토록 감싸고 있는 거지? 겉으로 보기엔 노론과 과거에서부터 원한이 깊은 내게 뒤집어씌우는 것은 그리 어려운 일이 아닐 터. 하지만,

"휘서야⋯⋯."

그의 이름이 참으로 아프게 그의 입에서 흘어졌다. 처음 세자위를 건네줄 때에는 이런 일이 생길 것이라고 단 한 번도 생각해 본적이 없었다. 물론 자신이 홍이를 데리고 있다는 사실을 알게 되면, 휘서가 가만있지 않을 거라 생각하긴 했지만.

"내가 너에게 불안한 존재구나. 하기야 세자빈을 내가 데리고 있으니."

소중한 하나를 얻기 위해서, 소중한 또 다른 하나를 놓아야 하는 건가. 하지만 끝까지 휘서와는 칼을 겨루고 싶지 않았다.

담은 칼자루를 다시 허리춤에 채웠다. 주변으로 비릿한 피비린

내를 품은 바람이 넘실거렸다. 그토록 꽃향기를 품었던 바람인데, 어느 순간 이리도 지독하고 가혹한 것을 품고 넘실거리고 있었다. 행여나 홍에게 와 닿지 않기를 바라는데.

"다시, 모든 것을 바로잡아야 한다."

맹월을 휘서에게 건네주고, 그의 판단에 맡겨야만 한다. 그리고 이 조선을 떠나 휘서의 눈앞에서 완전히 사라지는 것. 그것만이 유일한 방법이 될 터.

"홍아……."

그의 입안에서 연신 되새겨지는 이름.

담은 그제야 걸음을 돌렸다. 그러곤 홍이 있는 곳으로 달려갔다. 그녀가 기다리고 있을 것이다. 어떠한 일이 벌어져도 그는 그녀에게로 돌아가야만 한다. 그녀의 곁으로, 언제까지나…….

홍이 있는 곳으로 다가갈수록 처음엔 생기지 않던 조바심과 더불어 불안함이 밀려들었다. 혹여나 그들이 홍이를 발견하고 데려가지 않았을까 하는. 하지만 괜한 생각은 하지 않았다.

"홍아!"

근처에 다가가자 결국 참지 못하고 이름을 불렀지만, 아무런 대답이 없었다.

"홍아! 홍아!"

괜한 기우라고 생각했던 것이 현실로 와 닿는 순간, 담의 표정이 딱딱하게 굳어지면서 그는 그대로 동굴을 향해 달려갔다.

"홍아!"

동굴 안은 텅 비어 있었다. 그는 떨리는 손을 꽉 움켜쥐고서 주변을 마구 살펴보았지만 보이지 않는다. 정말 그들이 데려간 것인가? 정녕!

"하아, 하아!"

거칠어지는 호흡과 더불어 그의 머릿속이 차가워지면서 이내 가슴으로 뜨거운 분노가 일어났다. 하지만 뒤에서 와락 끌어안는 조그맣고 따스한 온기에 그의 숨이 일순간 멎으면서 이내 그녀의 손을 잡으며 낮은 목소리로 속삭였다.

"홍아……."

"대군마마."

그는 고개를 돌려 그녀를 확인하고서는 이내 와락 끌어당겨 품 안에 가두었다. 두 팔로 그녀를 으스러져라 끌어안으며 그녀가 제 곁에 있음을 온몸으로 느끼자, 그제야 불안함이 말끔히 사라지는 듯했다.

"다행이다, 다행이야……."

무너지듯 내려앉는 목소리. 너무나도 지치고 고단한 그의 목소리에 홍은 가만히 그를 다독이면서 어깨에 적나라하게 보이는 상처를 아프게 매만졌다.

"괜찮으십니까?"

"다 괜찮다, 다 괜찮아······."

"하지만······."

담은 그제야 고개를 들어 홍을 바라보았다. 다친 곳은 전혀 없는 것 같았다. 하여 미소를 지었지만, 홍은 웃을 수 없었다. 여기저기 눈에 보이는 상처와 피가 말라붙은 모습까지.

"얼른 상처부터 치료해야겠습니다."

"그래. 그리고 내일 바로 호월산을 내려가야겠다."

"네?"

"확인해야 할 것이 있어. 그러곤 가능하면 빨리 일을 마무리 짓고 조선을 떠나자."

담은 도성으로 내려간 무랑이 걱정되었다. 지금쯤이면 도성에 도착하고도 남을 시간. 그런데도 아무런 소식이 없고, 휘서의 군대가 자신의 목숨을 노리고 있다. 그렇다는 것은 무랑도 지금 궐에 잡혀 있다는 소리일 텐데. 하지만 정녕 무랑은 아무것도 모른다. 그를 이대로 궐에 두어 죽게 할 수는 없었다.

'만약 일이 잘못된다면, 나라도 궐에 들어가 무랑을 구해야 한다.'

결국 한 번은 도성으로 가야 한다는 말. 담은 그녀를 바라보았다. 함께 도성으로 갈 수는 없었다. 그렇다고 홀로 둘 수도 없고. 다시금 사림의 빈자리가 너무나도 절실하게 느껴졌다.

"일단 상처부터 치유해야 합니다. 잠시만 이곳에 계십시오. 주변에 쓸 만한 약초가 많이 있었습니다."

홍은 함께 가겠다는 담에게 괜찮다고, 혹여나 상처가 더 벌어지면 큰일이라고 달래며 동굴을 빠져나왔다. 그러고는 떨리는 가슴을 진정시키려 애를 썼다.

역시나 그는 처음부터 알고 있었던 것이다. 세자가 나를 찾고 있음을. 그리고 그들을 만나 저리 큰 부상을 당한 것이 분명하다. 이미 세자는 움직이고 있었다. 그를 평생의 도망자로 만들 수는 없는 법.

'역시, 내가 궐에 가는 방법이 최선이다.'

❋

홍과 만나고 온 백각은 후퇴한 군사들을 바라보았다. 의도치 않게 진짜 맹월이 윤영대군마마를 도왔다고 한다. 백각은 진정 대군께서 맹월과 한편이라고 생각하진 않았다. 분명 무슨 이유가 있을 터. 하지만 세자 저하께서 지금의 결정을 내렸다면, 그는 자신의 주군을 따를 뿐이었다.

"유도준의 시신은?"

"가져왔사옵니다."

백각은 시신을 불에 태웠다. 행여나 윤영대군이 죽이지 않았다는 흔적이 남아 있으면 아니 되니, 차라리 시신을 없애고 작은 흔적 하나만 가지고 가면 된다. 하여 윤영대군의 짓이라고 못을 박으면 그만. 어차피 죽은 자는 말이 없고, 없어진 흔적 위로 새로운 흔적을 만들면 그것이 진실이 되는 법.

"이제 어찌할까요?"

군사 중 한 명이 묻자, 백각은 타들어가는 시신을 바라보며 짧게 말했다.

"내일 아침, 세자빈마마를 모시고 도성으로 돌아간다."

✻

그날 저녁. 동굴에서 홍은 담의 상처를 살피고 있었다. 다행히 주변에 약초가 많았다. 비록 완전히 낫게 할 수는 없겠지만, 그래도 덧나지 않게 할 수는 있을 것 같았다.

"따가울 것입니다."

"괜찮소."

담은 연신 그녀 앞에서 웃었다. 그렇지 않으면 계속 걱정하기만 할 게 뻔했으니까.

그녀는 약초를 그의 어깨에 잘 붙이고서 한 손가락으로 아주 조심스럽게 매만졌다. 쓰라림보다는 그녀의 손가락에서 피어나는 열기에 담은 자꾸만 온몸이 긴장되어 갔다.

"다치지 마십시오. 몸을 어찌 이리 함부로 하십니까."

"자꾸 미안해할 일만 생기오."

"대군마마께서 아픈 것도 싫고, 이리 상처를 보는 것도 싫습니다."

"알고 있소."

점점 그녀가 매만지는 부위가 늘어날수록, 담은 자꾸만 야릇한 기분이 감돌면서 머릿속이 하얗게 되어가는 것 같았다. 이대로 있다가는 정말 견디기 어려울 것 같았다.

그는 그녀의 손을 잡고서 억지로 엷은 미소를 지었다.

"이제 그만 되었소. 오늘은 이래저래 고단하고 힘들었으니, 이만 쉬어야 하지 않소?"

홍은 담의 눈동자를 빤히 바라보았다. 슬쩍 붉어진 얼굴과 흐트러진 숨결. 그 모습에 그녀 역시 심장이 빠르게 뛰면서 긴장이 되었다. 어쩐지 달뜨고 팽팽해진 공기.

"흠흠! 이러고 같이 있을 순 없으니, 내가 나가서 쉬겠소."

그렇게 말하고서 담이 천천히 자리에서 일어나려고 하자, 홍은 안절부절못하다가 이내 재빨리 입을 열었다.

"대, 대군마마, 드릴 것이 있습니다."

"무엇을?"

홍은 얼른 소중히 품고 있던 그의 완성된 초상화를 보여주었다.

담은 초상화를 보고선 환한 미소를 지었다. 그녀의 눈동자에 담겨 오직 자신만을 떠올리며 그려진 초상화. 그림에 담긴 그의 모습은 한없이 다정하게 웃고 있는 모습이었다.

"너무 웃고 있는 것이 아니오? 내가 매번 이리 웃기만 했던 건 아닌데……."

"예전에 제가 대군마마의 세자빈이 되고 싶다고 생각했던 이유 는 고단하기만 한 마마의 하늘에 저 같은 나비 하나가 펄렁이며, 한순간이라도 웃으셨으면 하는 바람 때문이었습니다."

"……."

"제가 대군마마의 쉼터가 되고 싶었지요. 지금도 마찬가지입니 다. 저를 보면서 조금이라도 웃으셨으면 좋겠습니다. 모든 걸 홀 로 감당하지 마시고, 제 앞에선 그저 모든 걸 내려놓은 채 그냥 웃 어주셨으면 좋겠습니다."

"홍아."

"그렇게 제 이름도 불러주시면서."

담은 다시금 초상화를 바라보았다. 그녀가 제게 하는 간곡한 부 탁이지만, 그것조차도 오직 저를 위해서 하는 부탁. 그녀는 제게 너무 벅찬 사람이다. 연모하고 연모한다는 말조차 부족한, 너무나 도 귀하디귀한 사람.

그는 초상화를 소중히 품고서 그녀를 향해 웃어주었다.

"고맙소. 그리고 항상, 매 순간순간 그대를 너무나도 은애하 오."

저도 모르게 심장이 파르르 떨리면서 눈물이 나올 것 같았다.

이렇게 직접 제게 은애한다고 말한 적은 처음이었으니까. 말하지 않아도 마음으로 느껴지고, 가슴으로 와 닿는다고 생각했는데. 이리 직접 들으니 너무나도 떨리고 설레기만 했다. 처음 첫정을 담은 여인처럼. 그리고 그 모습에 담 역시 저절로 부끄러워지면서 얼른 자리에서 일어섰다. 진정 위험했다. 그녀를 안고 싶어지니까. 안고 싶으면 입을 맞추고 싶고, 입을 맞추면……. 지금 이 감정으론 그냥 그렇게만 하기 어려울 것 같았다.

"그러면 진짜 가보겠소. 푹 쉬어야 하오. 내일 일찍 일어나서 움직여야 하니."

그렇게 그가 돌아서려는 순간, 작고 뜨거운 손이 그의 손을 덥석 잡았다. 그리고 이내 떨리듯 들려오는 목소리.

"담……."

"……."

그 목소리에 담은 온몸이 딱딱하게 굳어지기 시작했다. 오직 심장만이 미치도록 쿵쾅거리며 뛰었다.

"오늘 밤, 곁에 있어주세요."

"……."

"곁에서, 안아주셔요."

너무나도 어설프지만, 여인이 사내를 향해 뜨겁게 내쉬는 미혹의 목소리. 지금 그녀는 터질 듯한 심장을 품고서, 그에게 초야를 속삭이고 있었다.

"담……."

뜨겁게 내려앉는 그녀의 목소리에 그는 더는 밀어낼 자신이 없었다. 어느새 담은 홍의 앞에 마주 보고 앉아서는 천천히 손을 뻗어 그녀의 여리고 가는 뒷목을 부드럽게 잡고서 끌어당겼다. 홍은 그의 손길에 이끌려 닿을 듯 말 듯한 거리에서 눈을 맞추었다. 그의 어깨가 들썩이며 무척이나 낮은 목소리가 흘러나왔다.

"갑자기, 어째서……."

"대군마마께서 제게 비녀를 꽂아주셨을 때, 저는 이미 그날 대군과 다시 한 번 혼인하였다고 생각했습니다. 그러니 지금, 서로가 가장 절실하게 보고 싶었던 오늘, 초야를 치르고 싶습니다."

담은 그녀와 이마를 맞대었다. 살포시 와 닿은 곳이 마치 불에 덴 듯 뜨겁기만 했다.

"이런 곳에서 괜찮은 것이오?"

"저야말로 이런 복색으로 괜찮으십니까?"

그녀는 아직 사내의 복장이었다. 하지만 그의 두 눈엔 그저 어여쁜 여인이 앉아 저를 뒤흔들고 있을 뿐이었다.

"상관없소. 내 눈엔 그저 사랑스럽기만 하오."

"저도 상관없습니다. 담, 당신만 제 곁에 있다면."

어느새 그의 숨결이 아래로 타고 내려와 천천히 입술을 머금더니 이내 강하게 집어삼키며 그녀의 동그란 어깨를 붙잡았다. 짙은 어둠 속에서 오직 서로의 손길과 감미롭게 쏟아지는 숨결만을 느끼며, 홍은 그의 팔을 붙잡은 채 버겁게 뛰어오르는 심장을 느꼈다. 정녕 이대로 터져 버릴 것만 같았다.

"하아!"

점점 거칠게 뛰어오르는 호흡 속에 그의 손길이 바빠졌다. 볼품없는 사내의 옷고름을 풀어내자 새하얀 속살이 보드랍게 손끝에와 닿았고, 스치는 곳마다 붉은 꽃을 피우듯 달뜬 온기가 느껴졌다. 점점, 서로를 갈구하는 움직임이 더해졌다.

담은 그녀의 입술 끝에서 연신 멈출 새 없이 거세게 파고들었다. 홍은 반쯤 벗겨진 상태로 그의 품에 와락 파고들며, 그의 옷자락 역시 아래로 벗겨냈다. 그의 손길 아래 서서히 몸이 아래로 내려가며 결국 땅에 머리를 눕혔다. 담은 쉴 틈 없이 그녀를 다독이며 어울리지 않는 상투를 풀어냈다. 그러자 아직 짧기는 하지만, 그래도 제법 자란 그녀의 탐스러운 머리카락이 쏟아지며 그녀의 얼굴을 가렸다.

평소 그가 해주던 입맞춤과는 느낌이 전혀 달랐다. 그 어느 때보다 뜨거운 불꽃을 품고서 일렁였고, 그 열기에 온몸이 녹아내릴 것만 같았다.

그녀는 파르르 떨리는 시선으로 그의 어깨를 바라보았다. 상처가 많이 아플 것인데.

"아프지 않으십니까?"

홍의 손이 상처를 조심스럽게 쓸어내렸다. 그러자 담은 엷은 미소를 지으며 고개를 가로저었다.

"아프지 않소."

"너무 무리하지 마십시오."

"그건 내가 할 말이오. 정말 괜찮겠소?"

오직 저만 걱정하고 다독이는 목소리에 홍은 마음이 놓였다. 그리고 무섭지가 않았다. 오히려 그를 원하기만 했다.

그녀는 조금 당돌하게 그의 목을 끌어안았다. 갑작스러운 그녀의 행동에 담은 거친 숨을 삼키며 아래쪽이 묵직해지는 것을 느꼈다. 아마 그녀의 얼굴은 지금 붉게 달아올라 터질 듯한 홍시가 됐으리라.

그의 손길이 아주 느릿하게 아래로 내려가면서, 그녀의 새하얀 꽃무덤을 건드렸다. 떨림이 그대로 전해졌다. 담은 그녀의 볼에 입을 맞추며 점차 아래로 내려가 목덜미 위에서 뜨겁게 속삭였다.

"홍아."

어지럽게 흐트러지는 목소리.

"담······."

애처롭게 속삭이는 목소리를 삼키며, 담은 그대로 그녀를 품에 안았다. 달콤한 향기가 온몸에 새겨지고, 연신 서로를 향해 갈망하는 목소리는 점점 거세지기만 했다. 머릿속은 이미 하얗게 타들어가며 오직 그의 손짓과 움직임만이 느껴질 뿐이었다.

홍은 그대로 모든 것을 내려놓았다. 지금 이 순간만큼은 그 무엇도 방해할 수 없다. 오직 그를 보고 싶었다. 그의 시선 역시 저만 바라보게 하고 싶었다. 그의 모든 것을, 그리고 그녀의 모든 것을 갖고 싶을 뿐이었다.

그녀는 열기에 취해 한껏 흔들리는 시선으로 그의 얼굴을 연신 더듬었다. 그리고 처음으로 그를 향해 말했다.

"연모, 합니다."

"은애하오."

두 사람의 그림자가 어느덧 하나로 겹쳐져 넘실거렸다. 밤은 깊어지고, 제법 서늘한 바람이 불었지만 두 사람은 그저 뜨겁기만 했다. 그저 이 순간이, 이 시간이 멈추지 않기를 바랄 뿐이었다.

이른 새벽. 홍은 지친 몸을 천천히 일으켜 세웠다. 간밤에 남은 흔적이 그녀를 무겁게 했지만, 홍은 어렵사리 옷을 갈아입고서 여전히 곤히 잠든 그를 반달 미소를 그리며 바라보았다.

"담……."

어젯밤, 그야말로 수십 번 그의 이름을 불렀다. 마치 그녀의 가슴에 새기고 새기듯. 하지만 부르면 부를수록 더더욱 그리워지는 느낌은 왜인 걸까.

그녀는 잠시 망설이다 이내 손을 뻗어 그의 헝클어진 머리카락을 매만졌다.

"홀로 싸우지 마십시오. 저도 함께 싸울 것입니다. 과거, 제대로 풀지 못하고 끝난 뒤엉킨 그 운명을, 지금이라도 제대로 보려고 합니다.”

홍은 천천히 그의 이마에 짧게 입을 맞추며 속삭였다.

“그러니 조금만, 조금만 기다려 주십시오.”

자꾸만 미련과 망설임이 그녀를 붙잡았지만 홍은 과감하게 자리에서 일어나 동굴 밖으로 나왔다. 아직 제 몸에 그의 온기가 남아 있었다. 그가 제게 준 뜨거운 연모가 남아 있으니,

‘절대로 두렵지 않습니다.’

그렇게 점점 동굴에서 멀어지자, 그녀의 앞으로 기다렸다는 듯 백각이 나와 고개를 숙였다.

“세자빈마마.”

홍은 짧게 심호흡을 하고서 말했다.

“궐로 가자.”

그렇게 그녀는 스스로 걸음을 정하였다. 예전처럼 무조건 피하지 않을 것이다. 그와 헤어지고 싶지 않으니까. 그가 내게 한 약조를 지키기 위해 하늘을 버렸듯, 나 또한 그와 행복해지기 위해서, 함께 영원히 하자던 그 약조를 지키기 위해서, 버려야 한다면 전부를 버릴 것이다.

✳

홍······ 아······ 안 돼, 홍아······ 홍아······.

"홍아!"

담은 비명과도 같은 소리를 지르며 눈을 번쩍 떴다. 너무나도 무서운 악몽. 그녀가 어둠 속으로 사라지는 꿈이었다. 마치, 오래전 그녀를 잃었던 그 상실감을 다시 느끼는 듯한.

"하아, 하아."

담은 거친 숨을 몰아쉬며 주변을 둘러보았다. 그런데 그녀의 모습이 보이질 않았다.

"홍아? 홍아, 어디 있소? 어디 있는 것이오!"

그는 떨리는 눈동자로 자리에서 벌떡 일어나 연신 그녀를 찾았지만, 그 어디에도 보이지 않았다.

"홍아!"

간절하게 울부짖는 목소리. 그때, 그의 시선 안으로 작은 서찰이 들어왔다. 담은 무척이나 불길한 느낌으로 서찰을 펼쳐 보였다. 아주 정갈하게 쓰인 그녀의 필체. 그리고 거기엔 궐에서 모든 것을 내려놓고 돌아오겠다는 말이 적혀 있었다.

"설마, 세자빈을 찾고 있다는 방을 알게 된 것인가? 해서 어제 그토록……."

휘서의 사람 중 누군가 그녀를 만난 것이 분명했다. 그리고 보니 어제 그녀의 행동이 이상하기는 했다. 왜 거기까지 생각을 하지 못한 걸까. 왜 눈치를 채지 못한 걸까! 아마 직접 궐에 가서 휘서에게 부탁을 할 생각이겠지. 세자빈 간택을 거두어달라고. 하지만 말처럼 그리 쉽게 되지는 않을 것 같았다.

"안 돼……."

담은 그녀가 적은 서찰을 꽉 움켜쥐고서 동굴 밖으로 나왔다. 도성으로 가야 한다. 궐에서 그녀를 데려오고, 그리고 휘서를 직접 만나야 한다.

✳

"윤영대군이 호월산을 내려가고 있습니다. 아마도 도성으로 가려는 모양입니다."

"이미 역모의 죄를 쓰고 있는데, 도성으로 가서 개죽음을 당하려나."

비형은 담의 움직임을 주시하고 있었다. 그래도 혹시나 마음을 바꾸지 않을까 하면서. 하지만 끝내 그는 스스로 명을 재촉하려는 모양이었다. 그렇다면 되었다. 더 이상 그도 미련 갖지 않을 것이다.

"드디어 명에서 무기가 도착했습니다. 지금 항구 마을에서 아이들이 무기를 보관하고 있습니다."

비형은 비릿한 미소를 지으며 지도를 펼쳐 들었다. 지도에는 한양이 그려져 있었고, 한양의 중심에는 궐이 붉은 글씨로 새겨져 있었다.

"거사일을 정한다. 며칠 뒤 달이 보이지 않는 초하룻밤, 어둠에 스며들기 딱 좋은 그날에 우린 이곳에서 붉게 타오를 것이다."

그의 칼이 궐을 향해 떨어지고, 맹월의 사람들은 비장한 눈빛을 띠며 그렇게 마지막 각오를 새기고 있었다. 목표는 오직 하나. 세자의 목숨, 그리고 노론의 몰락이었다.

※

몇 날 며칠을 쉬지도 않고 달렸다. 백각은 그리 무리하지 않아도 된다고, 가마를 준비해서 떠나도 된다고 했지만 홍은 직접 말을 몰아 한시도 발걸음을 멈추지 않았다. 조금만 멈춰도 마음이 흔들릴 것 같았다. 뒤돌아보면, 그가 걱정되어서 그렇게 또 흔들릴 것만 같았다. 그렇게 가쁜 숨을 몰아쉬며 얼마나 달렸을까. 마침내 도성이 눈앞에 보이기 시작했다.

"하아."

그녀는 말을 천천히 몰면서 왁자지껄한 장시의 모습을 바라보았다. 도성, 도성이다. 이곳을 떠난 지 얼마나 되었던가. 다시금 되돌아온 시간에, 게다가 또다시 주어진 운명을 피하고자 뒤돌아보지 않고 떠난 길. 다시는 그분도 만나지 않을 것이라 다짐했지만, 운명은 결국 돌고 돌아 그분을 만나 다시금 연정을 품게 하였고, 이 도성으로 그녀를 돌아오게 만들었다.

홍은 말에서 내렸다. 그러자 백각이 재빨리 그녀에게 다가왔다.

"마마?"

"걸어가겠네."

"예."

백각은 뒤로 눈짓을 주었다. 그러자 따라오던 군사들이 전부 흩어졌다. 그는 홍이가 하는 말에 어떠한 토도 달지 않았다. 도성까지 오면서 두 사람이 나눈 말은 정말 손가락에 꼽을 정도로 얼마 되지 않았다.

홍은 장시 속으로 천천히 걸음을 옮기면서, 어느 정도 거리를 유지한 채 걸어오고 있는 백각을 힐끔 살폈다. 처음 춘곽에서 만났을 때도 뭔가 기분이 좋지는 않았다. 그리고 지금도 마찬가지였다.

그때, 어린 꼬마가 그녀를 향해 미친 듯이 달려오고 있었다. 하지만 꼬마는 뒤에서 저를 쫓아오는 또래를 신경 쓰느라 홍을 보지 못한 듯했고, 그녀는 몸을 피하려고 했지만 워낙 혼잡해서 그만 발을 헛디디고 말았다.

'부딪친다!'

그녀는 꼬마가 다칠까 봐 최대한 몸을 돌리려는 순간, 백각이 그녀의 어깨를 잡고 그대로 휙 돌렸다. 홍은 순간 당황해서 숨을 멈췄고, 백각은 꼬마가 무사히 지나가는 걸 본 뒤 얼른 그녀에게서 손을 뗐다.

"괜찮으십니까?"

"괘, 괜찮네."

그러고는 그는 다시금 멀어졌다. 정말 한시도 제게서 눈을 떼지 않고 있는 모양이었다.

'내가 도망이라도 갈까 봐 그러는 건가.'

하지만 붙잡은 손길이 무척이나 조심스러웠다. 뭔가 위험하고 무자비한 사람이라고 생각했는데.

'아주 그런 건 아닌 모양이야.'

홍은 다시금 걸음을 옮겼다. 몇 달 만에 돌아오는 도성은 별로 달라진 점이 없어 보였다. 이곳에서 그녀는 담의 손을 놓쳤던 적이 있었다. 그를 처음 만났던 그날, 오라버니의 손을 잡고서 아버지의 호통이 무서우면서도 혹여 그분에게 해가 가진 않았을까. 다치신 것 같았는데 무사하시려나, 염려하고 또 염려하며 첫정을 느꼈다.

'내가 없어진 걸 알고서 많이 놀라셨겠지. 조금만, 조금만 참고 기다려 주시면 금방 내가 갈 텐데…….'

그때, 백각이 그녀의 앞으로 다가와 고개를 숙이며 말했다.

"마마, 지금 그 모습으로는 바로 궐로 모실 수가 없으니 잠시 주막에서 기다리시면 저하께 명을 받고 마마를 모시러 오겠사옵니다."

그러고 보니 그제야 제 옷차림새가 눈에 보였다. 남장에 험한 여정을 계속한 터라 옷이 낡고 더러워져 있었다. 그래, 이런 모습으로는 궐에 갈 수 없지.

"그리 하겠네. 한데 나를 믿는가?"

백각은 잠시 주춤했다. 그러고는 망설임 없이 말했다.

"마마께서도 저하를 만나야 하는 이유가 계시겠지요. 그러니 스스로 이곳으로 돌아오신 것이 아니십니까."

"……맞네. 가보게."

"예."

그렇게 백각은 돌아섰고, 군사 몇이 남아 홍의 옆에 섰다. 믿지 않는다고 생각했는데, 믿고 있었던 모양이다. 그렇게 홍은 돌아서서 주막으로 향했다.

마음이 불안하게 두근거린다. 궐에 다시 들어갈 생각을 하니 긴장이 되어 그런 모양이었다. 특히나 다시는 오지 않겠다고 다짐했던 곳이 아닌가. 뭔가 기분이 묘하기만 했다.

✳

한바탕 파란이 몰아친 뒤, 귀궁은 무섭도록 고요하기만 했다. 어째서 세자 저하께서 귀궁을 틀어막고 양제마마를 귀궁 밖으로 한 발자국도 나오지 못하게 하시는지 아무도 모를 일이었다. 그것도 아기씨를 품고 계시는 후궁인데. 그저 저하께서 진정 마마를 미워하고 계신다고 궁녀들은 수군거릴 뿐이었다. 하지만 그런 수군거림 따위는 허청에게 안중에도 없었다. 지금 그녀에게 중요한 것은 오직 하나.

"마마, 마마!"

진 상궁의 다급한 목소리에 허청은 직접 문을 열었다. 그러고 초조한 기색이 역력한 눈빛으로 외쳤다.

"어찌 되었느냐."

"백각이 돌아왔습니다. 게다가 백각이 누군가를 데려왔는데, 어린 화공이옵니다. 어린 화공이라면……."

진 상궁은 차마 말을 맺지 못했고, 허청은 분노가 뒤섞인 눈빛으로 싸늘하게 내뱉었다.

"민홍, 그 계집이 돌아왔구나."

"마, 마마……."

혹시나 해서 도성에 사람을 풀고 백각의 움직임을 주시하고 있었다. 그런데 결국 돌아온 것인가. 기어이 이곳으로, 그 계집이!

"살수를 보내라."

"하오나 마마! 저하께서 아시는 날에는!"

"다 필요 없다. 어차피 그 계집이 궐로 돌아와 세자빈이 되는 순간, 내 모든 계획은 끝이다. 어떻게든 죽여야 해. 그 뒤에 내 살길을 도모하면 돼. 이곳으로 오지 못하게 해야 한다. 어서, 어서 당장 살수를 보내, 결코 궐로 들어오지 못하게 해라! 어서!"

6장
나비, 궐로 돌아오다

홍은 백각이 마련한 주막 별채에서 이제야 몸을 좀 기대었다. 도성까지 쉼 없이 달려오느라 몸이 많이 고단했다. 하지만 지금은 몸보다는 마음이 더 떨리고 고단했다. 그도 그럴 것이, 이젠 정말 궐로 들어가야 하니까. 그녀는 잠시 멍하니 허공을 응시하다가 이내 눈을 빛내며 봇짐에서 그림을 꺼내었다. 거기엔 호월산 절경의 밑그림이 그려져 있었다. 지천에 피어 있는 꽃들이 아름답게 휘늘어져 있던 곳. 그리고 그녀의 그림 속에는 담의 뒷모습이 그려져 있었다.

한없이 하늘을 바라보며 미소 짓고 있는 그의 모습. 처음엔 괜히 저 때문에 세자위를 버리고 하늘을 내려놓은 채 궐을 나와 억지로 지내는 것은 아닐까 고민한 적도 있었다. 하지만 이날의 그를 보면서 생각이 달라졌다. 그 역시 후회 없는 선택을 한 것이라고.

"담……."

그녀의 입에서 그리움에 가득 찬 이름이 흩어졌다. 그가 너무나도 보고 싶었다. 아주 많이. 홍은 손가락으로 아주 조심스럽게 그의 모습을 쓸어내리며 사림이 준 안료통을 열었다. 그리고 붓으로 색을 머금고서 천천히 그림에 생명을 불어넣기 시작했다. 너무나도 아름다웠던 곳. 게다가 그도 함께 있어 행복했던 그곳. 차마 제 솜씨로 다 담아낼 수는 없겠지만, 그래도 지금 이 순간 그녀를 달래줄 수 있었다.

그렇게 홍은 한참 그림을 칠하면서 호월산의 기억으로 연신 그를 떠올리고, 더듬고 있었다. 그때 밖에서 그녀를 지키고 있는 군사 한 명이 조심스럽게 입을 열었다.

"세자빈마마, 조금이라도 뭔가를 드셔야 하옵니다. 도성에 도착하실 때까지 제대로 드신 것이 없지 않사옵니까."

너무 조용한 것이 걱정된 모양이다. 쓰러지기라도 했을까 봐 말이다. 그도 그럴 것이, 도성으로 오면서 홍은 음식을 제대로 먹은 것이 없었다. 너무 긴장한 나머지 뭔가를 먹으면 그대로 토할 것만 같아서.

"난 괜찮네."

홍은 일부러 목소리에 힘을 가득 주었다. 물론 속이 비어서 쓰리긴 했지만, 그래도 뭔가를 먹고 싶지는 않았다. 하지만 저쪽도 제법 완강했다.

"그래도 뭔가를 드셔야 하옵니다. 조금만, 조금만이라도……."

목소리에 가득 걱정이 묻어났다. 홍은 저도 모르게 피식 웃고서는 이내 짧게 대답했다.

"그럼 그렇게 하겠네."

잠시 후, 그녀의 앞으로 조그만 상이 차려졌다. 홍은 음식을 가져온 군사를 바라보았다. 다소 앳된 모습의 사내.

"대체 왜 그리 나를 못 먹여서 안달인가? 백각이 시킨 것인가?"

그러자 그 군사는 잠시 망설이다 이내 입을 열었다.

"저는 영상 대감께 큰 은혜를 입은 적이 있었습니다. 하여 세자빈마마를 찾는 일에 일부러 지원한 것입니다."

"……아버님?"

"예. 규헌 도련님께서도 마마를 무척이나 찾으셨습니다."

생각지도 못한 곳에서 가족들의 소식을 듣자 홍은 마음이 울컥하여 저절로 손이 떨려왔다. 그래, 차마 가족들 생각을 하지 못하고 있었구나. 아버님께 죄송하고 오라버니께 미안하다. 너무나, 너무나도 미안하다.

"……고맙구나, 신경 써주어서."

"예, 그러면 쉬십시오. 대감도 도련님도 마마께서 돌아오신 것을 알게 되면 무척이나 기뻐하실 것입니다."

홍은 그저 서글픈 미소를 지었다. 과연 지금 그들의 얼굴을 보는 것이 나은 일인지 모르겠다. 그녀는 그들의 곁에 있을 수 없으니까. 다시금 궐을 떠나, 이번엔 아예 이 조선을 떠날 텐데.

그렇게 군사가 해맑은 미소를 지으며 문을 연 순간, 획 하는 화살과 함께 군사가 픽 쓰러지고 말았다.

"이보게! 이보게!"

홍은 자리에서 벌떡 일어나 가슴에 화살을 맞은 군사를 붙잡았다. 그러자 그는 흔들리는 시선으로 홍을 밀어내며 말했다.

"마, 마마…… 피하십시오, 어, 어서…… 어서!"

"정신 차리게!"

그때, 다시금 화살이 밀려들었다. 홍은 재빨리 고개를 숙이고서 이미 숨을 놓아버린 군사의 손을 한 번 꽉 쥐어주고선 얼른 몸을 옆으로 피했다.

"세자빈마마!"

그제야 백각의 군사들이 달려들었다. 멀리서 검은 복면을 쓴 사람들이 칼을 든 채 주막을 공격하고 있었다.

"살수다! 마마를 모셔라! 살수가 나타났다! 마마를 반드시 지켜야 한다!"

살수라고 외치는 목소리. 홍은 제 손에 묻은 피를 바라보았다. 도성에 다 왔는데. 궐이 코앞인데. 누군가 제가 궐에 들어오는 것을 막으려는 이가 있다는 건가.

밖에서 사람들의 비명 소리와 소란스러운 소리가 이어지고 있었다. 홍은 재빨리 그곳을 빠져나가기 위해 바깥쪽을 살폈지만, 쉽사리 나갈 수가 없었다. 살수와 군사들이 뒤엉켜 칼부림을 하는 모습이 너무나도 끔찍했다.

'이제 어쩌지? 어떻게든 빠져나가야 하는데…….'

"마마!"

그때, 뒤쪽 창문에서 그녀를 부르는 목소리에 홍은 얼른 문을 닫고서 창문을 열었다. 그러자 군사 한 명이 목소리를 낮추고서 말했다.

"얼른 이쪽으로 뛰어내리십시오!"

홍은 망설이지 않고 창문으로 뛰어내렸다. 군사는 그녀를 잘 받아 안고서는 그대로 손목을 잡고 달리기 시작했다.

"송구합니다. 잠시 실례하겠습니다."

"난 신경 쓰지 말게."

홍은 그의 뒤를 따라 달렸다. 이미 주막은 엉망이 된 상황. 대낮부터 살수가 설치다니. 대체 이런 간 큰 짓을 할 자가 누구란 말인가.

"바로 궐로 가야 하옵니다."

"남은 군사들은 어쩌고?"

"아마 포도청에 소식이 닿았을 것입니다. 심려 놓으시옵소서. 지금은 마마께서 무사하셔야 하옵니다."

그렇게 그들은 계속 달렸다. 하지만 얼마 지나지 않아 그들의 앞을 또 다른 살수가 막아섰다. 아무래도 주막 주변으로 진을 치고 있었던 모양이다. 살수는 말없이 칼을 빼어 들고서 있는 힘껏 휘둘렀다. 자비는 물론 망설임도 없는 모습. 오로지 홍, 그녀의 목숨만을 취하려 할 뿐이었다.

"여긴 제가 막겠사옵니다. 가시옵소서!"

군사는 잡고 있던 홍의 손을 놓고서는 얼른 그녀의 앞을 가로막았다. 지체할 시간이 없었다. 홍은 주먹을 꽉 움켜쥐고서 다른 방향으로 달려갔다. 뒤에서 짧은 비명이 들리는 것 같았지만 고개를 돌릴 수가 없었다. 걸음을 늦출 수도 없었다.

'하지만 이대로는 오래 버티지 못한다!'

그녀는 연신 달리면서 순간, 제 품에 있는 사림의 피리를 떠올렸다. 형님이 이곳에 계실까? 아니면 누군가 이 소리를 들을 수 있는 사람이 있을지도 모른다.

결국 그녀는 지푸라기라도 잡는 심정으로 피리를 있는 힘껏 불었다. 달리고 달리면서 쉼 없이 불었다. 누구라도 이 소리를 듣고 와주길 바라면서. 사림, 그를 무척이나 기다리면서! 하지만 그런 희망은 헛된 것이었다.

"하아!"

결국 살수 앞에 가로막힌 홍은 숨을 헐떡이며 걸음을 멈추었다. 그녀를 도울 사람은 아무도 없었다. 하지만 그녀는 겁먹은 표정을 짓지 않고 애써 태연하게 그를 노려보며 외쳤다.

"너희들의 목적은 나의 목숨이냐?"

"그렇다."

"대체 누구냐. 누가 나의 목숨을 원하는 것이냐!"

"그것은 말할 수 없다. 하지만 그분께선 그대가 궐에 돌아오기를 바라지 않는다. 그러니 여기서 그만 죽어라."

서슬 퍼런 칼날이 그녀를 향하고, 홍은 어떻게든 살아남기 위해 걸음을 뒤로 돌린 순간, 챙 하고 날카로운 소음이 흐트러지면서 누군가의 목소리가 그녀의 귓가를 울렸다.

"이 새끼, 너 뒈지고 싶냐?"

홍은 떨리는 시선으로 고개를 돌렸다. 그리고 그 앞에, 정말 거짓말처럼 사림, 그가 서 있었다.

❋

사림은 연신 귀궁을 떠나지 못한 채 주변을 맴돌고 있었다. 하지만 몇 날 며칠 너무 이상할 정도로 귀궁은 조용했다. 행여 청이에게 무슨 일이 생긴 건가 했지만 그건 아니었다. 단지 그저 가만히 있을 뿐.

"하아, 이제 어쩐다."

계속 이대로 죽치고 있을 수는 없는 노릇이고. 하지만 그냥 떠나자니 마음에 걸리고.

그때, 그는 눈을 번뜩이며 얼른 몸을 숨겼다. 그러자 잠시 후 검은 복면을 쓴 자들이 나타나서는 무어라 눈빛을 주고받고서 사라지고 있었다.

'살수다.'

그것도 엄청난 살기를 품은 자들. 분명 귀궁에서 나갔다. 설마…….

그는 불길한 생각에 살수의 뒤를 쫓아가기 시작했다. 하지만 실력 있는 자들답게 사림의 존재를 깨닫고서 순식간에 그를 따돌려 버렸다.

"빌어먹을!"

그는 욕설을 지껄이며 주변을 살폈지만, 이미 기척을 지운 상태. 대체 뭐지? 어디로 향하는 거지? 청이, 그 아이가 그런 무서운 자들에게 대체 뭘 사주한 거야!

이대로 손 놓고 있을 수만은 없어 잠시 곳곳을 달리던 와중, 사림은 흠칫하며 걸음을 멈추었다. 그리고 믿을 수 없다는 목소리로 속삭였다.

"피리 소리?"

그의 귓가로 뚜렷하게 들리는 피리 소리. 이 피리는 분명 자신이 홍에게 주었던.

그는 망설일 틈도 없이 소리가 들리는 방향으로 미친 듯이 달리기 시작했다. 심장이 터질 것 같았다. 정말이지 온 머릿속이 홍이, 그 아이로 가득 차서. 행여나 무슨 일이 생길까 봐 미칠 것만 같았다. 그리고 마침내, 그의 눈앞에 홍이가 보였다. 귀궁에서 보았던 살수 앞에 있는 모습. 사림의 회색빛 눈동자가 차갑게 일그러지면서, 그대로 칼을 빼어 들고 녀석을 향해 있는 힘껏 휘둘렀다.

"형님……."

홍은 믿을 수 없다는 시선으로 사림을 바라보았다. 살수를 상대로 아주 미친 듯이 칼을 휘두르고 있는 사람은 분명 사림이었다. 그냥 한 번 불어본 건데. 이곳에 있을 거라 전혀 생각하지 않고서, 그냥 그렇게 불었던 건데.

"언제든 불어라. 무슨 일이 있어도 달려갈 테니까."

"정말, 정말로 와주셨어……."

사림은 홍의 앞이지만 참을 수 없는 분노에 못 이겨 결국 살수의 목숨을 끊어내고 말았다. 흩어지는 핏방울. 쓰러지는 살수와 바닥으로 떨어지는 칼. 저 칼이 홍이 앞에 있었다는 사실에 다시금 피가 차갑게 가라앉았다. 조금만 늦었어도 홍이가, 홍이가…….

"형님……."

그는 천천히 고개를 돌렸다. 무사한 모습. 그는 잠시 얼굴을 일그러뜨리더니, 이내 엷은 미소를 짓는 홍이를 향해 달려가 와락 끌어안았다. 벅찬 그리움이 가득 차올라 정신을 차릴 수가 없었다. 품 안에서 그녀의 온기가 감돌자 그제야 살 것 같았다.

"다행이다. 무사해서, 무사해서 너무나도 다행이다."

"형님."

홍은 그답지 않게 떨고 있는 모습에 안타까운 표정을 지으며 그의 커다란 등을 다독여 주었다.

"저는 괜찮습니다. 형님이 이렇게 와주셨으니까."

사림은 그제야 고개를 들어 그녀를 바라보았다. 무사해 보였다. 아주 잠시 떨어져 있었을 뿐인데, 하지만 그때와는 너무 많은 것이 달라지지 않았던가. 이 아이가 세자빈이고. 게다가 청이는 이 아이를 죽이고 싶어 하는. 이렇게 살수를 보내면서까지…….

"도성에…… 왜 온 것이냐?"

그의 낮은 목소리에 홍은 잠시 망설였다. 뭐라고 말해야 하지? 여기서 밝혀야 하나? 하지만 어디서부터 어디까지 말해야 하지?

"그러는 형님은 대체 왜 도성에 계시는 것입니까?"

저도 모르게 말을 돌려 버렸다. 사림은 그런 홍을 잠시 바라보다 이내 그녀의 어깨 너머로 다가오는 군사들을 바라보았다. 포도청 관군들과 더불어 의금부 군사들이었다.

"세자빈마마."

홍은 저를 부르는 목소리에 흠칫하고서는 재빨리 사림을 살폈다. 이런 식으로는 아니야. 이런 식으로 밝혀지는 건!

"가봐라."

"혀, 형님?"

하지만 사림은 아무것도 묻지 않고 홍의 어깨를 밀어주었다. 그 모습에 그녀는 흔들리는 시선으로 사림을 바라보았다. 분명 세자빈이라는 소리를 들었을 것이다. 그런데 왜 저렇게 태연한 것이지?

'서, 설마 형님께서 내가 여인인 걸 알고 계셨던 건가? 그리고 세자빈이라는 사실도?'

하기야 도성 곳곳에 붙어 있는 방을 보았다면……. 하지만 언제부터지? 언제부터 내가 여인이라는 사실을.

"사림 형님, 제가, 제가 다 말씀드릴 테니까."

그래도 제 입으로 말해야 한다. 제 입으로 모든 진실을! 하지만 사림은 돌아섰다. 그러곤 아주 짧은 한마디만 남겼다.

"곧 다시 보자."

"형님!"

홍은 사림을 붙잡으려고 했지만, 곧장 군사들이 그녀의 앞을 가로막으며 고개를 숙였다.

"송구하옵니다, 세자빈마마. 이런 일을 당하시다니. 저희들의 불찰이옵니다."

"아닐세. 난 괜찮으니까 잠깐만 앞을 좀!"

하지만 이미 사림은 그녀의 시야에서 완전히 사라져 버렸다. 그녀는 벌렁대는 심장을 붙잡으며 사림이 준 피리를 꽉 움켜쥐었다.

'상처를 준 것인가. 역시 내가 빨리 말해주었어야 했는데. 이런 식으로 밝혀질 바에야 내가 스스로 말하는 것이 더 나았을 텐데⋯⋯.'

"마마, 이제 궐로 가셔야 하옵니다."

그들은 어느새 그녀 앞으로 가마를 내려놓았다. 홍은 눈을 질끈 감고서 이내 사림의 빈자리를 떠났다. 곧 다시 보자고 했으니 그 말을 믿을 것이다. 그 말만, 믿을 것이다.

사림은 가마를 타고 떠나는 홍의 모습을 멀리서 바라보았다. 대체 어찌 된 일인지 그녀가 도성으로 돌아왔고, 궐로 향하고 있었다. 양반 나부랭이는 보이지도 않고. 대체 상황이 어떻게 돌아가는지 알 수는 없지만 한 가지 확실한 것은,

"네가 정녕, 세자빈이 맞구나."

그녀를 실은 가마가 드디어 궐 안에 당도했다. 아직 공식적으로 세자빈을 찾았음을 알리지 않았기에 가마는 조심스럽게 묘운각으로 향했다. 하지만 이미 그녀를 맞이할 나인들은 묘운각에서 고개를 숙이며 예를 갖추고 있었다.

홍은 문틈 너머로 보이는 궐을 바라보았다. 그때나 지금이나 달

라진 점은 없었다. 여전히 첩첩산중으로 둘러싸인 궐 담은 바깥과 단절되어 있었고, 궐 담 아래 드리워진 그림자는 그녀의 마음을 무겁게 했다. 게다가 하필이면 묘운각이라니.

"당도하였사옵니다, 마마."

마침내 가마 문이 열리고 홍은 그렇게 궐에 도착하였다.

"세자빈마마를 뵈옵니다!"

상궁과 나인들이 그녀를 향해 외치는 목소리가 족쇄처럼 무겁게 와 닿았다. 하지만 홍은 애써 침착하고 태연하게 행동하며 묘운각을 바라보았다. 작고 아담한 궐. 그나마 이 궐은 그녀에게 행복하고 좋은 추억만 가득했다. 그가 호월산 절경을 보여준다면서 지천의 꽃으로 물들인 후, 그녀를 다정하게 안아주었다. 그 기억만큼은 너무나도 값지고 소중해서 끝까지 간직하고만 싶었다.

'그래, 차라리 이곳에서 머무는 것이 마음은 편하다.'

결국 나는 다시 이곳으로 돌아왔다. 먼 과거를 돌고 돌아서. 다시는 오지 않을 것이라 다짐했던 이곳으로. 궐 안의 나비로……. 하지만 절대 이것이 끝이 아니다. 자유로워지기 위해 돌아온 것이다.

"김 상궁이라 하옵니다. 소인이 마마를 모실 것이옵니다."

"지금 당장 동궁전에 기별을 넣어주게. 세자 저하를 뵐 것이네."

"알겠사옵니다."

그렇게 그녀는 묘운각으로 들어섰다. 그녀는 옷을 벗고 목욕을 했다. 따뜻한 물에 몸을 담그니 더더욱 마음이 차분해지는 것 같았다. 밖으로 나오자 고운 한복이 눈에 들어왔다. 여인의 옷을 입는 것이 너무 오랜만이라서 그런지 조금 어색한 감이 있었다. 하지만 나인들은 무척이나 분주하게 그녀를 치장시키기 시작했다. 빛깔 고운 당의로 갈아입고 머리도 곱게 빗었다. 아직 국혼을 치르지 않았기에 첩지를 얹지 않고, 떨잠이나 봉잠도 달지 않고 소박하니 댕기를 달았다. 얼굴 위로 분칠을 하고 붉은 연지를 머금으니, 어느새 단아하고 고운 규수가 면경을 바라보고 있었다.

"잠시 물러가 있게."

"예, 마마. 하면 잠시 후에 뵙겠사옵니다."

나인들이 물러나자 고요함이 머물렀다. 홍은 면경 너머로 보이는 여인의 모습에 무거운 숨을 내쉬었다. 이런 모습을 다시금 보게 될 줄은 몰랐는데. 입고 있는 당의가 불편하고 무겁게만 느껴졌다.

홍은 잠시 망설이다 이내 가지고 온 봇짐을 풀어 담이 그녀에게 건네준 비녀를 손에 꼭 쥐었다. 훗날 머리를 올린다면 이 비녀를 하리라. 첩지도 필요 없고, 화려한 봉잠도 떨잠도 필요치 않다. 그저 정인이 마음으로 준 이 증표를 꽂고 그와 함께 있을 수만 있다면······.

"제게 용기를 주십시오."

홍은 비녀를 가슴에 품고서 잠시 눈을 감았다. 마치 그가 제 옆에 있는 것처럼. 하여 저를 다독여 주는 것처럼. 어느새 마음이 한결 가벼워지고 있었다.

날이 저물고, 마침내 홍은 묘운각을 벗어나 동궁전으로 은밀하게 걸음을 옮겼다. 밤이 찾아온 궐 안은 더욱 고요하고 무겁기만 했다. 하지만 홍은 아까처럼 가슴이 마구 두근거리지는 않았다. 오히려 점점 더 현실을 깨닫고 침착해지고 있는 듯했다.

"조금 서두르게."

그 말과 함께 홍은 움켜쥔 치맛자락에 힘을 주고서 더욱 걸음을 재촉했다.

그리고 그 모습을 멀리서 사림이 지켜보고 있었다. 그녀가 여인의 복색을 하고 있는 모습은 처음이었다. 물론 모란각에서 슬쩍 보기는 했지만, 달빛이 살포시 내려앉은 그녀의 모습은 진정 너무나도 곱고 단아한 모습이었다. 하얗게 빛나는 얼굴과 단정하게 빗어 내린 머리카락. 빛 고운 치맛자락을 살랑이며 걸어가는 모습이 사뭇 나비처럼 보였다.

사림은 점점 멀어지는 홍에게서 연신 시선을 떼지 못했다. 심장이 미치도록 빠르게 뛰더니 이내 그의 얼굴이 점점 붉게 달아올라 낯설게 휘몰아치는 감정에 얼른 고개를 돌려 버렸다.

"이놈의 심장이 미쳤나……."

생각했던 것보다 훨씬, 훨씬 더 어여쁘다. 정녕 너무나도 어여쁜 여인이었다.

홍은 동궁전 앞에 섰다. 얼마 지나지 않아 내관이 그녀를 안으로 데려갔고, 홍은 희미한 불빛을 따라 마침내 창호지 너머 아른거리는 그림자를 볼 수 있었다. 연녕대군을 이런 식으로 보게 될 줄은 정말 꿈에도 상상하지 못했다. 하지만 조금 궁금하기는 했다. 지금 그는 어떤 모습으로 세자위에 있는 것일까. 그 옛날, 그토록 그에게 충심을 다하며 보필했었는데. 그는 세자위에서 어떻게 변해 있을까.

마침내 문이 열렸다. 그리고 그 너머에서 흑룡포를 입은 연녕대군, 그가 그녀를 바라보고 있었다. 홍은 천천히, 아주 천천히 안으로 들어섰다. 그렇게 문이 닫히면서 흔들리는 호롱불 너머로 그의 얼굴이 선명하게 드러났다.

누구 하나 먼저 입을 열지 않았다. 팽팽하고 낯선 공기. 홍은 점점 떨려오는 손끝을 가리며 그를 향해 고개를 숙였다.

"세자 저하."

휘서는 홍을 바라보았다. 궐에 들어오기 전, 살수의 습격을 받았다는 말을 들었다. 곧장 누구의 짓인지 알았기에 휘서는 그 일을 그저 물을 수밖에 없었다.

"……대체 왜 그런 짓을 한 것이오."

그는 그렇게 무겁게 말을 시작했다. 홍 역시 그런 그의 의중을 깨닫고서 천천히 자리에 앉았다. 예전과는 모습이 사뭇 달랐다. 그때는 온갖 화려한 옷을 입고 항상 미소 속에 속내를 숨기고 계셨는데, 지금은 세자의 모습으로, 세자로서 그 속내를 숨기고 있었다.

"누군가에게 납치를 당한 것도 아닌데 정녕 스스로 나간 것이오? 아직 국혼을 치른 것은 아니지만 이미 그대는 간택되어 세자빈이 된 것이오. 그것이 얼마나 중한 죄인지 모르는 것은 아닐 텐데."

"예, 일부러 그런 것입니다. 제가 일부러 집을 나왔습니다. 궐이 싫어서. 세자빈이 되고 싶지 않아서. 세상에 저를 미쳤다고 소문내고 그리 숨고 싶었습니다."

휘서는 흔들리는 시선으로 홍을 바라보았다. 사실 그는 그녀를 제대로 본 적이 없었다. 그저 영상의 하나뿐인 여식. 아바마마와 약조하여 형님의 세자빈으로 내정되었으나, 세자위가 바뀌었고 그녀 역시 5년 동안 의식을 잃고 있었다. 하지만 그는 영상의 세력이 필요했기에 간택의 절차도 무시한 채, 그녀를 세자빈으로 맞으며 기다렸다. 의식을 되찾고 실종되기까지도 별로 관심이 없던 여인이었다. 그저 몸이 한없이 약하다고 생각했고, 다른 사대부의 규수들처럼 그저 그런 평범한 여인일 것이라 생각했다. 하지만 지금 제 앞에 앉아 있는 여인은 뭔가 달랐다. 특히나 눈빛이 굉장히 강하게 빛나고 있었다.

"그렇게 집을 나가서 어찌 윤영대군의 곁에 있었던 것이오? 물론 빈궁은 그가 윤영대군임을 몰랐을 수도 있소. 그전에는 빈궁의 부군이 될 뻔했으나, 얼굴도 본 적이 없고 또한 실상 그는 유배 중이니."

"아니요. 저는 그분이 윤영대군마마라는 사실을 처음부터 알고 있었습니다."

생각지도 못한 말에 휘서는 또다시 흔들렸다. 알고 있었다고? 처음부터? 그토록 엄청난 사실을 저리 태연하게, 놀라지도 않고서 입에 담고 있는 것인가?

"처음부터 알고 있었다?"

"예. 그리고 그분 곁에 있고 싶었습니다. 그것은 지금도 마찬가지입니다. 제가 지금 저하 앞에 온 이유는 그 때문입니다."

점점 더 놀라운 말만 하고 있다. 세자빈으로 간택된 여인이 세자가 아닌 다른 사내의 곁에 있고 싶었다니, 도대체 이게 무슨!

"하지만 그렇다고 그분이 역모를 꾸민 것은 아니십니다. 오히려 저하를 염려하고 걱정하시며, 믿고 계시옵니다. 저하께서도 대군마마를 믿기에 그런 밀명을 내리신 것이 아니십니까! 저하께서는 그저 그 밀명을 따르면서……."

"허튼소리! 윤영대군은 빈궁이 세자빈이라는 사실을 알고 있었소. 그럼에도 내게 알리지 않았지. 한데 그걸 대체 내가 어떻게 받아들여야 한다는 거지? 다시금 세자위를 노리고 있다고, 역심을 품고 있다고 그리 생각하는 게 옳은 것이지!"

"아니옵니다. 절대로 아니옵니다! 왜 그분을 믿지 못하는 것이옵니까!"

홍은 간절하게 그에게 말했다. 절대 그럴 분이 아니라고, 매번, 매 순간 그는 연녕대군을 걱정하였다. 걱정하고 또 걱정하면서도 믿고 있었다.

"제발, 윤영대군마마의 진심을 보시옵소서! 그러실 분이 아니라는 걸 저하께서도 알고 계시지 않사옵니까!"

"아니. 이제부터 나는 눈앞에 있는 진실만 믿을 것이오. 이 자리가 그런 자리거든. 누구도 함부로 믿어서는 안 되는 자리!"

"그분은 죄가 없으십니다. 제가 그분을 연모합니다. 그전부터 쭉 연모하여 마음에 담았습니다. 하여 제가 곁에 있었던 것입니다. 또한 저는 궐에서 살고 싶지 않습니다. 또다시 이곳에서 죽어가듯 살고 싶지 않습니다!"

또다시 이곳에서 죽어가듯 살고 싶지 않다? 대체 이게 무슨 말이지? 또다시라니. 게다가 연모라고? 설마 형님과 이 여인이 전부터 알고 지낸 사이란 말인가?

"제가 여기 스스로 돌아온 이유는 하나뿐입니다. 이미 저는 다른 사내를 품은 부정한 몸입니다. 그런 제가 어찌 감히 세자빈이 될 수 있겠습니까? 저를 죽었다고 생각하십시오. 죽은 듯이 그리 살겠습니다."

"……."

"저하께서 허락만 해주신다면, 그분과 조선을 떠날 생각입니다. 그러니 부디 이해해 주십시오. 저를 그만 보내주십시오!"

조선을 떠난다는 말에 휘서는 저도 모르게 다급하게 입을 열었다.

"조선을 떠나다니. 형님, 아니, 윤영대군도 같은 생각이오? 대군도 빈궁을, 연모하는 것이오?"

홍은 살며시 고개를 끄덕였다. 그리고 그 대답에 휘서는 머릿속이 너무나도 혼란스러웠다. 대체 이게 무슨 일이지? 두 사람이 대체 언제 만났다는 말인가. 하여 형님은 이 여인의 존재를 숨긴 것인가? 그렇다면 대체 왜 내게 세자위를 주신 것이지? 계속 있었다면 이 여인과 함께 궐에서 살 수 있었을 텐데. 그랬을 텐데…….

그녀는 그가 지금 무슨 생각을 하는지 대충 눈치채고서 말했다.

"모두 다 저로 인해 벌어진 일입니다. 그분은 아무런 잘못이 없습니다. 절대로 역모가 아닙니다. 그러니 부디!"

휘서는 간곡히 청하는 그녀의 목소리에서 거짓을 느낄 수가 없었다. 게다가 형님께서 진정 저를 배신하고 역모를 꾀했을 리도 없다는 걸 알고 있었다. 하지만 그래도 어쩔 수가 없다. 형님을 희생시키지 않으면 어마마마가 위태롭고, 그 아이가 위험하다.

"미안하지만 그럴 수 없소. 그대는 세자빈이 반드시 되어야만 하오."

"예?"

"나 역시 지킬 사람이 있어 이 자리에 있는 것이오. 그대가 있어야 노론을 누르고, 좌상을 흔들어 병판을 무너뜨릴 수가 있소.”

“그게 무슨……?”

“그대에겐 미안하나 곧 국혼과 함께 세자빈으로 맞을 것이오. 빈궁에 관한 모든 것은 내가 덮고 넘어갈 것이오.”

“제발 한 번만 더 생각해 주십시오! 제발 그래 주십시오, 저하!”

“그만 돌아가시오. 달라지는 건 아무것도 없소.”

“그, 그렇다면 윤영대군마마께서는…….”

휘서는 고개를 돌렸다. 그리고 밖에 있는 내관을 불러 그녀를 물러가게 하였다. 홍은 연신 그를 부르며 청했지만 휘서의 귀엔 아무것도 들리지 않았다.

홍이 물러간 뒤, 휘서는 머리를 짚으며 고개를 숙였다. 어지럽다. 마음이 너무나도 소란스럽고 어지러웠다. 도대체 어찌 된 상황인지 정리가 되지 않았지만, 한 가지 확실한 건 그는 저 여인이 필요하다는 것. 그리고 형님은 반드시 역모죄로 죽어야 한다는 것. 그 어떤 진실을 본다고 해도 그것은 달라지지 않았기에 휘서는 억지로 눈을 감을 수밖에 없었다.

✳

동궁전을 빠져나온 홍은 걸음이 무거워 제대로 옮길 수가 없다. 세자가 나를 필요로 할 줄은 몰랐다. 그것도 노론을 누르고 좌상을 흔들어 병판을 몰아낼 작정이라니. 세자와 병판의 사이가 나쁜가? 다른 건 몰라도 연녕대군의 기반은 노론이 아니던가? 굳이 날 이용해서 병판을 밀어내려는 이유가 대체 뭐지? 단순히 노론의 악행에 단죄를 명하려고? 하지만 이렇게까지 무리를 하면서?

'대체 뭐지? 과거를 떠올려도 연녕대군과 병판의 연결점은 없는데⋯⋯.'

게다가 그를 어떻게든 역모죄로 몰아 죽이려고 하다니.

'너무 많이 달라졌다. 지켜야 할 사람이라고? 대체 그 사람이 누구기에. 그 사람이 누구기에 대군마마를 희생시켜서까지⋯⋯.'

어느새 묘운각에 도착한 홍은 제 앞에 드리워진 그림자에 흠칫하며 고개를 들었다.

"홍아, 아니, 이제 세자빈마마라고 불러야 하나."

"형님⋯⋯."

곧 다시 보자고 말했던 사림, 그가 그렇게 그녀를 찾아왔다.

홍과 사림은 묘운각 안에서 서로를 마주 보았다. 하지만 예전과는 다르다. 그녀는 세자빈으로 내정된 여인. 사림은 연신 그녀의 모습을 힐끔힐끔 쳐다보면서 어색함에 어쩔 줄 몰라 했다. 물론 사내 복색보단 지금의 모습이 더 잘 어울렸다.

"예전처럼 편하게 해주세요, 형님. 어차피 전 세자빈이 되지 않을 것입니다."

세자빈이 되지 않겠다는 말에 사림은 흠칫하며 고개를 들었다.

"뭐? 아, 아니, 뭐라고요?"

"편하게 해주시라니까요. 그렇지 않으면 저도 화낼 것입니다. 그리고 아주 많이 서운할 것이고요. 솔직히 전 지금 형님께 너무 죄송합니다."

"뭐가 말이냐."

"언제부터 알고 계셨던 것입니까?"

홍은 떨리는 목소리로 아주 조심스럽게 물었다. 여기까지 왔는데 대체 무엇을 숨긴단 말인가. 사림 역시 무엇을 어떻게 설명해야 할지 고민이었다. 절대로 그녀에게 허청에 관한 얘기는 할 수 없었으니까.

"춘곽에서 우연히 네가 여인이라는 걸 알게 되었다."

춘곽? 그래서 제가 밝히려고 하는데 일부러 말을 돌려 버린 것인가? 하지만 왜?

"그런데 어찌⋯⋯."

"내겐 네가 사내든 여인이든 별로 상관이 없었다. 내겐 그저 홍이, 너라는 존재가 더 중요했으니까."

"형님⋯⋯."

"그리고 도성에서 네가 세자빈이라는 걸 알게 되었지. 내가 궐에 이리 있는 이유는 내가 하려던 일과 관계되어 있는 것이다. 더는 묻지 마라."

도저히 허청, 그 아이와 혈연으로 묶여 있다는 얘기를 할 수가 없었다. 그 아이가 너를 죽이려고 한다는 말은 더더욱. 그 말에 이 아이가 저를 멀리할까 봐. 그리될까 봐. 사실 그것이 너무,

'두렵다⋯⋯.'

하지만 홍은 더는 묻지 않고 환하게 웃었다. 하지만 눈가에 조금 눈물이 고여 있는 듯했다.

"뭐, 뭐야. 왜 울어!"

"긴장이 풀려서⋯⋯. 솔직히 걱정했습니다. 제가 형님을 속인 것이니까. 해서 화나지 않으셨을까. 저를 피하진 않으실까. 그것이 너무 걱정되었습니다. 흐흑, 정말 죄송합니다. 끝까지 속일 생각은 정녕 없었습니다."

"아, 알았다, 알았어. 내가 괜찮다니까, 왜 그래. 그만 울어!"

사림은 안절부절못하면서 잠시 망설이다 이내 그녀의 눈물을 손으로 닦아주었다. 여린 살결이 손끝에 스치자 순간 움찔하긴 했지만, 사림은 애써 그것을 외면하고 억눌렀다.

"절대로 신경 쓰지 마. 넌 절대로 날 속인 게 아니니까. 내가 만난 넌 자홍이었고, 세자빈도 아닌 화공이었고, 여인이 아닌 사내, 내 동생이었다. 지금도 그건 마찬가지야. 네가 무엇이든 난 상관없다고. 그냥 지금처럼 쭉 내 동생으로 그리 여길 거다. 이젠 사내가 아닌 누이동생이지만."

"⋯⋯감사합니다, 형님."

"그러니까 그 형님 소리 말고 이젠 오, 오라버니라고 해라."

제 입에서 오라비라는 소리가 나오자 저도 모르게 얼굴이 벌게
지면서 심장이 마구 뛰어올랐다. 뭐가 이렇게 낯부끄럽고 낯간지
러운지! 그러자 홍은 피식 웃으면서 고개를 끄덕였다.

"예, 오라버니."

그리고 진정 오라버니라는 말이 튀어나오자 어쩐지 가슴 한구
석에서 묘한 기분이 느껴졌다. 이것이 좋은 것인지 나쁜 것인지.

"그리고 제 이름은 자홍이 아닌 민홍입니다."

"성이 뭐가 중요하냐. 그냥 홍이면 홍이지. 그런데 왜 궐로 돌
아온 거야. 양반 나부랭이는 어쩌고?"

순간, 그녀의 표정이 한없이 어둡게 가라앉았다. 하지만 더는
속이지 않겠다고 약조했으니까. 그리고 그의 도움을 받을 수 있을
지도 모르고.

"보아하니 세자빈이 싫어서 변복하고 떠난 것이 아니냐?"

"……맞습니다. 하여 정식으로 저하께 저를 내쳐달라고 청하기
위해 온 것입니다. 그리고 또 한 가지 이유는."

"……."

"그분을 살리기 위해서 온 것입니다."

"뭐?"

"그분은 사실 종사관이 아니십니다. 이담. 한때 이 나라의 세자
저하셨던, 윤영대군마마이십니다."

녀석이 종사관은 아니라고 생각하기는 했지만 이 나라의 세자

였던, 대군일지는 생각지도 못했다. 게다가 윤영대군은 지금 선왕의 노여움을 받고 유배 중이 아니던가?

"그 녀석, 아니, 윤영대군께선 유배 중이지 않더냐?"

"맞습니다. 하지만 지금의 저하께서 밀명을 내리셨지요."

홍은 사림에게 모든 것을 말해주었다. 맹월에 관한 것과 그로 인해 변복을 해야 한 점. 그리고 그와 오래전부터 연이 닿아 있었던 것까지. 물론 시간을 거스른 건 말하지 않았다. 어차피 믿을 수 없는 얘기니까.

"해서, 너와 대군은······."

"······제 정인이십니다. 그분은 저를 위해 세자위에서도 내려오셨습니다."

"그렇다면 처음엔 도대체 왜 서로 모른 척했던 것이냐?"

"그럴 사정이 있었습니다."

역시 녀석이 찾고자 했던 여인도 홍이였던 것이다. 물론 모든 걸 이해할 수는 없었다. 홍이는 왜 그토록 세자빈이 되고 싶지 않아 하는지. 만약 세자빈으로 남았다면, 윤영대군도 원래의 자리에서 함께 행복할 수 있는 것이 아닌가?

하지만 묻지 않았다. 각자의 사정이 있는 것이니까. 하지만 생각보다 마음이 씁쓸하다. 그와 그녀의 연이 그토록 깊다는 것이니까. 자신이 감히 끼어들 수 없을 정도로.

'그 녀석은 정녕 모든 것을 버린 것이나 마찬가지 아닌가. 이

여인을 위해서…….'

"한데 지금의 세자께서는 대군을 역모로 몰고 있습니다. 제가 아직은 세자빈이니까. 하여 호월산에서도 공격을 당해서……."

"무사한 것이냐?"

"괜찮으십니다."

사림은 입술을 깨물었다. 아무래도 세자가 허청의 일을 그에게 뒤집어씌울 모양이었다. 그렇게까지 해서 청이의 죄를 없앨 작정인 거야.

"저하께서 저를 쉽게 포기해 주실 거라 생각했는데……. 병판을 내치기 위해서 제가 필요하다고 하십니다. 대체 그게 무슨 말인지 도통 이해할 수가 없습니다."

"지금의 병판을 밀어낸다고?"

"예."

점점 더 이해할 수가 없었다. 설마 세자는 알고 있는 것인가? 청이가 병판의 서녀라는 사실을? 하여 그 아이의 복수를 대신 이뤄주려고 하는 것인가? 하지만 서로 그리 냉랭했는데. 세자는 저를 지켜주지 않을 것이라고 그리 청이가 말하지 않았던가. 하지만 사림은 그날 밤의 일을 기억했다. 세자가 청이를 붙잡으며 내가 대체 누구의 손을 놓았는지 아냐고. 더 이상 나를 무너지게 하지 말라고 절규하던 목소리.

'그 목소리는, 절대로 청이를 미워하여 하는 소리가 아니었어.'

그래, 그때는 몰랐지만 이젠 알겠다. 세자가 놓은 손은 윤영대군의 손이었어. 윤영대군의 손을 놓고 청이의 손을 잡은 것이라고. 그렇다면 세자는 청이를……

사림은 홍을 바라보았다. 그녀는 밖을 바라보며 몹시도 걱정하는 눈빛을 띠고 있었다. 아마도 저 눈동자 속에 담긴 이는 담, 그녀석이겠지.

"정녕, 넌 궐을 나가고 싶은 거냐? 세자빈이 되고 싶지 않고?"

그러자 홍은 한 치도 망설이지 않고 말했다.

"더는 궐 안의 나비가 되고 싶지 않습니다. 제가 집을 나와 제 발로 걸어 호월산까지 갔을 때, 그리고 그 절경을 제 눈에 담았을 때, 그 순간을 저는 결코 잊지 못합니다. 오라버니처럼 귀한 인연도 만나게 되었고 말입니다. 저는 더 머나먼 곳으로 가고 싶습니다."

말하지 않았지만, 사림은 느낄 수 있었다. 멀리 떠나는 그 곁에 이담, 그도 함께할 것이라고. 영원히 그의 곁에 있고 싶어 하는 홍의 마음을 그는 느낄 수 있었다. 그리고 사림은 뭔가를 결심하고서는 자리에서 일어섰다.

"잘 알겠다. 녀석, 아니, 대군은 분명 이곳으로 올 것이다. 네가 여기 있으니까. 내가 해야 할 일을 말해다오."

"예? 하지만 오라버니를 위험하게 할 수는 없습니다."

"나도 내 소중한 동생이 위험해지는 건 싫다. 그리고 넌 모르겠지만, 이 일에 나도 관련되어 있어. 그건 모든 일이 끝나고 말해주마."

"오라버니……."

"내가 너에게 피리를 준 이유는 항상 너를 지켜주겠다는 의미이기도 하다. 네가 아픈 게 싫고 다치는 건 더더욱 싫으니까. 그러니 어서 말해."

그를 위험하게 하고 싶지 않았지만, 그녀는 절박했다. 그리고 그의 도움이 필요했다.

"무랑이 여기 잡혀 있을 것입니다. 무랑을 구해서 그분의 곁에 있을 수 있게 해야 합니다. 그분 혼자 이곳으로 오게 할 수는 없습니다."

"그래, 알았다."

사림은 뒤돌아섰다. 그러자 홍이 얼른 일어나 그의 손을 붙잡고서 속삭였다.

"무사하셔야 합니다. 오라버니는 이젠 정녕 제 친 오라버니와 같으십니다."

"아직도 날 모르냐? 난 절대 남에게 지고는 못 산다. 게다가 아픈 것도 못 참고. 그러니 절대 무슨 일 안 생겨."

사림은 홍의 머리카락을 예전처럼 쓰다듬어 주었다. 언제쯤 오라버니라는 말에 익숙해질지는 아직 모르겠다. 지금도 조금 씁쓸하긴 했으니까. 하지만 금방 무뎌질 수 있다. 제 욕심으로 그녀를 불행하게 하고 싶지 않았으니까. 언제까지나 계속해서 그녀의 미소를 보고 싶었다. 그것이면,

'충분하다.'

그렇게 사림은 묘운각을 빠져나와 의금부로 향하기 시작했다. 세자가 직접 무랑을 가두었다면 있을 곳은 의금부였다. 사림은 숨소리마저 죽인 채 조심스럽게 어둠 속으로 스며들었다. 의금부의 옥사 안에는 다행스럽게도 무랑만 갇혀 있었다.

"어이."

무랑은 익숙한 목소리에 고개를 번쩍 들었다. 그러자 사림이 삐딱하게 웃으며 그를 쳐다보고 있었다.

"네, 네놈은!"

"꼴사납게 지금 뭐 하는 거냐?"

"네가 어떻게 여기에……."

"잠시 물러나라."

"뭐?"

"다치기 싫으면."

그러곤 칼을 빼내어 자물쇠를 단숨에 끊어버렸다. 무랑은 사림의 행동에 기가 막힌 표정으로 외쳤다.

"네놈이 정녕 죽고 싶은 것이냐? 나를 여기서 꺼내다니. 이건 세자 저하의 명인데!"

"그럼 거기 계속 있을래? 지금 네놈의 주군이 위험하지 않냐? 당장 그놈의 옆을 지켜야 할 게 아니야. 곧 이 궐로 오게 될 텐데."

"궐로 오시다니. 설마 추포당하신 건!"

사림은 눈을 감았다. 이쪽으로 누군가 다가오는 소리가 들리는 듯했다. 여기서 시간을 끌 수는 없었다.

"잔말 말고 일단 여길 벗어나야 해. 자세한 건 나중에 말해줄 테니까. 얼른!"

무랑은 망설였다. 여기서 도주하게 되면 정말로 큰일이 벌어질 텐데. 하지만 정말로 대군께서 궐로 오고 계시다면, 그분을 지키기 위해서라도 여기서 이러고 있을 시간이 없었다.

"네놈에게 신세를 지게 되다니……."

"왜? 그래서 아니꼽냐?"

"고맙다."

무랑은 짧게 말하고서 얼른 걸음을 옮겼고, 사림은 그 말에 피식 웃으면서 그 뒤를 따랐다.

❋

담은 말을 한 필 구해서는 도성을 향해 먹지도 않고 쉬지도 않고 자지도 않고 달려가고 있었다. 지금 그의 머릿속에 가득 찬 것은 오직 하나. 민홍, 그녀의 모습. 어떻게 함께하게 되었는데. 얼마나 먼 시간을 돌고 돌아 서로를 마주하게 되었는데. 절대로 이번만큼은, 이번만큼은,

'혼자 외롭게 견디게 하지 않을 것이오. 또다시 그때와 같은 일

을 겪을 수는 없소! 그대를 잃을 수는 없단 말이오!'

※

아침 조회. 휘서는 일부러 병판을 불러들였다. 유장준은 겉으로는 아무렇지도 않아 보이는 표정으로 노론 측에 섰지만 굉장히 수척한 표정에 안색이 말이 아니었다. 하지만 문제는 그의 등장이 아니었다. 세자가 어째서 그를 일부러 불러들였냐 하는 것이지.

"세자 저하 드시옵니다!"

대전 내관의 목소리와 함께 흑룡포를 차려입은 휘서가 대전으로 들어섰다. 그가 대리청정을 한 지도 꽤 세월이 흐르고 있었다. 그렇기에 옥좌에 앉아 있는 세자의 모습은 더 이상 대신들에게 낯선 모습이 아니었다.

휘서는 가장 높은 자리에서 저를 향해 고개를 숙이고 있는 대소 신료들을 서늘한 눈빛으로 바라보았다. 솔직히 무척이나 긴장되어 심장이 마구 떨렸지만, 저들에게 절대로 티를 내서는 안 된다. 조금이라도 틈을 보인다면 사정없이 물어뜯기고 말 테니.

"조회를 열기 전, 너무나도 참담하고 안타까운 소식을 병판에게 전해야 할 것 같소."

유장준은 휘서의 뜻밖의 말에 의아한 표정을 지으며 앞으로 걸어 나왔다.

"무슨 일이시옵니까, 세자 저하."

"병판의 장자가 실종되었다지."

"그러하옵니다."

"병판은 내가 무척이나 아끼는 인재요. 이 나라를 위해 없어서는 안 되는 장군이지. 하여 내가 따로 그의 행방을 알아보았소."

휘서의 말은 크나큰 파장이 되어 대전을 술렁이게 만들었다. 유장준은 떨리는 시선으로 저도 모르게 휘서를 올려다보면서 말했다.

"해, 해서……."

"가져와라."

그의 명에 백각이 이쪽으로 걸어와서는 병판을 향해 유도준의 물품을 건네주었다.

유장준은 넋을 잃은 표정으로 그것을 쥐었다. 지난날 그의 아들에게 주었던 금장 세조대였다. 하지만 금빛은 그 빛을 잃은 채 검붉은 핏빛으로 물들어 있었다.

"대, 대체 이것이, 이것이 어째서!"

"참으로 안타깝게도 병판의 장자는 이미 그 숨을 잃었소."

순간, 대전이 침묵으로 바뀌었다. 노론 대신들과 좌상은 너무나도 엄청난 일에 말을 잃었고, 소론 대신들 역시 마찬가지였다. 유장준은 믿을 수 없다는 시선으로 제 손에 놓인 세조대를 바라보았다. 그럴 리가 없다. 도준이가 죽다니. 그 아이가 죽다니. 우리 유씨 가문의 장자가 죽다니!

"사실 나는 역당 맹월의 뒤를 은밀히 쫓고 있었소. 그러다 여기 있는 내 호위무사 백각이 호월산에 그들의 은신처가 있다는 것을 알게 되었고, 거기를 수색하던 중 병판의 장자를 발견할 수 있었소. 이미 숨이 끊어진 상태였지만. 부패가 심한 상태였소. 하여 그곳에 묻을 수밖에 없었소."

"……"

"나 역시 이 비통함을 뭐라고 해야 할지 모르겠소."

"대체…… 누구의 짓이옵니까?"

유장준은 세조대를 꽉 움켜쥐고서 핏발이 서린 시선으로 휘서를 바라보았다.

"……맹월의 수장 짓이오. 아무래도 본보기가 필요했던 것 같소."

"맹월? 그 수장이 대체 누구기에!"

휘서는 잠시 숨을 골랐다. 그러곤 낮은 목소리로 천천히 속삭였다.

"윤영대군이오."

그리고 그 한마디의 파장은 엄청났다. 유장준조차 말도 안 된다는 표정을 지었다. 윤영대군이라고? 그자가 왜. 그자는 지금 유배 중이 아니던가!

"하지만 윤영대군은 지금 유배 중이지 않사옵니까!"

"유배지에서 달아나 현재 맹월의 수장이 되어 역모를 꿈꾸고 있

소. 나 역시 이 사실을 알고 어찌나 황망하던지. 그래도 한때는 세
자였고 나의 형님이 아니오."

"말도 안 돼. 어째서 윤영대군께서……."

"하아."

소론 대신들의 수군거렸고, 노론 대신들의 얼굴은 창백하게 질
려가고 있었다. 좌상은 입술을 꽉 깨물었다. 윤영대군에게 노론은
눈엣가시일 것이다. 현비마마께서 노론의 손에 죽은 것이나 다름
없으니. 그 피의 복수를 하려고 자신의 가장 가까운 오른팔인 병
판의 장자를 죽인 것이 아닌가! 이는 병판을 흔든 것이 아니라 나
를, 나아가 노론을 뒤흔들고 있는 것이다.

"이제부터 윤영대군은 더 이상 대군이 아니오. 역모를 꾀한 대
역죄인으로, 반드시 그 목숨으로 대가를 치러야 할 것이오."

말 한마디, 한마디를 할 때마다 휘서는 가슴이 욱신거리고 온몸
의 힘이 빠지는 것 같았다. 하지만 견뎌야 했다. 버텨야 했다. 이
미 그는 돌이킬 수 없는 길로 가고 있었다. 형님과는 더 이상 같은
땅 아래 함께 숨을 쉬며 살 수가 없었다.

조회는 끝이 났다. 하지만 너무나도 엄청난 사실의 잔재는 대소
신료들의 목소리를 앗아가 버렸다. 유장준은 비틀거리는 걸음으
로 걸어 나와 세조대를 바라보았다. 좌상은 그런 유장준에게 다가
가 입을 열었다.

"역시, 윤영대군은 우리를 살려둘 생각이 아닌 것이다."

'만나야 할 것 같아.'

결국 홍은 자리에서 일어섰다. 그러고는 김 상궁을 향해 말했다.

"지금 귀궁으로 갈 것이네."

"예? 귀, 귀궁 말씀이오니까?"

"그렇네. 서두르게."

궁인들은 갑작스럽게 귀궁으로 걸음한다는 말에 웅성이기 시작했다. 드디어 세자빈마마께서 움직이기 시작했다고 말이다.

※

드디어 담은 도성에 도착했다. 그는 삿갓으로 얼굴을 숨기고서 조심스럽게 도성으로 스며들었다. 맑았던 하늘이 흐려지면서 빗줄기가 꽤 굵어지고 있었다. 장시에 사람들은 허겁지겁 비를 피했지만, 담은 낮게 가라앉은 시선으로 오직 궐을 향해 걸어갔다. 이곳으로 오는 내내 심장이 그야말로 타들어갈 것만 같았다. 간간이 도성에서 오는 소식을 들으려고 했지만, 세자빈에 관한 소식은 좀처럼 들려오지 않았다. 그때, 그의 걸음이 주춤하며 멈춰 섰다. 그리고 무거운 시선으로 고개를 돌렸다. 그곳에는 그의 얼굴이 그려진 용모파기가 걸려 있었다. 바로 맹월의 수장, 대역죄인이라는 죄명으로.

"하아……."

결국, 일이 이렇게 된 것인가. 휘서가 결국, 결국…….

담은 마음을 굳게 먹고서 걸음을 옮기려는 순간, 누군가 그의 손을 덥석 잡았다. 담은 혹 벌써 들킨 건가 싶어 바짝 긴장한 채 칼자루에 손을 올리려는 순간,

"쉿, 나다."

그를 잡은 것은 다름 아닌 사림이었다. 담은 깜짝 놀란 시선으로 재빨리 고개를 돌렸다. 그러자 삿갓을 뒤집어쓴 사림이 그를 바라보고 있었다.

"사림? 네가 어떻게 여기……."

"저도 있습니다."

그리고 그 옆으로 무랑도 함께 나타났다. 담은 놀란 표정을 감출 수가 없었다.

"전후 사정은 가서 얘기할 테니 따라와. 이러다가 관군들에게 들키면 골치 아파져."

사림이 시선을 뒤로 두자, 여러 관군들이 돌아다니고 있었다. 담은 하는 수 없이 그들을 따라나섰다.

그들의 걸음이 멈춘 곳은 어느 낡은 폐가였다. 무랑은 잠시 바깥을 살피기 위해 자리를 피했다.

"비만 피하면 되지? 어차피 여기 오래 있을 것도 아니고."

사림은 삿갓을 벗었다. 담은 그런 그의 모습을 딱딱한 시선으로 바라보며 입을 열었다.

"다 알게 된 것이냐?"

"뭐, 네가 윤영대군이라는 거?"

"그래."

"나는 뭐 눈이 없는 줄 아냐? 용모파기가 저렇게 떡하니 붙어 있는데."

"내가 묻는 것은 그런 것이 아니다. 모든 걸 알고 있냐고 묻는 거지."

사림은 물기에 젖은 옷을 털어내며 불을 피우기 시작했다.

"그래, 다 들었다. 홍이에게 다 들었어."

담은 홍이라는 말에 순식간에 그에게 다가가 멱살을 붙잡았다.

"홍이를, 홍이를 본 것이냐? 무사한 것이지? 그렇지!"

사림은 미친 듯이 흔들리고 있는 담을 바라보았다. 녀석의 이런 모습을 예전에도 한 번 본 적 있다. 홍이가 노예상단으로 스스로 걸어갔을 때. 그리고 그 행방을 알지 못했을 때.

'진정 깊은 인연인가?'

사림은 이내 담의 손을 거칠게 떼어냈다.

"궐에서 아주 무사히 잘 지내고 있다. 그리고 나는 홍이의 부탁으로 무랑을 구하고 반드시 도성으로 올 네 녀석을 기다린 거야."

"정녕 다 알아버린 모양이군."

홍이가 세자빈이라는 사실도 전부 다.

그때, 무랑이 안으로 들어왔다.

"일단 바깥은 이상 없습니다. 하지만 대군마마, 이제 어쩔 생각이십니까? 이미 대군마마께서는 목숨이 위험하십니다. 병판의 장자를 마마께서 시해했다면서 병판이 직접 병력을 모으고 있습니다."

"일단 휘서를 만나야 한다. 직접 얘기를 해야 해. 궐로 갈 것이다. 길을 열어다오."

이미 돌이킬 수 없게 되었지만, 한 번이라도 직접 얼굴을 보고 얘기하고 싶었다. 대체 왜 이런 선택을 해야 했는지. 그리고 가능하다면, 진정 그 아이의 뜻을 되돌리고 싶었다.

"길은 내가 열겠다. 날이 저물 때까지만 기다려."

담은 불길 앞에 앉아 있는 사람을 바라보았다. 그는 도대체 그가 왜 도성에 있는지, 그리고 홍이를 어떻게 만났으며 그만큼 궐에 자유자재로 돌아다닐 수 있는 이유가 궁금했다. 하지만 일단은,

'끝까지 믿어보는 수밖에. 스스로 먼저 입을 열 때까지⋯⋯.'

그리고 지금은 그의 도움이 필요했으니까. 그는 지친 기색으로 바깥을 바라보았다. 서서히 해가 저물어가고 있었다. 붉게 타오르는 하늘.

'홍아⋯⋯.'

이 하늘을 홀로 바라보고 있을 홍이가, 너무나도 간절하게 보고 싶었다.

7장
반드시 지켜야 하는 것

늦은 밤. 담은 사람의 도움을 받아 관군으로 위장하여 궐 안으로 조심스럽게 숨어들었다. 요즘 궐의 경계가 대부분 밖으로 빠져 있는 상태였다. 담은 언제 맹월이 궐을 습격할지 모르는 와중에, 궐의 경계가 너무 허술한 것이 마음에 걸렸다.

"여기서부터는 좀 안전할 거야."

사람이 걸음을 멈춘 곳은 묘운각이었다. 담은 옛 기억이 넘실거리는 그곳을 바라보며 입을 열었다.

"이곳에 홍이가 있느냐?"

그는 말없이 고개를 끄덕였다. 담은 심장이 쿵쾅거렸다. 묘운각이라면 그래도 조금 안심이었다. 게다가 궐에 있었으니, 어디 다치거나 상한 곳은 없겠지. 하지만 직접 눈으로 확인하고 싶었다,

무사한 모습을. 그렇게 그가 묘운각으로 들어서려고 할 때, 멀리서 궁녀들이 다가오는 소리를 듣고선 세 사람은 재빨리 몸을 숨겼다.

"빈궁마마께서 귀궁으로 가셨다며?"

"그래, 양제마마를 뵈러. 아무래도 신경 쓰이실 테지. 저하의 미움을 받고 있지만 그래도 일단 복중에 아기씨를 품고 계시니."

"겉으론 얌전하게 생기셨던데, 양제마마께 무슨 말을 하시려나."

"세자 저하의 총애를 얻고 살아남으려면 얌전해서 되겠니? 행여나 양제마마께서 왕자아기씨라도 낳으시는 날엔 궐에 피바람이 불지도 모르지."

그렇게 궁녀들은 사라졌고, 홍이 귀궁으로 갔다는 말에 사림의 표정이 딱딱하게 굳어졌다. 그 아이가 대체 왜 귀궁으로 간 것이지?

"홍이를 만날 거지?"

"그래야 하지만 대체 귀궁에는 왜⋯⋯."

"서둘러 움직여."

사림은 조바심을 내며 귀궁으로 걸음을 옮겼고, 담은 그런 그의 모습을 의아한 표정으로 바라보다 이내 그 뒤를 따랐다.

*

허청은 귀궁에 들려온 대전에서의 소식에 눈을 크게 뜨며 어떤 말도 할 수가 없었다. 그분이 윤영대군의 손을 놓았다는 것인가? 자신의 죄를 그분에게 뒤집어씌우면서? 그때, 그날 제게 했던 그 말. 누구를 희생시키며 누구의 손을 놓았다고 하시더니,

"그게 윤영대군이었을 줄이야……."

솔직히 그가 이렇게까지 할 줄은 몰랐다. 이렇게까지 하면서 자신을 지켜줄지는 몰랐다.

정녕 나를 위해서? 나를?

판단이 서질 않았다. 그저 머릿속이 복잡하게 휘몰아치면서 심장이 이상하게 뛰어올랐다. 이건, 이건 그녀의 계획에 전혀 없던 일이니까.

"양제마마, 묘운각에서……."

그때 바깥에서 들린 목소리에 양제의 눈빛이 차갑게 일그러졌다. 그 계집이 대체 여긴 무슨 일이지?

귀궁의 불빛이 밝게 흔들리고, 향긋한 차향이 풍겼지만 마주 앉은 이들의 시선은 불편하기 그지없었다. 홍은 살짝 부어오른 허청의 배를 바라보았다. 어느새 저 뱃속에 연녕대군의 아이를 품었구나.

허청은 갑작스러운 그녀의 등장에 몹시도 재미가 있었다. 그토록 죽이려고 애를 썼던 계집인데 결국은 궐에 들어와 제 발로 호

랑이 굴로 들어오다니. 물론 그녀는 아무것도 모를 테지만.

"드시지요. 귀한 손님이기에 귀한 차를 대접하고 싶었습니다."

"감사합니다."

홍은 차를 바라보았다. 확실히 달라진 듯싶었다. 예전에는 차보단 술이 좋다면서 술상을 가져오곤 했었는데.

"저를 만나러 직접 오실 줄은 몰랐습니다. 송구합니다. 제가 먼저 인사를 드렸어야 했는데, 보시다시피 제가 귀궁에 묶여 있는 몸이라."

"아닙니다. 괜찮습니다."

"한데, 어쩐 일로?"

홍은 찻잔을 만지작거리다 이내 그녀를 똑바로 바라보며 입을 열었다.

"맹월을 아십니까?"

"모를 리가 없지요. 감히 세자 저하께 역심을 품고 반기를 든 무리가 아닙니까."

"그들이 그림 밀거래를 하고 있었습니다. 그런데 그 그림, 그냥 그림이 아닌 아편이었지요. 혹 양제와 관련이 있는 것입니까?"

순간, 허청의 눈빛이 차갑게 가라앉았다.

저 계집이 대체 뭘 알고서 날 떠보려는 속셈이지?

"지금 그게 무슨 말씀이십니까? 그것과 제가 대체 무슨 관련이 있다는 것이지요?"

"믿기 어렵겠지만, 저는 맹월의 수장과 잠깐 마주친 적이 있습니다. 그리고 그자가 양제의 이름을 언급하는 것을 들었지요."

그래, 그때 똑똑히 들었다. 맹월의 수장이 양제라는 말을 입에 담으며 내게 한패냐고 소리 지르던 그 모습. 게다가 그녀는 지난 과거에도 그림 밀거래의 배후였다. 그때는 연녕대군을 보위에 올리기 위해서 그랬다고 하지만, 지금은 이미 세자위에 있는데. 게다가 복중에 아기씨도 얻었으면서 대체 왜 이런 일에 연관되어 있는지는 모르겠지만.

"해서, 혹시나 하고 물어보는 겁니다."

"그 말씀 너무 경솔하신 것이 아니십니까? 아니면 저를 모함하여 어찌할 작정이십니까? 그렇지 않으면 그 역당들의 말을 믿고 제게 그런 말씀을 하실 수는 없습니다!"

허청의 핏발 서린 목소리에 홍은 판단이 서질 않았다. 아닌가? 수장, 그자가 잘못 말한 것인가? 하지만 과거의 수법과 너무나도 유사한데. 그렇지만 그녀가 그때의 기억을 가지고 있을 리도 없고.

"제가 경솔했습니다. 기분 나빴다면 사과하지요. 저는 단지 그런 자들의 입에 오르내린 것이 좋지 못할 듯하여 한 소리입니다."

그녀는 순순히 사과하는 홍을 빤히 바라보았다. 대체 무슨 속셈일까. 무슨 속셈으로 이런 말을 하는 거지? 게다가 아무리 맹월의 수장이 제 이름을 언급했다고 해도 곧바로 그 그림이 나의 것이라고 어떻게 의심할 수 있는 거지?

'설마, 그녀도 시간을 거스른 것인가?'

그래, 처음 저 계집을 죽이지 않고 제 앞에 데려오려고 했던 이유도 한 가지였다. 과거를 기억하고 있는지. 함께 시간을 거스른 것인지.

'그렇다면 이참에.'

"마음은 충분히 알겠습니다. 제 처신의 문제지요. 더욱 조심히 행동하겠습니다. 그런데 왜 사라지셨던 것입니까?"

"······세자빈 자리를 원하지 않습니다. 이 궐에 한시도 있고 싶지 않아서요."

"혹, 그 이유가 윤영대군마마 때문입니까? 그분을 연모해서?"

홍은 허청의 말에 놀란 눈을 했다.

그걸 어떻게 안 거지? 설마······.

허청은 차마 부정하지 않는 홍의 모습에 깨달았다, 저와 같음을. 그녀 역시 시간을 거슬러 이곳으로 왔음을.

"과거를 기억하는군요."

"그럼 당신도?"

"우리의 마지막이 썩 아름답지는 않았지요?"

허청은 비릿한 미소를 짓더니 이내 크게 웃기 시작했다.

그래, 그랬구나. 그랬었구나!

"후후후훗! 그렇다면 제가 숨길 이유가 없겠군요. 이미 제가 했던 그 모든 일을 알고 있을 테니. 그대를 세자빈에서 끌어내리고, 그것을 이용해 윤영대군마저 세자위에서 추락시키려고 했었지."

"유허청……."

홍은 파르르 떨었다. 그때, 함께 시간을 거스른 것이다. 내가 절벽에서 떨어지던 그날. 그녀도 함께! 순간, 그녀의 머릿속이 멍해지면서 자신을 죽이려고 했던 살수들이 떠올랐다. 춘곽에서부터 도성까지. 설마 그것도!

"그렇다면, 날 죽이려고 했던 살수들의 배후 역시……."

그러자 허청은 웃음을 지우고서 차갑게 속삭였다.

"예, 그것도 저였습니다. 그때 하지 못한 복수를 해야만 했으니까요. 내게 다시 주어진 이 천운 같은 기회를 날릴 수는 없었으니까. 손쉽게 연녕대군께서 세자위에 올랐지요. 아씨께서 그대로 영영 깨어나지 못했다면 상관없었을 텐데. 깨어나 버리는 바람에 세자빈의 자리를 놓치게 되었으니, 죽일 수밖에."

"하아, 하아……."

온몸이 떨려왔다. 과거의 기억을 품고서 지금까지 저를 죽이기위해, 그것도 태연하게 앉아 있는 저 여인의 존재가 참으로 지독하게 느껴졌다.

"그때도 그랬지만, 지금도 아씨의 존재는 방해입니다. 대체 무슨 악연인지 모르겠지만, 그렇게 죽고 싶어서 절벽에서 떨어진 주제에. 그래서 이번엔 제가 직접 죽여주려고 했건만. 도대체!"

그 순간, 벌컥 문이 열리면서 생각지도 못했던 존재가 매서운 시선으로 허청을 노려보았다.

홍은 바닥에 드리워진 익숙한 그림자에 흔들리는 시선으로 고개를 돌렸다. 그러자 그 시선 끝에 그가 있었다. 이담, 그것도 굉장히 살벌하고 무서운 모습으로 그가 이곳에 서 있었다.

"대, 대군마마."

허청은 갑자기 들이닥친 이담의 존재에 눈을 크게 떴다. 대체 저자가 왜 여기에!

담은 성큼성큼 허청을 향해 다가갔다. 허청은 그의 모습에 저도 모르게 뒤로 물러나며 입을 열었다.

"다, 다가오지 마십시오. 관군들이 이 주변에 많습니다. 소리를 질러 대군을 끌어낼 것입니다!"

"그만해요, 이담!"

홍은 담의 옷자락을 잡았지만, 담은 그대로 허청에게 다가가 이내 낮고 살벌한 시선으로 속삭였다.

"모두, 그대의 짓이었소?"

"……."

"지난날, 홍이를 죽음으로 몰았던 것도, 그리고 이번 역시 똑같이! 게다가 아편 그림의 배후 역시. 하아, 정녕 내 귀로 듣고도 믿을 수가 없군. 대체 너의 정체는 무엇이냐. 도대체!"

"제게 손대지 마십시오. 저는 지금 세자 저하의 소중한 용종을 품고 있습니다. 그리고 대군은 이제 더 이상 대군이 아닙니다. 맹월의 수장, 역모를 꾀한 역당에 불과합니다!"

"그 입으로 잘도!"

"이담!"

홍은 재빨리 담의 허리를 끌어안으며 그를 말렸다. 이대로 소란이 벌어지면 관군들이 몰려올 것이고, 그리되면 역모죄를 쓰고 있는 그는 참형에 처해질 것이다. 그리되게 할 수는 없었다, 절대로!

"놓으시오."

"담, 아직은 아닙니다. 벌을 주어도 지금 여기서는 아닙니다."

"하지만 저 여인 때문에 너와 내가, 너와 내가 지난날 얼마나 피눈물을 흘리며 헤어졌는데. 그래야만 했는데!"

"이미 지난 과거입니다. 돌이킬 수 없습니다. 지금이 중요한 것이 아닙니까? 저는 여기서 대군을 잃을 수는 없습니다. 담, 당신과 다시금 그때처럼 헤어질 순 없단 말입니다!"

홍은 있는 힘껏 그를 끌어당겼다. 담은 그러한 그녀의 모습에 참을 수 없는 분노를 억지로 누를 수밖에 없었다. 하지만 절대로 용서치 않을 것이다. 저 계집은 휘서의 곁에 있어선 아니 된다. 저런 여인이 조선의 국모가 되게 둘 수는 없었다.

"오늘은 이만 물러가지만, 기억해라. 내 결코 너를 가만두지 않을 것이다. 너 같은 악귀가 휘서의 곁에 있을 수는 없다, 절대로!"

그 말에 허청은 냉소를 머금고서 담을 노려보았다.

"과연 마지막에 누가 웃게 될지, 기대가 됩니다."

그렇게 담은 홍과 함께 귀궁을 빠져나왔다. 아직도 온몸이 떨려왔다. 과거에서부터 지금까지의 이 모든 악연의 고리가 저 여인으로부터 시작된 것이었다니. 그랬다니.

"어찌 이곳에 계신 것입니까?"

홍은 불안한 시선으로 그를 바라보았다. 그러자 담은 처연한 눈빛으로 홍을 바라보았다. 모든 걸 알고서 홀로 감당했을 그녀가 가여웠다.

"사림의 도움을 받았소. 귀궁까지 들어올 생각은 아니었는데, 관군들이 너무 많아서 숨어들 수밖에 없었지. 그런데 이런 말을 듣게 될 줄이야……."

"담……."

그는 손을 뻗었고, 홍은 그 손을 잡았다. 그러자 그가 그녀를 으스러지도록 꽉 끌어안았다. 홍은 그런 담을 연신 다독이듯 다정한 손길로 보듬었다.

"다시는, 나를 떠나지 마시오. 내 앞에서, 사라지지 마시오."

"그리 할 것입니다."

"얼마나, 얼마나……."

차마 말을 잇지 못했고, 홍은 듣지 않아도 다 알 것 같았다. 그의 체온이 온몸을 맴돌면서 그날의 기억이 살아나며, 이제야 마음속에 무겁게 자리 잡고 있던 그리움이 사라지는 것 같았다.

"가지 마라, 절대로. 가지 마……."

"그럼 제게 아무것도 숨기지 마십시오. 그때처럼 제 눈을, 제 귀를 막지 마십시오. 홀로 견디지 말아주십시오, 제발……."

그녀의 간절한 속삭임에 담은 고개를 끄덕이며 마주 잡은 손끝에 입을 맞추었다. 그러다 살며시 끌어당겨 그녀의 입술을 진하게 머금었다. 서로의 숨결이 깊숙하게 새겨지고, 가득 차오르는 따스함에 녹아 자꾸만 힘이 풀려갔다. 담은 그녀의 입술 끝에서 속삭였다.

"휘서를 만나야겠다."

"……."

"휘서가 알고 있을 리가 없어, 저 여인의 간악한 속내를. 제대로 대화할 것이다. 그 아이는 이해해 줄 거야."

하지만 홍은 쉽사리 표정을 풀 수가 없었다. 연녕대군이 지키고자 하는 사람. 그의 손을 놓으면서까지 지키고자 하는 사람. 그 사람은 아마 유허청, 그녀일 것 같은 느낌이 들었다. 물론 연녕대군이 모든 것을 다 알고 있는지는 잘 모르겠지만, 설사 알고 있다고 하더라도.

'대군은 유허청을 용서할 것이다. 내게 지켜야 한다고 말했던 그 눈빛은, 너무나도 강하고 강했어.'

담과 홍이 서로를 끌어안으며 그리움을 달래고 있을 때, 누군가의 시선이 처연하게 늘어지며 찬바람이 쉬이 불었다. 사람은 나무 뒤에서 그들의 모습을 지켜보다 이내 하늘을 바라보았다.

구름 한 점 없는 맑은 날. 별들은 무수히 쏟아지고, 그 속에서 달이 점점 기울며 그 빛이 은은했다. 생각했던 것보다 많이 아프지만, 그래도 생각했던 것보다는 견딜 수 있을 것 같았다. 왜냐하면 저 아이의 눈동자가 웃고 있었으니까. 아주 많이, 행복해 보였으니까.

'그나저나…….'

과연 허청이 그녀에게 뭐라고 말했을까. 담의 태도를 보니 홍이를 죽이려고 했다는 사실을 알게 된 것 같은데.

사림은 주먹을 꽉 쥐었다가 폈다. 이제 그도 선택을 해야만 했다. 홍이를 위해서. 그리고 가여운 제 누이동생을 위해서…….

❋

담은 홍을 위로하며 묘운각에 데려다준 뒤, 곧장 동궁전으로 향했다. 무랑이 길을 살폈고, 담은 관군의 복색을 한 채 조심스럽게 걸음을 옮겼다.

그 아이를 이런 식으로 마주하게 될 줄은 몰랐는데……. 이렇게 서로에게 척을 진 채, 칼날 앞에 서게 될 줄은 정녕 꿈에도 생각지 못했는데.

동궁전의 경계는 생각보다 그리 심하지 않았다. 이상하게 안을 지키고 있어야 할 내관도 상궁도 보이지 않았다. 물론 덕분에 담은 재빠르게 안으로 스며들었다. 긴 복도 너머로 엷은 불빛이 하늘거렸다. 한 걸음, 한 걸음 내딛는 걸음이 그저 무겁기만 했다.

마침내 창호지 너머 그림자가 아른거렸다. 그 모습이 너무나도 아프게 와 닿았지만, 담은 심호흡을 크게 하고서 문을 벌컥 열었다.

그곳에 휘서가 앉아 있었다. 흑룡포를 입고서 난을 치고 있는 그의 모습은 마치 담이 이곳에 올 줄 알고 있었다는 듯, 태연한 모습이었다.

"세자 저하."

휘서는 담을 바라보았다. 그러곤 이내 쥐고 있던 붓에 다시금 힘을 주어 난을 쳤다. 하지만 난이 곧지 못했다. 불안하게 흔들리고 있었다.

"목숨이 아깝지 않으신가 봅니다, 여기까지 스스로 오신 것을 보면. 아니면 제가 형님을 눈감아줄 것이라 여기고 오신 것입니까?"

"그렇지 않으면 바깥 경계가 그리 허술하진 않았겠지요."

휘서는 다시금 고개를 들었다. 사실 그가 궐에 스며들었다는 것은 백각을 통해 알고 있었다. 그리고 그가 곧장 묘운각에서 민홍, 그녀를 만났다는 사실도. 결국 그녀가 말한 것이 진실이었다. 서로 깊이 연모하는 사이라는 것이.

"앉아도 되겠습니까?"

담의 속삭임에 휘서는 말없이 붓을 내려놓았고, 그것을 대답이라 여기고 휘서의 앞에 자리를 잡았다. 묵직한 공기가 흐른다. 그 옛날, 춘화를 보며 농을 하고 함께 활을 쏘고, 사냥을 하며 놀았던 형제의 모습은 더 이상 없었다.

"저하께서 오해를 하고 계십니다. 저는 저하의 명으로 맹월의 행방을 쫓았고, 그들의 본거지와 배후를 찾았습니다. 진짜 수장은 따로 있단 말입니다."

"그리고 실종된 세자빈도 형님 곁에 있었지요. 저는 형님께 계속해서 기회를 주었습니다. 제게 먼저 알릴 기회를. 조선 곳곳으로 방을 붙이고, 일부러 형님께 언질도 주었지요. 한데도 제게 아무런 말씀이 없으셨습니다. 아니십니까?"

"……그랬지요. 세자빈, 홍이 그 아이의 곁에 있었습니다. 가능하면 끝까지 알리고 싶지 않았고, 그렇게 실종된 채로 사라지려고 했습니다."

"세자빈입니다."

"아직 국혼을 올리지 않았습니다."

"이미 간택된 세자빈입니다! 세자의 여인을 데리고 사라지려 했다니. 그 사실만으로도 역모입니다! 세자위를 다시금 노리고 있다고 생각할 수밖에 없단 말입니다! 그렇게 그 여인을 원하셨다면, 그러셨다면 제게 세자위를 주지 말지 그러셨습니까? 이 궐에서 함께 평생을 사시면 되는 것이 아닙니까!"

가장 이해가 되지 않는 부분. 그래서 더더욱 의심할 수밖에 없었던 부분. 담은 떨고 있는 그의 손을 보고선 저도 모르게 손을 뻗어 그 손을 잡아주었고, 휘서는 이내 움찔하고 말았다.

"무엇을 이리 겁내는 것이냐."

"……."

"너는 충분히 세자로서의 자질이 있다. 나는 그걸 견디지 못하여 네게 준 것이지. 나는 절대 다시 이곳으로 돌아올 생각이 없다. 그 여인을 위해서, 그 여인만의 하늘이 되기 위해."

"도대체……."

"궐에 묶어둘 여인이 아니니까. 두 번 다시 이곳에서 불행하게 하고 싶지 않으니까. 나를 위해 너무 많은 것을 버리고 희생하며 다시 돌아왔다. 휘서야, 그만 놓아다오. 나라는 존재가 불안한 것이라면, 사라져 주겠다. 그 여인만 내게 돌려준다면, 눈앞에서 완전히 사라질 것이다."

그 여인도 내게 말했다. 더 이상 이 궐에서 지내고 싶지 않다고. 그 말이 대체 무슨 뜻인지 이해가 되질 않았지만, 간곡히 애원하는 담의 시선에 휘서는 깨달았다. 절대로 제게 악의를 품고서 역모를 꾀하지 않았다는 것. 단지 형님은 지금의 자신처럼, 한 여인을 지키기 위해 세자위에서 내려온 것. 마치 자신이 한 여인을 지키기 위해 세자위에 올랐듯이. 똑같았다. 처음으로 형님에게서 세자도 아니고, 대군도 아닌 낯선 사내의 모습을 보았다. 하지만 휘서는 민홍을 놓아줄 수 없었다.

"송구합니다. 아무리 그러셔도 전 그 여인을 세자빈으로 올려야 합니다."

"휘서야!"

"영상의 힘이 필요합니다. 정확히 말하면 소론이지요. 소론의 힘을 키워 노론을 몰아낼 것입니다. 더 나아가 병판의 목숨."

"뭐?"

"형님이 그 여인을 위해서 세자위에서 내려왔다면, 저 또한 한 여인을 위해서 이 자리에 올랐습니다."

담은 한 여인이라는 말에 흔들리는 눈빛으로 말을 더듬었다. 설마, 설마!

"여인이라니. 설마, 양제?"

"……."

부정하지 않았다. 휘서가 그 간악한 여인을 그토록 품고 있었다는 건가? 아니, 모르기 때문이다. 그 여인의 실체를 모르기 때문에!

"그 여인이 어떤 여인인 줄 아느냐? 맹월이 가지고 있었던 아편 그림. 그 여인이 배후에 있었다. 또한 홍이를 시해하려고 했고, 그리고, 그리고!"

말로 다 할 수가 없었다. 과거에 그녀가 무슨 짓을 했는지. 그녀를 죽음으로 몰아넣었으면서, 되돌아온 시간 속에서도 똑같은 짓을 저지른 그 여인을! 휘서는 모를 것이다. 하여 저런 것이다. 그러니 진실을 알게 되면!

하지만 휘서는 아무런 말이 없었고, 담은 떨리는 시선으로 그를 바라보았다.

"왜, 아무 말도 하지 않지? 아니, 놀라지도 않는 건……. 아니, 아니야. 그럴 리가 없어."

그래, 아니다. 그건 아니다. 담은 미친 듯이 고개를 가로저으며 부정했다. 알고 있었을 리가 없어. 알고 있었으면서도 모른 척했을 리가, 그럴 리가…….

"병판의 장자 유도준이 죽었습니다."

담은 뜬금없는 소리에 고개를 들었다.

"아직은 병판의 힘이 막강하여 조금의 틈도 보여선 아니 되는데. 만약 장자를 죽인 이가 밝혀지면, 모든 것이 허사가 되기에, 형님이 필요했습니다."

대체, 무슨 소리를 하는 거지?

"형님이 가장 좋은 패였으니까요. 현비마마의 일로 인해 노론에게 가장 악감정을 가지고 계시지 않습니까?"

"지금 무슨……?"

"유도준을 죽인 이, 양제입니다. 그리고 그 아이는 어마마마까지 공범으로 만들었지요."

말이 나오질 않았다. 물론 휘서가 범인을 알고 있을 거라 생각하긴 했지만. 그랬지만.

"……중전마마를 지키기 위해서냐?"

"물론 그것도 있지만, 그 아이를 지키기 위해서입니다."

"모두 알고 있었구나. 알면서도, 모른 척한 것이냐?"

"예. 그 아이가 세자빈을 시해하려고 했다는 사실도, 아편 그림의 배후라는 사실도. 전부 다."

"대체, 왜 네가…… 네가 왜!"

휘서는 과거의 일은 모른다. 시간을 거스른 사람은 자신과 홍, 그리고 양제. 하지만 지금 상황을 보니 휘서는 과거에 양제가 홍을 죽이려고 했다는 사실도 알고 있었던 것 같다. 그래서 제게 그런 말을 한 것인가? 세자빈을 놓아야 한다고. 놓아야 살 수 있다고. 하지만 그 말은 결국 저를 위한 것이 아니라,

'그 여인을 위해서였구나! 그 여인을 지키고자, 그런 거짓을!'

"형님께서 제게 세자위를 주지 않았다면, 저는 그 여인과 어떻게든 조선을 떠났을 것입니다. 하지만 형님이 제게 세자위를 주시면서, 결국 그 여인이 원하는 대로 되었고, 저는 그것을 이루어주고 싶다고 생각했습니다."

"하아……."

"그 여인은 병판의 숨겨진 서녀입니다. 초의 핏줄을 받고, 병판의 핍박과 멸시 속에서 불행하게 자란 여인이지요. 저는 그 여인

의 복수를 대신 해주고, 행복해하는 모습을 보고 싶었습니다. 한 번이라도 행복하게 살았으면 하는 바람으로, 하여 이곳을 떠날 수 있게 해주고 싶었습니다."

전혀 생각한 적도, 생각할 수도 없었던 휘서의 이야기.

"제가 세자위가 된 이유는 그뿐입니다. 그러니 여기서 물러설 순 없습니다. 처음부터 제게 주지 말았어야 했습니다. 하지만 제게 주셨으니, 부디 저를 위해 죽어주십시오."

돌이킬 수 있을 거라고, 헛된 희망을 품었다. 하지만 이젠 정녕 돌아갈 수 없다. 휘서와는 한길을 갈 수가 없다. 각자 반드시 지켜야 할 것이 있으니까.

담은 일어섰다. 그리고 고개를 돌리고서 울음을 삼켰다. 한껏 움켜쥔 그의 손끝에선 차마 말로 표현하지 못할 울분과 절망이 고스란히 흔들리고 있었다.

"나는, 그 여인을 절대로 용서할 수 없다. 그러니 다음에는 네게 칼을 겨눌 것이다."

"……저도 마찬가지입니다."

그렇게 담은 동궁전을 빠져나갔다.

홀로 남은 휘서는 담의 빈자리를 바라보다 이내 주르르 눈물을 떨어뜨렸다.

"해서 그토록, 형님께 강건해지셔야 한다고 말씀드린 것입니다. 세자로서 그 자리를 지켜달라고…… 그렇지 않으면, 저는 그 여인을 위해서 무슨 짓을 할지 모르니까……."

휘서의 눈앞에 허청이 앉아 있었다. 허상이 분명했다. 저를 향해 웃고 있었으니까. 하지만 그 허상이라도 그는 마냥 좋았다. 한 번만이라도 제게 저리 웃어주면 좋을 텐데. 그럴 텐데.

그는 자리에서 일어섰다. 그리고 동궁전을 빠져나와 귀궁을 향해 걷기 시작했다. 멀리서 백각이 부르는 소리가 들렸지만, 무시했다. 내관이 뒤따라왔지만 역시 무시했다.

"청아, 청아……."

외롭고, 무겁다. 무섭고, 괴롭다. 하여 그녀가 간절하게, 간절하게 보고 싶었다. 흔들리는 자신을 잡아줄 수 있도록. 그럴 수 있도록…….

＊

동궁전을 빠져나온 담은 아무런 말도 하고 싶지 않았다. 지금 이 순간만큼은 아무런 생각도 하고 싶지 않았다. 그때 그런 그의 앞길을 사림이 막아섰다.

"비켜라."

"세자와 무슨 얘기를 나눴는지, 내게 말해줘."

"뭐?"

"그 얘기를 해준다면 내가 왜 궐에 있는지, 내가 누굴 찾았는지, 그리고 내가 누구의 핏줄이며 누구와 혈육인지 가르쳐 주마.”

갑작스러운 말. 하지만 담은 뭔가가 불안했다. 왜 이렇게 불안한 기분이 한꺼번에 밀려오는 걸까. 하지만 사림의 회색빛 눈동자는 지독히도 침착했다.

“나는 너를 믿는다. 어느 순간, 널 아주 믿고 있어.”

“…….”

“썩 괜찮은 놈이라고 생각하니까.”

“내가 홍이를 연모하는데도?”

처음으로 그가 연모라는 말을 담았다. 사림 역시 처음 담는 말에 무진장 설레면서도 또다시 마음이 아팠다. 절대로 닿지 못할 마음이니까.

“그렇기에 더더욱 믿는다. 그 마음 때문에 절대로 홍이를 배신하지 않을 테니까.”

“그럼 끝까지 믿고 내게 말해줘, 세자가 너에게 무슨 말을 했는지.”

담은 잠시 망설였지만, 이내 모든 것을 털어놓았다. 그리고 그 말 한마디, 한마디에 사림의 표정은 굳어졌다가 이내 안도의 감정이 감돌고 있었다. 그래, 역시 제 예상대로 세자는 청이, 그 아이를 지켜줄 것이다. 무슨 일이 있어도 지켜줄 것이야.

‘그렇다면 안심이다.’

그렇다면 역시 그 아이가 행복해지기 위해선, 이 복수는 자신이

해야 한다. 세자의 손에도 피를 묻힐 수는 없다. 모든 피는 자신이 끌어안고 가리라.

"이제 네 얘기를 해라."

사림은 전보다는 편안한 마음으로 담을 바라보며 천천히 입을 열었다.

"내 이름은 유사림. 병판 유장준의 서자이자, 양제마마의 유일한 혈육이다. 원래 나는 병판의 명으로 그의 장자를 찾고 있었지."

이젠 정말 무슨 말을 들어도 놀라지 않을 것 같았다. 적어도 담은 그랬다.

"병판의 서자?"

"그래."

"하아. 휘서도 그러더군. 그 여인이 병판의 서녀라고. 그 꼿꼿하기로 소문난 병판이 초의 여인과 연분이 났다는 건가? 해서 꼭꼭 숨긴 것이고?"

"뭐, 그렇지. 유년 시절 병판의 집에서 그의 핏줄이었지만 노비보다 못한 삶을 살았지. 특히나 그의 장자 유도준은 청이를 기방에 팔아먹을 정도로 악질이었어. 그 아이가 납치하지 않았더라도 내가 잡아 죽였을지도 몰라."

해서 병판에게 복수하려는 것인가. 모든 고리가 풀린다. 하지만 진실을 감당하기엔 너무나도 벅찼다.

"나는 어떻게든 이 일을 매듭지을 거다. 청이도, 홍이도, 모두

다 지킬 거다."

그게 사림의 선택. 하지만 담은 그 여인을 용서할 수가 없었다. 어떤 과거를 가지고, 무슨 일을 당해 복수를 하려는 건지 알았지만. 그래도 나와 홍이 돌고 돌았던 시간이 너무 아파서, 차마 용서를 담기 어려웠다.

"나는 그 여인을 용서하지 못해. 네가 알고 있는 것보다 훨씬 우리와 아프게 엮여 있으니까."

"용서하라는 말은 안 해. 하지만 속죄는 내가 하도록 하지. 피를 묻혀야 한다면 내가 묻혀."

그러곤 이내 사림은 담의 앞에 무릎을 꿇고서 고개를 숙였다.

"대, 대체!"

"지금부터 대군의 사람이 되려고 합니다. 대군의 칼이 될 것이니, 마음껏 휘두르십시오. 목숨을 다할 것입니다."

"사림!"

"이것이 제, 선택입니다."

사림은 눈을 감았다. 어차피 이자와 자신이 가는 길은 비슷하다. 그러니 홍이를 위해, 그리고 그 아이에게 속죄하기 위해 이자의 아래에 설 것이다. 하여 이자를 지키고, 나아가 모든 악연을 매듭짓고 말 것이다.

담은 사림의 선택에 시선이 떨렸다. 그 역시 모든 상황을 알게 된 지는 얼마 되지 않았을 것이다. 매 순간순간 괴로웠을 테지. 그렇게 고뇌했을 테지. 하여 내린 결론인 건가?

"대군마마! 대군마마!"

그때, 무랑이 멀리서 다급하게 달려오고 있었다. 담은 긴장된 표정으로 무랑을 바라보았다.

"무슨 일이냐?"

"항구 마을에서 연통이 왔습니다."

담은 이곳으로 오기 전 항구 마을에 사람을 몇 붙여두었었다. 맹월이 들고 있던 무기들이 전부 낡거나 농기구에 불과했으니, 아마 대량으로 무기를 사들였을 것이고, 들키지 않기 위해 명나라 상단을 빌렸을 것이다. 그러니 무기가 들어올 통로는 단 하나. 항구. 하여 주시하고 있었던 건데, 뭔가 움직임이 발견된 것인가?

"맹월이 움직이기 시작했다고 합니다. 무기와 더불어 다량의 화약까지……. 거사일이 정해진 것이 확실합니다."

결국 벌어질 것이 벌어지는구나.

담은 하늘을 바라보았다. 달빛이 희미하기만 했다. 곧 초하루가 다가온다. 사방이 어둡고 눈이 가려 은밀히 움직여야 하는 자들에겐 최고의 순간.

"아마 초하루가 거사일이 되겠구나."

"대군마마."

"무랑, 넌 남아 있는 우리 사람들을 최대한 모아라. 그들의 힘이 필요해."

"하오나 대군마마, 이미 세자 저하께서는 마마를 잡으려고 혈안이 되어 있습니다. 그런데 대체 무슨 수로!"

"그렇다고 우리가 세자 저하께 등을 돌릴 수는 없다. 차라리 좋은 기회야."

담은 여전히 무릎을 꿇고 있는 사림을 바라보며 입을 열었다.

"사림, 네 제안을 받아들이겠다. 끝까지 내 옆에서 나를 도와다오."

무랑은 그제야 사림이 무슨 짓을 하고 있는지 깨닫고선 경악스러운 눈빛을 띠었다. 저 건방진 자가 대체 무슨 일로 저렇게 무릎을······.

"도와드릴 것입니다. 그런데 무슨 방도라도 있으십니까?"

담은 그를 향해 손을 내밀었고, 사림은 옅은 숨을 삼키며 그 손을 잡고 자리에서 일어섰다.

"우리가 진짜 역당이 되어야겠다."

"예?"

무랑은 너무나도 뜬금없는 말에 황당했고, 사림은 침착하게 그를 바라보았다.

"어차피 나는 더 이상 조선에 있을 수 없다. 다시 세자위에 오를 생각도 없어. 내가 살아 있는 한, 지금의 휘서는 끊임없이 흔들릴 테지. 그러니 완전히 이곳에서 사라질 생각이다."

"진정 그들의 수장인 척, 궐에 침입하여 맹월을 막아내고 사라지려는 것입니까?"

사림은 담의 속내를 꿰뚫고서 말했고, 담은 피식 웃으며 고개를 끄덕였다.

"역시. 내 등을 맡길 수 있는 자답군. 예전엔 칼만 휘두르는 망나니인 줄 알았더니, 제법 머리를 쓰니 말이야."

"대군마마, 그건 말도 안 됩니다! 그리되면 마마께서는 평생 대역죄인이라는 오명을 쓴 채!"

무랑은 고개를 가로저었다. 그럴 수는 없다. 세상이 대군마마를 그리 기록하게 둘 수는 없었다, 절대로!

하지만 이미 담은 마음을 굳혔다.

"청사가 날 어떻게 기록하든 나는 상관없다. 내가 지키고자 하는 이들을 전부 다 지킬 수 있다면. 그리고 내가 사랑하는 이들만 나를 제대로 똑바로 기억하면 되는 것이지."

"하오나!"

"무랑, 어서 움직여라. 시간이 없다."

무랑은 흔들렸다. 저 명을 받아야 하는 것인가? 하지만 고민할 필요도 없었다. 이미 그를 자신의 주군이라 명했고, 죽는 순간까지 따르기로 맹세했으니.

"받들 것이옵니다."

그렇게 무랑이 사라졌고, 담은 사림과 함께 서 있었다.

"나와 함께 가면 너 역시 대역죄인이다."

"새삼스럽게 그런 걸 신경 쓰십니까? 어차피 전 조선에 남아 있을 생각 없었습니다. 이번 일만 무사히 끝나면, 곧장 초로 갈 것입니다."

"평소대로 말해. 네가 존대하는 거, 별로 안 어울리니까. 원래 위아래가 없는 놈이지 않느냐?"

"그래도 대군 아닙니까?"

"이젠 대군이 아닌 역당의 수장이지."

"하! 인생이 한순간에 밑바닥 신세입니다."

"그러게. 한데, 마음은 편하군."

담은 걸음을 옮겼다. 한때는 세자의 자리를 지키고자 했고, 하늘이 되고자 했다. 하지만 그 하늘을 내려놓았고, 이젠 역사 속의 빛이 아닌 그림자가 되려고 한다.

'휘서야, 네가 원하는 대로 해주마. 유도준에 관한 것도 내가 다 뒤집어쓰고 갈 것이다. 하지만 내가 이렇게 하는 것은 널 믿기 때문이다. 네가 진정한 세자로서 용상에 올라 왕이 될 것이라고. 그리고 그 여인에 관한 것도.'

✻

세자 저하가 오셨다는 말에 허청은 놀란 기색으로 달려 나갔다. 그러자 정말로 그녀의 눈앞에 그가 서 있었다. 휘서는 버선발로 달려 나온 허청을 바라보더니 이내 짧게 속삭였다.

"술을 마시고 싶다."

"예?"

"예전처럼 네 앞에서, 술을 마시고 싶다."

그렇게 허청은 휘서와 함께 귀궁의 작은 후원 정자에 주안상을 마련했다. 그가 술을 마시고 싶다고 한 것도 놀라웠고, 과거를 입에 담은 것도 의아했다. 특히나 지금 시국에.

휘서는 말없이 술잔을 내밀었고, 허청은 맑은 술을 쪼르르 따랐다. 그는 그녀의 고운 손가락이 바삐 움직이는 것을 멍하니 바라보며 술을 마셨다. 다디단 술이 사라진다. 그리고 그 단맛 속에서 과거의 기억이 스멀스멀 피어올랐다.

"예전에 널 모란각에서 처음 보았을 때."

"……."

"그때부터 나는 네가 좋았다."

순간, 술을 따르던 허청의 손길이 파르르 떨리면서 고개를 들어 그를 바라보았다. 하지만 휘서는 술잔에 시선을 둔 채 덤덤하게 말을 이어갔다.

"무슨 목적으로 내게 다가오는지 뻔히 알면서도, 그래도 네가 내게 온다는 사실이, 내 곁에 있어준다는 그 사실 하나가, 마냥 좋았다."

모든 것이 현실이 아닌 것마냥 가쁘게 떨려왔다. 지금 그가 정녕 제게 연정을 말하는 것인가? 정말로? 그러고 보니 과거에 그가 제게 하려는 말이 있었다.

"그 복수, 하지 마라. 넌 절대로 병판을 무너뜨리지 못해. 내가 너의 평생 그림자가 되어주마. 그러니 이곳을 떠나자. 아니, 차라리 이 나라를 떠나자. 이제부터라도 행복해야지. 그리 살아야지. 내가, 내가 너를!"

"나는 정녕 네게 아무것도 아니란 말이냐!"

그래, 그는 예전부터 제게 진심을 다하고 있었다. 그것을 보지 못한 것은 나일까? 오히려 내가 그를 이용하려고 했다는 것 때문에, 그 죄책감으로 더욱더 그를 밀어내고 외면했던 것일까? 그가 세자위에 오른 이유. 왕이 되고자 하는 이유가.

'설마, 저 때문이십니까?'

하지만 그녀는 그에게 차마 묻지 못했고, 휘서는 그녀의 품으로 쓰러졌다. 굵은 눈물이 그의 얼굴을 가렸다. 얼마 마시지도 않았는데, 흐트러진 감정이 그를 약하게 만든 것 같았다.

허청은 그의 얼굴을 빤히 바라보며 살짝 머뭇거리다 이내 손을 뻗어 눈물을 닦아 내리며 얼굴을 쓰다듬었다. 한없이, 한없이 계속.

그렇게 길면서도 짧은 밤, 허청은 세자가 아닌 휘서라는 사내를 마음껏 만지며 바라볼 수 있었다.

❈

병판의 집안이 부산스러웠다. 장자 유도준의 원수를 갚기 위해서, 맹월을 소탕하기 위해서 가지고 있는 병력을 최대한 모으고 있었기에 분위기가 무척이나 살벌하기만 했다.

유장준은 자신의 갑옷을 다듬었다. 감히 제 가문을 욕보인 그들을 결코 가만두지 않을 것이다. 그때, 어쩐지 바깥이 소란스러웠다.

"대감마님, 대감마님!"

사숙의 목소리에 유장준은 문을 열었다. 그리고 사숙의 손에 들린 화살 하나를 보았다.

"이것이 날아왔습니다."

그는 살벌한 시선으로 화살에 묶여 날아온 서찰을 읽어보았다. 서찰에 쓰인 것은 맹월이 초하룻날 궐을 습격할 것이라는 경고였다.

"출처도 알 수 없는 것입니다. 귀 기울이지 마십시오."

"하나, 진짜일 수도 있지."

"하지만……."

"초하루라……. 딱 좋은 날이군. 쥐도 새도 모르게 놈들을 전부 쓸어버릴 딱 좋은 날. 모든 병력을 궐로 집중시켜라. 세자 저하와 주상 전하, 그리고 중전마마를 지키면서 역당들의 피를 볼 것이다!"

사숙은 유장준의 명에 고개를 끄덕이며 걸음을 뒤로 돌렸다. 그때, 그가 한마디를 더 내뱉었다.

"그 아이에게선 아무런 소식이 없느냐?"

누굴 묻고 있는지 안다. 바로 유도준을 찾아 사라진 유사림.

"아직 없습니다."

"알았다."

유장준은 다시금 사랑채 안으로 사라졌고, 멀리서 사림이 그런 그들의 모습을 지켜보고 있었다. 화살을 쏘아 거사일을 흘린 것은 사림이었다. 이건 담의 명이었다. 혹여나 맹월을 자신들의 힘으로 다 막을 수 없을지도 모르니, 일단 병판의 힘을 조금 빌리고 나중에 병판의 군사들도 함께 막아내려는 것. 하지만 사림은 담에게 말하지 않은 것이 있었다. 거사 날, 유장준이 불바다로 바뀐 그곳으로 들어서는 순간,

'그때, 나의 칼은 당신의 숨통을 끊어낼 것이다. 나와 당신의 질긴 악연의 고리를, 그리고 청이가 이제 그만 행복해지기 위해서.'

�֎

초하루가 되기 이틀 전. 홍은 다시금 남장을 하고서 봇짐을 잘 챙겨두었다. 오늘 밤 그와 함께 궐을 나간다. 이미 묘운각의 궁녀들과 관군들은 그가 준 약으로 전부 수면에 빠지게 했다. 홍은 심장이 벌렁거렸지만, 꾹 참고서 묘운각을 빠져나왔다. 그러자 저만치, 담이 그녀를 기다리고 있었다.

"담!"

홍은 이제 자연스럽게 그의 이름을 불렀다.

담은 달려오는 홍의 모습에 엷은 미소를 지으며 그녀를 강하게 안아주었다.

"이제 궐을 나와 다시는 돌아오지 않을 것이오."

"예."

"이틀 뒤, 초하루가 지나면 정녕 조선을 떠나 영원히 함께할 수 있소."

그에게 대충의 계획은 들었다. 홍은 그의 결정에 마음이 아팠다. 스스로 역사의 그림자가 될 길을 선택하다니.

순간 홍의 눈동자가 한없이 떨려왔고, 담은 그런 그녀의 얼굴을 부드럽게 감싸며 속삭였다.

"난 상관없다고 하지 않았소, 대역죄인이 되어 내 이름이 얼룩져도."

"하지만……."

"그저 당신 하나만 날 제대로 기억하면 되는 것이지. 사랑하는 정인만이 내 곁에서 날 똑바로 봐주고 기억해 준다면, 난 아무것도 바라지 않소. 세상이 날 어떻게 보고, 어떻게 기억할지라도."

"제겐 누구보다 멋진 하늘이십니다."

홍은 그의 손을 당겨 먼저 입을 맞추었다. 그리고 그 입술 끝에서 속삭였다.

"연모합니다."

"은애하오."

서로 마주 잡은 손에 힘을 주었다. 솔직히 그를 그런 위험한 곳으로 보내는 것이 너무나도 무섭고 떨리지만, 홍은 그를 믿었다. 반드시 돌아올 것이라고. 반드시, 내 곁으로 돌아와 지금처럼 웃어주고 안아줄 것을……

그렇게 홍은 담과 함께 궐을 빠져나갔다. 아마 다시는 발걸음하지 않을 테지. 하지만 한 치의 망설임도, 후회도 없었다. 지금 잡고 있는 이 손이 내가 갈 곳이고, 내가 있을 곳이니까. 그렇게 나비는 완전히 궐을 떠나갔다.

무사히 궐을 빠져나온 그들은 조그만 암자로 향했다. 미리 말씀을 드린 덕분에 스님께선 친절하게도 그들에게 머물 만한 방을 마련해 주셨다.

홍은 무명옷을 입고서 가쁜 숨을 골랐다. 많이 떨리고, 두려웠다. 하지만 연신 제 손을 잡아주는 그의 손길에 긴장을 풀 수가 있었다. 곧, 그는 다시금 궐로 향한다. 달이 사라지는 밤. 그 밤 아래 궐이 울부짖게 될 것이다.

홍은 벌써부터 마음이 아팠다. 대역죄인의 이름을 뒤집어쓰고 칼을 쥐게 된 이 사람. 하여 역사에 붉은 글씨로 이름이 쓰일 이 사람.

"그저 당신 하나만 날 제대로 기억하면 되는 것이지. 사랑하는 정인만이 내 곁에서 날 똑바로 봐주고 기억해 준다면, 난 아무것도 바라지 않소. 세상이 날 어떻게 보고, 어떻게 기억할지라도."

그리 말하긴 했지만 그래도 씁쓸할 테지. 그럴 테지. 절대로 제게 속내를 말씀하지 않으실 테니까.

그때, 문지방 너머로 그림자가 하늘거렸다. 홍은 담이 온 줄 알고 반갑게 문을 열었지만, 거기 서 있는 이는 사림이었다.

"오라버니?"

"잠깐 들어가도 되냐?"

"예!"

홍은 얼른 자리를 마련했고, 사림은 쭈뼛쭈뼛한 모습으로 방으로 들어섰다. 조그만 방. 그 속에 홍의 모습이 가득 담겨 있었다. 너무 좁아서 손을 뻗으면 닿을 것 같았고, 숨을 쉬면 그녀의 온기가 느껴지는 듯하여 사림은 저도 모르게 헛기침을 했다.

"흠흠!"

"무슨 일이 있으십니까?"

사림은 홍의 맑은 눈망울을 바라보았다. 궐에 있을 때와는 사뭇 다른 모습이다. 곱디고운 비단옷이 아닌 초라한 무명옷을 입고 있었지만, 그래도 제 눈엔 어느 규수보다 어여쁘고 사랑스러워 보였다.

"나 역시 대군마마와 함께 궐에 갈 것이다."

대충 짐작은 했었다. 하지만 그 이유까지는 알 수가 없었다.

"왜, 대군마마를 돕는 것입니까?"

그리고 사림 역시 그녀가 이런 의문을 가질 것이라 여겼다. 숨기고 감추고 있던 진실. 그 진실을 이젠 말해줘야 할 때가 온 것이다. 하지만 막상 눈앞에 닥치니 입안이 말라갔다.

홍이, 이 아이도 그랬을까? 제게 여인이라는 사실을 감추고 있었을 때. 이토록 불안하고 초조한 마음이 가득했을까?

"대군마마의 일과 내가 전혀 관계없지 않기 때문이지. 내가 누군가를 찾고 있었다는 거, 알고 있지?"

"예. 높으신 분의 부탁이라고 하지 않았습니까."

"그분이 바로 지금의 병조판서 유장준이다."

생각지도 못한 이름에 홍은 저도 모르게 흠칫하고서 고개를 들었다.

"병판 대감이요?"

"병판 대감이 찾아달라고 한 이는 바로 그의 장자였지. 내겐 배

다른 형이었고."

"예?"

"유허청, 그 아이가 내 누이동생이다. 우린 모두 병판의 숨겨진 자식들이지. 네게 말하지 못해 미안하다. 그 아이가 네게 하려고 했던 행동, 얼마 전이었지만 그래도 알고 있었다. 그런데도 뻔뻔스럽게 네 곁에 있어서, 미안하다."

사림은 고개를 숙였다. 이 일로 홍이가 자신을 용서하지 않는다고 해도, 다시는 보지 않는다고 해도 할 말이 없었다. 하지만 거짓을 남겨둔 채 이 아이의 곁에 있는 것만큼은 도저히 할 수가 없었다.

홍은 제게 고개를 숙이고 있는 사림을 바라보다 이내 망설임 없이 손을 뻗어 그런 그를 안아주었다.

"얼마나, 힘드셨습니까."

그리고 다정하게 속삭이는 목소리. 사림은 저도 모르게 눈을 크게 떴다.

"얼마나, 얼마나 아프셨습니까."

울먹이는 그녀의 목소리에 사림은 천천히 고개를 들었다. 그녀의 눈망울에 눈물이 가득 고여 있었다. 그 속엔 그저 안타까움만이 가득할 뿐, 결코 저를 향한 원망은 담겨 있지 않았다.

"아무렇지도 않아? 내 누이동생이 너를 죽이려고 했다. 그런 아이의 오라비가 바로 나다. 그런데도 나는 청이, 그 아이의 손을 놓을 수도 없어.”

“지켜주고 싶었는데, 지켜주지 못했다는 누이동생이 아닙니까? 하여 오라버니는 더욱 괴로웠을 것입니다. 그리 변한 누이동생을 보는 것이 아프고, 저로 인해 그 누이동생의 손을 제대로 잡지 못해 아프고.”

“홍아…….”

“그 속이, 속이 얼마나 고단하셨을까. 그러셨을까…….”

사림을 붙잡은 홍의 손끝이 떨려왔다. 생각지도 못한 반응에 사림은 가슴속이 뜨거워졌다.

“밉지 않아? 원망하지 않냐고.”

“지금껏 제게 보여준 마음은 진심이지 않습니까. 저도 오라버니와 같습니다. 지금껏 함께한 시간에서 오라버니는 절 진심으로 지켜주고자 하셨습니다. 누구의 핏줄이고, 누구의 오라비라는 건 제게 중요하지 않습니다.”

“…….”

“저를 그저 자홍, 화공, 그리 봐주셨던 것처럼 제게도 사림 오라버니는 사림 오라버니일 뿐입니다.”

눈물짓던 눈망울이 반달로 휘늘어지며 미소를 담았다. 사림은 그 모습에 저도 모르게 뜨거운 숨을 내쉬며 금방이라도 눈물이 날 것처럼, 마음이 떨려왔다.

그는 망설이는 손길로 홍의 눈물을 닦아주었다. 그리고 차마 내뱉지 못한 진심을 눌렀다.

'하여 내가 널 연모할 수밖에 없나 보다.'

"울지 마라. 너도 알지? 난 아픈 게 죽기보다 싫은 사람이라는 걸. 그건 예전에 너무 많이 맞았기 때문에, 그래서 아픈 게 싫다."

사림의 손길이 흐트러진 그녀의 머리카락을 쓸어내렸다. 그 손길이 너무나도 조심스럽고 조심스러웠다.

"그런데 말이다. 네가 우니까 내가 아프다. 가슴께가 욱신거려. 네가 슬퍼하고 아파하는 모습 보는 게 너무 싫어. 그래서 내가 하는 거다. 네가 대군마마를 얼마나 연모하는지 알고 있다. 그러니 반드시 지켜줄 것이다. 또한 난 청이, 그 아이의 손을 놓을 수도 없다. 하여 그 아이가 원하는 걸 이뤄주고 행복하게 해주고 싶다. 하지만 죗값을 치르게는 할 것이다. 그러니 나를 믿고, 행여나 그 아이를 미워한다면 조금만, 조금만 봐다오."

지난날 유허청은 내게 복수를 말했다. 죽어가는 순간에도, 그리고 지금까지도. 그 복수를 그가 대신해 주려는 건가? 물론 막고 싶었지만, 그건 자신이 어떻게 할 일이 아니라는 걸 홍은 알고 있었다. 아마 그는 그날, 저 손에 피를 묻히게 될 것이다.

"그 아이를 용서해 달라는 말은 안 하마. 미안하다, 너무 힘든 부탁 해서. 사람 죽이는 거 싫어하는데. 미안하다, 홍아."

피를 묻히는 자신이 더 아플 텐데도 제게 미안하다고 말하는 이 사내를 어찌 미워할 수 있을까. 어찌 원망할 수 있을까.

"모두 무사히 다 지켜줄 거야. 그러니까 걱정하지 말고 기다려. 반드시 대군마마를 무사히 네 곁으로 보내줄 테니까."

"오라버니……."

그는 그녀에게 반드시 지킬 약조만을 하였다. 무슨 일이 있어도 그녀에게 이담, 그를 돌려보낼 것이라고. 머리카락 하나 다치게 하지 않고 온전히 돌려보낼 것이라고. 그래야 그녀가 행복할 테니까. 그래야 환하게 웃을 수 있을 테니까. 또한 그것이 조금이나마 너에게 속죄하는 하나의 길이 될 테지.

'그것이면 됐다.'

사림은 애써 불안함을 숨기는 홍의 머리카락을 헝클이며 외쳤다.

"이번엔 네가 막 나서지 마라. 네가 있어봤자 별로 도움이 안 돼. 나나 그 녀석이 돌아갈 수 있도록, 그 자리에서 기다려 다오. 알지? 내가 원래 남 목숨 구하고 그러는 오지랖 넓은 놈은 절대로 아니라는 거. 그런 내가 널 구했었다."

"……."

"누이동생 같았거든. 그래서 꼭 지켜주고 싶었어."

사림의 흔들리는 회색빛 눈동자. 홍은 그 시선에서 눈을 뗄 수가 없었다. 그가 삿갓을 쓴 채 자리에서 일어나려는 순간, 그녀는 뭔가를 깨닫고서 떨리는 손길로 그를 덥석 붙잡았다.

"홍아?"

"……저를 구해주셔서 감사하고 고마웠다는 말, 다시 한 번 꼭 제대로 하고 싶었습니다."

"뭐?"

홍의 눈가로 눈물이 고여갔다. 사람을 볼 때마다 자꾸만 낯이 익고, 기억날 듯하면서도 나지 않는 무언가 때문에 답답할 때도 있었는데, 이제야 생각났다. 지난 시간, 저하와 그림 밀거래를 쫓다가 자객들에게 죽을 뻔했을 때, 갑자기 나타나 자신을 구해주었던 그 의문의 사내.

"계집아이가 이렇게 위험한 곳에서 뭐 하러 혼자 돌아다녀? 죽고 싶어 환장했냐?"

"얼른! 네가 있어봤자 별로 도움도 안 돼. 내가 원래 남 목숨 구하고 그러는 오지랖 넓은 놈은 절대로 아닌데. 네가."

"네가 내 누이동생과 나이가 비슷한 듯해서. 그래서 구해주는 거다. 안그러면 꿈자리가 나올 것 같으니까. 그러니까 얼른 가!

그래. 그 사내였다. 왜 바로 떠올리지 못한 걸까. 왜 이제야. 하아!

도저히 찾을 수 없어서 제대로 감사 인사를 못 드렸지만 꼭 다시 만났으면 했는데. 시간을 돌고 돌아 이렇게 만나게 되었구나. 이리 깊은 연이 되어서. 그때처럼, 지금도 이렇게 저를 지켜주면서. 고맙다는 말로는 부족할 만큼, 이렇게…….

"홍아? 어찌 그래? 무슨 일이야?"

그녀는 뭔가를 다급하게 꺼내주었다. 그것은 호월산에서 그린 절경이었다. 완성된 모습에는 아름다운 꽃들이 수없이 피어올라 있었고, 그 속에 세 사람의 인영이 보였다. 바로 담과 홍, 그리고 사림이었다.

"이건……."

"오라버니가 주신 안료로 칠한 것입니다. 비록 함께 보진 못했지만, 그래도 항상 제 곁에 있다고 생각했습니다. 부적이라 생각하시고 가지고 가십시오. 그리고 오라버니도, 오라버니도 무사히 돌아오셔야 합니다."

"……."

"함께, 함께 돌아오셔야 합니다, 반드시!"

사림은 살며시 고개를 돌렸다. 그러곤 피식 웃으며 평소대로 외쳤다.

"당연하지. 내가 누구냐? 어디 가서 빌빌거릴 놈이냐? 꼭 돌아올 거다. 그리되면 같이 조선을 떠나 초로 가자. 대군마마도 함께. 너에게 나도 본 적 없는 내 고향을 꼭 보여주고 싶으니까."

"예! 기다리고 있을 것입니다. 이번엔 꼭 같이 초로 가서, 오라버니가 주신 안료로 그림을 그릴 것입니다."

"기대하마. 이번엔 꼭 내 눈으로 지켜볼 것이다."

그렇게 사림은 떠났다. 홍은 그 모습을 끝까지 눈에 담으며 그가 준 피리를 꼭 쥐었다. 반드시 돌아올 것이라 믿었다. 그날, 그 위험한 순간에도 그는 무사했었으니까. 이번에도 반드시. 사림뿐 아니라 모두 무사하길 바랐다. 해서 반드시 그의 말처럼 함께 초로 가고 싶었다. 그곳에서 새로운 시간을 보내고 싶었다. 행복하고 행복할 그러한 시간을……

✳

며칠 뒤, 드디어 초하루 밤이 성큼 찾아왔다. 저물어가는 노을 빛은 마치 핏빛처럼 붉게 타올라 몹시도 불길하기만 했다. 홍은 제 곁에서 함께 하늘을 바라보고 있는 담을 바라보았다. 그는 이미 모든 준비를 마친 채, 떠날 시간을 재고 있었다.

그의 머리가 그녀의 어깨에 와 닿았다. 홍은 자연스럽게 그의 머리카락을 쓸어내렸고, 그 손끝에서 느껴지는 온기에 담은 무겁게 내려 앉았던 긴장감이 스르르 풀리는 걸 느끼며 짧게 입을 열었다.

"잘해낼 수 있을까?"

처음으로 내뱉는 그의 약한 속내. 홍은 엷은 미소를 지으며 그의 얼굴을 살포시 잡고 눈을 마주치게 했다.

"물론 쉽지는 않을 것이지요. 무척 힘든 길인 것도 사실이고. 하지만 처음을 이루면 그다음은 쉬워질 것입니다. 저는 이담, 당신을 믿고 있습니다. 부디 무사히 돌아오십시오."

홍의 한마디, 한마디가 따스하게 그의 가슴으로 전해졌다. 정말로 뭐든 이룰 수 있을 것만 같은 묘한 힘. 담은 그녀의 뒷목을 부드럽게 감싸고서 이내 살며시 끌어당겼다. 입술 끝에 뒤섞이는 호흡이 조금씩 빠르게 뛰어올랐다. 점점 작게 속삭이던 목소리가 폭풍처럼 휘몰아치기 시작하면서 서로를 꽉 붙잡고서 연신 열꽃을 피워댔다.

"하아……."

잔잔히 내쉬는 그녀의 숨결까지 모조리 삼키면서, 그는 제 속에 그녀를 채워 넣었다.

그녀는 눈을 감고서 손끝으로 그의 얼굴을 더듬으며 속삭였다.

"인사는, 하지 않을 것입니다. 반드시 돌아와서, 돌아와서 제게 다녀왔다고, 그저 그 말만 해주십시오. 한숨도 자지 않고 돌아오는 그 발걸음만 기다릴 것입니다."

떨리는 손끝만큼 그녀의 목소리도 떨려왔다. 그러자 담은 고개를 끄덕이며 홍을 안아주었다.

"그럴 것이오. 돌고 돌아 어렵게 그대의 곁으로 왔는데. 다시 떨어지고 싶지 않으니, 빨리 돌아올 것이오."

"그리고 사림 오라버니에게 모든 얘기를 들었습니다."

담은 그녀의 말에 고개를 들었다.

"이미 알고 계셨지요? 사림 오라버니의 누이동생이 유허청이라는 것을."

"알고 있소. 하지만 그렇다고 해도 달라지는 건 없소. 난 절대로 그 여인을 용서할 수 없으니."

"용서하라는 것이 아닙니다. 하지만 저는 사림 오라버니를 잃고 싶지 않습니다."

"그건!"

"사림 오라버니에게 맡기는 것이 어떻습니까? 더 이상 과거에 얽매이고 싶지 않습니다. 정말 천운처럼 다시 찾아온 시간이 아닙니까? 오늘 밤 모든 걸 끊어내고, 다 잊어버리고 행복해지고 싶습니다."

"그래도 상관없소? 그 여인으로 인해 얼마나 많이 아팠는데. 우리가, 얼마나 긴 시간을 돌고 돌았는데. 그런데……."

"물론 용서하진 않을 것입니다. 하지만 원망하는 마음으로 평생을 살고 싶진 않습니다. 그 여인은 그 여인대로 아프게 살 것입니다."

"……그대가 그것을 원한다면, 알겠소."

어둠이 내려앉았다. 달빛조차 없는 칠흑 같은 어둠. 낮의 뜨거움은 사그라지고, 불길한 바람이 불어오고 있었다. 홍은 그의 뒷모습을 바라보았다. 이젠 정말 모든 과거의 잔재를 털어낼 수 있을까? 하여 행복한 앞으로의 시간만을 기다려도 되는 걸까?

"대군마마."

멀리서 무랑의 목소리가 들려왔다. 신호였다. 이제 떠날 시각.

담은 다시금 홍을 꽉 끌어안아 주었다. 더 이상 서로에게 말은 하지 않았다. 그의 체온이 사라지고, 홍은 두 손을 모으고서 점점 멀어져 가는 그의 발걸음 소리를 들었다.

달조차 없는 초하루. 그의 빈자리조차 보이지 않는 그러한 밤.

'부디, 부디 모두 다 무사하길 간절히 바랍니다.'

담은 뒤에서 느껴지는 홍의 시선을 품고서 사림과 더불어 기다리고 있는 무랑을 향해 짧게 물었다.

"맹월의 움직임은?"

"일단 저희 쪽 아이가 도성 곳곳에서 수상한 움직임을 살피고 있습니다."

"병판의 군사들이 이미 궐에 쫙 깔려 있어. 우리만 숨어들면 돼."

"……궐로 간다."

그렇게 가장 길고 지독한 밤이, 시작되려 하고 있었다.

8장
붉게 타오르는 초하루

무장을 한 담이 칼자루를 움켜쥐었다. 궐로 들어갈 수 있는 입구 근처에서 담은 상황을 주시했다. 이미 반대편으로는 사람이 잠복을 하고 있는 상황이었다. 날이 저물고, 달이 사라진 밤은 그 어느 때보다 어둡고 을씨년스러운 바람이 휘몰아치고 있었다.

담과 뜻을 함께하는 이들은 예전부터 그를 따르고 있던 사병들이었다. 담은 아무것도 묻지 않고 그저 저를 따라주는 이들이 고맙기만 했다.

무서울 정도로 기나긴 침묵이 이어지고 있었다. 그때, 무랑이 그에게 다급하게 달려와서는 어두워진 안색으로 짧게 입을 열었다.

"맹월의 움직임을 발견했습니다. 아주 많은 숫자가 지금 이곳으로 몰려오고 있습니다."

"행색은 어떠하더냐?"

"완전무장을 한 상태이옵니다."

"그래. 결국, 오늘 밤 이곳이 붉게 타들어가겠구나."

붉은빛이 넘실거릴 것이다. 그저 불꽃 때문일지 아니면 피와 함께 타들어갈 붉은색일지. 하지만 담은 마음을 굳게 먹었다. 이미 패는 던져졌다.

"무랑, 너는 지금 사림에게 가서 궐로 들어갈 준비를 하라고 전해라. 맹월이 궐을 습격하는 그 순간, 우린 그들과 합류하여 마치 같은 한패인 척하면서 그들을 진압할 것이다. 하지만 그들의 목숨을 끊어서는 안 된다. 우두머리만 제압하면 돼. 그들도 불쌍한 백성들이다. 그것을 결코 잊어선 안 된다."

"알겠사옵니다."

그렇게 무랑이 떠나고, 담은 저를 바라보고 있는 사병들을 향해 짧게 말했다.

"나중에는 병판의 군사들까지 막아야만 한다. 무척이나 힘겨운 싸움이 될 테지만, 살아남아라. 절대로 죽지 마라. 우린 단지 그들을 진압하는 것이다. 절대로 목숨을 걸지 마라."

"예!"

그렇게 사병들은 복면으로 얼굴을 가렸다. 담 역시 복면을 깊숙이 쓰고서 다시금 적막하기 그지없는 궐을 바라보았다. 이미 병판의 군사들이 안쪽에서 대기하고 있을 터. 그들의 칼날 역시 조심해야만 했다. 그의 머릿속을 꽉 채우는 것은 단 하나. 반드시 살아서 그녀에게 돌아가는 것.

'참으로 길고 어두운 밤이 되겠구나.'

✼

그날 이후, 휘서는 다시는 허청을 찾지 않았다. 하지만 그날의 일이 머릿속을 맴돌며 허청을 어지럽게 만들었다. 심지어 아무런 일도 할 수 없을 만큼. 어떻게든 민홍, 그녀가 세자빈이 되지 못하게 막아야 하고, 남아 있는 비밀 자금으로 다시금 일어서야만 했고, 지금껏 노론들이 나누었던 불법 자금에 관한 명부도 정리하여 병판 유장준의 숨통도 조여야 하는데. 이 아이가 태어나기 전에 해야 할 일이 그리도 많은데.

'정신 차려라, 유허청. 이렇게, 이렇게 감정에 휘둘려서 일을 그르칠 수는 없지 않은가!'

하지만 자꾸만 제 손끝에 남아 있는 그의 온기가 사그라지지 않는다. 밤새 그의 머리카락을 쓰다듬고, 그의 젖은 목소리를 더듬으며 지새웠던 그날을.

"양제마마."

그때, 진 상궁의 목소리가 들려왔다. 허청은 지금 그 누구의 말도 듣고 싶지 않았다.

"급한 일이 아니면 나중에 들라."

하지만 진 상궁은 조급하게 문을 열고서 들어왔다. 그 모습에 허청은 서슬 퍼런 시선으로 목소리를 높였다.

"내 말을 듣지 못했느냐. 급한 일이 아니면!"

"마마, 묘운각이 수상하옵니다."

"뭐?"

"쉬쉬하고는 있는데, 며칠 전 세자빈이 또다시 사라졌다고 하옵니다."

"세자빈이 사라져?"

"들자 하니 세자빈이 제 발로 나간 것 같다고…… 나인들과 내관들을 모두 잠재우고 말이옵니다."

민홍, 그 계집이 스스로 사라졌다고? 대체 왜? 무엇 때문에! 설마 그때 윤영대군과 함께…….

"저하께서는. 저하께서도 이 사실을 알고 계시느냐!"

"지금껏 숨기고 있었던 것은 이미 저하께서도 알고 계신 것이 아니겠사옵니까. 그런데 마마께 서찰을 남겼다 하옵니다. 묘운각에 숨어 있던 저희 쪽 나인 하나가 그걸 몰래 빼돌렸사옵니다."

허청은 서둘러 서찰을 펼쳐 보았다. 하지만 서찰을 움켜쥔 그녀의 회색빛 눈동자가 창백하게 일그러지기 시작했다. 서찰을 남긴 이는 그 계집이 아니었다. 이 필체는 바로 사림 오라버니! 게다가 내용이 더 엄청났다. 세자 저하께서 윤영대군을 만나 했던 모든 말과 진실.

"형님께서 제게 세자위를 주지 않았다면, 저는 그 여인과 어떻게든 조선을 떠났을 것입니다. 하지만 형님이 제게 세자위를 주시면서, 결국 그 여인이 바라는 것을 이루어주고 싶다고 생각했습니다."

"그 여인은 병판의 숨겨진 서녀입니다. 초의 핏줄을 받고, 병판의 핍박과 멸시 속에서 불행하게 자란 여인이지요. 저는 그 여인의 복수를 대신해 주고, 행복해하는 모습을 보고 싶습니다. 한 번이라도 행복하게 살았으면 하는 바람으로, 하여 이곳을 떠날 수 있게 해주고 싶습니다."

"제가 세자위가 된 이유는 그뿐입니다."

"양제, 마마?"

진 상궁은 갑자기 눈물을 뚝뚝 떨어뜨리는 허청의 모습에 황망함을 감추지 못하고서 고개를 숙였다. 대체 서찰에 무엇이 쓰여 있기에 단 한 번도 나약함을 보인 적이 없었던 분이 눈물을…….

하지만 허청은 눈물을 떨구며 움켜쥔 서찰에서 시선을 뗄 수가 없었다. 한 번도, 단 한 번도 욕심내어 본 적 없었다. 그분의 마음을 갖는다는 것. 제겐 그럴 자격이 없었으니까. 한데, 정녕 그분은 저를 연모하는 것인가? 이토록 모든 것을 내려놓을 정도로. 저 하나 지키고자 그 싫다던 세자위에 오르고, 그토록 따르던 윤영대군의 손을 놓으면서까지 나를, 나를……

서찰의 마지막에 사림의 마지막 당부가 쓰여 있었다.

—세자는 반드시 널 지켜줄 것이다. 그러니 더는 너를 망가뜨리지 말거라. 그리고 반드시 용서를 구하고 죗값을 치르거라. 아직은, 아직은 돌이킬 수 있다. 청아, 내가 그리 만들어주마.

허청은 서찰을 가슴에 끌어안았다. 그리고 그가 술에 취해 했던 말을 생생하게 떠올렸다.

"예전에 널 모란각에서 처음 보았을 때, 그때부터 나는 네가 좋았다."

시간을 거스르기 전, 그는 자신을 어떻게든 말리고 싶어 했다. 함께 떠나자고 했다. 그것이 그의 진심이었는데. 매 순간순간, 그는 제게 연모한다고 그리 말하고 있었는데. 나는 그것을 알지 못한 채 외면하고 있었구나. 하여 그를 이토록 벼랑 끝으로 내몰았구나.

'결국 나를 위해서 그분은, 그분은…….'

그 순간!

"불이야! 불이야!"

허청은 고개를 번쩍 들었다. 그리고 미친 듯이 달려가 문을 벌컥 열었다. 그리고 저 멀리 붉은 불꽃이 시뻘건 빛을 뿜으며 이글거리고 있었다.

"저하⋯⋯."

그녀는 두려움에 가득한 목소리로 속삭이며 이내 버선발로 동궁전을 향해 달리기 시작했다.

"마마! 마마!"

뒤에서 진 상궁이 그녀를 만류했지만 허청은 발걸음을 멈출 수가 없었다. 나인과 내관들의 비명 소리 속에 흩어지는 말.

"역당들이다! 역당들이 궐에 침입했다!"

"저하를, 전하를 지켜라!"

맹월, 그들이 궐에 침입한 것인가!

'저하, 저하!'

허청은 아수라장이 되고 있는 궐 안을 미친 듯이 달려갔다. 지금 그녀에게 가장 중요한 것은 오직 하나. 그분의, 그분의 무사한 모습을 보는 것뿐!

✽

비형을 선두로 어둠이 깔린 도성으로 수백의 횃불이 활활 타올랐다. 모두들 농기구 대신 칼자루를 쥐고서 살기 위해 태양을 등지고 일어난 백성들.

비형은 저만치 보이기 시작한 궐문을 바라보며 잠시 걸음을 멈추었다. 오늘의 밤은 무척이나 길고 뜨거운 밤이 될 것이다. 아마 내일의 태양을 볼 수 없을지도 모르지만.

'더 새로운 태양이 떠오를 것이다.'

그는 고개를 돌려 자신을 바라보고 있는 이들에게 높은 소리로 외쳤다.

"우리는 어쩌면 내일의 태양을 볼 수 없을지도 모른다! 하지만 더 새로운 태양을 반드시 떠오르게 할 것이다! 역사는 우리를 대역죄인으로 낙인찍을지도 모르지만, 아니다! 우리는 대역죄인도, 역당도 아니다! 우리는 그저 살고자 한 백성들이다!"

"와아아아아아!!"

"되도록이면 살아서 다시 만나자!"

그렇게 비형은 칼자루를 움켜쥐고서 궐문을 향해 달리기 시작했다. 이미 앞을 지키고 있던 군사들이 뿔피리를 불면서 그들을 향해 화살을 쏘기 시작했지만, 비형은 무서운 속도로 파고들어 군사들의 목을 거침없이 베어냈다. 그리고 맹월이 쏘아 올리는 불화살이 칠흑 같은 하늘을 붉게 수놓으며 마치 불꽃처럼 쏟아지기 시작했다.

"궐문을 뚫어라! 안으로 들어간다!"

이미 군사들의 피가 흩어지기 시작했고, 쓰러진 시체를 밟고서 순식간에 궐문이 뚫렸다.

그리고 그 모습을 담이 지켜보며 짧은 숨을 삼키곤 말했다.

"궐로 들어간다."

그렇게 그와 사병들도 움직이기 시작했다. 횃불이 너무나도 무섭게 치솟기 시작했다. 이미 대기하고 있던 병판의 군사들과 맹월이 맹렬하게 부딪치며 절규를 토해내고 있었다.

초하루, 조용히 잠들어 있던 궐이 억지로 깨어나고 있었다. 하지만 멀리서 보았을 때, 그들의 불꽃은 참으로 기묘하게 아름다웠다. 아니, 목숨까지 내건 이들의 마지막 아우성이 한없이 슬퍼 보이기도 했다.

✳

"저하, 저하, 피하셔야 하옵니다!"

동궁전 내관이 다급하게 달려와 휘서 앞에 고개를 조아리며 울부짖기 시작했다. 하지만 휘서는 침착했다. 이미 그는 이 사실을 알고 있었다. 얼마 되지 않은 시간 전, 병판이 제 앞에 고개를 조아리며 말했으니까.

"오늘 밤 맹월이 궐을 습격할 것입니다."

"맹월이?"

"예. 하지만 오히려 잘된 일이옵니다. 안 그래도 귀신같은 자들인데 스스로 호랑이 굴로 들어오는 것이 아닙니까. 그러니 이곳에서 모조리 몰살시켜 버리면 되는 일입니다."

"하지만 궐에서 소란이 벌어지는 건……. 게다가 피바람이라니……."

"걱정 마시옵소서. 절대로 주상 전하와 저하께서 다치시는 일은 없을 것이옵니다. 그들은 이곳 근처에도 오지 못한 채 죽임을 당하게 될 테니 말입니다."

"한데 그 사실을 병판은 대체 어찌 안 것이오?"

그리고 그가 내민 경고장 하나. 하지만 그것을 본 휘서의 시선이 살며시 흔들렸다. 왜냐하면 거기에 쓰인 필체가 바로 형님의 필체였으니까. 하지만 이 사실을 병판에겐 함구했고, 결국 서찰에 쓰인 대로 맹월이 습격해 왔다.

'대체 형님께선 무슨 생각이신 건가. 대체 무슨!'

그때, 동궁전 문이 발칵 열리면서 허청이 숨을 헐떡이며 안으로 들어섰다. 휘서는 그녀의 모습에 잠시 흠칫하다 이내 엉망이 된 몰골을 보고선 자신도 모르게 자리에서 벌떡 일어나 그녀의 곁으로 다가갔다.

"꼴이 왜 이런 것이냐. 설마 무슨 변이라도 당한 것이냐?"

휘서는 그녀의 여기저기를 살폈다. 다소 흐트러진 모습이긴 했지만 그래도 다친 곳은 없어 보였다.

"양제!"

하지만 그는 그녀를 나무랄 수가 없었다. 갑자기 그녀가 그를 와락 끌어안고서는 떨리는 목소리로 낮게 속삭였다.

"무사하셔서, 무사하셔서 다행이십니다."

처음이었다, 그녀가 이토록 나약한 모습을 보이는 것은. 항상 꼿꼿하기만 하던 어깨가 가냘프게 흔들리며 그 떨림이 제 품 안에서 온전히 느껴졌다. 어느새 내관은 고개를 돌린 채 잠시 자리를 비켜주었고, 휘서는 잠시 망설이다 이내 그녀의 등을 다독여 주었다.

아무런 말도 하지 않았지만, 다독이는 손길에서 느껴지는 감정에 허청은 입술을 깨물고서 그렇게 한동안 가만히 그의 품에서 눈을 감았다.

❀

비형은 병판의 군사들이 거세게 몰아치는 모습을 보고선 주먹을 움켜쥐었다. 대체 이들이 어찌 눈치를 채고 잠복하고 있었던 걸까. 혹시 함정인가? 하긴 너무 쉽게 궐문이 뚫리기는 했다. 일부러 우리를 이곳으로 몰아 한꺼번에 죽일 작정인 듯한데. 이대로 가다간 어떤 것도 바꾸지 못한 채 끝나고 말 것이다.

'그럴 수는 없다, 절대로!'

그는 맹렬히 칼을 휘두르며 동궁전을 향해 달리기 시작했다. 세자의 목숨만 거두면 된다. 그리만 되면, 거사의 반은 성공한 셈이다. 부패한 노론이 판치는 세상. 하여 억울하게 죽어 나간 백성들의 원한! 한데, 그들에게 또다시 칼자루를 쥐어줄 수는 없었다. 지금의 세자는 절대로 안 된다. 지금의 세자는!

그 순간, 비형의 걸음이 우뚝 멈춰 섰다. 제 앞을 가로막은 그림자. 그는 비릿한 미소를 지으며 짧게 입을 열었다.

"윤영대군."

그의 앞을 가로막은 담이 복면을 벗고서 비형을 바라보았다.

"결국 여기까지 왔군."

"역당으로 몰린 그대가 여기까진 무슨 일이지? 함께 죽고 싶은 건가?"

담은 칼을 들어 올렸다. 그리고 한 치의 망설임도 없이 비형을 향해 달려가며 외쳤다.

"일단은 네놈과 한패, 하지만 너를 막기 위해 온 것이다!"

담의 칼날이 매섭게 비형을 삼키려 들었고, 비형은 그런 그의 칼날을 막아내며 주변을 둘러보았다. 그러자 맹월의 사이로 모르는 얼굴이 보였다. 그들은 맹월을 제압하면서 병판의 군사들과 싸우고 있었다. 그 모습에 비형은 허한 미소를 지으며 담을 바라보았다.

"설마 지금의 세자를 위해서 역사에 오점이 되려는 것이냐? 역당으로 모든 것을 뒤집어쓰겠다?"

"……."

"하, 하하하하! 참으로 눈물겹구나. 참으로 눈물겨워!"

비형의 칼이 더욱 거세게 담을 몰아치기 시작했다. 감정이 뒤섞이기 시작하면서 주체할 수 없는 살기가 들끓었다. 하지만 그만큼 조금씩 빈틈이 생기기 시작했다.

"그래도 조금이나마 그대를 믿었거늘. 하여 그대를 다시금 세자로 세우려고 한 것이다!"

"나를 믿는 만큼, 지금의 세자 역시 그러하다. 그걸 어찌 모르느냐!"

"노론이 지금껏 백성들에게 무슨 짓을 했는지 정녕 잊었더냐! 자신들의 탐욕과 욕심을 채우기 위해서 우리들의 목숨은 하찮은 버러지보다도 못하게 죽어 나가야만 했다! 다른 이는 몰라도 그대는 우리들의 비통함을 알아야지! 현비마마께서 어찌 돌아가셨는데! 그런데 지금의 세자에게 세자위를 물려주고는 뭐라? 지금의 세자를 믿어? 지금 세자의 기반이 노론인 것을 온 천하가 다 알고 있는데, 다시금 노론에게 칼자루를 쥐어주라는 말이더냐!"

담은 이를 악물고서 비형에게서 한두 걸음 물러섰다. 손바닥이 얼얼할 정도로 어마어마한 힘이었다. 그는 애써 거친 숨을 삼켰다.

어마마마께서 어찌 돌아가셨는지, 누구보다 자신이 더 잘 알고 있다. 마지막까지 제 손을 붙잡으며 살아남아야 한다고, 성군이 되어야 한다고 말씀하셨지. 물론 노론을 용서하는 것은 아니다. 그자들의 편에 설 생각 역시 죽어도 없다.

"그들을 용서하겠다는 것이 아니다. 그건 지금의 세자도 마찬가지."

담은 다시금 비형에게 달려갔다. 허공에서 괴음을 토해내며 부딪히는 칼날에서 음울한 울음소리가 울부짖고 있었다.

"물론 지금 세자의 기반이 노론인 것은 확실하나, 그대들이 우려하는 일은 벌어지지 않을 것이다. 그러니 한 번만 더 믿어라. 이 자리에서 개죽음을 당하는 것보다는 한 번 더 믿는 것이 더 옳은 선택일 것이다!"

여기저기서 불꽃이 치솟았다. 하지만 맹월은 더 이상 앞으로 나아가지 못한 채 한곳에서 맴돌고 있었다. 병판의 군사들이 마치 쥐몰이를 하듯, 몰아세우기 시작한 것.

"악!"

"으으윽!"

비명 소리가 여기저기서 흩어졌다. 비형은 그 소리를 가슴 아프게 듣고 있었다. 그러면서도 맹월을 지키면서 병판의 군사들과 맞서고 있는 이담의 사병들을 바라보았다. 보아하니 맹월을 제압만한 채 이 일을 끝내고 싶어 하는 듯했다. 하지만 비형은 도저히 이해할 수가 없었다. 이렇게까지 하면서 지금의 세자에게 세자위를 넘긴 이유. 게다가 스스로 역당이라는 오명을 뒤집어쓴 채.

"나는 두 번 다시 세자위에 오를 생각이 없다. 그 때문에 지금의 세자를 죽일 생각은 더욱 없고. 내가 먼저 스스로 하늘을 저버렸다. 그러니 내겐 더 이상 그 자격이 없어."

비형은 문득 지난날 그가 했던 말이 떠올랐다. 하늘을 저버렸다고. 자격이 없다고 한 그 말.
'대체 지금의 그대는 무슨 생각을 하고 있는 것인가. 무엇을 위해 이곳에 있는 것인가.'

병판의 군사들이 일제히 맹월을 호위청 군사들의 훈련장으로 유인했다. 그곳은 지형이 넓으면서도 사방이 막혀 있어 도망치거나 피하기 쉽지 않았다. 그렇게 그들은 맹월을 궁지에 몰며 무차별적으로 살육을 저지르려 하고 있었다. 하지만 담의 사병들과 더불어 사림이 하나가 되어 그런 군사들을 막아섰다.
사림은 그야말로 귀신같은 몸놀림으로 사람 열 명의 몫을 해내고 있었다. 그의 칼날에는 비정함이 흘렀고, 한 치의 망설임도 자비도 없었다. 그러면서 그의 회색빛 눈동자는 빠르게 누군가를 찾고 있었다.

'분명 이곳에 있다. 어디 있느냐, 병판 유장준!'

그때, 사림의 시선으로 어딘가 급하게 빠져나가는 유장준의 뒷모습이 보였다. 그의 시선이 서늘하게 가라앉으면서 이내 그를 향해 달려가려는 순간, 누군가의 칼이 그런 사림을 막아섰다.

"유사림."

사림은 낯익은 목소리에 비릿한 미소를 지었다. 자신의 앞을 가로막은 이는 바로 사숙이었다.

"그래, 네놈도 여기 있었겠구나. 병판이 키우는 충실한 개새끼인데, 당연히 여기 있어야지."

사숙은 칼자루를 움켜쥔 채 이곳의 역도들과 당당히 서 있는 사림의 모습에 온몸을 떨었다.

"역시나 네놈이 한패일 줄 알았다. 네놈이 도준 도련님을 죽인 것이지!"

"유도준을 죽인 이는 윤영대군이 아니던가?"

"닥쳐라!"

사숙이 그대로 사림을 베어 죽이려 했지만, 사림이 단숨에 그 칼을 피하고는 그대로 그의 가슴에 칼을 꽂아 넣었다.

푸욱!

"욱!"

뜨거운 피와 함께 사숙의 입에서 토혈이 터져 나왔다. 사림은 쓰러지려는 사숙을 붙잡았다. 어쩐지 묘한 느낌이었다. 어릴 적,

이자의 발에 미치도록 채이고, 밟히고, 한없이 맞으면서 아픈 것이 싫었고, 죽을 만큼 강해지고 싶었고, 강해져서 이자를 누르고 싶었다.

사숙은 사림의 어깨를 붙잡으며 떨리는 목소리로 속삭였다.

"하아, 하아, 하아! 역시 호랑이 새끼였다. 호, 호랑이 새끼를…… 거두었어……."

"……."

숨이 사라지고, 사림은 그대로 사숙을 바닥으로 떨어뜨렸다. 하지만 이상하게 공허함이 맴돌았다. 누군가 그랬지, 복수라는 놈은 하면 할수록 공허함만 감돌 뿐이라고. 속이 시원할 줄 알지만, 그건 다 개소리라고. 자기 자신만 더더욱 망가뜨리는 것일 뿐.

'그러니 더더욱 청이를 그런 길로 보낼 수는 없다.'

사림은 사숙의 피가 잔뜩 묻은 칼을 들고서 천천히, 아주 천천히 유장준을 향해 다가갔다. 유장준 역시 멀리서 사림의 모습을 보고선 경악에 찬 눈동자로 그 자리에 멈춰 서 있었다. 어느새 유장준의 주변으로 호위무사들이 끼어들었지만, 유장준은 그들을 저지하며 사림을 향해 외쳤다.

"네놈이, 네놈이 지금 대체!"

"보면 모르시겠습니까?"

"뭐라?"

"맹월과 한패인 것이 안 보이십니까? 지금 윤영대군께서 이곳에 계시는데⋯⋯."

"윤영대군?"

그때, 사림의 눈이 번뜩이면서 유장준을 향해 칼을 휘둘렀다. 호위무사들이 그런 사림을 막으려 했지만 헛수고였다. 하지만 이미 물러났다고 해도 한때 조선의 무장이었던 호랑이. 유장준은 사림의 칼을 막아서고선 서슬 퍼런 시선으로 외쳤다.

"네놈이 정녕 이 아비의 얼굴에 먹칠을!"

"제가 언제 당신의 아들이었던 적이 있었습니까? 저희들이 당신의 핏줄이었던 적이 있었냔 말입니다!"

사림은 유장준을 몰아세우기 시작했다. 마치 어디론가 유인하는 것처럼. 그리고 이내,

"당신과 단둘이 할 말이 있습니다."

유장준은 그제야 뭔가 이상하다는 것을 느꼈지만, 피할 새도 없이 사림이 순식간에 그를 무기고로 밀어 넣으며 그 역시 함께 그곳으로 들어왔다. 호위청 군사들의 무기를 두는 공간. 생각보다 안쪽이 깊숙했고, 무기고치고는 여러 방으로 나뉘어 있어서 구조가 꽤 복잡했다.

하지만 지금은 꽤 엉망이 된 채 이상한 기름 냄새가 나는 듯했다.

유장준은 흔들리는 시선으로 사림을 바라보았다. 하지만 그는 이미 작정을 한 듯, 준비해 둔 횃불을 무기고 밖으로 던졌다. 그러

자 무기고 주변에 뿌려져 있던 기름을 타고 불이 순식간에 활활 타올랐다.

멀리서 유장준을 구하기 위해 군사들이 달려왔지만, 그 불길에 걸음을 멈출 수밖에 없었다.

"대감! 대감!"

그렇게 그들은 완벽히 그곳에 갇히게 되었다. 유장준은 이글거리는 불길 너머로 태연하게 서 있는 사람을 바라보았다.

"이게 무슨 짓이냐. 같이 죽기라도 하겠다는 것이냐?"

"어차피 오늘, 둘 중 하나는 못 살아날 것입니다."

"뭐라?"

"아마 당신도 나를 당장에라도 죽이고 싶어 할 것이니."

"유사림!"

"제가 유도준을 죽였습니다. 당신의 금쪽같은 장자, 집안을 이어야 할 장자를, 감히 서자 따위인 제가 죽였다, 이 말입니다."

유장준은 갑작스러운 그의 말에 믿을 수 없다는 듯 고개를 가로 저었다. 그럴 리가 없다. 분명 맹월이, 운영대군이 죽었다고……!

"그럴 리가 없어. 네놈이, 네놈이 대체 왜!"

"원망했으니까. 당신을, 참으로 지독하게."

"……"

"이제 알겠지요? 오늘 밤, 둘 중 하나는 죽어야 한다는 것을……."

*

홍은 붉게 타오르는 궐을 멀리서 불안한 시선으로 바라보았다. 이상하게 귓가에 연신 비명 소리가 들리는 듯싶었다. 그 환청 같은 소리에 담의 목소리가 섞이고, 사림의 목소리가 섞인다. 그럴 때마다 마음은 불안함을 넘어 두려움과 공포로 그녀를 자꾸 옥죄는 것 같았다.

'허상이다. 헛소리이다. 절대로 믿지 마. 절대로.'

하지만 주변에서 수군수군 들려오는 목소리까지 막을 수는 없었다. 대궐이 소란스럽다고. 대궐이, 분노하고 있다고.

그녀의 눈빛이 잠시 어딘가를 향하더니 이내 담이 준 비녀와 사림이 준 피리를 품고서 걸음을 뒤로 돌렸다. 그러자 암자에 있던 스님이 그녀를 막아섰다.

"어디를 가시는 것입니까."

"아무래도 궐에 가야겠습니다."

"아니 되십니다. 대군께서 절대로 아씨를 이곳에서 내보내지 말라고 당부하셨습니다."

"그래도 지금 제가 있을 곳이 이곳은 아닌 듯합니다. 보내주세요, 스님. 그분들이 무사히 돌아오시는 모습을 가장 먼저, 가까이에서 만나보고 싶습니다."

초조하고 불안하여 견딜 수가 없었다. 조금이라도 가까운 곳에서 그들을 기다리고 싶었다. 결국, 홍은 스님의 제재를 뒤로하고서 궐을 향해 달렸다. 그녀의 두 손은 연신 한곳에 모여 간절하게 속삭였다.

'아직도 밤이, 밤이 너무 길기만 합니다.'

※

동궁전에서 휘서는 그저 침묵을 유지했고, 허청은 그런 휘서의 모습을 불안하게 바라보았다. 그러다 바깥에서 백각의 목소리가 들려왔다.

"저하."

"어서 들라."

휘서는 자리에서 일어나 백각을 맞이하며 조급하게 물었다.

"호위청 상황은 어떠한가?"

"병판 대감의 군사들이 꽤 힘겹게 버티고 있습니다."

"뭐라? 어째서?"

"병판 대감이 갑자기 나타난 맹월의 수하에게 사로잡혔습니다. 지금 불길에 휩싸인 무기고에 갇혔다고 들었사온데, 어찌 된 상황인지 자세히 알아낼 수가 없었습니다."

허청은 그 말에 저도 모르게 자리에서 벌떡 일어섰다. 휘서는 그런 허청을 잠시 바라보다 다시금 백각에게 시선을 돌렸다.

"맹월의 수장은? 이번 일을 주도한 자가 누구인지는 밝혀졌느냐?"

그 말에 백각은 잠시 망설였다. 그 망설임을 읽은 휘서는 노여운 표정으로 외쳤다.

"모든 것을 숨김없이 명명백백히 고하라!"

결국 백각은 어두운 표정으로 낮게 속삭였다.

"윤영대군마마께서, 그 자리에 계시옵니다."

"……뭐라?"

"그것도 사병들과 함께 맹월을 지지하며 병판 대감의 군사들과 맞서고 있사옵니다."

형님이, 어디에 계신다고? 맹월과 함께, 그곳에 계신다고?

"……호위청으로 간다."

"저하!"

"내가 직접 가야겠다. 내가 직접 봐야겠어!"

백각은 그를 만류했지만, 휘서는 그런 백각을 밀어내고서 동궁전을 빠져나가기 시작했다. 어쩐지 불길한 느낌이 들었다. 맹월의 거사일이 적혀 있었던 형님의 필체. 그리고 지금의 상황. 사로잡힌 병판!

'형님께서, 정녕 형님께서……'

모든 것을 끌어안으시려는 것인가, 모든 것을!

홀로 남은 허청은 휘서를 붙잡아야 하지만 이상하게 몸을 움직일 수가 없었다. 병판을 사로잡았다는 정체불명의 자. 그리고 그곳에 있는 윤영대군.

'설마, 오라버니는 아니겠지. 아니시겠지. 민홍, 그 계집. 그 계집을 찾아야 해. 그 계집을!'

❊

구름 한 점 없는 하늘에 달마저 보이지 않아 짙은 어둠은 더더욱 길어지고 있었지만, 주변으로 피어난 뜨겁고 잔인한 불길과 곳곳에서 들리는 비명 소리, 날 선 칼의 울음소리가 적막의 밤을 깨운 채 요란하게 울리고 있었다.

비형과 담은 어느새 한두 걸음 뒤로 물러나 가쁜 숨을 몰아쉬고 있었다. 특히나 담은 손끝이 떨릴 정도로 심장이 빠르게 뛰었다. 상대방은 칼을 업으로 삼은 자이지만 담에게 칼은 그런 것이 아니었으니, 실력 차이뿐만 아니라 체력 차이까지 날 수밖에 없었다. 하지만 그는 여기서 포기하고 물러설 수 있는 상황이 아니었다.

비형 역시 마찬가지였다. 그런데 어쩐 일인지, 비형이 움직임을 멈추고서 담을 똑바로 바라보았다. 그러고는 진지한 목소리로 입을 열었다.

"대체 왜 이런 짓을 하는 것이지? 보아하니 맹월을 죽이려고 하지도 않고, 그저 사병을 개입시켜 어떻게든 전부 제압하려는 속셈 같은데. 정녕 이 모든 것이 세자를 위한 일이다?"

"그대들에게 기회를 주려는 것이다. 나는 맹월을 죽일 생각이 없다. 그들도 백성이니까. 또한 그대들에게 휘서에 대한 믿음을 보여주고 싶다. 아무 생각 없이, 지금의 세자에게 세자위를 넘긴 것이 아니다."

그래도 한때 조선의 대군으로 태어나 성군이 되기 위한 왕세자 교육을 받고 하늘이 되어야 한다는 선왕들의 가르침을 새겨들었다. 물론 원했던 자리도 아니고, 그 자리로 인하여 수많은 피가 쏟아지고, 가장 가까이 있던 이들도 잃어야 했지만, 그는 왕세자로서 책임을 가지고 있었고, 그 무게를 견디려고 했었다. 그러니 아무 생각 없이 휘서에게 세자위를 넘긴 것이 아니다. 휘서를 믿었다. 가끔씩 그 아이와 대화를 하면서 어쩌면 이 조선에 가장 필요한 제왕은 휘서일지도 모른다고 생각했고, 그런 자질도 충분하다고 여겼다. 비록 그 아이가 다른 뜻을 품고 세자위에 올랐다고 하더라도, 휘서는 충분히 잘할 수 있을 것이다. 누군가를 지키고자 하는 마음. 그 마음은 곧 백성들을 지키고자 하는 마음이 될 수 있으니까.

'가장 강한 힘이 될 테니까.'

"나 역시 한때는 세자였다. 물론 지금은 내게 그 자격이 없다고는 하나, 조선을 지키고 싶고, 이 땅의 백성들을 위하고 싶다. 그렇기에 나는 지금의 연녕대군을 선택한 것이다."

"그토록 믿는 것인가? 노론이 떠받들고 있는 세자를?"

"당파에 휘둘리지 않고, 오직 백성을 위한 그러한 성군이 되어 줄 것이라 생각한다."

"그렇다면 대체 그대는 왜 자격이 없다고 말하는 것이지?"

담은 엷은 미소를 지었다. 순간 그의 머릿속으로 홍의 모습이 가득 떠올랐다. 처음 그녀를 만난 순간부터 마지막 그 손을 놓는 순간까지. 난생처음 느꼈던 그 낯선 감정과 처음으로 누군가에게 기대고 싶다고 생각했던 마음을. 그녀 앞에선 자꾸만 세자의 무게를 잊게 된다. 결코 잊어선 안 되는 무게인데······.

"하늘은 모두의 하늘이 되어야 하지만, 난 오직 한 사람을 위한 하늘이 되고 싶으니까. 그러기 위해 먼 길을 돌고 돌았으니, 이젠 내게 그런 욕심이, 내가 원하는 것을 택하고 싶은 그런 욕심이 생겨서."

순간 비형은 난생처음 보는 세자 이담의 모습을 보고 있었다. 아니, 세자가 아니다. 지금 그의 얼굴은 세자가 아닌 그저 평범한 사내의 모습.

"이런·사사로운 욕심으로 하늘이 될 수는 없지. 하여 지금의 연녕대군에게 나는 너무 미안하고 미안할 뿐이다."

비형은 천천히 숨을 삼켰다. 누군가를 향한 절절한 진심. 여인인가? 모든 이를 보고 만물을 품어야 할 하늘이, 오직 하나를 탐하기 시작했기에. 그 때문에 자격이 없다고 하는 것인가?

"하아, 하하하하!"

그는 저도 모르게 웃음이 새어 나왔다. 그렇다면 정녕 자격이 없는 것이다. 그런 하늘이라면 그도 더 이상 미련은 없었다. 그 순간,

"윤영대군!"

담은 생각지도 못한 목소리에 눈을 크게 뜨고서 고개를 돌렸다. 그리고 저 너머로 흑룡포를 입은 휘서가 백각과 세자익위사 관원들과 함께 서 있었다.

'대체 휘서가 여기는 왜!'

그리고 그 찰나의 빈틈으로 비형이 파고들었다. 그는 순식간에 담을 지나치고서 매서운 시선으로 오로지 휘서를 향해 달려가기 시작했다. 담은 입술을 깨물고서 그 뒤를 미친 듯이 달렸다. 조금은, 그래, 조금은 설득했다고 생각했는데. 조금씩 이해하기 시작했다고 생각했는데.

'아닌가? 비형 저자는 진정 끝까지 가려는 것인가!'

백각과 관원들은 재빨리 휘서의 앞을 가로막았다. 그리고 귀신처럼 달려오는 비형을 향해 활을 쏘기 시작했다.

"저하를 지켜라! 역당들이다! 한 놈도 살려둬선 안 된다!"

비형은 움직임을 멈추지 않고서 계속 달렸다. 그러다 화살 하나가 그의 가슴으로 파고들었다.

"읍!"

짧은 신음. 하지만 그는 약간의 인상만 찡그릴 뿐 걸음을 멈추

지 않았다. 하지만 그 찰나의 주춤거림에 담이 재빨리 그의 등 뒤로 칼을 휘둘렀다. 비형은 그런 담의 칼을 피하며 그를 향해 일격을 가했다.

"저리 비켜!"

"윽!"

그리고 그 일격은 제대로 담의 어깨를 스쳤다.

"형님!"

휘서는 관군들 너머로 피를 흘리는 담의 모습에 저도 모르게 그를 부르며 달려가려고 했지만, 백각이 그런 그를 말리며 고개를 가로저었다.

"아니 되십니다!"

"비켜라!"

"저하!"

비형은 담을 노려보았다. 담은 어깨에서 흐르는 피를 살필 겨를도 없이 떨리는 손으로 칼자루를 움켜쥔 채 여전히 그의 발목을 붙잡고 있었다.

"진정, 끝까지 가려는 것인가?"

"이미 돌이킬 수 없다. 내 목숨은 오늘 여기 묻을 것이다, 세자와 함께!"

휘서는 제 앞을 지키는 이담의 뒷모습 너머로 백안을 섬뜩하게 드러내고 있는 비형을 바라보았다. 본능적으로 알 수 있었다, 저자가 맹월의 진짜 수장이라는 것을. 진정 형님께서는 스스로 역당이 되어 이들을 막고 있는 것인가?

'제가 놓아버린 손을, 아직도 잡고 계시는 것입니까? 이렇게? 이렇게……'

비참함. 그리고 스스로를 향한 역겨움이 밀려들었다. 담의 뒷모습이 너무나도 거대하게 느껴졌다. 흑룡포는 자신이 입고 있는데, 마치 그가 입고 있는 것처럼. 아주 예전 세자였던 그의 뒷모습을 동경하고 충심을 다하겠다고 맹세했던 그때의 형님처럼.

"……."

"저하!"

휘서는 천천히 관원들을 밀치고 앞으로 걸어가기 시작했다. 백각은 그런 휘서를 다시금 막아 세웠지만, 휘서는 고개를 가로저었다.

"이건 내 일이다."

"하오나 역당들입니다!"

"또한 백성들이지. 아무래도 이건 내가 해결해야 할 문제다. 앞으로 내가 왕이 되려면. 윤영대군의 그림자에서 벗어나 제대로 보위에 오르기 위해선, 내가 해야 할 일이야."

그렇게 휘서는 비형을 향해 걸어갔다. 비형은 그런 휘서의 모습에 비릿한 미소를 지었다.

"제 발로 이곳으로 오다니 대단하군."

담은 떨리는 시선을 띠었지만 돌아볼 수 없었다. 행여 조금이라도 비형에게 틈을 보이면 휘서에게 칼을 내밀지도 모르니까. 그리고 어느새 휘서는 담의 바로 옆으로 다가왔다.

"저하, 물러서십시오!"

"이자가 맹월의 수장입니까?"

"저하!"

휘서는 비형을 똑바로 바라보았다. 비형은 그런 휘서의 배포에 또다시 미소를 지었다.

"무슨 소리지? 맹월의 수장은 지금 거기 있는 윤영대군이 아닌가? 제 손으로, 제 입으로 지금의 윤영대군을 역당으로 몰며 목숨을 움켜쥐려고 하는 주제에. 이제 와서 병 주고 약 주겠다?"

"……."

"그런 그대를 어찌 세자라고 믿을 수 있지? 제 혈육마저도 제 필요에 의해 이토록 쉽게 손을 놓아버리는데. 하물며 백성이라고 다를 것인가. 게다가 그대의 뒤에는 노론이 있지 않은가. 그런 그대를 어찌 믿으라는 것이야!"

비형의 살기 어린 외침. 백각은 한시도 경계를 늦추지 않고서 비형의 움직임 하나하나를 살피고 있었다. 그런데 뭔가 좀 이상했다.

'살기를 저리 드러내면서, 공격할 자세를 취하고 있진 않다.'

담도 그것을 느꼈다. 아까의 비형과 다르다. 무작정 칼을 휘두르며 죽이려 하고 있지 않았다. 원망과 분노만이 있는 것이 아니라 진정 묻고 있는 것이다. 세자인 휘서에게. 그대가 세자로서 정넝 준비와 각오가 되어 있느냐고. 우리가 그대를 믿을 수 있게, 그 믿음을 보여달라고. 그리고 휘서는 그런 비형의 진심을 눈치채고서 한 걸음 더 앞으로 걸어 나왔다. 담도 그런 휘서를 말리지 않았다. 이건, 휘서가 해야 할 일이다.

'세자로서 네가 감당해야 할 첫 번째 무게다. 그리고 제왕으로서의 너의 자질을 보여라.'

❋

홍은 사내의 복색을 하고서 웅성웅성 모여 있는 사람들 사이에 있었다. 궐로 향하는 남문은 완전히 통제되어 백성들의 눈과 귀를 막으려고 했지만, 이미 퍼진 소문은 어쩔 수가 없었다. 게다가 남문 주변에 흩어진 핏자국.

"무슨 일이 일어난 것이여."

"궐에서 시커먼 연기가 막 솟아나고 있당게!"

"별일이야 있겠어?"

"아니면 저 피는 무엇인감?"

아무것도 아니라고 애써 여기면서도 걱정과 두려워하는 모습이 가득한 사람들. 홍이 아무래도 이쪽 길은 안 될 것 같아 다른 길을 찾으려고 걸음을 돌린 순간, 누군가 홍의 손목을 덥석 붙잡았다.

'하아!'

홍은 행여나 궐에서 나온 이가 제 모습을 알아본 줄 알고 어떻게든 그 손을 뿌리치려고 했지만, 그녀의 손을 잡은 이는 여인이었다. 그것도 너무나도 뜻밖에 귀궁의 나인. 허청의 사람이었다.

"놀라지 마시옵소서. 저는 양제마마께서 보내셨습니다."

홍은 그 말에 움직임을 멈추었다. 그리고 서늘한 시선으로 고개를 숙이고 있는 나인을 바라보았다.

"놀라지 말라고? 양제라면 나는 더더욱 놀라야 하고 피해야 하는 것이 아닌가? 궐을 빠져나와 몸을 숨기고 있는데, 이렇게까지 나를 찾는 연유가 대체 무엇이야!"

"꼭 만나뵙고서 묻고 싶은 것이 있으시다고 하셨습니다."

묻고 싶은 것이라. 대체 무슨 말을 하려고 하는 것이지? 이렇게 어지러운 시점에서 그만큼 중요한 것인가?

홍은 잠시 망설였지만, 이내 그 나인의 뒤를 따랐다. 궐 안에서 만날 줄 알았는데, 궐 밖에서 이미 유허청이 얼굴을 가린 채 그녀를 기다리고 있었다.

그녀는 썩 마음이 편하지 않았다. 아무리 그녀가 사림 오라버니의 누이동생이라고 할지라도 그래도 그 모든 시간을 잊은 것은 아니니까. 단지 그저 여기서 모든 연을 끊고 싶을 뿐.

"대체 무슨 일로 또다시 나를 찾는 거지?"

허청은 가렸던 장옷을 내렸다. 그런데 그 안색이 무척이나 수척했고 또한 표정이 다급해 보였다.

"사림 오라버니, 오라버니는 지금 어디 있습니까? 혹 같이 있는 것입니까?"

하지만 홍은 사실대로 말하지 못한 채 망설였고, 그 망설임에 허청이 다가와 그녀의 두 어깨를 붙잡고 불안하게 외쳤다.

"역시 이번 일을 운영대군께서 꾸민 일입니까? 저 안에, 저 안에 오라버니까지!"

홍은 떨리는 시선으로 허청을 바라보았다. 그토록 꼿꼿하기만 하던 여인이 처음으로 흔들리고 있었다. 무척이나 두려워하는 모습. 그 모습에 홍 역시 불안함이 깃들기 시작했다.

"대체 무슨 일이야? 안에서 무슨 일이 벌어지고 있는 거야?"

"하아, 그런 것이었나……."

허청은 허망하게 손을 놓았다. 병판 대감을 사로잡고 있는 그 정체불명의 맹월은 사림 오라버니다. 사림 오라버니는 지금 자신의 복수를 대신하고 있다. 대신하여 지금,

"죽을 작정입니다."

"지금 그게 무슨……?"

"사림 오라버니가, 병판 대감과 함께 죽을 작정이란 말입니다!"

"세자는 반드시 널 지켜줄 것이다. 그러니 더는 너를 망가뜨리지 말거라. 그리고 반드시 용서를 구하고 죗값을 치르거라. 아직은, 아직은 돌이킬 수 있다. 청아, 내가 그리 만들어주마."

"그 손에 피를 묻혀야 한다면, 내가 대신 그 피를 묻힐 것이다."

허청의 말을 홍은 믿을 수가 없었다. 그저 그녀의 목소리가 아득하게 멀어지며, 홍의 품 안에 담겨 있던 사림의 피리가 묵직하게 내려와 그대로 묶여 버린 듯했다. 그럴 리가 없다. 죽다니. 대체 누가? 사림 오라버니가? 도대체 왜?

"그럴 리가…… 오라버니가, 절대로 그럴 리가……."

넋을 잃고 속삭이는 홍의 목소리를 허청은 들어줄 겨를이 없었다. 그녀는 재빨리 걸음을 뒤로 돌려 남문을 향해 달렸다. 하지만 그녀의 머릿속도 하얗게 변하여 두려움으로 온몸이 파르르 떨려왔다. 분명 제게 복수를 대신해 주겠다고 했었다. 피를 묻혀야 한다면 제 손에 묻히겠다고. 하지만 이런 것을 바란 건 아니다. 오라버니를 죽음으로 내몰 생각은 결단코 없었다!

"예전에 그랬지요? 저를 지켜줄 것이라고. 그럴 것이라고. 그러니 이제 지켜주십시오. 제 손을 다시 잡아주십시오!"

"오라버니, 제발 저를 지켜주세요. 저를 도와주세요. 오라버니밖에 없습니다. 이 궐에서 저를 지켜주실 분은 오라버니뿐이에요!"

잇새 사이로 흐느낌이 흘러내렸다. 오라버니를 이리 벼랑 끝으로 내몬 사람은 자신이다. 오라버니가 그런 선택을 할 수밖에 없도록, 연신 부추겼던 건 자신이었다. 정말이지 씻을 수 없는 죄. 이리 우는 것조차 자신에게 허락지 않는 너무나도 무거운 죄.

"청아……."

그때는 왜 몰랐을까. 그 이름 하나에 담겨 있던 오라버니의 진심. 그토록 간절히 부르고 싶어 하던 오라버니의 절절했던 그리움. 그 그리운 감정을 알지 못한 채 연신 그를 뒤흔들고만 있었다. 모든 것이 제 욕심이었다. 그리고 탐욕이었다.

오라버니는 단 한 번도 제 손을 놓은 적이 없었다. 끝까지 필사적으로 저를 지키려고 했을 뿐, 그런 오라버니의 손을 놓은 것은 자신이었다.

그 옛날, 자신이 양제의 품계를 받고 궐에 들어가던 그 순간. 수많은 사람들이 모여 있는 틈에서 단번에 알아볼 수 있었다. 삿갓을 쓰고 있었지만 분명 오라버니였다. 그는 어정쩡한 모습으로 연신 자신의 모습을 조심스럽게 바라보고 있었다. 그때도 몰랐다. 그 눈길에 얼마나 보고픔이 담겨져 있었는지. 그 시선에 누이동생이, 그저 행복하길 바라는 마음이 담겨져 있었는지. 그것을 보고도 못 본 척 외면한 건 자신이었고, 아무 말 없이 돌아선 건 오직 자신을 위한 오라버니의 배려였다.

어느새 허청의 얼굴 위로 쉼 없이 눈물이 쏟아져 흘렀다. 급한 마음은 무어라 말을 할 수가 없었고, 가슴에서부터 찢어질 듯 맴도는 감정에 제대로 숨조차 쉴 수가 없었다.

'미안하다고 말해야 해. 이건 아니라고. 오라버니의 목숨을 원한 것은 아니라고. 그러니까 제발, 제발 살아달라고. 제발!'

그녀는 넘어질 듯 휘청이며 연신 발을 놀렸다. 부디 너무 늦지 않았기를. 하여 한 번이라도 그를 마주 보고 용서를 구할 수 있기를. 그 한마디, 해볼 수 있기를!

홍은 떠나간 허청의 빈자리를 바라보다 이내 품 안에서 사림이 준 피리를 꺼내 들었다. 그러곤 단호한 시선으로 허청이 사라졌던 길을 똑같이 달렸다. 이 피리가 제 손에 있다. 불면 언제든지 달려와 주신다고 했어. 함께 초로 가자고. 그리고 이번엔 다 같이 있는 모습을 직접 그려주겠다고, 그리 약조했다.

'무사히 다 돌아오신다고 하셨지요? 그 약조, 어기시면 절대로 용서하지 않을 겁니다. 오라버니를 절대로 용서치 않을 겁니다!'

✲

휘서는 비형의 바로 코앞에서 멈춰 섰다. 그러자 비형은 망설임 없이 칼을 빼어 들어 그의 목 밑을 겨누었다. 조금만 휘둘러도 바로 목이 날아가 숨이 끊어질 터. 관원들과 백각이 움직이려고 했지만, 휘서는 오직 비형을 바라보며 짧게 외쳤다.

"가까이 다가오지 마라. 이것은 명이다!"

"하오나, 저하!"

"감히 세자의 명을 가벼이 여기는 것인가. 하면, 너희들도 내게 반기를 드는 것이야!"

너무나도 단호한 외침에 백각은 이를 갈며 결국 그 자리에서 멈춰 설 수밖에 없었다.

비형은 그런 휘서를 바라보았다. 이리 세자를 가까이에서 보는 것은 처음이었다. 자신의 칼 앞에 결코 흔들림 없이 서 있는 세자의 모습. 연녕대군. 원래는 윤영대군에게 가려져 평생을 그림자처럼 살았어야 했던 왕자. 그런 왕자가 지금 세자위에 올랐다. 그것도 노론을 세력으로 가지고 있는 왕자로.

"나는 노론에게 휘둘리지 않을 생각이다."

휘서는 서슬 퍼런 칼날 앞에, 그보다 더 성난 백성을 상대로 천천히 입을 열었다.

"그렇다고 소론에게 휘둘릴 생각도 없다. 당파에 휘둘려서 왕이 흔들리면, 그 아래 백성들이 고달파진다는 것을 알고 있다."

하늘이 흔들리면 땅이 흔들리게 마련이고, 땅이 흔들리면 역시나 하늘에게 영향이 가게 마련이다. 온갖 바람에도, 흔들림이 없어야 하는 무게.

"하여 나는 탕평(蕩平)을 원한다. 가장 강력한 왕권. 흔들림 없는 군주의 모습을 바란다. 하여 내 손으로 지킬 수 있는 모든 것을 지킬 생각이야."

처음 세자위에 오른 것은 허청, 그 여인을 위했던 것. 하지만 이 자리에 있으면서 깨달은 것은 그런 그녀를 지키기 위해선 자신이 강해져야 한다는 것.

"그러니 너희들이 이리 개죽음을 당할 필요는 없다!"

여전히 주변은 소란스러웠다. 누군지도 모를 비명과 절규가 난무했고, 피와 쇠의 냄새가 지독하게 번져 있었다.

"그걸 내가 어찌 믿지? 그런 번지르르한 말은 누구나 할 수 있어."

"노론의 비밀 자금이 적힌 장부. 그것을 내가 쥐고 있다."

"뭐?"

"너희들이 빼돌린 아편 밀거래의 뒷자금이 노론의 짓이라는 걸 잘 알고 있을 테지? 하여 그 자금에 손을 댄 것이고. 그 장부가 세상에 드러나게 된다면, 제아무리 노론이라고 하여도 죄를 피해갈 수는 없을 것이다. 내가 진정으로 노론을 위한 왕세자였다면, 이 장부를 곧장 없애 버렸을 테지. 하지만 나는 그것으로 지금의 노론을 흔들 생각이다. 현재 노론의 중심인 병판부터 시작하여 모든 죄를 명명백백히 밝힐 생각이야."

"……그 장부를 쥐고 있다라. 그렇다면 알고 있다는 것이군. 양제, 그녀가 이번 일의 중심에 있다는 사실도."

순간, 휘서의 눈빛이 움찔했다. 하지만 내색하지 않았다. 사실 지금 그에겐 그 장부가 없었다. 하지만 분명 허청에게 그 장부가 있을 터. 그녀 역시 그 장부를 이용해 노론을 무너뜨릴 생각을 하고 있을 테니까. 그러니 그 장부를 제 손에 쥘 것이다. 반드시 제가 먼저 쥐어야 했다. 그래야 허청은 이번 일에서 빠져나갈 수 있도록 먼저 손을 쓸 수 있으니까. 하지만 그 말을 굳이 지금 이자에게 할 필요는 없었다.

"그래, 양제에게서 받은 장부이니까."

"……."

"부디, 믿어라. 한 번이라도 믿어보거라. 너희들의 삶을 전부 살필 수는 없지만, 더는 억울하게 살게 하지는 않을 것이다. 노론을 위한 나라도 아니요, 소론을 위한 나라도 아닌, 그렇다고 나를 위한 나라도 아니다."

비형은 점점 휘서의 모습이 뚜렷하게 보이는 것 같았다. 그저 한낱 그림자에 불과했던 왕자.

"백성을 위한 나라가 될 것이다. 비록 나 역시 누군가를 위해 이 자리에 올랐지만, 기꺼이 감당할 것이다. 감당해야 지킬 수 있으니까."

그저 한량처럼 떠돌았지만, 그 숨은 뜻엔 세자위에 있던 윤영대군에게 해가 되지 않기 위해서, 자신의 세력인 노론까지 속여가며 그리 숨어 지내던 왕자가 세자위에 올랐다. 분명 노론에게 휘둘려

다시금 조선을 어지럽힐 것이라 여겼는데.

'그 누구에게도 흔들리지 않겠다……. 정녕 믿을 수 있는 말인가.'

그 순간, 멀리서 소란스러운 소리가 울리고 있었다. 군대였다. 그것도 생각지도 못한 군대.

이담은 몰려오는 군사들의 깃발을 보고 경악을 금치 못했다.

"전하……."

바로 병세에 누워 계시는 주상 전하를 호위하는 내금위 군사들이었다. 휘서 역시 생각지도 못한 상황에 백각을 바라보자, 그는 멀리서 짧게 외쳤다.

"주상 전하께서 지금의 상황을 눈치채시고 군사들을 보내신 것 같사옵니다."

담은 비형을 바라보았다. 이대로 가다간 정녕 다 죽을 것이다.

"비형! 아무리 내 사병들이 맹월을 지키며 버티고 있지만, 더는 힘들 것이다. 주상 전하의 명이라면 더더욱 많은 군사들이 밀려들 것이야. 여기서 그만둬라. 의미 없는 피를 뿌릴 필요는 없다!"

"의미가 없는 것은 아니지."

비형은 휘서의 목을 겨누었던 칼을 내렸다.

"맹월, 그들은 죄가 없다. 그저 내 명을 어쩔 수 없이 따랐던 이들이다. 네가 지키고자 하는 백성이라 생각하고 자비를 베풀어 거둬주길 바란다."

"그렇다면!"

"하지만 이것은 내가 일으킨 역모. 누군가는 반드시 책임을 져야 하는 대역죄. 그 책임은 내가 질 것이다. 내 목숨 값의 무게를 저하께서는 결코 잊으시면 아니 되십니다."

"그게 무슨……?"

순간, 비형은 쥐고 있던 칼로 정확히 자신의 가슴을 찔러 넣었다. 너무나도 순식간에 벌어진 일에 담과 휘서는 그 어떤 말조차 할 수가 없었다. 하지만 비형은 너무나도 태연하게 칼을 더더욱 깊숙하게 박아 넣었다.

온몸으로 퍼지는 통증, 하지만 그보단 먼저 간 이들에게 미안한 마음이 더 컸다. 제 마음대로 결정한 일이니까. 그래도,

"하아, 하아, 저하께서 하신 그 말씀! 결코 잊지 마십시오. 저승에서도 지켜볼 것입니다. 흐으윽! 저승에서라도 지켜보면서, 조금이라도 그 말씀에 어긋나신다면, 하아! 용서치 않을, 것입니다."

휘서는 점점 무너져 가는 비형을 바라보았다. 하지만 어쩐지 이 자가 졌다는 느낌이 들지 않았다. 그렇게 비형은 바닥으로 무릎을 꿇고서 고개를 숙였다.

'썩, 괜찮은 왕이 될 것 같다고, 나는 생각하네. 자네들도, 그리 생각하고 조금만, 조금만 믿어주길 바라네.'

그렇게 비형은 엷은 미소와 함께 그대로 눈을 감았다. 숨이 사라지고, 주변으로 고요함이 밀려들었다. 담은 천천히 비형에게 다

가가 제대로 몸을 눕혀주었다.

휘서는 그런 담을 바라보다 어느새 몰려온 군사들에게 명했다.

"모든 것이 끝났다! 맹월의 수장이 죽었으니, 더는 무고한 피를 흘릴 필요가 없다!"

흩어져 있던 맹월은 비형의 죽음에 믿을 수 없다는 표정을 지었다. 그리고 그런 이들을 군사들이 제압하기 시작했다. 하지만 목숨을 끊거나 하지는 않았다. 이들은 약간의 조사를 받은 후 풀려나게 될 것이다. 그저 무고한 백성들이니까. 그들은 그저 살기 위해 조금 화를 낸 것뿐이다. 살고 싶다고 외친 것뿐이다. 그래, 그뿐이다.

담은 천천히 휘서에게 다가갔다. 휘서 역시 담을 똑바로 바라보았다. 담은 휘서의 모습을 흐뭇하게 바라보았다. 어느새 더욱 커진 것 같았다. 저 흑룡포가 퍽 잘 어울릴 정도로. 곧 곤룡포가 더 잘 어울리는 그러한 왕이 되겠지. 양제에 관한 것도 더는 자신이 걱정하지 않으려고 한다. 휘서, 이 아이가 충분히 잘할 테니까.

"형님……."

"잘하셨습니다, 저하."

"……."

휘서는 저도 모르게 마음이 울컥했다. 잘했다는 이 한마디. 이 한마디에 너무나도 미안하고 미안하여 말을 할 수가 없었다. 저를 끝까지 지켜주고자 했고, 믿어주려고 했던 형님.

"송구합니다, 형님. 송구합니다……."

담은 그런 휘서에게 괜찮다고 손을 뻗으려는 순간, 멀리서 불길한 목소리가 들려왔다.

"세자 저하! 호위청 무기고의 불길이 심상치가 않사옵니다! 게다가 지금 그 안에는……."

휘서는 그제야 잊고 있었던 일이 떠올랐다.

"그러고 보니 지금 병판이 그곳에……."

"그게, 무슨 말입니까?"

담은 불길과 더불어 병판이라는 말에 기분 나쁜 예감이 밀려들었다. 그러고 보니 사림, 사림은 어디 있지?

"누군가 병판을 사로잡아 무기고에 함께 들어가서는 그 누구도 오지 못하게 불을 질렀습니다. 맹월인 것 같기는 한데……."

담은 휘서의 말에 믿을 수 없다는 표정으로 고개를 가로저었다.

"아니야, 아니. 사림일 리가 없어. 아니야."

"형님!"

담은 불이 나고 있는 무기고로 달려가기 시작했다. 뭔가가 불안하다.

"나는 어떻게든 이 일에 매듭지을 거다. 청이도, 홍이도, 모두 다 지킬 거다."

매듭을 짓다니. 그런 의미는 아니겠지?

"용서하라는 말은 안 해. 하지만 속죄는 내가 하도록 하지. 피를 묻혀야 한다면 내가 묻혀."

피를 묻힌다는 의미도 그런 의미가 아니겠지? 분명 모두 다 살라고 했어. 그건 네게도 하는 말이었다. 사림! 내게 충을 말하고 나의 칼이 되어 내 옆에 있겠다면,
'살아라. 반드시 살아. 마음대로 죽는다면, 결코 너를 용서하지 않을 것이야!'

✤

사방에서 죽음을 기다리며 타오르는 불길 속에 사림은 병판 유장준을 바라보고 서 있었다. 그리고 그런 그의 회색빛 눈동자 위로 서린 감정은 그저 공허함, 그리고 미련도 후회도 없는 그런 무서운 시선이었다.

9장
피리 소리가 그의 귀에 닿기를

타오르는 불길 속에서 사림은 너무나도 태연하게 유장준을 바라보고 있었다. 유장준 역시 손에 쥔 칼자루에 힘을 주고서 정말이지 생각지도 못했던 이 기이한 상황에 쓴웃음을 지었다.

"그래, 정녕 네놈이 죽었다고?"

"예."

"그것이 사실이라면 내가 진정 호랑이 새끼를 거뒀구나. 하지만 말이다."

그때 유장준은 천천히 사림을 향해서 다가왔고, 사림은 제 손에 쥔 칼을 그에게 내밀며 눈에 힘을 주었다. 하지만 그는 멈추지 않았다. 그리고 마침내 그는 칼 앞에서 사림의 회색빛 눈동자를 빤히 바라보며 말했다.

"네놈은 내게 거짓을 말하지 못해."

"그게 무슨……?"

"예전부터 그랬지. 딱 봐도 맞은 티가 났고, 딱 봐도 괴롭힘을 당한 흔적이 역력했는데, 항상 내 앞에서는 나를 차마 보지 못한 채 아니라고, 아무것도 아니라고 했어."

"……."

"내가 네 아비인 게 싫은지 좋은지를 물었을 때도 고개를 숙이며 좋다고 했지. 네놈은 항상 거짓을 말할 때마다 나를 보지 않았다. 그런데 유일하게 허청, 그 아이를 멀리 보낼 땐 나를 똑바로 보면서 증오하고 원망했지. 그 모습을 보고 알았다. 아, 이 아이가 진정 나를 싫어하는구나. 진정 나를 미워하는구나."

사림은 저도 모르게 내리고 있던 시선으로 유장준을 바라보았다. 이글거리는 불길 속에서 그는 태연했다. 대체 그토록 태연한 얼굴과 어조로 무엇을 말하고 싶은 걸까.

"네가 죽이지도 않았는데 죽였다고 하는 것은, 그만큼 지켜야 하는 것이겠지. 이번 일에 결코 드러나서는 안 되는. 네가 이 조선 땅에서 그럴 만한 사람은 한 사람뿐이다. 허청, 유허청. 그 아이구나."

사림은 순식간에 그의 목에 칼을 내밀며 살벌하게 속삭였다.

"아닙니다. 제가 죽였습니다! 똑바로 보니 마니 그런 헛소리 집어치우십시오!"

"그래, 누가 죽였든 우리 집안이라는 뜻이고, 내가 호랑이 새끼를 거둬들인 것 또한 사실."

순간, 유장준의 눈빛이 서늘하게 번뜩이며 이내 사림의 칼날을 꽉 움켜쥐었다.

"네 어미를, 연모하는 것이 아니었다. 너희를 거두는 것이 아니었는데. 참으로 집안 꼴이 우습게 되었어. 후회하고 또 후회한다."

사림은 그의 행동에 헛웃음을 지었다.

"그리 말씀해 주시니 고맙습니다. 죽이는 것에 망설임이 없어졌으니."

하지만 이상하게 사림은 칼을 움직일 수가 없었다. 물론 그가 쥐고 있기는 했지만 상관없다. 그대로 휘두르면 그만. 그런데 무엇을 망설이는가. 그토록 바라던 순간이 아닌가. 설마, 그래도 아버지라서? 아버지이기 때문에?

'말도 안 된다.'

유장준은 그러한 사림의 망설임을 읽고선 이내 자신의 칼로 사림을 노리려 했고, 사림은 재빨리 몸을 돌려 그 자리를 피했다. 하지만 그 순간에 사림의 칼이 유장준의 손을 제법 깊이 베어냈다.

"흡!"

짧게 흩어지는 그의 신음 소리. 사림은 또다시 몸이 움찔하는 것을 느꼈다. 유장준은 그 모습에 안타까운 표정을 지었다.

"대체 무엇을 망설이는 것이냐. 시간이 없다. 정녕 여기서 다 죽을 셈이야? 나를 죽인다고 그리 큰소리를 내더니, 뭘 망설여!"

"……."

"설마, 날 조금이라도 아버지라고 생각하는 것이냐?"

"그렇지 않습니다!"

사림은 유장준을 향해 칼을 휘둘렀다. 하지만 유장준은 무슨 힘이 남아 있는지 그런 사림의 칼을 막아내며 함께 부딪혔다. 팽팽하게 오가는 공기. 하지만 이글거리는 불길 속에서 까맣게 솟구치는 연기가 그들의 숨을 조르고 있었다. 이제 곧 이곳은 무너진다. 얼마나 버틸 수 있을지 장담할 수가 없다. 그러다 유장준의 일격으로 사림의 손이 묶이고, 그는 사림의 얼굴을 빤히 바라보며 속삭였다.

"그 또한 거짓이구나, 나를 보지 않으니."

"……."

"그래, 조금은 아비라고 생각한단 말이지. 그렇다면 나 또한 널 조금이라도 내 자식으로 여기기에."

순간, 유장준은 사림을 향하던 칼날을 거둬들이고서 한두 걸음 물러섰다. 그러자 사림은 왠지 모를 불길한 생각에 입을 열었다.

"지금 뭐 하는 것입니까."

"여기에서 일어난 모든 일은 여기서 묻고 넌 돌아보지 말거라."

"그게……!"

사림은 유장준에게 다가가려고 했지만, 그는 칼을 휘둘러 불이 붙은 무기를 제 앞으로 쓰러뜨렸다. 사림과 유장준 사이에 뜨거운 화마가 휩쓸었다.

"뭐 하는 짓이냐고!"

"돌아보지 말고, 그대로 초로 가라. 네가 원하는 대로 살아. 미련 두지 말고. 너에게 아무것도 해준 것이 없는 이 조선 땅을 돌아보지도 말고."

"하아!"

"나 또한, 생각하지 말고."

그렇게 유장준은 자신의 칼로 정확히 제 가슴을 찔렀다. 푸욱 하는 섬뜩한 소리와 함께 붉은 불길 너머로 그보다 붉은 피가 흩어졌다. 사림은 텅 빈 회색빛 눈동자로 힘없이 무너지는 유장준을 바라보았다. 그토록 바라던 순간이고, 제 손으로 이룰 것이라 여겼다. 그런데,

"아…… 아…… 아……."

"……."

"아…… 아…… 아! 아버지!!"

결코 내뱉지 않을 것이라 여겼던, 결코 원하지 않는다고 여겼던 목소리가 흐트러지면서 사림은 참을 수 없는 고통에 숨이 막혀 그 자리에서 버티고 서 있을 수가 없었다.

그저 단 한 순간이라도 그에게 아들로서 인정받고 싶었던 건가. 그것을 인정하지 못해서 미워하고 원망하는 마음을 누르며 복수

하겠다는 삐뚤어진 생각으로 결국 이렇게, 이렇게 늦게 깨닫고 말았구나.

사림은 무릎을 꿇고서 이글거리는 불길 속에서 사라지는 유장준의 모습을 바라보았다. 이 사실을 청이는 몰라야 한다. 더 이상 과거에 얽매이지 않고, 이젠 정말 저를 사랑해 주는 낭군의 품에서 고통 없이 행복해야만 한다. 하지만 자신은 그럴 수가 없을 것 같았다.

사림은 점점 저를 죽음으로 끌어당기는 화마 속에서 움직이지 않았다. 하지만 일순간 떠오르는 이는 단 한 명.

'홍아…….'

부르지도 못할 그 이름이 그렇게 그의 가슴속에서 메아리치며 깊이 새겨지고 있었다.

✳

담은 타오르는 무기고를 멍한 시선으로 바라보았다. 어찌나 불길이 거센지 그 누구도 들어가지 못한 채 바깥에서 불길을 잡아보고자 노력했지만 쉬이 잡힐 것 같지가 않았다. 그래, 누군가 작정하고 불을 지른 것이다. 그 누구도 이곳으로 다가오지 못하도록. 절대로 그러지 못하도록. 그 누군가가, 누군가가…….

순간, 담은 불길을 끄는 무리 중에 무랑이 있는 것을 발견하고선 그에게 달려갔다. 무랑 역시 담의 모습에 사색이 되어서는 고개를 숙이려고 했지만, 담이 그런 무랑을 붙잡고서 외쳤다.

"아니라고 해라. 절대로 아니라고!"

"대, 대군마마."

"저곳에 사림이, 사림이 있을 리가 없지. 그렇지? 사림은 어디 있느냐. 어디 있어!"

하지만 결국 무랑은 그 어떤 진실도 말하지 못한 채 고개를 숙였다. 담이 연신 고개를 가로저으며 현실을 부정하려는 순간, 뭔가 싸한 느낌에 천천히, 아주 천천히 고개를 돌렸다. 그리고 그곳에 홍이 있었다. 붉게 타오르는 불길을 멍하니 시선 안에 가득 담고 서 있었다. 참으로 아름답게 타오른다. 마치, 으스러지게 피어나는 꽃잎처럼.

"홍아……"

담은 먹먹함을 누르며 그녀의 이름을 불렀다. 하지만 홍은 아무런 말도 하지 않았다. 결국, 담은 그런 홍을 두 손 가득 품어 올렸다. 그제야 홍이 그의 품에서 떨리는 숨을 삼키며 속삭였다.

"아니지요? 그럴 리가 없습니다. 사림 오라버니가 저곳에서…… 그럴 리가 없는 것이지요."

무랑처럼 담 역시 아무런 말도 하지 못했다. 그저 그녀의 여린 어깨를 연신 다독이며 저 역시 밀려드는 고통을 억누를 뿐이었다.

홍은 정녕 믿을 수가 없었다. 이곳으로 오는 내내 아닐 것이라

믿었다. 그런데 이곳에 담이 서 있었다. 무랑도 함께. 게다가 지금
도 아무 말 하지 못한 채 저를 다독이며 자신까지 다독이는 그의
모습. 홍은 자꾸만 울컥이며 밀려드는 울음을 짓눌렀다.

"오신다고 하셨는데. 강한 분이시니까, 절대로 질 리가 없으니
까. 하여 함께 살아서 돌아오신다고! 흐흐흡!"

입안에서 맴도는 어조에서 결국 눈물이 배어 나왔다. 담은 고개
를 들어 홍을 바라보았다. 그녀는 연신 부정하고 또 부정하다가
이내 손에 꼭 쥐고 있던 피리를 보여주었다.

"이걸 불면 오실 것입니다. 제게 그리 약조하셨습니다. 언제라
도 이걸 불면, 이 소리를 듣고 오실 거라고. 제 앞에, 오실 거라
고……."

그리고 그녀는 떨리는 손으로 피리를 쥐고서 입으로 가득 피리
를 불었다. 남에게는 들리지 않는 소리. 하여 그녀의 입에선 한가
득 바람 소리만 덧없이 흩어지는 것 같았다. 하지만 그 고요함 속
에서 홍은 오직 사림을 부르며 미친 듯이 피리를 불었다. 그러나
금방이라도 나타날 듯한 그는 나타나지 않았다. 하지만 그래도 홍
은 피리를 놓지 않았다. 주르르 흘러내리는 눈물 속에서 계속해서
피리를 불고 불고 또 불었다. 그렇지 않으면 견딜 수가 없을 것 같
았다. 그를 정녕 잃을 수도 있다는 생각에 숨이 막혀서. 차마 피리
를 놓는 것도, 부는 것도 멈출 수가 없었다.

"마마, 양제마마!"

그때, 멀리서 허청을 외치는 소리와 더불어 허청이 달려들었다. 움켜쥔 치맛자락이 파르르 떨리면서 허청은 바들바들 떨리는 회색빛 눈동자로 넋을 잃은 사람마냥 읊조렸다.

"아닙니다, 오라버니. 아닙니다. 제가 원한 것은 이런 것이 아닙니다. 송구합니다. 송구합니다. 모두 제 잘못이니, 제발. 저를 벌하십시오!"

"마마! 아니 되십니다, 마마!"

뒤늦게 쫓아온 상궁들이 불길에 휘말리는 별채로 뛰어들려는 양제를 억지로 붙잡았지만, 허청은 연신 걸음을 멈추지 않았다.

"아니면 이리 제게 벌을 주시는 것입니까? 오라버니, 제발! 제발!"

뒤늦게 도착한 휘서가 그런 허청을 보고선 있는 힘껏 그녀를 끌어안았다. 하지만 그 품에서도 허청은 진정을 할 수가 없었다.

"무슨 일이냐. 대체 왜 이러는 것이야!"

"오라버니, 오라버니께서, 저곳에. 저 때문에. 제가, 제가 오라버니를 죽이고 있는 것입니다! 흐흐으으읍!"

결국 무너지듯 내려앉는 허청을 휘서가 끌어안으며 무기고를 바라보았다. 그렇다면 병판을 사로잡고 있다는 이가 맹월이 아닌 이 아이의 유일한 혈육인 친 오라비. 그래, 한 번 알아본 적이 있었지. 그녀에게 오라비가 있다고. 하여 행방을 찾으려고 해도 묘연했는데. 지금 저곳에서 병판과 함께…….

이대로 시간이 멈췄으면 했다. 하지만 속절없이 흐르는 시간 속에서 대궐의 하늘은 더욱 붉게 출렁였다. 담은 그 모습을 바라보다 이내 뭔가를 결심하고선 홍을 내려놓았다.

"대군마마?"

"무랑!"

담은 무랑을 불렀다. 그러고는 짧게 속삭였다.

"홍을 부탁한다."

"그게 무슨 말씀이십니까? 설마……? 아니 되십니다!"

하지만 담은 물동이를 제 머리 위로 뒤집어쓰고서는 홍을 향해 외쳤다.

"사림을 구해올 것이오!"

"하, 하지만!"

"반드시, 반드시 구해오겠소. 하여 살아서 함께 그대의 눈앞에 나타날 것이니, 더는 울지 말고 기다리시오. 내게도 사림은 참으로 중한 벗이오."

"담!"

하지만 그녀의 외침에도 불구하고 담은 그대로 불길에 휩싸인 별채로 사라졌다. 홍은 무너지는 심정으로 떨리는 손을 붙잡았다. 그를 말릴 수가 없었다. 그러니 믿을 수밖에 없었다. 제발, 제발 저의 모든 것을 걸고 비오니,

'부디 하늘이시여, 살아 돌아오게 해주십시오. 이것이 욕심이

아닌 간절한 바람으로 여기시고 이 긴 밤, 더는 누구의 목숨도 앗아가지 마시고 돌아오게 해주소서⋯⋯.'

�֍

사림은 그 자리에서 그대로 무릎을 꿇었다. 불길이 뜨겁게 솟구치고, 매캐한 연기가 그의 숨통을 서서히 조여가고 있었다. 하지만 그는 그 자리에 묶인 것마냥 앉아 눈을 감았다. 눈을 감으니, 앞이 보이지 않으면서 머릿속으로 가득 그리고 있던 이의 다정한 얼굴이 떠올랐다.

"사림 형님! 형님!"
"사림 오라버니."

그 아이가 사내였던 순간에도, 그리고 여인이 되어 다가온 순간에도 사림의 마음속에 품었던 감정은 오직 하나였다. 지켜주고 싶었다는 것. 그만큼 그 아이의 손길은, 품 안은, 미소는 더할 나위 없이 따뜻하고 포근했다. 마치 그에게 이 세상 모든 온기를 가르쳐 준 것마냥.

"하아⋯⋯."
그의 입술 너머로 엷은 숨결이 흩어지면서 저도 모르게 그 이름을 조심스럽게 불러보았다.

"홍아, 홍아……."

이 순간 단 하나의 미련도 없지만, 그래도 그녀의 얼굴을 한 번 더 보고 싶었다. 홍이, 그 아이의 얼굴이.

그 순간, 감겨 있던 그가 눈을 번쩍 뜨고서 고개를 들었다. 불길이 타오르는 기분 나쁜 소음 속에 희미하지만 그를 부르는 피리 소리가 들려오고 있었다.

"……설마……."

사림은 천천히 자리에서 일어섰다. 이미 그가 나갈 수 있는 길은 불길에 막혀 버린 상태. 하지만 그는 먼 곳을 응시하며 떨리는 손을 움켜쥐었다. 연신 들려온다. 애달프게, 참으로 애달프게 그를 부르는 피리 소리가 끊임없이 들려오고 있었다. 홍이가 왔다. 지금 이곳에 홍이, 그 아이가 왔다. 그 아이가 와서 나를, 나를 부르고 있구나.

그의 텅 빈 회색빛 눈동자 위로 굵은 눈물이 고이기 시작하더니 이내 바닥으로 뚝뚝 떨어지기 시작했다. 혹여 주변에도 불이 번지진 않았을까. 하여 고운 그 아이의 살결이 상하지 않을까. 따스한 그 아이의 숨결이 힘겹지는 않을까.

사림은 저도 모르게 피리가 들린 방향으로 걸음을 옮기려고 했지만 움직일 수가 없었다. 어느새 점점 숨 쉬는 것도 벅차기 시작했다. 아무래도 불길에 속이 상하기 시작한 듯했다. 타오르는 숨결 속에서 사림은 한 가지가 너무나도 가슴에 묵직하게 남아 있었다.

"모두 무사히 다 지켜줄 거야. 그러니까 걱정하지 말고 기다려. 반드시 대군마마를 무사히 네 곁으로 보내줄 테니까."

"오라버니도, 오라버니도 무사히 돌아오셔야 합니다. 함께, 함께 돌아오셔야 합니다, 반드시!"

"당연하지. 내가 누구냐? 어디 가서 빌빌거릴 놈이냐? 꼭 돌아올 거다. 그리되면 같이 조선을 떠나 초로 가자. 대군마마도 함께. 너에게 나도 본 적 없는 내 고향을 꼭 보여주고 싶으니까."

"예! 기다리고 있을 것입니다. 이번엔 꼭 같이 초로 가서, 오라버니가 주신 안료로 그림을 그릴 것입니다."

약조를 지키지 못했다. 무사히 돌아갈 것이라는 약조도. 너를 울리지 않겠다고 한 약조도. 또한 함께 초로 가서 네 붓 속에 그려질 나를 보겠다고 한 그 약조까지도. 참으로 내가 너에게 나쁜 사람이구나.

피리 소리가 위태롭게, 위태롭게 들려오고 있었다. 마치 그녀의 울음소리를 품고서 울리는 것처럼 그렇게 홍이가 그를 부르고 있었다.

"사림! 사림!"

그때, 불길 속에서 있을 수 없는 이의 목소리가 들려왔다. 사림은 흔들리는 시선을 띠다 이내 잔뜩 굳어진 목소리로 외쳤다.

"저놈이 대체 여기가 어디라고 기어들어 와!"

"유사림!"

그리고 마침내, 담이 흠뻑 젖은 모습으로 불길을 뚫고 사림의 앞으로 다가왔다. 그는 담에게 충성을 맹세했다는 사실도 까맣게 잊어버리고선 이 위험한 불구덩이로 스스로 기어들어 온 그를 향해 버럭 화를 냈다.

"미친놈! 여기가 어디라고 와! 다 같이 불쏘시개라도 되고 싶은 것이야!"

담은 숨을 헐떡이며 사림을 바라보았다. 겉으로 보기에 어디 다치거나 하진 않아 보였다. 하지만 저 멀리, 누군가의 사체가 타들어가는 듯했다. 그런 기분 나쁜 냄새. 아무래도 병판 유장준이 죽은 모양이었다.

"말을 해라, 말을!"

담은 천천히 사림에게 다가오더니 이내 말릴 새도 없이 주먹으로 녀석의 얼굴을 때렸다. 퍽 소리와 함께 사림은 바닥으로 쓰러졌다.

"미친놈은 내가 아니라 네놈이지! 내가 분명 말했었다, 살라고. 살아남으라고! 한데 지금 여기서 무얼 하고 있는 것이야? 사지가 멀쩡한 놈이 도망칠 생각은 안 하고 여기서 대체 뭐 하는 짓이냐고!"

"……내가 병판을 죽였다."

사림은 바닥에 쓰러진 채 차마 고개를 들지 않고서 말했다. 물론 직접 죽인 것은 아니지만 그가 죽인 것이나 마찬가지.

"해서?"

"해서라니. 내가 죽였다고. 이 나라의 병판을 죽인 것이다. 그것도 궐에서! 나와 함께 있으면 네놈도 그리고 홍이도 다 같이 죄인이 될 것이다. 알아들어?"

"그것이 무서워서 죽겠다? 참으로 네놈 목숨은 하찮구나."

"이미, 죽음을 각오하고 벌인 일이다. 네놈에게, 특히나 홍이까지 위험하게 만들 수는 없어. 또한."

사림은 점점 흔적도 없이 사라지려는 유장준의 시신을 바라보았다.

"내 누이동생에게도 해가 가겠지. 그 아이 역시 죗값을 치르고 이젠 조금 행복해져야 하는데. 나 때문에 그러지 못하면, 그것 역시 나는 견딜 수가 없다."

담은 더는 사림의 말을 들어줄 수가 없었다. 매번 강한 사내라고 생각했다. 지나치게 강한 사내. 하여 조금 불안할 때도 있었다. 그렇게 강한 사람이 한 번 무너지기 시작하면 걷잡을 수가 없으니까. 하지만 지금 이자는 자신이 모든 걸 끌어안은 채 모두를 지키려 하고 있었다. 모두를 지키기 위해서!

담은 사림의 멱살을 잡고 일으켜 세웠다.

"약조하지 않았느냐, 홍이에게! 그 아이에게 살아서 돌아가겠다고! 한데, 그 아이에게 씻을 수 없는 상처를 주려고 하는 것이냐? 그로 인해 그 아이가 평생 널 기억하는 꼴, 나는 절대로 못 본다. 정인으로서 다른 사내를 생각하며 사는 모습, 나는 절대로 보지 못한다! 훗날은 훗날 걱정해. 지금은 그저 다 필요 없이 네 목숨만 생각하라고!"

사림은 담의 거짓 담긴 진심에 피식 웃었다. 하지만 갑자기 멱살을 잡은 그의 손끝이 떨리기 시작하면서 이내 또 다른 진심을 내뱉었다.

"그리고 나도, 나도 부탁한다. 제발 살아. 난 네가 썩 마음에 든다. 마음에 들어. 그러니까 제발……. 네놈이 죽으면 남겨진 다른 이들은 대체 그 고통을 어찌 견디라는 것이야."

평생, 아픈 것이 죽도록 싫었다. 그런데 그 아픔을 내가 남들에게 내려놓는 걸까? 예전에는 상상도 할 수 없었던 일이다. 그 누구도 저를 기억하는 이 없고, 걱정하는 이가 없었으니. 그저 이 몸뚱이 그저 사라져도 아무도 슬퍼하지 않으니까. 그런데,

'그렇구나. 내가 죽어 기억할 이들이 생긴 것이구나. 하여, 이리 쉽게 죽어선 안 되는 것이구나.'

어느새 내겐 참, 과분한 삶이 되었구나.

사림은 마지막으로 유장준을 바라보았다. 그리고 속으로 물었다.

'제가, 살아도 되는 것입니까?'

그러자 마치 그가 대답하는 것 같았다.

'이미 대답한 일이다.'

아직까지도 피리 소리가 들려온다. 그래, 약조를 지켜야지. 언제라도 저 피리 소리가 들리면 네게로 갈 것이라고, 그럴 것이라고 한 약조를 지켜야지.

사림은 잡고 있던 담의 손을 떼어냈다.

"사내놈이 징그럽다."

"뭐?"

"네놈이랑 이리 붙어 있기 징그럽다고! 얼른얼른 나가자. 정녕 여기서 불쏘시개가 되고 싶은 거냐?"

사림은 칼자루를 쥐었다. 그러고는 길을 열기 위해 휘두르기 시작했다. 불길이 조금이라도 누그러든다면 그 틈을 타서 길을 내어 탈출할 수 있을 것이다. 또한 워낙 방이 여러 개 있는 구조니, 불길을 조금이라도 다른 곳으로 보내어 도주할 수도 있을 것이고.

담은 다시금 그가 살려는 모습을 보이자 환한 미소를 지으며 그 옆에서 같이 칼을 휘둘렀다.

"한데 말이 너무 건방진 것이 아니냐? 내게 충을 보였으니 깍듯이 대해야지."

"아직은 역도의 수장 아니냐? 대군의 신분을 되찾으면 깍듯이 모셔주마."

담과 사림은 행여 아직 타지 않은 물건들을 이용해 어떻게든 나갈 틈을 만들어내고 있었다. 하지만 순간, 우지끈하며 불길한 소리가 들렸다.

"젠장……."

불길을 이기지 못한 목재 기둥이 무너지기 시작한 것! 이것이 무너지면 정녕 여기서 타 죽을 것이다.

"무조건 달려. 그 수밖에 없어!"

담과 사림은 서로 눈짓을 하고선 이내 다소 약한 불길을 향해 달리기 시작했다. 그때, 담의 머리 위로 쌓아놓았던 무기가 우르르 쏟아졌다.

"담!"

순간, 사림은 제 몸을 날려 담을 밀쳐 냈다. 쿵 하는 소리와 함께 담은 믿을 수 없다는 시선으로 뿌연 연기를 바라보았다.

"사, 사림…… 사림!"

열기에 달아오른 쇠붙이가 사림의 등 뒤로 쏟아지면서 엄청난 통증이 그에게로 쏟아졌다.

"으으윽!"

"정신 차려, 여기서 정신을 잃으면 안 돼!"

담은 사림을 향해 달려가 그를 붙잡았다. 사림은 숨을 헐떡였다. 더럽게도 아프다. 게다가 몸을 움직이는 것도 점점 한계에 다다르고 있었다. 그는 저를 어떻게든 업으려고 발버둥 치는 담을 바라보았다. 이대로 여기서 함께 빠져나가지 못한다면. 그리되면 정녕 자신은 죽어서도 홍의 얼굴을 볼 수 없을 것이다.

"……먼저 나가."

"뭐?"

사림은 담을 밀쳤다.

"뭐 하는 짓이냐!"

"먼저, 나가라고! 난 뒤따라 나갈 테니까."

"혼자 어찌 나간다고 하는 것이야! 내가 데리고 가면 돼. 데리고 가면!"

"이대로 다 같이 빠져나가지 못하면 나는 정녕 죽어서도 홍이 얼굴을 볼 낯이 없다. 내가 사라지면, 홍이는 아프겠지만 그래도 살아. 살 수 있어. 하지만 네놈이 사라지면 홍이는 못 살아. 못 산 다고!"

사림은 어렵사리 몸을 일으켜 세웠다. 이미 출구가 보였다. 단한 번. 단한 번이다. 그는 호쾌한 미소를 띠면서 말했다.

"난 절대 안 죽는다. 먼저 나가. 반드시 뒤따라 나갈 테니까."

"사림!"

"그래도 만약 내가 나오지 못하면 홍이에게 미안하다고 전해다오. 약조를 지키지 못해서. 하지만 너무 나를 기억하지 말라고 해라. 난 괜찮다고."

"닥쳐!"

"그리고 청이. 그 아이 많이 미울 테지만 그래도 스스로 죗값을 치르게 해다오. 만약 나를 벗으로 여겨준다면, 벗의 마지막 청이라 여겨주고. 담, 너 역시 썩 괜찮은 양반 나부랭이였다."

순간, 사림은 마지막 힘을 다하여 담을 밖으로 밀쳐 냈다. 담은 그런 사림을 붙잡으려고 했지만, 이내 바깥으로 밀려 나가면서 삽시간에 화염이 솟구쳤다.

담은 흔들리는 시선으로 사림을 향해 외쳤다.

"사림! 사림! 여봐라! 여기 물을 뿌려라! 물을 뿌려!"

밖에서 대기하고 있던 이들이 담의 절규에 흠칫하며 물을 뿌리기 시작했다.

담을 밀쳐 낸 사림은 그대로 그 자리에서 쓰러졌다. 힘이 없다. 이젠 정녕 몸이 움직여지지 않는다. 천하의 사림이 참으로 꼴사납게 되었다. 하지만 그는 웃고 있었다. 아주 미친놈처럼 실실 웃으면서 저를 부르는 목소리와 여전히 들리는 피리 소리를 들었다.

태어나 숨이 붙은 순간, 저를 이토록 걱정해 주는 사람은 어머니뿐이라 여겼기에 어머니가 돌아가신 날부터 지금까지 참으로 미련 없이 살았다. 한데 마지막 길에 저리 저를 간절히 불러주는 이가 있다는 것이 썩 불행한 삶만은 아닌 것 같았다.

"오라버니! 오라버니! 오라버니!!"

청이, 허청이, 우리 청이 목소리.

단 한 번도 누군가를 제대로 지켜본 적이 없었는데. 이번엔 누이동생도, 난생처음 연모한 여인도 제대로 지켜준 것 같아서, 처음으로 하늘에게 감사했다.

더없이 후회 없는 삶이었고, 더없이 행복한 마지막이다.

"안 돼, 사림! 사림!"

무너지는 무기고를 바라보며 담은 다시금 안으로 들어가기 위해 발악했지만, 무랑이 그를 붙잡으며 억눌린 목소리로 외쳤다.

"아니 됩니다, 대군마마!"

그때, 홍이 그의 손을 붙잡았다. 담은 굵은 눈물을 뚝뚝 떨어뜨리며 파르르 떨고 있는 홍의 손을 바라보았다. 그녀는 까맣게 그을린 그의 손을 붙잡고서 울컥울컥 밀려드는 지독한 통증을 억누르며 속삭였다.

"이제, 되었습니다."

"……홍아."

"당신마저 잃을 수는 없습니다."

"……."

"오라버니는, 오라버니는, 웃고 계셨지요?"

고개를 들지 못하는 그녀의 모습에, 연신 제 손을 꼭 붙잡고서 저 조그만 몸으로 지독히도 밀려드는 슬픔을 억지로 삼키는 그 모습에, 담은 그 손을 마주 잡고서 속삭였다.

"괜찮다고, 하였소."

"……."

"괜찮다고……."

어느새 시뻘건 불길이 무기고를 집어삼키고서 하늘을 붉게 수놓았다. 그토록 적막하고 어두웠던 밤이 환하게 하늘거리며, 휘날리는 잿더미가 마치 꽃잎처럼 허망하게 휘날렸다.

허청은 그대로 바닥으로 쓰러져서는 흐르는 눈물에 가려진 시야로 타오르는 모습을 그저 멍하니 바라보았다. 말문이 막힌 것처럼, 그 어떤 소리도 낼 수가 없었다. 그저 바라보고 또 바라보았다. 마치 넋이 나간 사람처럼. 그리고 그런 허청의 옆자리를 휘서가 말없이 지켜주었다.

차마 누구도 내뱉지 못하는 말. 참으로 길고 긴 안녕. 그렇게 밤이 끝나가고 있었다.

10장
밤이 끝나다

.

　야속하게도 새벽은 밝아오고 있었고, 붉게 타들어가던 하늘 위로 푸른 여명이 드리웠다. 허공 위로 허망하게 휘날리는 잿더미 속에서 휘서의 명으로 멸화군이 남은 불씨까지 남김없이 잠재우고 있었다.

　허청은 잠시 넋을 잃고 주저앉아 있다가 뭔가에 홀린 사람처럼 자리에서 일어나 무기고를 향해 달려가려고 했지만, 휘서가 그런 그녀를 끌어안으며 막아 세웠다. 분명 끔찍한 것을 보게 될 것이다. 어차피 이미 끝난 일. 두 눈에 담아 무엇 하겠는가. 이미 잊히지 못할 정도로 새겨진 상처인데, 보아서 무엇 하겠는가.

　"그만해라."

　"놓으십시오. 놓아주십시오!"

"이미 다 끝났다."

"그래도, 그래도 이 눈으로 봐야 합니다. 오라버니의 마지막 모습을 이 두 눈으로 똑똑히 담아야만 합니다. 그래야, 그래야……."

허청은 휘서의 어깨에 얼굴을 묻고서 쓰게 올라오는 통증을 삼켰다.

처음 자신이 궐에 들어가던 날. 차마 제 이름 한 번 불러보지 못한 채 돌아서던 오라버니의 심정이 지금 이랬을까? 나는 지금껏 그에게 이토록 잔인한 상처만을 내어왔던 것인가.

휘서는 파르르 떨리고 있는 허청의 어깨를 다독거렸다. 그리고 눈으로는 이미 폐허가 되어버린 무기고로 다가가는 담을 바라보았다.

담은 한 걸음, 한 걸음 숨조차 꾹 삼키며 그렇게 잿더미가 된 그곳에 섰다. 그리고 멀리서 멸화군의 목소리가 날카롭게 울렸다.

"병판 대감의 시신이옵니다!"

그 목소리에 담은 흠칫 놀란 표정을 지으며 그쪽으로 달려갔다. 그리고 형체를 알아볼 수 없을 정도로 잔인하게 타버린 병판, 유장준의 모습을 바라보았다. 그래도 어쩐지 표정은 편안해 보였다. 참으로 이해할 수 없을 정도로.

"시신을 거두어라."

"예."

"또 다른 시신은 발견되지 않은 것이냐?"

멸화군은 다른 시신을 찾아 여기저기 살펴보았고, 남아 있던 관군들과 무랑까지 합세하여 잿더미를 뒤져 보았지만, 이상하게 사림의 시신이 보이지가 않았다.

"아무래도 지독한 화마에 남김없이 사라졌을지도 모릅니다. 주변에 기름까지 더해져 불길이 걷잡을 수가 없었으니……."

"그나마 궐 깊숙이 번지지 않아 다행입니다."

남은 이들은 뒷수습을 하기 시작했고, 담은 이미 말라 버린 시선으로 허한 숨을 내쉬었다. 어찌 흔적조차 남기지 않았을까. 어찌 이리 바람처럼, 정녕 바람처럼 이리 가버린 것이냐. 행여나 남은 이들 가슴 아파하지 말라고. 그래서 이리도 깨끗하게 가버린 것일까.

'네 녀석답지 않다. 이리 착한 모습은, 네 녀석답지 않아.'

홍은 사림이 주었던 피리를 두 손 가득 꼭 움켜쥐었다. 이 세상에 계셨다는 그 흔적 하나 남기지 않고 떠나신 오라버니. 결국 이 피리가 그의 마지막 유품이 되고 말았다.

맹월은 몇 가지 조사를 받고 풀려날 것이다. 이 모든 역모는 그의 뜻대로 비형이 안고 가게 될 것이다. 비록 그의 목이 잘려 도성에 걸리게 될 테지만, 결코 의미 없는 죽음은 아니었다고, 담과 휘서는 그렇게 그의 마지막 소망을 가슴에 깊이 새겼다.

윤영대군의 혐의 역시 풀리게 되었다. 그는 더 이상 역당의 수장이 아니게 될 것이고, 다시금 대군의 칭호를 돌려받아야 했지만 담은 그럴 생각이 없었다. 이젠 정말 모든 것을 내려놓아야 할 때. 그리고 그는 다시금 동궁전을 찾아 휘서의 앞에 앉았다.

묵직한 적막감. 휘서는 차마 담을 똑바로 바라볼 수가 없었다. 제가 어찌 그를 볼 수 있을까. 그토록 지독하고 지독한 짓을 저질렀는데. 그럼에도 불구하고 형님께서는 저를.

"저하."

"……그리 부르지 마십시오. 정말이지 제게 어울리지 않습니다."

"백성들의 부름과 간절한 믿음을 받은 사람은 이제 저하이십니다. 그러니 그 무게를 받들어 누구에게도 흔들리지 마셔야지요."

"제가, 참으로 못나고 못난 사람입니다. 그런데 어찌 형님의 얼굴을 볼 수가 있겠습니까. 백 번도 넘게 무릎을 꿇고 고개를 조아려 죗값을 받아도 부족합니다."

"……휘서야."

담은 낮게 타이르듯 그를 불렀다. 이는 세자를 부르는 목소리가 아닌 형이 아우를 부르는 목소리였다. 그 목소리에 휘서는 떨리는 시선으로 천천히, 아주 천천히 고개를 들었다.

"이런 제게 세자위를 준 것을 후회하지 않으십니까?"

"난 그저 네게 미안하다. 네가 지금껏 품고 있는 그 마음, 난 충분히 잘 알고 있으니까. 하지만 마지막에 결국 너는 감당하기로 하지 않았느냐. 그들에게 굳건하게 약조를 하였어. 너는 분명 좋은 왕이 될 것이다. 그걸 알기에 나는 조금의 후회도 없이 너에게 세자위를 주었고, 네가 나를 외면했을 때도 끝까지 너를 믿고 그림자가 되려고 한 것이다."

막혀 있던 숨이 조금씩, 조금씩 풀어지는 느낌이 들었다. 진정 자신은 형님에게 용서받고 싶었다. 염치없게도. 참으로 염치없게도. 하지만 용서를 받지 못하면, 형님께서 저를 인정해 주지 않으면, 끝까지 잘해 나갈 자신이 없었으니까.

"이제 어찌하실 것입니까? 대군의 칭호를 돌려 드릴 수 있습니다."

하지만 담은 고개를 가로저었다. 오늘 휘서를 찾은 이유 중 하나가 바로 이것이었다.

"나는 더 이상 대군을 원하지 않는다. 지난날 네게 말했던 것처럼, 이제 완전히 궐에서 멀어질 생각이다. 대군이 아닌 이담이라는 사내로 한 여인의 낭군이 되어 평생을 보내려고 한다."

"······."

"어차피 내가 네 곁에 있는 것은 너무나도 위험해. 설사 우리가 괜찮다고 해도 주변에서 가만두지 않을 테니까. 하여 다시금 너를 위태롭게 만들고 싶지 않구나. 이 난리 통에 죽었다고 생각해라."

"형님······."

"그리고 이대로 노론을 너무 배척하진 말거라. 한쪽이 비대해지면 분명 다른 한쪽이 다시금 고여서 썩게 될 테니. 이번 일을 계기로 소론과 노론 모두 네 손안에 쥐어야 한다. 네 위에는 오직 백성만이 있다는 것을 명심해야 할 것이야."

"명심할 것이옵니다."

"그리고 그 여인에 대한 처벌과 책임은 온전히 너에게 맡길 것이다."

"……"

담은 엷은 미소를 지었다. 그리고 천천히 자리에서 일어나 고개를 숙이며 속삭였다.

"이것이 마지막일 것이옵니다. 하나 멀리서라도 저하를 지켜볼 것이옵니다. 꼭 청사에 성군으로 남으십시오. 그것이 제가 저하께 드리는 마지막 부탁이옵니다."

휘서 역시 더는 그의 얼굴을 보지 못할 것이라는 걸 마음으로 깨달을 수 있었다. 아마 조선을 떠나 그 여인과 함께 멀리멀리 가실 테지. 하지만 처음, 제게 세자위를 건네주고 궐을 떠났을 때와는 느낌이 다르다. 그때는 그저 원망하고 원망하였지만, 지금은 그저 행복을 바라였다. 어쩐지 형님의 표정이 그 어떤 때보다 가벼워 보였으니까. 행복하셨으면 했다. 정말로 간절하고 간절하게 그의 행복을 빌고 또 빌면서 마지막으로 떠나가는 그의 뒷모습을 그렇게 깊이 새기고 있었다.

묘운각 뒤편, 허청은 홍을 향해 고개를 숙이고 있었다. 매번 화려한 복색에 코를 찌를 듯한 미향이 가득했던 그녀였지만, 지금 그녀의 모습은 사뭇 달랐다. 초라한 무명옷에 머리 장식도 하나 없이 가지런히 묶었고, 한 손에는 작고 하얀 단지를 쥐고 있었다.

한층 초췌해진 모습으로 공허한 눈동자만이 미세하게 떨리고 있었다. 그 누구도 사림의 장례를 제대로 치러줄 수가 없었다. 어찌 되었건 그는 병판을 죽인 죄인이니까. 해서 허청은 이렇게 홀로 오라버니의 넋을 위로하고 있었다.

"무슨 일로 나를 보자고 한 것인가?"

홍은 낮은 목소리로 물었고, 허청은 쥐고 있던 단지를 그녀에게 조심스럽게 건네주었다.

"아무것도 남지 않은 잿더미이지만, 그래도 오라버니와 함께 타들어갔으니, 될 수 있으면 이것을 초로 보내주십시오. 넋이라도 어머니 곁으로 갈 수 있도록……."

그녀는 말없이 그 단지를 움켜쥐었다. 손끝이 아련하게 떨려왔다. 하지만 홍은 애써 입술을 깨물고서 눈물을 삼켰다. 더는 울고 싶지 않았다. 사림 오라버니께서 자신이 울면 아프다고 하셨으니까. 아픈 것이 세상에서 제일 싫다고 하셨으니, 이젠 그를 떠올릴 때 울지 말고 웃었으면 했다. 좋았던 기억만을 가슴에 품은 채.

"……잘 보내주겠네."

그렇게 홍은 돌아서려고 했다. 더 이상 이 여인과는 그 어떤 연으로도 묶이고 싶지 않았으니까. 그럴 이유도 없었으니까. 하지만 홍은 순간 놀란 눈동자로 걸음이 묶여 버렸다. 갑자기 제 앞에서 털썩 주저앉아 무릎을 꿇는 허청의 모습.

"이게 무슨!"

"평생, 저를 용서하지 않을 것을 알고 있습니다. 이 자리에서 당장 죽여줘야 하겠지만, 차마 이 아이까지 제 몫의 벌을 받게 할 수가 없어 차마 죽을 수도 없습니다."

허청은 떨리는 손길로 이미 어느 정도 차오른 배를 움켜쥐었다. 그리고는 땅에 이마를 박고서 간곡하게 외쳤다.

"송구합니다. 참으로 송구합니다. 고작 말로는 다할 수 없다는 것을 너무나도 잘 알고 있지만, 그래도 송구할 뿐입니다. 하나, 오라버니는 저라고 생각지 마시고 부디, 부디 원망 없이 기억해 주십시오."

홍은 제게 무릎을 꿇고 머리를 조아리며 움직이지 못한 채 바들바들 떨고 있는 허청의 모습을 바라보았다. 그러다 이내 냉정하게 돌아섰다.

"그대의 말처럼 그대를 용서하는 일은 없을 것이네."

서늘하게 떨어지는 홍의 목소리에 허청은 눈을 질끈 감았다.

"하나, 사림 오라버니는 내가 잘 보내주겠네. 처음부터 어떠한 원망도 없었어. 그저 사림 오라버니는 오라버니일 뿐이니. 그대는 평생을 그대 때문에 죽어간 이들의 기억으로 고통스럽게 살 테지.

그게 그대가 감당해야 할 벌이 될 테고 말이야."

그렇게 홍은 무겁게 걸음을 옮겼다. 손안에 가득 담긴 사림 오라버니의 단지가 무겁게 느껴졌다.

'오라버니, 저는 이렇게 저 여인과의 연을 모두 끊어낼 것입니다.'

그래, 이것으로 족하다. 지난날의 과거는 어젯밤, 타오르는 불길 속에 완전히 사라진 것이다. 그것을 위해 너무나도 크나큰 희생을 치러야 했지만.

묘운각을 빠져나오니, 그 길 끝에서 담이 그녀를 바라보고 있었다. 행색은 조촐한 백의 도포를 걸치고서, 조그만 봇짐을 들고 있었다.

"담."

그녀의 입술 끝으로 퍼져 가는 이름 하나. 이젠 정말 세자도 아니고 윤영대군도 아니다. 이담. 오직 그 이름이 그의 전부. 아니, 이젠 자신의 하나뿐인 낭군님.

홍은 그에게 다가가며 천천히 속삭였다.

"분명, 다음 생은 있습니다. 간절하게, 간절하게 원하는 연이라면 반드시 언젠가 돌고 돌아서 만나게 되는 것이지요. 오라버니와 제가 지난 시간, 그리고 이렇게 다시 만났던 것처럼. 그러니 오라버니, 한 번 더. 꼭 한 번 더 다시 만나서 약조를 지켜주세요."

다가온 그녀에게 담은 천천히 손을 내밀었고, 홍은 주저 없이 그 손을 마주 잡았다. 그 모습에 담은 한없이 사랑스럽게 그녀를 바라보며 웃었다.

"이제, 떠나는 것이오."

"예."

"이제야 비로소 이담이라는 이름을 찾게 된 것이지."

"뿐만 아니라, 저의 하나뿐인 소중한 낭군님이십니다."

담은 그녀를 끌어안았다. 대군보다 더한 것을, 더 귀한 것을 이제야 이리 얻게 되었다. 나비를 위한 하늘. 가장 소중한 이의 곁에서 영원히.

그렇게 담과 홍은 궐을 떠났다. 아마 다시는 이곳으로 돌아오는 일은 없을 것이다. 한때는 이 마주 잡은 손을 놓은 채 이곳을 떠나야 했지만, 이젠 결코 놓지 않을 손을 붙잡고서 이곳을 떠나간다. 평범한 부부의 연으로 마침내 서로를 향했던 길고 긴 여정이 끝나가고 있었다.

❊

불빛 하나 머물지 않는 귀궁 안, 허청이 멍하니 제 앞을 바라보며 앉아 있었다. 어느새 그녀의 눈가로 다정한 온기가 스쳤다. 제 눈앞에 앉았던 사람들. 자신의 오라버니와 세자 저하. 그녀가 가장 아끼고 아끼는 사람들. 하지만 저로 인해 아팠을 너무나도 미안한 사람들.

허청은 자신의 배를 조심스럽게 쓰다듬었다.

"미안하다, 아가. 네게 했던 약조를 지키지 못할 것 같구나. 하지만 네게 더 이상 부끄러운 어미는 되지 않을 것이야. 그것만은 약조하마."

하지만 그래도 조금은 떨리니까, 네가 내게 힘을 다오. 용기를 다오.

그녀는 심호흡을 깊게 하고서 천천히 자리에서 일어나 한쪽 벽면을 더듬더니 이내 그것을 뜯어내기 시작했다. 벽 뒤에 숨겨진 조그만 비밀 공간. 그 공간에 놓인 것은 오직 하나. 허청이 지금껏 감추어두었던 노론의 약점. 바로 불법 자금이 적힌 장부였다.

그녀는 그것을 품에 숨기고서 마지막으로 귀궁을 바라보았다. 그러곤 미련 없이 걸음을 옮겨 동궁전으로 향하기 시작했다. 하지만 막상 동궁전 앞에서 그녀의 걸음은 가로막히고 말았다.

"지금 저하께서는 이미 침소에 드셨사옵니다."

내관은 고개를 숙이고서 다시 귀궁으로 돌아갈 것을 권하였지만, 허청은 어쩐지 심상치 않은 분위기에 뭔가를 깨닫고서 그런 내관을 그냥 지나쳤다.

"양제마마!"

"아직 침소에 드시지 않은 것이지?"

"아, 아니옵니다!"

"내 눈으로 직접 확인 후 돌아가겠네."

"그러실 수는 없사옵니다!"

"만약 내가 잘못이라면 그 벌은 달게 받겠어. 하지만 저하께서 나를 일부러 피하시는 것이라면, 어쩔 수가 없네."

그렇게 허청은 억지로 동궁전으로 들어섰다. 그리고 멀리 희미하게 흔들리고 있는 불빛을 아픈 시선으로 바라보았다. 역시, 거짓이었다. 저를 만나지 않으려고. 그 이유 역시 알기에 허청은 점점 가슴이 시리게 아려왔다.

그렇게 그녀는 스스로 문을 열었다. 그리고 그 너머로 휘서가 흔들리는 시선으로 허청을 노려보았다.

"지금 이게 뭐 하는 짓이냐. 내관에게 내 말을 전해 듣지 못한 것이냐?"

"침소에 드셨다고 들었습니다. 하오나 아직이시니 저를 봐주십시오."

"내 말이 이젠 그리도 우습더냐? 지금은 양제를 만나고 싶지 않다. 그러니 당장 물러가거라!"

"아니요, 저하께선 지금 저를 보셔야 하옵니다."

허청은 천천히 자리에 앉았다. 하지만 휘서는 절대로 그녀를 보지 않았다.

그 모습에 마음이 흔들렸지만, 그녀는 호흡을 삼키며 제 품 안에서 천천히 장부를 꺼내 들었다. 손끝이 떨려오며 마음이 어지럽게 흐트러졌다. 이것을 그에게 준다는 것이 어떤 의미인지, 누구보다 자신이 더 잘 알고 있었는데. 그 역시 그걸 알고 있는 듯싶었다.

"이것은 노론의 불법 자금 장부이옵니다. 아편을 거래한 기록역시 아주 세세하게 적혀 있사옵니다."

이미 예상한 결과. 하지만 너무나도 덤덤하게 흘러나오는 그녀의 어조 앞에 휘서는 한껏 옷자락을 움켜쥐며 떨리는 눈을 질끈 감았다.

"지난날의 사건이 어느 정도 수습된 지금, 내일이면 분명 좌상과 더불어 노론은 병판 대감의 죽음을 이유로 저하를 흔들려고 할 것이옵니다. 하지만 이것만 있다면 그들을 누르고 벌을 내리시어 저하의 힘을 제대로 보여줄 수 있을 테지요. 아마 저하가 가시는 앞길에 분명 많은 도움을 줄 수 있을 것이옵니다."

"……."

"굳이 영상 대감의 여식을 세자빈으로 맞이하지 않아도, 저하스스로 강력한 왕권을 이루시옵소서. 주상 전하께서도 이젠 저하께 선위의 뜻을 밝히고 있지 않사옵니까."

휘서는 눈을 뜨고서 그제야 허청을 바라보았다. 너무나도 태연하고 태연한 모습이었다. 평범하다 못해 소박하기까지 한 무명옷이었지만, 그녀의 자태는 더없이 아름다워 보였다. 너무나도 곱고고운 여인. 내 여인, 나의 정인. 하지만 이리 바라보는 것이 어쩌면 마지막일 수 있었다. 그것이 너무 힘들어서, 조금이라도 미루고 싶었던 것인데. 부질없는 짓일지라도. 잠시라도, 잠시라도 그 시간을 붙잡고 싶었던 것인데.

"이 장부를 내 손으로 세상에 공개한다면, 너 역시 그 죄를 피해 갈 수 없을 것이다. 노론은 결코 너를 그냥 놓아주지 않을 테니까. 반드시 너와 함께 추락하려고 할 것이니."

"알고 있사옵니다. 하나 모든 것을 달게 받아들일 것이옵니다."

순간, 허청은 휘서를 향해 무릎을 꿇고서 고개를 땅에 조아리며 잔뜩 억눌린 목소리로 속삭였다.

"저를 폐출시켜 유배를 보내주시옵소서."

"……."

"저부터 내치셔야 노론 역시 제대로 벌을 내리실 수 있을 것이옵니다. 또한 마땅히 제가 받아들여야 할 몫입니다. 이미 저로 인해 너무나도 많은 이들이 눈물을 흘렸고, 저는 그 눈물을 밟으며 여기까지 왔사옵니다. 오라버니께, 그리고 윤영대군마마와 홍이 아씨께, 저하께선 알지 못하는 더할 나위 없이 무겁고 무거운 죄를 지어 시간이 지나고 지나도 결코 용서받을 수 없을 것이옵니다. 이 하찮은 목숨으로 죗값을 치를 수 있다면 기꺼이 내려놓을 테지만, 이 아이에게 저와 함께 죽어달라 차마 그리 말할 수가 없어, 목숨만은 지켜주십시오. 훗날 원하신다면 이 목숨 또한 내어드릴 것이옵니다."

움켜쥔 휘서의 손등이 하얗게 타들어가며 떨려왔다. 그녀의 간절한 목소리를 따라서 점차 그의 눈가로 굵은 눈물이 차올랐다. 이미 이리될 것을 예감하고 있었다. 그리고 이젠 정녕 그녀를 지켜줄 수 없다는 것 또한 알고 있었다. 이젠 세자가 아닌 왕이 될 자의 선택으로, 노론과 함께 그녀를 벌해야만 한다. 이제 그는 혼자만의 세자가 아니니까. 혼자만의 감정으로 흔들려서는 아니 되니까. 그러한 하늘이, 되어야만 했으니까.

"……청아."

물기를 머금고서 떨리듯 울리는 목소리. 허청은 순간 억누르고 있던 무언가가 그대로 울컥 밀려들 것 같았지만, 숨을 깊이 삼키고서 천천히 고개를 들었다. 그리고 그를 향해 환하게 웃었다. 눈물 흘리는 모습을 보여주고 싶지 않았다. 이것이 마지막일 테니까. 눈물이 아닌 진정 그를 향해 웃는 모습을 제대로 보여준 적이 없었으니까. 그러니, 지금이라도.

"저하."

"……."

"저하를 참으로 연모하옵니다. 참으로 은애하옵니다. 저하께선 저를 초로 보내주시겠다고 하셨지만, 저는 죽을 때까지 이 조선 땅에서 마지막 숨을 놓을 것이옵니다. 저하께서 다스리는 이 땅 어딘가에서 저하의 소식을 들으면서. 감히, 그런 욕심을 품으면서."

먹먹함이 흘렀다. 이제야 와 닿은 마음으로 두 사람 사이에서 팽팽함이 아닌 서로를 향한 간절함이 흘렀지만, 붙잡을 수는 없었다.

"부디 성군이 되어주십시오. 저하라면 반드시 그리되실 수 있으실 것이옵니다. 그 길에 제가 조금이라도 도움이 되길 바라옵니다."

허청은 천천히 자리에서 일어섰다. 자꾸만 시선이, 발길이, 이곳에 묶여 떨어지지가 않았지만 이젠 정말 돌아서야 할 때. 마지막을 고해야만 하는 순간이었다.

그렇게 그녀가 어렵사리 걸음을 떼어낸 순간, 휘서가 그런 그녀의 손을 당겨 그대로 입술을 머금었다. 너무나도 간절하고도 간절한 입맞춤. 휘서의 떨림이 그대로 전해지며 허청은 결국 참았던 눈물을 흘린 채 그의 옷자락을 움켜쥐었다. 서로를 향한 호흡이 갈 길을 잃은 채 미친 듯이 흔들렸다.

휘서는 연신 그녀를 삼키며 손끝으로 얼굴을 더듬어 나갔다. 처음으로 와 닿은 연정. 하지만 이것이 끝이었다. 하지만 후회는 없다. 서로를 가슴에 품고서 곁에서 바라보지는 못해도, 더욱 가깝게 느낄 수 있을 테니까. 궐에 함께 있을 때보다 더 외롭지 않을 것이라고. 그렇게 두 사람은 연신 서로가 서로를 새기며 꽉 움켜쥔 손을 조금씩, 아주 조금씩 놓아주고 있었다.

이른 아침, 조정이 발칵 뒤집어지며 파란이 불어 닥쳤다. 노론의 불법 장부가 휘서의 손에 의해 공개되었고, 노론은 뿌리째 뒤흔들리며 격렬히 저항하였지만, 엎친 데 덮친 격이라고 허청이 스스로 불법 자금의 배후라고 실토하면서 피할 방도가 없었다. 결국 장부에 관련된 이들은 모조리 척출당하였고, 양제는 궐에서 폐출되어 탐라로 유배를 가게 되었다. 하지만 곧 산달을 앞둔 터라 잠시 사가에서 위리안치된 뒤, 탐라로 가는 것이 결정되었다.

허청은 아무것도 가져가지 않고 모든 것을 귀궁에 내려놓았다. 권력을 잃은 후궁의 뒤안길은 그야말로 비참하고 쓸쓸했다. 그 누구도 그녀와 눈을 마주치려 하지 않았고, 행여나 불똥이 튈까 두려워 아예 모습을 감춘 나인들도 많았다.

그녀는 맨발로 귀궁을 빠져나왔다. 고요하다 못해 적막한 바람이 쉬이 불었다. 그녀를 감시할 군관이 다가왔고, 허청은 말없이 손을 내밀었다. 오라를 묶어서 가야 할 테니까. 하지만 군관은 짧게 말했다.

"조용히 따라오십시오."

"그게 무슨?"

"저하의 마지막 당부이시옵니다. 아기씨를 위해서라도 절대로 포기하지 말라고, 죽지 말고 살아야 한다고."

그렇게 허청은 궐의 뒷문에 저를 위해 마련된 가마를 볼 수 있었다. 그분은 마지막에 마지막까지 너를 놓은 것이 아니라고, 절대로 버린 것이 아니라고 그리 말해주는 것 같았다.

'예, 저하. 살아보겠습니다. 절대로 스스로 목숨을 놓지는 않을

것이옵니다.'

　그렇게 허청은 가마에 올라 조용히 궐을 빠져나갔다. 처음, 이 궐에 들어올 때는 가장 높은 곳에 오르겠다고 다짐했었다. 가장 높은 곳에서, 저를 멸시하고 괄시했던 이들을 가장 잔인하게 짓밟고서 마지막까지 궐에서 살다, 가장 화려하고 아름답게 지고 싶었다. 한 번도, 단 한 번도 내 인생은 찬란한 적이 없었으니까. 하지만 모든 것을 잃고 떠나는 이 순간이 어쩌면 제 인생에서 가장 찬란한 순간일지도 모른다. 이 뱃속에 사랑하는 정인의 아이가 있고, 가장 은애하고 연모하는 분이 저와 같은 마음이니까.

　'한때는 민홍, 그 여인을 이해할 수가 없었다. 고작 연정 때문에 자신의 모든 것을 포기하고 목숨조차 버리는 그 모습. 그것도 모자라 다시 되돌아와서까지 그 연정을 지키려고 하는 모습. 하나, 그것이 가장 소중했던 것이지. 모든 것을 걸어서라도 지키고 싶을 만큼. 그것이 전부였던 것이지.'

　휘서는 멀리서 떠나가는 허청의 모습을 바라보았다. 가는 걸음 조금이라도 외롭지 않기를 바랐다.

　그는 제 손에 움켜쥔 서찰 하나를 불에 태우기 시작했다. 그것은 지난날 그가 세자위에 오르고 허청과 함께 궐에 들어가기 직전 제 마음을 담아 썼던, 결국 주인에게 돌아가지 못한 그의 연서.

─너를 위해 왕이 될 것이다. 하여 네가 원하는 곳으로 갈 수 있도록, 내가 그 길이 되어줄 것이다.

재가 되어 날아가는 편지를 바라보면서 휘서는 엷은 미소를 지으며 소망했다.

언젠가. 아주 먼 날, 다시 만날 수 있기를 바랐다. 그때는 세자도 아니고, 왕도 아닌 그저 한 사내가 되고 싶었다. 하여 연서가 아닌 직접 말하고 싶었다.

"너를, 아주 많이 연모한다, 청아."

⁂

맹월의 수장으로서 역모를 꾀하여 왕실을 어지럽힌 대역죄인, 비형의 목이 궐문 앞에 걸리게 되었다. 백성들은 비형의 목을 바라보며 한동안 아무런 말을 하지 않았다. 이미 맹월의 존재는 알게 모르게 백성들 사이에 퍼져 있었고, 그가 누굴 위해 칼을 들었는지도 알고 있었기에 누구도 쉬이 그를 욕하지 않았다. 게다가 그의 얼굴에 드리워진 표정. 한 치의 후회도 없는 무척이나 말간 표정. 죽은 자의 얼굴이라고 하기엔 너무나도 홀가분해 보이는 모습이었다.

저녁 무렵, 담은 비형의 목 앞에 서서는 아무도 없는 틈을 타 그

자의 목을 거두었다. 그리고 인적이 없는 곳에 그 목을 묻어주고선 막걸리를 가볍게 부었다. 참으로 초라하기 그지없었지만, 그래도 진심을 담아 좋은 곳으로 가길 바랐다.

"너무 걱정 말고 좋은 곳으로 가시게."

그렇게 담은 천천히 뒤돌아섰다. 그러자 홍이 그런 그를 기다리고 있었다. 그녀는 조촐한 아녀자의 복색으로 너무나도 자연스럽게 쪽머리를 하고 있었다. 바로 담이 준 비녀를 꽂고서.

홍은 먼저 그에게 손을 내밀었고, 담은 피식 웃으며 그 손을 마주 잡았다. 그렇게 두 사람은 서로의 보폭에 맞추어 천천히 걸음을 옮겼다. 정녕 잘 어울리는 부부처럼 보였다. 아니, 이젠 정녕 부부의 연을 맺은 인연이었다. 그 옛날엔 감히 상상도 할 수 없었던 일. 이리 손을 잡는 것도, 그저 함께 걷는 것도 힘들었지만, 이젠 그 무엇도 신경 쓰지 않고 오직 서로를 바라볼 수 있게 되었다.

"이제 어디로 가는 것이옵니까?"

"초로 가야지. 사림이 그곳으로 가길 원하지 않았소. 그자는 우리와의 약조를 지키지 않았지만, 우리는 들어주어야지."

"예. 오라버니도 참으로 좋아할 것입니다."

담은 문득 걷던 걸음을 멈추고서 홍을 바라보았다. 깊은 밤, 유난히도 새하얀 보름달이 둥실 떠올랐고, 그 빛에 그녀의 얼굴이 하얗게 서려 참으로 어여쁘고 사랑스러웠다. 이처럼 고운 여인이 제 여인이다. 평생을 함께할 반려.

"담?"

그녀의 입에서 흘러드는 이름 하나에 벅찬 숨을 삼키며 담은 천천히 손을 뻗어 그녀의 얼굴을 자연스럽게 감쌌다.

"이젠 오직 그대만의 하늘이 될 것이오. 세자가 아닌 사내로서, 이담이 연모하는 유일한 여인. 그걸 위해 나는 되돌아온 것이오. 먼 길을 돌고 돌아도 결코 후회한 적 없었소. 더 먼 길을 돌아야 한다고 해도, 평생을 그렇게 해야만 한다고 해도. 이렇게 내 눈앞에 그대를 볼 수 있다면, 난 똑같이 선택했을 것이오."

다정하게 속삭이는 그의 목소리에 홍은 제 눈 가득 그를 담아 올리며 그의 손을 부드럽게 감쌌다.

"이번 생이 끝나고 혹여 다음 생에서도, 저는 오직 당신을 기다릴 것입니다."

서로를 붙잡은 손끝에서 느껴지는 뜨거운 연모. 두 사람은 그렇게 다시금 약조를 하였다. 다음 생에도, 또 그다음 생에도 반드시 다시 만나 지금과 같이 서로를 바라볼 것을. 그렇게 간절히, 간절히 바라고 또 바랐다.

홍은 미치도록 떨리는 가슴을 두드리며 서글픈 시선으로 고개를 들었다. 지금 그녀가 있는 곳은 바로 그녀의 가족들이 있는 본가였다. 이제 조선을 떠나 초로 가게 된다면, 아마 두 번 다시 오라버니와 아버님을 만나지 못할 것이다. 그래서 한 번, 딱 한 번만이라도 만나고 떠나고 싶었다. 연신 저를 걱정할 그분들에게 더는 걱정하지 말라고, 행복하게 잘살 것이니 조금씩, 조금씩 저를 잊어달라고.

그렇게 그녀는 천천히, 아주 천천히 발걸음을 앞으로 당겼다. 하지만 막상 눈앞에 닥치니 용기가 자꾸만 사그라졌다. 보자마자 눈물부터 쏟아질 것 같아서. 도저히 그 얼굴을 보면 그 어떤 말도 할 수 없을 것 같아서. 송구하고 또 송구하고, 너무나도 죄스러운 마음.

"……오라버니…… 아버님……."

물기를 머금은 목소리가 산산이 부서지고, 결국 그녀는 연신 걸음을 떼었다 놓았다 하며 제자리를 돌다 결국 포기하려는 순간.

"……홍아?"

순간, 너무나도 낯익은 목소리 하나에 그녀의 심장이 쿵 하고 내려앉았다.

"홍아…… 정녕 네가 맞는 것이냐? 홍아, 홍아!"

그리고 그 목소리에 참고 있던 눈물이 그대로 투두둑 떨어지면서 고개를 돌릴 새도 없이 규헌이 그녀를 부서지듯 끌어안았다.

"아, 아아! 진정 꿈이 아니구나. 네가, 네가 돌아왔구나, 홍아!"

"오라, 오라버니……."

그 어떤 말도 제대로 할 수가 없었다. 오라버니의 다정한 목소리와 익숙한 품 안에서 홍은 애써 억눌린 울음이 봇물처럼 터지면서 감히 그 어떤 말도 내뱉을 수가 없었다.

규헌은 정녕 믿을 수가 없었다. 홍이가 돌아왔다. 그토록 찾아 헤매던 그 아이가, 너무나도 꿈처럼 돌아왔다. 행여 지금도 꿈이 아닐까, 두려울 지경이었다.

그는 고개를 들고서 손으로 그녀의 얼굴을 마구 더듬고서 자꾸만 흐트러지는 목소리를 억지로 내뱉었다.

"말을 해보아라. 홍아, 네가 맞다고. 말을 좀 해보아라."

"오, 오라버니, 송구합니다. 참으로 송구합니다……."

"아니다. 지금이라도 이리 와주었으니, 이렇게 와주었으니……."

그렇게 두 사람은 한동안 서로를 보고, 보고 또 보았다. 떨어져 있었던 시간을 채우려고 하는 것처럼, 그리고 홍은 이제 두 번 다시 볼 수 없을 오라버니의 얼굴을 새기고, 새기고, 또 새기고 있었다.

잠시 후 홍은 규헌과 함께 자신의 별당 마루에 앉았다. 조용히 들어가야 한다는 홍의 말에 규헌은 조금 불안했지만, 그 말을 따라주었다. 오랜만에 보는 누이동생의 모습은 어딘가 사뭇 달라 보였다. 특히나 낯선 비녀와 함께 쪽 진 머리.

"홍아."

떨리듯 내려앉는 그의 목소리에 홍은 마음을 가다듬고서 규헌을 똑바로 바라보았다.

"오라버니, 저는 더 이상 이곳에 있을 수가 없습니다. 내일이면 조선을 떠나 초로 갈 것입니다."

"그게 무슨······?"

"인사를 하려고 온 것입니다. 그리고 더는 저를 기다리지 말라고. 조금씩, 잊어주길 바라는 마음으로 잠시 돌아온 것이지요."

"대체 무슨 일이 있었던 것이냐. 5년 동안 넌 의식을 잃고 있었다. 그런데 갑자기 깨어나서는 마치 딴사람이 된 것처럼······."

홍은 망설였다. 모든 이야기를 해줘야 하는 걸까. 지금까지의 일과 더불어 시간을 거슬렀다는 일까지. 하지만 과연 오라버니가 믿어줄까?

"······지금부터 제가 하는 말을 믿는 것은 오라버니의 몫입니다. 하나, 지금 하는 말이 전부 다 저의 진심이고, 진실입니다."

그녀는 제 손목에 감추어진 상처를 보여주었다. 명백한 자결의 흔적. 규헌의 눈동자가 미친 듯이 흔들렸고, 홍은 침착하게 입을 열었다.

"저는 한 번 죽었던 것이나 마찬가지입니다. 지금 눈앞에 있는 저의 모습은, 이곳에 있으나 원래는 이곳에 없어야 하는 존재이지요."

차분하게 모든 것을 설명했다. 윤영대군의 세자빈이 된 것. 무수한 일들, 그리고 한 번 목숨을 잃었던 순간과 시간을 거스른 일. 지금까지도 윤영대군을 연모하고 있다는 것과 이러한 선택을 할 수밖에 없었다는 것도.

홍의 말이 끝나고 적막이 흘렀다. 규헌은 숨조차 제대로 쉬지 못한 채 차마 무슨 말을 어떻게 해야 할지 몰랐다. 아니, 도저히 믿을 수가 없었다. 지금 눈앞에 홍이가, 내가 알던 홍이가 아니라고? 홍이가, 홍이가…….

"오라버니."

그녀는 걱정되는 마음에 그를 조심스럽게 불렀다. 규헌은 그런 그녀의 눈동자를 빤히 바라보았다. 흔들림 없이 저를 바라보며 걱정하고 있는 홍이의 모습. 다른 건 몰라도 저 모습은 자신이 아는 홍이가 맞다. 그렇다면 홍이가 하는 말 역시.

"……많이 고단했겠구나."

그녀는 흠칫 놀랐다. 하지만 규헌은 천천히 손을 뻗어 홍의 상처를 쓰다듬었다.

"참으로, 참으로 많이 아팠겠어. 이 오라비가 너를 제대로 지켜주지 못해서, 그래서 하늘이 너를 지켜주었구나."

"아니어요……."

"미안하다. 하나뿐인 오라버니가 너무 못나서, 네 곁에 제대로 있어주지 못해서. 그래서 너무 미안하구나."

"아니어요, 그런 것이 아니어요! 제가 더, 오라버니께 제가 더……."

사림 오라버니가 제게 왜 그리 미안해했는지 알 것 같았다. 지금 오라버니가 자신이 사림 오라버니에게 했던 말을 똑같이 하고 계셨으니까. 서로가 서로에게 미안하고 미안한 마음. 그만큼 서로의 존재가 너무나도 귀하고 귀하기 때문이다.

"윤영대군마마와 떠난다는 것이냐?"

"예, 초로 갈 것입니다. 아마 이곳으로 다시 돌아오는 일은 없을 것이어요."

규헌은 담의 얼굴을 떠올렸다. 한때는 세자위에 계셨고, 그와는 벗이기도 하였다. 갑자기 세자위에서 내려오신 이유가 홍이 때문이었다니. 하지만 어쩐지 안심은 되었다. 윤영대군마마라면 믿을 수 있었으니까. 게다가 윤영대군마마를 입에 담는 홍이의 모습은 그 어느 때보다도 행복해 보였다.

"나는 너의 선택을 믿는다. 예전부터 너는 한 번도 나를 실망시킨 적이 없었으니까."

"오라버니……."

"하지만 역시 슬프구나. 이젠 두 번 다시 너의 그림을 볼 수 없을 테니까. 이리 너를 보는 것이 마지막이라니……."

예전엔 남매가 서로 자주 얼굴을 마주했었다. 오라버니는 글을 쓰고 자신은 그림을 그렸다. 어머니가 없는 빈자리를 오라버니가 대신 채워주며 외롭지 않게, 항상 다정하게 저를 안아주었던 오라버니.

"그래도 앞으로 네가 쓸쓸하지 않다면. 누구보다 행복하게 그리 지낼 수 있다면. 그래, 너를 보내줘야겠지."

규헌은 홍의 조그만 손을 살포시 감싸며 속삭였다.

"花樣年華(화양연화)."

홍은 살짝 떨리는 시선으로 규헌을 바라보았다.

"홍아, 난 네가 많이 행복했으면 좋겠다. 아주 많이 사랑받고 사랑을 주면서, 너의 평생의 순간순간이 가장 아름답고 행복한 순간이었으면 좋겠어. 네가 진심으로 바라는 사람의 곁에서 말이다."

그 옛날, 자신이 그분의 세자빈으로 궐에 들어가기 직전 오라버니가 제게 해주신 말과 똑같았다. 시간을 거슬러, 운명이 바뀌고 모든 것이 달라졌어도 결코 변하지 않는 마음. 오직 저의 행복만을 바라는 오라버니의 마음.

홍은 엷은 미소를 지으며 오라버니를 끌어안으며 그때와 똑같이 답하였다.

"행복하게 살 것입니다. 그 누구보다 행복하게 사랑받으며 그리 살 것이어요."

항상 가슴께에 묵직하게 남아 있던 응어리가 스르르 녹아내리는 것 같았다. 처음엔 망설였지만, 그래도 제겐 가족이었다.

'참으로 고맙고 고맙습니다.'

홍은 사랑채 앞에 섰다. 묵직한 침묵. 고요함을 가장하며 긴장감이 서렸다. 바로 영상 대감, 그녀의 아버지가 지내는 곳. 하지만 홍은 결코 아버님의 얼굴만큼은 보지 않을 생각이었다. 그 얼굴을 보게 된다면, 정말로 발길이 떨어지지 않을 것 같아서. 게다가 아버님 역시 저를 이해해 주지 못할 것 같아서. 하지만 전해 드리고픈 마음이 있기에 홍은 아주 조심스럽게 걸음을 옮겨 돌계단에 흐트러짐 없이 놓인 아버님의 신을 바라보았다. 신발에서조차 아버님의 곧은 성품이 묻어 나온다. 그래서 저도 모르게 웃음을 훔치며 예전에 제게 하셨던 말씀을 떠올렸다.

"잘하고 오너라. 결코 가문에 부끄럽지 않도록."
"예, 아버님."
"……오늘 참 어여쁘구나."

그때 처음으로 제게 다정한 말을 건네주셨고, 온몸이 따뜻해지는 것을 느꼈었다. 표현하는 것이 그저 서툴 뿐이다. 어릴 적엔 그것을 몰랐지만, 이젠 그 마음을 누구보다 잘 알 수 있었다.

그녀는 천천히 무릎을 꿇고서 아버님의 신발을 쓸어내리며 그 안에 자신이 쓴 편지를 넣어두고선 고개를 들었다. 마치, 눈앞에 아버님이 계시는 것처럼. 그녀는 그리움을 담아 조그맣게 속삭였다.

"아버님, 소녀 민홍, 그 어느 곳에서도 결코 아버님의 이름을 부끄럽게 하지 않을 것입니다. 믿어주십시오. 그리고 부디, 건강하셔야 합니다."

그렇게 그녀는 마지막으로 제 머릿속에 아버님의 모습을 가슴 깊이 새기며 천천히, 아주 천천히 사랑채를 떠나갔다. 다소 쓸쓸해 보이던 돌계단 위의 신발 안으로 무척이나 따스한 온기가 스치며, 그녀가 머물렀던 빈자리 위로 쉬이 바람만이 스치고 있었다.

홍이 잠시 자리를 비운 사이, 담은 규헌을 만났다. 규헌은 지금 제 눈앞에 있는 담의 존재가 너무나도 믿을 수가 없어 눈을 몇 번 깜빡였다. 홍에게 얘기를 들었지만 그래도 어디 그게 그리 쉽게 믿을 일이던가. 한때 두 사람은 무척이나 친한 벗이었다. 그런 그가 갑자기 세자위에서 내려오더니 유배를 가버린 사실이 정녕 믿어지지가 않았는데, 그것이 전부 홍이와 관련되어 있었다니.

"하아. 정녕 믿어지지가 않습니다."

담은 규헌의 모습에 피식 웃었다. 지금 보니 홍이와 얼굴 모양새가 꽤 흡사하였다.

"홍이가 말하던가?"

"대군께서 그리 다정하게 홍이를 부르시다니……."

"이제 나는 대군이 아니다. 그리고 이미 오래전 나와 그대는 사돈지간으로 맺어졌었지."

"시간을 거슬렀다는 말이 너무나도 허무맹랑하지만, 그래도 대군마마라서 저는 믿을 것입니다."

담은 규헌을 똑바로 바라보았다. 지금 그의 모습은 무척이나 귀하디귀한 누이동생을 보내는 오라버니의 모습이었다. 그 곧고 강한 눈빛이 홍이와 무척이나 닮았다. 어쩌면 홍이에 그런 강인함은 오라버니의 영향을 많이 받았을 것이고, 알게 모르게 영상 대감의 곧은 성품 역시 닮았을 것이다.

"지난날 대군께서는 저의 벗이었고, 벗으로 지내는 동안 대군의 성품을 누구보다 잘 알기에 오라비로서 저보다 귀한 누이를 보낼 수 있는 것이옵니다."

규헌은 천천히 고개를 숙였다. 그 모습에 담은 당황하여 그를 일으켜 세우려고 했지만, 규헌은 떨리는 목소리로 속삭였다.

"부디, 행복하게 해주십시오. 그 아이가 대군마마의 곁에서 누구보다 빛날 수 있도록. 그 입가에 웃음이 떠나지 않도록. 그렇게, 그렇게 해주십시오."

떨리는 목소리에 진하게 묻어나는 오라비의 걱정과 염려, 그리고 떠나보낼 수밖에 없는 안타까움과 쓸쓸함이 느껴졌고, 담은 그런 규헌의 어깨를 움켜쥐며 말했다.

"너는 내게도 중한 벗이다. 그 벗의 부탁을 내 가슴 깊이 새길 것이야. 하나, 홍이. 그 아이는 내게도 너무나도 귀하고 귀한 사람이다. 내겐 전부나 다름이 없어. 반드시 행복하게 해줄 것이다. 반드시, 그리 할 것이야. 그러니 걱정하지 마라."

규헌은 고개를 숙인 채 입술을 깨물었다. 사내답지 않게 눈물이 나올 것만 같았다. 그래서 홍이가 올 때까지 조금은, 조금은 이렇게 그 아이와의 마지막을 정리하고 싶었다.

홍이가 다가오고 규헌은 언제 그랬냐는 듯, 눈물진 얼굴을 지워내고서 진정 떠나려는 홍이를 향해 살짝 무릎을 숙였다.

"오, 오라버니!"

"훗날, 네가 시집을 가게 되면 꼭 주고 싶었다."

그러고는 품에서 꽃신을 꺼내 그녀의 조그만 발에 직접 신겨주었다. 그 옛날, 입궐하던 그때 주었던 그 꽃신과 똑같은 꽃신이었다.

"잊지 말거라. 네가 어느 곳을 가든, 그 걸음걸음마다 내가 너와 함께할 것이다. 아무리 멀리 떨어져 있어도, 너와 나는 가족이다."

"……예, 오라버니."

그렇게 규헌은 마지막으로 홍을 안아주고서 손을 흔들었다.

홍은 담의 손을 잡고서 천천히 걸음을 떼었다. 연신 뒤돌아보면서 저를 향해 웃고 있는 규헌에게 마지막 모습만큼은 환한 미소를 보여주고 싶었다.

그렇게 점점 시야에서 사라져 가는 홍이를 보면서 규헌은 엷은 미소를 지었다. 그 어느 때보다 행복해 보이는 모습.

"그래, 넌 어여쁜 아이다. 누구에게라도 그리 사랑받으며 어여쁘게 살 것이야."

그렇게 규헌은 천천히 걸음을 뒤로 돌렸다. 그리고 집 안으로 들어가자, 마당에 민황이 우두커니 서 있었다.

"아, 아버님."

그는 놀란 기색으로 얼른 민황에게 다가갔고, 민황은 규헌의 어깨 너머 먼 곳을 응시하며 낮게 가라앉은 어조로 속삭였다.

"어떠하더냐."

"예?"

"홍이 말이다."

"알고, 계셨습니까?"

"내가 그래도 그 아이의 아비인데, 그 아이의 발자국 소리 하나 못 들었을까 봐."

민황은 제 손에 쥐어진 홍이의 서찰을 살짝 움켜쥐었다.

규헌은 그런 민황의 모습을 잠시 바라보며 입을 열었다.

"웃고 있었습니다. 연신, 웃으면서. 행복하게 그리 떠났습니다."

민황은 그제야 고개를 끄덕였다. 매번 미안하고 미안하기만 했던 아이. 만약 제 여식으로 태어나지 않았더라면, 제가 그리고 싶어 하는 그림도 실컷 그리고, 제가 사랑하는 낭군과 평범하게 그리 살았을 것인데. 하지만 지금이라도 그리되었다면, 그것으로 족하다.

민황은 천천히 등을 돌렸다. 그리고 채 펼쳐 보지 못한 홍의 편지를 눈으로 바라보았다. 곱디고운 서체. 그 아이의 다정함이 묻어나는 것 같아 자꾸만 참고 있던 눈시울이 붉어졌다.

정녕, 멀리. 멀리 날아갔구나. 하지만 아무 걱정 하지 말고 그리 가거라, 홍아. 나는 너를 영원히 이 가슴에 묻을 것이니. 이제 너는 훨훨, 그리 날아가거라.

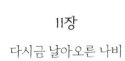

11장
다시금 날아오른 나비

아직까지 조선에서 초로 바로 갈 수 있는 배는 없었기에, 일단 명으로 가서 초로 넘어갈 계획을 세웠다. 하지만 명으로 가는 배는 저녁 무렵 떠날 예정. 생각보다 시간이 꽤 많이 남아 있었다.

"잠시 장시라도 좀 돌아보는 것이 어떻겠소? 이제 이 조선 땅을 언제 밟을지도 모를 텐데."

"그게 좋겠습니다."

그렇게 홍과 담은 평범한 사내와 여인네처럼 수줍은 미소를 지으며 왁자지껄한 장시를 걸었다. 남몰래 손을 잡아주기도 하고, 그 때문에 발그레한 얼굴을 가리기도 하면서 홍은 어쩐지 난생처음 그와 평범한 하루를 보내는 것 같아 그것이 너무나도 좋았다.

"아마 명으로 가서도 초로 가는 배를 찾는 것이 그리 쉬운 일은 아닐 것이오.”

“그래도 갈 수만 있다면 저는 상관없습니다. 그리고 명에서 잠시 머물러도 되고요.”

“어째서?”

“명에는 온갖 화첩이 있을 것이 아닙니까! 그것들을 직접 제 눈으로 보고 만져 볼 것을 생각하니 몹시도 설렙니다. 게다가 새로운 붓과 좋은 안료를 살 수도 있을 것이고요.”

갑자기 두 눈을 빛내면서 흥분을 감추지 못하는 그녀의 모습에 담은 어이없는 미소를 지었다. 정녕 다른 여인들과는 다르다. 어찌 그런 것들을 떠올리며 저리도 좋아할까. 물론 그 모습이 더없이 귀엽고 사랑스러웠지만.

홍은 여전히 명나라 화첩의 섬세함과 특유의 화려한 멋을 마구 설명해 주었고, 담은 그 목소리를 들으며 고개를 돌리던 중, 문득 한곳에 시선을 멈추었다.

“어머, 이 비단 참으로 곱기도 해라.”

“꽃이 놓인 자수가 섬세하구면.”

“암요! 어제 막 건너온 값비싼 비단이지요!”

비단장수가 질 좋은 비단을 꺼내 보이고 있었고, 온갖 여인들이 비단을 만져 보고 둘러보며 좋아하는 모습이 보였다. 담은 잠시 홍이를 바라보다 이내 그녀의 손목을 잡고 당겼다.

“어디 가시는 것입니까?”

홍은 갑자기 걸음을 재촉하는 그의 모습에 의아한 표정을 띠었고, 어느새 담은 비단장수 앞에 그녀를 세웠다.

"저런 것에는 관심이 없소?"

홍은 그제야 눈앞의 화려하고 아름다운 비단들을 보았다.

"저도 여인인데 어찌 관심이 없겠습니까. 하지만 워낙 정신이 없었고 사내 복색이 편했으니까요. 아! 이왕 초로 가는 거 다시금 남장을 할까요?"

"뭐요?"

"그게 더 움직이는 것이 편하지 않겠습니까."

담은 그 말에 답답한 표정을 짓고서는 더는 안 되겠다 싶었는지 근처 비단 가게로 그녀를 끌고 가 억지로 밀어 넣었다.

"아이고, 어서 오십시오."

"가장 값비싸고 좋은 비단으로 죄다 꺼내오게."

"알겠습니다!"

"다, 담!"

"아무 말 하지 마시오, 오늘은 내 마음대로 할 것이니."

홍은 당황스러운 표정을 지었지만, 잠시 후 슬쩍 봐도 어마어마해 보이는 비단들이 쏟아지면서 담은 이것저것을 골라 연신 그녀의 몸에 갖다 대었다.

"이것도 좋아 보이고 이것도 괜찮아 보이고. 워낙 얼굴이 고와서 그런지 다 잘 어울리오."

"저는 하나만 있으면 됩니다. 이거요."

그녀는 가져온 비단 중 가장 수수해 보이는 것을 슬쩍 골랐지만, 담은 택도 없다는 표정으로 가장 곱고 비싼 비단을 몇 개 골랐다.

"이 전부를 주시오. 그리고 옷도 좀 볼 수 있겠소?"

"물론입니다! 이쪽으로 오시지요!"

주인은 신이 나서 앞장섰지만, 홍은 그의 옷자락을 붙잡고서 고개를 가로저었다.

"더는 됐습니다. 저 비단도 너무 많습니다!"

"내가 괜찮지가 않소."

"예?"

담은 엷은 한숨을 내쉬며 그녀의 어깨를 가만히 움켜쥐고선 눈을 마주했다.

"그 옛날 내게 어여쁜 모습만 보여주고 싶어 하던 여인은 대체 어디 간 것이오? 내가 그대를 이리 만들고 만 것이오? 나는 부인과 함께 다니고 싶지, 사내 녀석과 다니고 싶지 않소."

순간, 그의 입에서 너무나도 자연스럽게 흘러나온 부인이라는 말에 홍의 조그만 심장이 빠르게 뛰어올랐다.

"그대가 이리 변한 것이 정녕 나 때문인 건 아닌지, 스스로 자책하게 되오."

"그렇지 않습니다! 절대로 그런 것이 아닙니다."

"그럼 입어주시오."

어느새 담은 주인에게서 받은 쪽빛 치마와 보랏빛 저고리를 내밀었고, 홍은 옷이 고와서 좋다기보다는 저를 이토록 생각하여 주는 그의 모습이 너무나도 좋아서 마음이 설레었다.

그렇게 그녀는 너무나도 오랜만에 고운 옷을 입고 그가 준 옥비녀로 머리도 예쁘게 틀어 올리고서, 오라버니가 주신 꽃신을 신고 천천히 그의 앞으로 걸어왔다.

쪽빛 치맛자락을 살짝 움켜쥔 그녀의 새하얀 손끝이 단아했고, 하얗고 동그란 얼굴 위로 붉은 홍조를 띤 채, 엷은 미소를 짓고 있는 모습이 절세가인이 따로 없었다.

담은 제 눈에 담기는 그녀의 모습에 마치 예전의 모습을 보는 것 같았다. 아니, 그보다 훨씬 아름다웠다.

"어떻습니까?"

그녀의 목소리가 수줍게 흩어졌고, 담은 숨겨두었던 나비 모양 장신구를 그녀의 머리에 슬쩍 꽂아주고서 살며시 그녀의 손을 붙잡았다.

"그 어느 여인보다 아름답소. 나는 참으로 복이 많은 사내요."

"너무 그리 말하지 마십시오."

그렇게 두 사람은 다시금 걸음을 옮겼다. 훤칠한 사내와 고운 여인이 함께하니, 그야말로 선남선녀가 따로 없어 길을 가는 이들마다 두 사람을 슬쩍 훔쳐보곤 했다. 하지만 담과 홍은 오직 두 사람만을 담으며 순간순간 너무나도 행복한 시간을 보내고 있었다.

"저도 드릴 것이 있습니다."

이번엔 홍이 그의 손을 당겼다. 담은 못 이기는 척 그녀를 따라 나섰고, 홍은 설레는 마음으로 지금껏 그림을 팔아 모아두었던 돈으로 제법 멋들어진 갓을 샀다.

"아주 좋은 것은 아니지만……."

담은 고개를 숙이며 말했다.

"직접 씌워주시오."

"예?"

"선물이라고 하지 않았소. 나는 부인이 직접 씌워주었으면 하오."

다시금 기분 좋게 울리는 부인이라는 말. 홍은 떨리는 손으로 그에게 갓을 씌워주고선 조심스럽게 갓끈을 매어주었다. 그녀의 움직임 하나하나에 담은 저도 모르게 온몸이 바짝 긴장되었다. 괜히 스스로 무덤을 판 기분. 하지만 슬쩍슬쩍 와 닿는 그녀의 손길과 시선이 썩 나쁘지만은 않았다.

마침내 그녀는 갓끈을 제대로 매어주고선 한 걸음 뒤로 물러나 그를 바라보았다. 정녕 옥골선풍이 따로 없었다. 아무 무늬가 없는 새하얀 도포 자락일 뿐이었지만, 수려한 얼굴과 다부진 풍채에 그 옛날, 완벽하기 그지없는 세자 저하라고 불리던 모습 그대로였다.

"너무 멋지십니다. 그 예전 모습 그대로여요."

담은 약간 쑥스러운 마음에 살짝 말을 돌렸다.

"그때 그대가 말하지 않았소? 그 소문은 죄다 풍이 섞여 있다고."

홍은 예전 일을 떠올리며 피식 웃었다. 솔직히 그와의 첫 만남이 썩 좋지만은 않았다.

"솔직히 그때는 조금 실망했었습니다. 제게 등을 달라고 하시질 않나, 체통에 맞지 않게 월담을 하여 도주를 하시는 모양새라니요."

"하지만 결국 그대가 내 등을 밟지 않았소? 아주 발칙하게 말이오."

"그래서 싫으셨습니까?"

그녀가 다시금 앙큼하게 속삭이자, 담은 졌다는 듯 홍에게 바짝 다가와 제 갓을 살짝 내리면서 짧게 속삭였다.

"그럴 리가."

그러곤 이내 너무나도 순식간에 그녀의 입술을 훔쳤다.

"처음부터 나는 부인이 너무 좋았는걸."

태연하게 다시금 갓끈을 고쳐 매고서 뒤돌아서는 모습. 홍은 제 입술 위로 빠르게 스쳐 간 그의 뜨거운 온기에 얼굴이 다시금 화르르 달아올라 어쩔 줄을 몰라 했다.

"서두르시오!"

능글맞게 외치는 그의 목소리. 홍은 그를 밉지 않게 노려보다 이내 살포시 미소를 지었다. 가슴이 빠르게 두근거렸다. 이 모든 순간순간이 그저 꿈만 같아서. 그 예전의 일을 이토록 아무렇지도 않게 웃으며 말할 수 있다는 사실이. 이리 추억하며 그보다 행복한 앞날을 꿈꿀 수 있다는 사실이, 너무나도 벅차고 감사하기만 했다.

어느덧 날이 저물었고, 붉은 노을빛에 바다가 타들어갔다. 홍은 사람이 담긴 단지를 품에 가득 안고서 마침내 명으로 가는 배에 올라탔다. 두 사람은 뱃머리에서 다시 돌아오지 않을 자신들의 고향을 바라보았다.

"부인."

담의 목소리가 낮게 흩어졌다.

"이 말이 참, 듣기 좋소."

홍 역시 마찬가지였다. 오늘 내내 그 말 한마디, 한마디에 떨리고 설레었으니까.

"서방님……."

그리고 용기 내어 말해보는 작은 한마디에 이번엔 담의 시선이 멈추었다.

"……."

"저도 이 말이 너무나도, 좋습니다."

바다를 머금은 바람이 다소 차가웠지만, 마주 잡은 두 사람의 손끝이 뜨거워지면서 이내 담은 홍을 제 품 안으로 끌어당겼다.

"무섭지 않소?"

"하면 서방님은 후회하지 않으십니까?"

"그대에게 했던 약조를 기억하시오? 그대의 하늘이 될 것이라는 약조. 나는 그 약조를 지킬 수 있어 더없이 행복할 뿐이오. 그때는 지킬 것이라 말했지만 장담할 수가 없었으니까. 정녕 그리될 수 있을까. 다시금 그대의 손을 잡을 수 있을까, 하는 두려움. 한데 그것을 이리 이루었소. 그러니 어찌 내가 후회를 한단 말이오."

마침내 배가 서서히 움직이기 시작했다. 별이 무수히 쏟아지는 밤 아래, 두 사람은 그렇게 함께 조선을 떠나가고 있었다. 먼 길을 돌고 돌아 다시금 맺어진 깊은 인연. 오직 서로를 향한 약조와 맹세만을 믿고서, 그것만을 가슴에 품고서 이제야 이리 같은 곳에 설 수 있게 되었다.

"시간을 거스르기 전에 누군가의 목소리를 들으셨다고 했지요? 여인이었습니까, 사내였습니까?"

홍의 새삼스런 질문에 담은 너무나도 희미한 일이지만 억지로 기억을 더듬으며 말했다.

"사내였던 것 같소. 굉장히 익숙한 목소리였는데. 게다가 나와 비슷한 인영을 본 것도 같소."

"저는 여인의 목소리를 들었습니다."

"그대도 뭔가를 들은 것이오?"

홍은 고개를 끄덕였다. 죽어가던 그 순간에 찬란한 빛과 함께 들려온 여인의 목소리는 굉장히 낯이 익었다. 게다가 저와 비슷한 여인의 인영이 저를 쓰다듬으며 속삭였던 그 말.

나의 시간은 여기서 끝이지만, 너의 시간은 다시금 흘러갈 것이다.

지금 생각해보니, 그 목소리는 자신의 목소리였던 것 같다. 만약 그 시간 속에서 계속 살았더라면 만나게 되었을 나의 모습. 그리고 내 눈앞에 다가와 이리 오라고 손짓하던 그의 모습 역시도.

담의 손길이 그녀의 얼굴을 살포시 감쌌고, 홍은 자연스럽게 두 눈을 감고서 서로의 숨결을 가득히 머금었다. 떠나가는 마지막 걸음에 그리움을 남기고, 마주 잡은 손끝에 평생을 함께하자는 새로운 약조를 새겼다.

궐에서 서로의 존재를 처음 알고 내뱉었던 고백.

"이 내가, 왕세자 이담이, 밤톨이 너를 연모하게 된 것 같다."

"소녀, 영의정 민황의 여식 민홍이라 하옵니다. 세자 저하 앞에 정식으로 인사드리옵니다. 이제야 이리 제 이름을 저하께 들려 드릴 수 있게 되었사옵니다. 얼마나 간절히 원했는지 모르실 것이옵니다. 허락하신다면, 평생을 저하의 곁에서 저하를 보필하며 그리 살고 싶사옵니다."

세자와 세자빈으로 만나 가슴 떨리는 첫정을 품고서 떨리듯 내뱉었던 속삭임은 이제 세자도 세자빈도 아닌, 사내와 여인으로. 아니, 평범한 지아비와 지어미의 연을 맺고서 한결같은 마음으로 입술 끝에서 속삭였다.

"깊이, 연모하오."

"참으로 은애하옵니다."

마침내 하늘을 가진 나비는 그렇게 다시금 날아올랐다.

번외 1

잊지 않기에, 반드시 닿을 것이라

늦은 밤, 구름이 자욱한 밤하늘은 별도 달도 보이지 않는 칠흑 같은 어둠이 계속됐다.

그리고 그 어둠 속에서 누군가의 신음 소리가 끊어질 듯 끊어질 듯 위태롭게 울리고 있었다.

"흐으윽! 아윽, 악!"

벌써 몇 시간째 산고에 시달리고 있는 허청의 안색은 창백하게 질렸고, 소리를 지를 힘조차 남아 있지 않았다. 엄청난 난산이었다. 그녀는 갖은 힘을 다해보았지만, 소용이 없었다.

낡고 초라한 방. 오직 촛불 몇 개로 버티며 산파가 안타까운 표정으로 허청에게 외쳤다.

"조금만 더, 조금만 더 힘을 내십시오!"

"하아, 하아, 하아."

하지만 이젠 목소리조차 나오지가 않았다. 금방이라도 숨을 놓아버리고 싶을 만큼 엄청난 고통이 엄습했다. 정말이지 온몸이 조각조각 찢어지는 기분. 하지만 연신 뱃속에서 뜨겁게 꿈틀거리는 아이가 느껴진다. 그래, 이대로 놓아버릴 수는 없다. 지난 몇 달간 자신이 어떻게 버텼는데. 누굴 위해 버텼는데.

'내가 죽더라도, 아가, 너만은 이 어미가 살게 해줄 것이야. 지켜줄 것이야.'

"으으, 으으, 아악!"

허청은 눈을 질끈 감고서 이내 다시금 미친 듯이 소리를 질렀다. 연신 귓가에 울리는 그의 목소리. 살라고 하셨던 당부. 버텨야 한다고 하셨던 그 당부. 그래, 저하께서도 그리 말씀하셨다. 그러니 아가, 조금만 더. 조금만, 조금만 더!

"하아, 악!"

마지막, 혼신의 힘을 다해 허청은 숨을 크게 내쉬었다. 그리고 혼미해지는 의식 속에서 우렁차게 울리는 하나의 목소리.

"응아, 으앙, 응아, 으아아앙!"

아이의 울음소리였다. 산파는 그제야 환한 미소를 지으며 핏덩이를 안아 올렸다. 허청은 떨리는 시선으로 연신 저를 향해 울고 있는 아이를 보며 속삭였다.

"아, 아이는……."

"축하드립니다. 어여쁜 옹주 아기씨입니다."

옹주라는 말에 허청은 그제야 안도의 숨을 내쉬며 눈을 감았다.

옹주. 옹주라. 참으로 다행이다. 참으로 다행이야. 곧, 저하께서 혼례를 치르신다. 세자빈 간택으로 공정하게 들여온 대사헌의 여식. 만약 이 아이가 왕자라도 되었다면, 큰 풍파에 휘말렸을 터.

'옹주라서 다행이다. 참으로 다행이야.'

그녀는 그제야 조금 제정신을 찾고서 아이를 끌어안았다. 너무나도 작디작은 생명이었다. 이 작은 생명이 살아보겠다고 바동거리며 숨을 쉬는 모습에 저도 모르게 눈물이 흘러나왔다.

"아가, 내 아가……."

산파는 그 모습을 잠시 바라보다 이내 밖으로 나왔다. 서늘한 바람이 불었고, 그 바람 너머로 그림자처럼 백각이 나타났다. 산파는 백각에게 고개를 숙이며 입을 열었다.

"옹주 아기씨옵니다."

백각이 말없이 산파를 계속 바라보자, 그녀는 뭔가를 깨닫고선 말을 이었다.

"기력이 많이 쇠하긴 하였지만 괜찮사옵니다."

백각은 그제야 안도하는 표정을 내보이며 품 안에 가져왔던 서찰과 약재를 건네주었다. 산파는 그것을 조심스럽게 받아 들었고, 백각은 잠시 흔들리는 허청의 그림자를 바라보다 이내 망설임 없이 걸음을 뒤로 돌렸다.

잠시 후, 산파가 다시금 방 안으로 들어와서는 허청에게 약과 함께 서찰을 건네주었다.

"이건 무엇인가?"

허청은 의아한 시선으로 서찰을 받아 들었다. 그러자 산파가 아이를 살피며 조심스럽게 입을 열었다.

"아이의 이름입니다."

"아이의 이름?"

"예, 저하께서 남기신 것입니다."

순간, 서찰을 받은 그녀의 손끝이 떨려왔다.

누구라고? 누가, 보냈다고?

그녀는 다급하게 서찰을 펼쳐 들었다. 그러자 휘서의 필체로 아이의 이름이 적혀 있었다.

―彩潾

"채린……."

맑은 빛처럼 곱게 자라라는 저하의 마음. 저하께서 아이에게 주신 귀하디귀한 이름.

허청은 곤히 잠든 아이를 바라보며 연신 이름을 속삭였다. 마치, 그분이 지금 이곳에 함께하는 기분이 들었다.

"채린, 채린. 아가, 저하께서 너에게 너무나도 귀한 이름을 주셨구나."

저하께서 결코 너를 잊지 않았음이다.

기력을 다한 허청은 아이를 곁에 둔 채, 감도는 약 기운 속에 깊은 잠에 빠졌다. 산파 역시 돌아간 방 안은 서서히 온기가 사라지고 있었다.

그때, 그런 방 안으로 낯선 인영이 서렸다. 사내의 그림자. 하지만 움직임이 무척이나 고요하고 조심스러웠다.

인영은 허청과 잠든 아이를 잠시 바라보았다. 하지만 머문 시선은 무척이나 짧았다. 그는 품에서 무언가를 꺼내 아이의 옆에 내려놓았다. 그것은 무척이나 낡은 보자기. 그리고 닫혀 있던 그의 입에서 낮고 짧은 목소리가 흘러나왔다. 하지만 어조에서 묻어나는 감정은 염려와 기쁨이었다.

"이젠 진정, 행복한 것이지?"

그 목소리를 끝으로 인영은 순식간에 모습을 감추었다.

다시금 적막해진 방 안에서 허청은 미간을 찡그리며 입술을 달싹거렸다. 새하얀 공간 속에서 누군가의 얼굴이 떠올랐다. 그 얼굴을 보자마자 허청은 참을 수 없는 눈물이 쏟아져 나왔다.

"오라, 버니……."

사림이 그녀의 손을 꼭 잡아주었다. 그러고는 엷은 미소를 지으며 속삭이는 말.

"잘하였다. 참으로, 잘하였어."

"오라버니, 오라버니……."

"이젠 진정, 행복한 것이지?"

그러고는 잡았던 손을 놓고서 서서히 사라지는 모습. 허청은 다시금 손을 뻗었지만 닿지 않았다. 이내 달려가서 잡고 싶었지만, 잡을 수도 없었다.

"오라버니! 안 돼요, 오라버니!"

그녀는 눈을 번쩍 뜨고서 몸을 일으켜 세웠다. 꿈의 잔상이 여전히 아른거리며 거친 숨을 내쉬게 하였다. 이렇게 꿈에 오라버니가 나온 적은 처음이었다. 매번 꿈에서라도 만나서 송구하다고, 참으로 송구하다고 말하고 싶었는데, 야속하게 단 한 번도 찾아오지 않으셔서 정녕 저를 용서하지 못하시는가 보다 하고 생각했었다. 그런데 이렇게 갑자기, 갑자기 그런 말을…….

그때, 허청의 시선이 아이의 옆에서 멈췄다. 낡은 보자기였다. 그녀는 얼른 촛불에 불을 밝히고서 보자기를 더듬었다.

"대체 이게 뭐지?"

그녀는 주변을 둘러보았지만, 누군가 다녀간 흔적은 보이지 않았다. 허청은 천천히, 아주 천천히 보자기를 풀어헤쳤다. 그리고 이내 그녀의 눈동자가 미친 듯이 흔들리면서 낮은 신음과 함께 밖으로 튀쳐나가 연신 주위를 둘러보았다. 하지만 아무도 없었다. 너무나도 고요할 뿐, 어느새 구름에 가려진 달이 훤히 떠올라 주변을 밝히고 있었지만, 역시나 보이는 것은 없었다.

"오라, 오라, 오라버니……."

허청은 울컥이는 목소리로 힘겹게 사람을 불렀다. 그러다가 이내 허공을 향해 가득 외쳤다.

"오라버니! 오라버니! 오라버니!"

그녀의 손에 쥐어진 것은 낡았지만 무척이나 익숙한 배냇저고리. 바로 어릴 적 자신이 입었던. 어머니가 직접 만드셨다면서 훗날 네가 낳은 아이에게 직접 입혀주고 싶다면서 고이 간직해 두셨던 그 배냇저고리. 이걸 아는 사람은, 그리고 이걸 줄 사람은 단 한 사람밖에 없었다.

허청은 연신 고개를 가로저으며 이내 움켜쥔 배냇저고리에 얼굴을 묻고서 참고 있던 울음을 터뜨렸다.

"오라버니. 오라버니, 오라버니……. 흐흑!"

그녀는 한동안 그렇게 덩그러니 서서, 배냇저고리가 다 젖을 정도로 그렇게 사람을 부르고, 부르고 또 불렀다. 울음에 찼던 목소리는 점차 환희가 감돌며 이내 엷은 미소를 띠고 있었다. 매번 꿈에서 그를 찾아 헤매었는데, 이젠 그럴 필요가 없어진 듯싶었다.

"이젠 진정, 행복한 것이지?"

"예, 행복합니다. 그러니 오라버니, 오라버니도 행복하셔야 합니다. 제 걱정은 이제 마시고, 오라버니가 더 행복하셔야 합니다."

며칠 후, 허청은 휘서가 처음 내린 명대로 탐라로 유배를 떠나게 되었다. 사방이 바다인 곳에 외롭게 떠 있는 섬. 하여 유배된 이들에겐 고독하고 절망에 가득한 곳이었지만, 허청은 그곳이 무척이나 아름답다는 말을 자주 들었다. 그렇기에 그리 무섭지도 떨리지도 않았다.

그녀는 오랜만에 얼굴을 다듬고 하얀 무명옷을 깨끗하게 다려 입었다. 살짝 보채는 채린에게 마지막으로 젖도 물린 뒤, 그 얼굴을 가만가만 눈으로 새기며 볼에 입을 맞추었다.

채린은 왕실의 핏줄이기에 함께 탐라로 갈 수 없었다. 궐에서 지내게 될 테지. 아마 지금 헤어지면 어쩌면 두 번 다시 보지 못할 수도 있었다.

"아가, 밖에서 바라보는 궐은 그야말로 화려하고 빛나지만, 더없이 쓸쓸하고 외로운 곳이 궐이기도 하단다. 하지만 견뎌내야 한다. 절대로 약해지지 말고 당당하게. 네 이름처럼, 스스로 빛나는 그러한 사람이 되어야 한다."

허청은 채린에게 배냇저고리를 입히고 고운 비단에 잘 감쌌다. 그렇게 밖으로 나오자 이미 궐에서 나온 상궁이 그녀를 향해 고개를 숙였다. 손이 떨려왔다. 하지만 애써 입술을 깨물며 태연하게 행동했다. 제 손을 떠나는 온기에 다시금 다잡은 마음이 무너질 것 같았다.

마침내 상궁은 채린을 안고서 고개를 돌렸고, 그녀 역시 재빨리 등을 돌리고서 치맛자락을 꽉 움켜쥐고서 일그러진 얼굴을 푹 숙였다. 웃으면서 보내자고 다짐했는데. 역시나 쉽지가 않았다. 자꾸만 발등 아래로 눈물이 떨어질 것 같아 깨문 입술이 하얗게 부서져 내렸다. 귀로는 점점 멀어지는 아이의 목소리를 들었다.

'괜찮아. 다 괜찮아. 나와 함께하면 저 아이에겐 고통일 뿐이야. 내 죗값을 저 어린아이까지 짊어질 필요는 없어. 궐에서, 아비의 곁에서 채린이 너는 이름처럼 맑고 빛나게 그리 살게 될 것이야.'

허청은 다시금 마음을 독하게 먹었다. 이제 자신도 이곳을 떠나야만 한다. 그녀는 궐이 있는 방향을 향해 몸을 꼿꼿하게 세웠다. 곧 저하께서 즉위식을 치르시고 보위에 오르신다. 그분이, 왕이 되신다.

두 손을 곱게 모으고서 간절함을 담아 여러 번 절을 하기 시작했다.

'미천한 제가 감히 저하를 위해 빌고 비옵니다. 성군이 되시길. 청사에 길이길이 남을 그러한 성군이 되시길. 그리 바라고 바라옵니다.'

여러 번 절을 올린 허청은 그렇게 탐라로 떠났다. 후회도 미련도 없이, 무척이나 가벼운 미소를 남긴 채 그렇게 떠나갔다.

❀

"저하, 저하!"

상궁의 목소리가 들리자마자 휘서는 다급하게 직접 문을 벌컥 열었다. 그러자 상궁의 품 안에서 얌전히 자고 있는 아이의 모습이 보였고, 휘서는 그대로 시선이 굳어져서는 몸을 움직일 수가 없었다.

"저하, 안아보시옵소서. 옹주 아기씨께서 참으로 얌전하시옵니다."

"아, 그래. 그러니까……."

차마 손을 댈 수가 없었다. 저 조그맣고 조그만 아이가, 정녕 청이와 자신의 핏줄. 첫 아이였다. 자신이 진정 아비가 된 것이다.

휘서는 마음을 다잡고서 아주 조심스럽게 아이를 안았다. 하지만 조금만 힘을 주면 부서질 것만 같아서, 그는 너무나도 어설프게 아이를 안으며 제대로 숨조차 쉴 수가 없었다. 하지만 점점 품 안 가득 밀려드는 따스한 온기에 뭐라 표현할 수 없는 낯선 감정이 휘몰아쳤다. 그 뒤 가장 먼저 떠오른 것은 미안함이었다.

"네가 뱃속에 있었을 때, 이 아비가 참으로 모진 말을 많이 했었다. 하여 미안하구나. 참으로, 미안해."

아이, 청이를 무척이나 많이 닮은 모습. 이제야, 이제야 이 얼굴을 보게 되었다. 그 사실이 너무나도 미안할 따름이었다.

"……탐라로 무사히 떠났느냐?"

휘서는 아이에게서 눈을 떼지 못한 채 옆에 서 있던 백각에게 물었고, 그는 짧게 고개를 끄덕였다.

"그러하옵니다."

이 아이를 품에서 떼어놓고 돌아서는 그 걸음이 얼마나 아팠을까. 그 마음이 얼마나, 얼마나 안타까울까.

휘서는 자꾸만 허청의 모습이 아른거렸다. 지금껏 애써 참았던 그녀를 향한 그리움이 이 아이를 보는 순간 다시금 마음으로 스미기 시작했다. 그때, 아이를 감싼 비단에 무언가가 쓰여 있었다.

―戀戀不忘(연연불망)

그 어떤 곳에 있어도 결코 저하를 잊지 않을 것이옵니다.

휘서는 슬쩍 입꼬리를 올리고서 그녀의 필체를 천천히 쓸어내렸다.

"나 역시 너를, 너를 절대로 잊지 않을 것이다. 그러니 기다려다오."

반드시, 그대의 곁으로 갈 것이니. 그대가 있기에 내게 더없이 아름답고 그리울 그곳으로 반드시 갈 것이니.

그해 겨울, 연녕대군이 보위에 오르며 조선에 새로운 태양이 떠올랐다.

이름 휘서, 자는 명보(明普), 호는 강현(强炫)으로 훗날 묘호(廟號)는 수종(秀宗)이었다.

그는 모든 이의 바람처럼 실록에 성군으로 기록되었다. 백성들에겐 더없이 자비로웠지만, 정치 앞에서 대소신료들에겐 한없이 단호하고 강한 군주의 모습. 그 당시 기록에 따르면 전하께서 수려한 미소로 신료들을 바라볼 때면 오금이 저려 차마 고개조차 들지 못했다고 하였다.

슬하에는 3남 1녀를 두었고, 특히 첫째 옹주인 화윤 옹주를 무척이나 아꼈다.

정비의 몸에서 태어난 장자를 곧장 원자로 세웠고, 세 살이 되던 해 세자 책봉을 거행하였다.

그는 세자의 공부를 직접 관여할 만큼, 무척이나 혹독하게 왕세자 교육을 시켰다. 또한 책봉식 이후 스스로를 더욱 가혹하게 몰아세우며 정사를 돌보았는데, 이때는 며칠씩 침소에도 들지 않아 신료들과 학자들은 어쩔 수 없이 함께 밤잠을 설쳐야만 했다.

그렇게 재위 24년. 그는 스스로 왕위에서 물러나 세자에게 선위를 했다. 그 이유는 날로 쇠약해지는 건강 때문이었다. 왕위에서 물러난 그는 화윤 옹주의 극진한 보살핌을 받았는데, 어느 날 돌연 사라지고 말았다. 그 당시 조정이 발칵 뒤집어지면서 상왕 전하를 찾아 헤맸고, 마침내 탐라에서 전하의 필체를 발견하게 되었다.

—나를 찾지 말라. 내가 마지막으로 숨을 놓아야 할 곳은, 내게 더없이 아름답고 그리웠던 그곳. 이제야 찾아온 나를 한결같이 안아준 그곳에서 남은 시간, 내 이름을 다할 것이다.

유서와도 같았던 서찰을 발견한 곳은 예전, 상왕 전하의 세자 시절 궐에서 폐출된 후궁이 유배된 곳으로, 그녀 역시 흔적조차 남기지 않고 사라져 버렸다.

결국 그들은 상왕 전하를 찾지 못하였고, 지금 남겨진 왕릉에는 그의 시신이 안치되어 있지 않았다.

번외 2

이루어진 약조

명에 도착한 지 어느덧 한 달이 지나가고 있었다. 초로 가는 배를 구하는 건 명에서도 쉽지 않은 일. 하지만 두 달을 넘길 수는 없었기에, 담은 여러 뱃사공이나 상단과 연을 트면서 초로 가는 배편을 알아보고 있었고, 홍은 명으로 들어오는 진귀하고 귀한 화첩에 아주 폭 빠져 제대로 된 그림 공부 삼매경에 빠져 있었다.

오늘도 여전히 그녀는 조선과는 비교도 할 수 없을 만큼 크고 복잡한 장시 속에서 오가는 사람들을 눈으로 훑으며 그림을 그리고 있었다.

예전엔 사람들을 관찰하고 살피는 일이 쉽지 않아서 매번 풍경화를 그렸지만, 이젠 사람 내가 물씬 풍기는 풍속화에 폭 빠져 연신 붓을 놓는 일이 없었다. 옷이 더러워지고 가끔은 바짝 엎드려서 그림을 그리는 모양새가 영 우스꽝스러웠지만, 그녀의 눈빛만큼은 그 어느 때보다 환하게 빛나고 있어 그 모습이 무척이나 어여뻐 보였다.

그녀의 손가락이 쉴 틈 없이 움직이고, 눈으로는 연신 다양한 사람들을 좇고 있을 때쯤,

"도, 도둑이야! 아이고, 저놈 잡아!"

누군가 다급하게 비명을 지르는 소리가 들렸고, 웅성거리는 사람들 틈으로 한 사내가 커다란 보따리를 옆구리에 단단히 끌어안고서 달리고 있었다. 단번에 도둑임을 눈치챈 홍은 사내의 발놀림을 유심히 살피더니 이내 잽싸게 사내의 발을 걸었다.

쿵!

"으윽!"

홍의 발에 정확히 걸려 넘어진 도둑은 쿵 하는 소리와 함께 넘어졌고, 홍은 그림을 챙겨 들고서 자리에서 일어섰다. 그러자 도둑은 홍이가 여인이라는 걸 확인하고서는 성난 표정으로 주먹을 휘두르려고 했지만, 그녀가 재빨리 봇짐으로 녀석의 머리를 가격했다.

퍽!

봇짐 안에 벼루가 들어 있었던 탓에 꽤 큰 충격이 가해졌다.

'제발 이쯤 해서 얼른 잡아가라고!'

홍은 마른침을 꿀꺽 삼키며 주변을 둘러보았지만, 도둑을 잡아야 할 관군들이 저 멀리서 인파에 밝혀 빨리 달려오지 못하고 있

었다.

"이년이 진짜 죽을라고!"

도둑은 고작 조그만 여인에게 이런 수모를 당하자 잔뜩 성이 나서는 허리춤에 찬 칼을 빼어 들었다.

홍은 입술을 깨물었다. 이쯤 해선 도망쳐야 하는데.

그렇게 그녀가 슬슬 빈틈을 노리며 달아날 준비를 하던 찰나,

휙!

"아악!"

갑자기 어디선가 날카로운 단도가 날아와 정확히 도둑의 손목을 맞혔다. 그리고 또 하나가 날아와서는 발목을 꿰뚫자, 어마어마한 비명 소리와 함께 도둑이 그대로 뒤로 자빠지고 말았다.

"아아악!"

'뭐, 뭐지? 대체 누가?'

홍이 고개를 획획 둘러보았지만, 단도를 던진 자의 흔적조차 찾아볼 수가 없었다.

마침내 관군들이 달려와 도둑을 붙잡았다.

"아이고, 내 그림! 내 그림!"

상황은 끝났지만 도둑이 워낙 크게 뒹군 탓에 주변이 엉망이 되었고, 특히 화방 앞에 내놓은 그림 위로 떨어지는 바람에 그림이 엉망이 되고 말았다.

화방주인은 기겁을 하면서 이미 찢어지고 망가진 그림을 움켜

쥐었다.

"이를 어째, 이를 어째! 죄다 내다 팔아야 할 그림들인데, 이게 값이 얼마인데!"

주인은 벌벌 떨리는 손으로 어쩔 줄을 몰라 했다. 이대로 그림을 포기하기엔 값이 너무나도 어마어마했다.

홍은 어느새 눈물까지 떨구고 있는 주인을 보자 슬쩍 마음이 약해졌다. 솔직히 제 잘못도 조금은 있는 것 같았으니까.

"저기, 주인장."

"그림 사실 거라면 다음에 오십시오. 보시다시피 죄다 망가져서……."

그녀는 여기저기 흩어진 그림들을 슬쩍 훑어보고서는 조심스럽게 입을 열었다.

"내 잘못도 조금 있는 듯하여 그러는데, 내가 똑같이 그려주면 안 되겠소?"

"예?"

주인은 그제야 고개를 들어 홍을 바라보았다. 똑같이 그리다니. 딱 봐도 그저 그런 여인인데.

"내가 똑같이 그려도 되는 것이라면, 내가 그리겠소."

"대체 댁이 누구기에. 붓을 쥘 줄은 알고 하는 말이오? 됐으니까 그만 가시오."

그녀는 잠시 망설이다가 이내 봇짐에서 제가 그렸던 그림을 몇

장 보여주며 말했다.

"이 정도는 그릴 줄 아는데……."

주인은 홍의 그림을 슬쩍 바라보다가 그림 밑에 찍힌 나비 모양의 인장을 보고서는 경악스러운 눈빛으로 홍을 빤히 바라보았다.

"지, 진정 이것을 낭자께서 그리신 것이오?"

"그냥 부인이라고 해주시오. 그리고 내가 그린 것이 맞소. 이 정도면 되겠소?"

어느새 그녀의 얼굴 위로 살포시 미소가 스쳤다. 주인은 정녕 제 눈을 의심하며 그림과 홍이를, 그리고 나비 모양 인장을 여러 번 바라보았다. 화방을 운영하는 주인으로서 이 나비 모양 인장에 대해 들어본 적이 있었다.

어느 날 갑자기 나타난 정체 모를 화공. 하지만 무척이나 신묘한 솜씨여서 장시에 그림이 풀리면 너도나도 그 그림을 사려고 했지만, 워낙 소량만 풀리고 화공이 누구인지 알 수가 없었던 터라 구하기도 어려웠다. 그런데 그 화공이 지금 제 눈앞에!

주인은 감격스러운 눈빛으로 홍의 손을 덥석 잡았다.

"아이고, 이처럼 귀한 화공을 이리 만나게 되다니! 영광입니다! 이리 고운 여인인 줄 누가 알았을까."

"하하하, 그 정도는 아니오."

"화공께서 그림을 그려주신다면 정말 더할 나위가 없지요! 다른 그림도 좀 주시면 아니 되겠습니까? 값은 두둑이 드리겠습니다!"

그렇게 홍은 화방 마당에서 종이를 펼쳐 놓고 적당히 먹을 갈아 망가진 그림을 그대로 그리기 시작했다. 한 번 본 그림은 결코 잊지 않는 탓에 그녀의 손가락은 망설임 없이 움직였고, 오히려 조금 전 그림보다 훨씬 멋스럽게 떨어지는 선과 색감에 구경하던 이들도 감탄을 자아내고 있었다.

그렇게 얼마나 지났을까. 그림을 다 그린 홍은 만족스러운 눈빛으로 주인에게 그림을 건네주었다. 주인은 어떻게든 홍을 붙잡아 두고 싶어 했지만, 그녀는 그런 주인에게 양해를 구하고서 얼른 봇짐을 챙겨 들었다. 아마 주막에서 담이 기다리고 있을 것이다. 매번 조금이라도 늦는 날엔 무척이나 걱정하고 기다린다는 걸 알기에 그녀는 서둘러 걸음을 옮기려는 순간, 어쩐지 저를 빤히 바라보는 낯익은 시선에 홍의 눈빛이 설렘으로 가볍게 떨렸다.

"목아 낭자?"

그리고 그녀를 바라보며 환하게 웃는 회색빛 눈동자. 바로 연목아, 그녀였다.

"하아. 목아 낭자!"

그녀가 명으로 간다는 말을 마지막으로 들었는데, 이 넓은 땅에서 이리 만나게 될 줄이야!

홍은 너무나도 반가운 마음에 한걸음에 그녀에게 달려갔고, 목아는 그런 홍에게 살며시 고개를 숙였다.

"아씨, 참으로 오랜만입니다. 그리고 어찌 아직도 낭자라고 하십니까."

"습관이 되어서……. 고개를 들어요. 어찌 이럴 수가, 이리 만나게 될 줄이야."

"다 대군마마 덕분이지요. 아니, 이젠 대군이 아니신가요?"

목아 역시 떠도는 화공 소문을 들었었다. 하여 조금 의심은 하고 있었는데, 이리 장시에서 만나게 될 줄은 몰랐다. 그때보다는 사뭇 성숙해진 모습. 특히나 쪽 진 머리 덕분에 더더욱 그리 느껴졌다. 역시나 그분과 이어졌다는 것이겠지. 처음 보았을 때부터 보통 인연은 아니라고 생각했으니까.

조선의 소식은 종종 듣고 있었다. 그분이 믿는 하늘은 정녕 그분의 말처럼 제대로 조선을 이끌고 있었다.

"한데, 그분께서는 어디 계십니까?"

"초로 가기 위해서 요즘 분주하십니다."

"초로요? 하면 사림 그자도?"

순간, 홍의 눈빛이 살짝 흔들렸지만 이내 미소를 지으며 속삭였다.

"함께 가는 것이나 마찬가지지요."

그 모습에 목아는 어쩐지 불길한 느낌이 들었다.

"사림, 그자는…… 그자는……."

홍은 목아를 바라보았다. 그러고는 조심스럽게 사실을 말해주었고, 그 말에 목아는 저도 모르게 가슴이 쿵 하고 내려앉는 것 같았다.

"아……."

이상하게 눈앞이 아른거렸다. 결국 그리되었나. 어찌 그리 떠날 수 있었을까. 이리 화공을 두고 발걸음을 뗄 수나 있었던가.

목아는 지난날 사림의 시선에 애틋하게 담겼던 홍을 떠올렸다. 하지만 그보단 제 가슴이 너무 아프고 아팠다. 그래도 어딘가에서 잘 살아 있을 것이라고 그리 생각했는데. 그래도 나름 보답받지 못할 마음일지라도 조금이라도 행복하길 그리 바랐는데.

"목아야! 목아야!"

멀리서 목아를 부르는 목소리가 들렸다. 상단 사람인 듯 보였다. 그녀는 애써 마음을 추스르며 입을 열었다.

"이곳에서 상단 일을 돕고 있습니다. 저는 무탈하니, 그분께도 그리 전해주십시오. 그리고 참으로 감사하고 고마웠다고."

홍은 회색빛 눈동자를 더 이상 가리지 않은 채, 예전보다 훨씬 좋아 보이는 목아의 모습에 안심이 되었다.

"언젠가 다시 만나겠지요?"

"살아 있으면 그 연은 반드시 닿을 것입니다."

그렇게 홍은 다시금 꼭 만나자고 약조를 하고서 돌아섰다.

목아는 그런 홍의 뒷모습을 바라보다 입술을 깨물며 고개를 돌렸다. 자꾸만 눈물이 나올 것만 같았다. 가슴이 미치도록 아리면서 그자의 뒷모습이 아른거려 미칠 것 같았다. 대체 내가 왜 이러는 것이지? 설마, 내가 사림 그자를, 그자를…….

그때, 누군가 그녀의 옆을 스쳐 지나가며 목아의 머리를 툭 하고 건드렸다. 그러고 이내 짧게 속삭이는 목소리.

"길바닥에서 청승맞게 뭐 하는 짓이냐."

그 목소리에 그녀의 가슴이 다시 한 번 크게 내려앉았다. 아까와는 달리 무척이나 가파르게 울리는 심장. 목아는 숨을 크게 삼키며 재빨리 고개를 돌렸지만, 보이지가 않았다. 하지만 분명 사림, 그자의 목소리. 그때, 홍이 사라졌던 길로 유유히 걸어가는 사내의 뒷모습이 보였다. 검은 삿갓을 쓰고서 사라지는 모습.

그녀는 그 모습을 연신 눈으로 좇다가 이내 눈물이 가득 고인 눈동자로 피식 웃었다. 지금껏 계속 저리 화공의 뒤를 맴돌고 있었던 것인가.

"정녕 그대는 화공, 아니, 홍이 아씨의 곁을 떠날 수 없는 사람이구나."

그제야 그토록 아프던 가슴이 스르르 녹아내렸다. 하지만 또 다른 씁쓸함이 감돌았다. 이제야 겨우 깨달은 마음이지만, 목아는 이내 고개를 가로저으며 걸음을 돌렸다. 그저 무사하면, 그러면 되었다.

어스름이 감돌고, 홍은 너무나도 기분 좋게 주막으로 들어섰다. 혹시 그가 먼저 왔을까 싶어 주변을 살폈지만, 그의 모습은 보이지 않았다.

"휴, 다행이다……."

"무엇이 말이오?"

순간, 뒤에서 들려오는 목소리에 홍은 흠칫 놀라며 고개를 들었고, 그곳에서 담이 그녀를 빤히 바라보고 서 있었다.

"계셨습니까?"

"또 이리 늦은 것이오?"

"아, 아닙니다! 늦은 것이 아니라……. 맞아요. 목아 낭자, 목아 낭자를 만났습니다!"

"연목아?"

"예! 이곳에 있었습니다. 어찌나 반갑던지. 참으로 잘 지내고 있었습니다."

담은 그녀의 말에 연목아와 마지막으로 헤어졌던 순간을 떠올리며 피식 웃었다.

그래, 잘 지낸단 말이지. 그들도 그들 나름대로의 삶을 찾았구나.

"내일 새벽이면 초로 가는 배를 탈 수 있을 것이오."

"참말입니까?"

"그렇소."

홍은 안도의 한숨을 내쉬었다. 솔직히 매번 초로 가는 시간이 미뤄질 때마다 혹여 이러다가 가지 못하면 어쩌나, 사림 오라버니와의 약조를 지키지 못하면 어쩌나 조마조마했었다.

"사림 오라버니가 참으로 기뻐할 것입니다."

"그러할 것이오."

담은 자연스럽게 홍의 손을 잡으려고 했다. 하지만 그의 표정이 딱딱하게 굳어지면서 그녀의 손을 덥석 들어 올렸다.

"대체 이 상처는 무엇이오?"

홍은 그제야 제 손에 난 상처를 볼 수 있었다. 아무래도 도둑과 실랑이를 벌였을 때 살짝 긁힌 듯했다.

"아무것도 아닙니다."

"아니긴 뭐가 아니오! 장시에서 무슨 일이 있었던 것이오?"

"그것이 아니오라……."

그때, 그의 눈빛이 번뜩이면서 이내 홍을 끌어안고 몸을 날렸다. 아주 찰나의 순간에 날아온 칼. 어둠 속에서 도둑의 무리가 우르르 나타나더니, 홍이를 가리키며 외쳤다.

"저년이다! 분명 저년이야! 저년 때문에 우리 형님이!"

담은 차갑게 가라앉은 시선으로 칼자루를 빼어 들고서 재빨리 홍이를 제 뒤로 오게 했다.

"장시에서 무슨 일이 있었던 것이 분명하군."

홍은 입술을 깨물고서 살짝 울상을 지었다. 일이 이렇게 되다니!

"그게, 사실은……."

결국 그녀는 담에게 장시에서 있었던 일을 모두 말할 수밖에 없었다. 정말이지, 그에게 걱정 끼치고 싶지 않았는데. 저놈들이 어찌 저를 알아보고 여기까지!

"그런 일이 있었으면 도망가거나 바로 나를 불렀어야 하지 않소!"

"괜한 걱정을 끼쳐 드리고 싶지 않았습니다."

"괜한 걱정이라니! 나는 부인의 지아비가 아니오. 괜한 걱정이 아니라 당연한 것이오!"

그때, 잔뜩 성이 난 도둑들이 오직 홍이를 노리며 칼을 휘두르기 시작했고, 담은 능숙하게 그것을 막아냈지만, 별 실력도 없는 것들이 수는 엄청나게 많았다.

"형님의 원수를 갚아야 한다! 저 연놈들을 당장 잡아 죽여!"

담은 홍의 앞을 가로막고서 한 발자국도 움직이지 않았다. 홍은 그런 그의 뒤에서 여차하면 도울 수 있도록 봇짐을 꽉 붙잡고 있었다.

"아무래도 피해야겠소."

"신호를 하십시오. 하면 무조건 뛰겠습니다."

담이 조금이라도 빈틈을 만들기 위해 기회를 엿보고 있을 때, 갑자기 멀리서 비명 소리가 울렸다.

"윽!"

"무, 무슨 일이야. 으윽!"

어둠 속에서 도둑들이 홀로 픽픽 쓰러지기 시작했다. 아니, 누군가가 있다. 삿갓을 뒤집어쓴 채, 귀신과도 같은 솜씨로 도둑들을 쓰러뜨리고 있는 자.

담은 저도 모르게 움직임을 멈추었고, 홍 역시 눈을 동그랗게 뜨고서 이 믿을 수 없는 광경을 지켜보았다. 대체 뭐지? 그러고 보니 오늘 장시에서도 누군가 저를 도와주었는데.

"누, 누구야!"

"다른 놈이 있다! 조심해! 허억!"

하지만 차츰차츰 도둑들이 더 많이 당하기 시작했다. 어둠 속에서 마치 그림자가 살아 움직이는 듯싶었다. 결국 도둑들은 하는 수 없이 몸을 피했고, 쓰러져 있던 녀석들도 얼른 정신을 차리고서 헐레벌떡 도망쳐 버렸다. 전부 다 칼등으로 처리됐던 것.

어느새 도둑들이 완전히 사라지고, 찰나의 고요가 스쳤다. 담은 순간 심장이 미치도록 뛰어오르기 시작했다. 저 솜씨. 저 무예. 너무나도 익숙하다. 너무나도 익숙하다 못해 온몸이 떨려왔다. 하지만 그럴 리가 없는데. 그럴 리가…….

삿갓을 쓴 남자는 잠시 그들을 바라보더니 역시나 아무 말 하지 않고 그 자리에 가만히 서 있었다. 그러자 담이 뭔가에 홀린 사람처럼 그에게 다가가 어깨를 붙잡고서 말도 안 되는 이름을 외쳤다.

"사림!"

그 말과 동시에 홍은 헛숨을 삼키며 쥐고 있던 봇짐을 떨어뜨렸다.

"사림, 오라버니?"

담은 거친 숨을 내쉬며 이내 그자의 삿갓을 거칠게 벗겼다. 그러자 익숙한 회색빛 눈동자가 보였다. 비록 한쪽 눈을 잃은 듯했지만 분명 사림, 그가 살아서 그들 앞에 서 있었다.

"아, 아…… 아…….."

홍은 정녕 믿을 수가 없었다. 지금 눈앞에 있는 것이 현실인가?

꿈이 아닌가? 하지만 꿈이 아니라면 어째서,

"어, 어떻게…… 어떻게……."

사림은 마치 귀신이라도 본 듯한 홍과 담의 시선에 너무나도 쑥스럽고 낯간지러워 예전처럼 말을 툭 내뱉었다.

"뭘 그리 멍하니 서 있어? 약조하지 않았냐, 살아서 돌아온다고. 뭐, 조금 늦어지긴 했지만 그래도 설마하니 정녕 내가 죽었다고 생각하다……."

퍽!

순간, 사림은 말을 채 맺기도 전에 담의 주먹에 널브러져 버렸다.

"이게 보자마자 뭔 짓이야. 미쳤냐!"

하지만 사림은 이내 입을 꾹 다물어 버렸다. 담이 그를 매섭게 노려보고 있었다. 하지만 그러한 그의 시선은 미치도록 떨리고 있었다.

"살아 있었으면 살아 있었다고 말이라도 할 것이지! 우리가 얼마나, 얼마나!"

사림의 시선이 담의 어깨 너머로 향했다. 홍은 차마 말문이 막혀 어쩔 줄을 몰라 하고 있었다. 그는 천천히 자리에서 일어나서는 낮은 목소리로 속삭였다.

"무거운 짐을 주고 싶지 않았으니까."

"뭐?"

사림은 그날을 떠올렸다. 그때는 정녕 죽겠구나, 라고 생각했다. 불길은 모든 것을 삼켜 버릴 듯했고, 그 열기에 취해 죽을 것만 같았다. 손가락 하나 까딱할 수 없다고 생각했는데, 정말 기가 막히게도 몸이 움직이기 시작했다. 처음엔 손가락이, 다음엔 팔이, 그리고 다리가 천천히, 아주 천천히. 그렇게 몸이 움직이자 살고 싶다는 욕망이 강렬하게 휘몰아쳤다. 그리고 정말이지 마지막 힘을 짜내어 무기고의 창문을 뛰어넘었다. 그가 나가자마자 무기고가 무너지기 시작했다. 정말이지 기적과도 같았던 순간.

"살아 있다고 바로 알릴 수는 없었다. 이미 난 병판을 죽인 죄인이었으니까, 행여나 불똥이 튈 수 있었으니. 짐이 되고 싶진 않았어. 그리고 나 역시 몸을 추슬러야 했고. 죽은 사람이 되는 것이 나았다."

사림은 유사림이란 이름을 그 자리에서 불태웠다. 더 이상 병판의 서자 유사림은 존재하지 않았다. 청이의 오라버니 역시 그 자리에서 죽어버린 것이다.

담은 사림의 어깨를 움켜쥐었다. 그러곤 이내 고개를 숙이며 짧게 속삭였다.

"살아 있어줘서, 고맙다……."

그 말에 사림은 그제야 살아 있다는 느낌을 받았다. 정말로 돌아온 것 같다는 느낌.

"내가 돌아올 수 있는 곳을 만들어줘서, 고맙다."

사림은 담을 지나쳤다. 담 역시 살며시 눈을 감고서 제자리에서 멈췄다.

이미 홍의 눈동자엔 눈물이 한가득이었다. 점점 다가오는 사림의 발걸음에 그녀는 결국 고개를 떨어뜨리고선 차마 그와 마주할 수가 없었다.

"홍아."

어느새 발치 앞에서 그의 목소리가 울린다.

"홍아, 이 오라버니 얼굴 안 볼 것이냐?"

하지만 여전히 고개를 들지 못하는 모습. 사림은 미세하게 떨리고 있는 그녀의 어깨에 어쩔 줄 몰라 하며 그녀의 앞에 쪼그리고 앉아 얼굴을 보려고 했다.

"미안하다. 많이 화난 것이냐? 네가 부는 피리 소리를 들었는데, 바로 달려가지 못해서 미안하다. 약조를 지키지 못했어."

"……싫었는데……."

"뭐?"

"웃는 모습만 잔뜩 보여주고 싶었는데……. 제가 울면 오라버니께서 많이 아프다고 하셨으니까. 한데, 아무리 해도 눈물이 멈추질 않습니다. 너무 좋아서, 너무 기뻐서……."

홍은 그제야 고개를 들어 사림을 바라보았다. 엉망이 된 얼굴. 하지만 사림의 눈엔 그저 어여쁘게만 보였다. 가슴이 저밀 정도로 얼마나 이 얼굴을 보고파 했던가.

사림은 천천히 홍의 눈물을 닦아주었다.

"나도 안다. 해서 아프지 않다. 오히려 너무 좋으니, 이젠 네 얼굴 좀 제대로 보여다오. 응?"

눈물로 얼룩져 시야가 흐렸다. 행여나 눈을 깜빡이면 그가 사라질까 봐, 그것이 너무나도 두려웠다. 하지만 몇 번을 깜빡여도 제 앞에 정녕 사림이 서 있었다. 사림 역시 그런 홍을 빤히 바라보며 엷은 미소를 지었다. 사실, 화기로 인해 한쪽 눈을 잃고, 다른 쪽 눈도 서서히 멀어지고 있었다. 하지만 그 말은 담지 않았다. 그저 완전히 눈이 멀기 전에, 그리되기 전에 이 아이를 보아서 다행이었다. 마지막까지 이리 담고, 담고, 또 담아서 훗날 가슴으로 기억하고 더듬으면 되니까.

"이제 다 같이 초로 가자. 해서 너도 내게 한 약조를 지켜다오. 나를 그려주겠다고 했던 그 약조."

"……예, 오라버니……."

이루어질 수 없을 것이라 여겼던 약조. 하여 다음 생을 기다릴 것이라 여겼는데, 홍은 사림과 담의 모습을 바라보며 짧게 속삭였다.

"제게 이런 기적 같은 시간과 인연을 주셔서 감사합니다. 참으로, 감사합니다."

번외 3

시간이 흘러도 별이 그 자리에 있는 것처럼

　그들이 초에 도착한 지 어느덧 1년의 시간이 지나고 있었다. 초라는 나라는 무척이나 넓디넓은 평야가 바람을 가득 품고서 넘실거렸고, 조금만 발길을 더 멀리 걸어가면 끝도 없이 펼쳐진 바다가 거대한 하늘을 품고서 힘찬 파도를 내뿜으며 부서지고 있는, 바다와 땅이 와 닿아 한 폭의 거대한 그림처럼 뻗은 아름답고도 독특한 곳이었다.

　사림은 녹빛을 머금고서 연신 하늘거리는 보리밭 가운데 서서는 햇빛에 미간을 찡그리며 눈을 깜빡였다. 그의 눈은 서서히 멀어지고 있었다. 그럼에도 그의 표정은 예전보다 한결 편안하게 마지막으로 담고 싶고, 기억하고 싶은 것들을 새기고 또 새기고 있었다.

"오라버니."

그리고 그가 가장 가슴 깊이 새기고 싶은 사람.

"더운데 뭐 하러 왔냐?"

어느새 옆으로 다가온 홍은 피식 웃으며 사림의 옷깃을 붙잡았다. 선선한 바람이 홍의 귀밑머리를 간지럽게 스치고 지나갔고, 사림은 이글거리는 태양을 등지고 서서는 그녀에게 조금이나마 그늘을 만들어주었다.

"또 이곳에 계셨습니까?"

"뭐, 그렇지."

사림은 초에 도착하자마자 이곳에서 가장 먼저 어머니의 유골을 모셨다. 묻은 것이 아니라 이리 불어오는 바람에 모두 다 날려 보낸 것. 그 모습에 홍이 어찌 그러냐고 묻자, 사림은 먹먹한 어조로 짧게 속삭였다.

"한평생 조선에 묶여 계셨던 분이다. 매 순간순간 이곳을 그리워하며 돌아오고 싶어 하셨지. 결국 이리 돌아오셨으니, 곳곳을 자유롭게 다니실 수 있도록, 이리 뿌려주는 것이다."

홍은 그때의 사림을 기억했다. 그의 눈가에 굵은 눈물이 뚝뚝 떨어지던 모습을. 떨리는 손으로 한 줌의 어머니를 날려 보내면서 그의 표정엔 후련함과 서운함, 그리움과 간절함이 뒤엉켜 결국은 눈물로 흘러내리고 있었다.

"이제야 어머니의 원을 들어드리는 이 못난 아들을 용서치 마십시오. 그리고 청이, 우리 청이는 이제 행복할 것이니, 염려 놓으시고 멀리, 멀리 그리 날아가십시오."

홍은 가만히 눈을 감았다. 제 몸 구석구석을 스치는 바람에서 그리움이 느껴지는 듯했다. 사림은 그런 홍을 가만히 바라보며 애틋한 미소를 지었다.

지금 이 순간순간이 너무 행복하고 감사하여 두려울 지경이다. 내겐 너무나도 벅차고 과분한 시간이니까. 하나, 조금만 더 욕심을 내어서 이 순간이 영원했으면 했다.

이 두 눈이 전부 멀어버려도 나는 너를 잊지 못할 테니까. 이 숨이 다 사라질 때까지 나는 너를 기억할 테니까. 지금처럼 이렇게 네가 옆에 있어주길 바라면서⋯⋯.

또한 이러한 순간을 느낄 수 있도록, 자신을 이 세상에 태어나게 해주신 어머니께,

'감사합니다. 참으로, 감사합니다.'

그렇게 사림은 난생처음으로 잘 태어났다고. 살아서, 참으로 감사하다고 느끼게 되었다. 홍이를 만나서 사림의 세상은 그렇게 변한 것이었다.

그들은 버려진 폐가를 다시 고쳐 세워 생활하고 있었다. 홍은 자신이 그리고 싶은 그림을 마음껏 그리며 간간이 그 그림을 원하는 사람에게 팔아 돈을 마련했고, 담과 사림은 상단에 들어가서 일을 했다. 사림은 뛰어난 호위무사였고, 담은 명석한 머리를 이용해 상단에서도 꽤나 아끼는 귀한 인재였다.

그리고 그 상단에는 목아가 있었다.

명과 초는 조선과는 달리 활발하게 교류를 하고 있기 때문에 상업이 굉장히 발달하였다. 해서 목아가 일부러 초로 가는 것을 자청했고, 이리 다시 만날 인연이 되어 이번엔 제법 긴 시간을 보내고 싶었다. 물론 이 인연은 목아가 바란 것이었다. 욕심내지 않는다고 해도. 그래도 그 옆에서 그를, 사림을 보고 싶었으니까.

"목아야, 어젯밤에 들어온 저 곡물들 무게 좀 재서 쌓아놔라. 혼자 하기 힘드니까, 사내 몇 놈 좀 불러내서."

"예!"

목아는 창고에 들어가서는 대충 곡물들을 확인했다. 사내들을 불러야 하나, 고민했지만 저 정도는 자신도 들 수 있을 것 같아서 기합을 팍 주고선 곡물 포대를 끙끙대며 들어 올렸다.

"으윽, 생각보다 무거운데. 그래도 조금만, 조금만 더⋯⋯."

하지만 점점 손가락에 힘이 풀리기 시작했다. 결국 목아가 포기하려는 순간, 누군가가 너무나도 쉽게 포대를 들어 올렸고, 익숙하게 들려오는 목소리에 목아의 얼굴이 순식간에 화르르 달아올랐다.

"혼자 뭐 하는 거야? 사내 몇 놈 부르라는 소리 못 들었냐? 이러다 다치고 넘어지면 네 손해야."

"시, 신경 쓰지 마!"

"신경 안 썼다."

사림은 무심하게 포대를 들어 몇 번 왔다 갔다 하며 일을 끝내 버렸고, 목아는 떨리는 숨을 내쉬며 그대로 그곳을 빠져나가려고 했다. 하지만 사림은 그런 목아를 붙잡았다.

"어이."

"뭐야?"

"부탁할 게 있어."

"부탁?"

이자가 부탁이라니. 갑자기 무슨 일이지?

하지만 목아는 그의 표정이 굉장히 진지하다는 걸 깨닫고서 마른침을 꿀꺽 삼켰다.

"부탁이 뭔데?"

사림은 잠시 망설이다 이내 낮간지러운 듯 머리를 긁적이며 어렵사리 입을 열었다.

"홍이, 정식으로 혼례를 시켜주고 싶다."

"그게, 무슨……?"

사림은 지난날, 홍이에게 모든 사실을 들었다. 그녀가 시간을 거슬러 담과 만났다는 사실. 참으로 깊고 깊은 인연으로 맺어져 어쩔 수 없이 놓아야 했던 손을 이제야 다시 잡았다는 그러한 사실. 처음 그 얘기를 들었을 때, 헛소리라고 생각하지 않았다. 말도 안 되는 소리라는 생각보다, 오히려 단번에 가슴에 와 닿으며 감히 자신이 어떻게 끼어들 수 없는 인연이라는 사실을 느끼고선 점점 마음이 가벼워졌다. 그리고 더 큰 바람이 생겼다.

　"나는 홍이가 지금보다 더 많이, 앞으로는 더 많이, 그렇게 행복했으면 좋겠다."

　이 눈이 그나마 조금이라도 보일 때. 홍이가 어여쁘게 차려입고 혼례를 치르는 모습을 보고 싶었다. 진정 누이동생을 보내는 마음으로.

　목아는 그런 사림을 아프게 바라보았다. 정말이지 감히 투기조차 할 수 없는 마음이다. 감히 내게 그런 청을 하는 당신이 야속하지만, 그대로 들어줄 수밖에 없는.

　"도와줄게요. 홍이 아씨는 제게도 은인이니까."

　또한 그대의 마음도 가여워서. 그래야 조금이라도 그대의 마음이 편해진다면, 나 역시 그럴 테니까.

　그렇게 목아는 걸음을 돌렸고, 사림은 그런 그녀에게 손을 뻗으려다 이내 고개를 가로저으며 잠시 목아가 떠난 빈자리를 바라보고 있었다.

해가 저물어가고, 보리밭 위로 붉은 빛이 넘실거렸다. 홍은 조금 늦는 담을 기다리다가 익숙한 그림자의 모습에 환한 미소를 지었다.

"오라버니!"

사림은 달려 나오는 홍에게 손짓하였다.

"기다리는 녀석이 아니라서 어쩌냐?"

"아닙니다."

"녀석은 조금 늦을 거야. 요즘 이래저래 일이 많아서. 녀석도 퍽이나 속상해하더라."

홍은 담이 보고 싶기는 했지만 꾹 참으며 고개를 가로저었다. 그런데 사림의 손은 빈손이 아니었다.

"그것이 무엇입니까?"

그녀가 꾸러미 같은 것을 가리키며 묻자, 사림은 조금 머뭇거리 더니 이내 그것을 홍의 손에 쥐어주었다.

"혼례복이다."

"예?"

혼례복이라니?

홍은 떨리는 시선으로 꾸러미를 풀었다. 그러자 정말로 붉은빛 의 곱디고운 혼례복이 담겨 있었다.

"이게 대체……."

"누이동생 어여쁘게 입혀서 시집보내려고 그런다. 이게 이 오 라비가 마지막으로 꼭 보고 싶은 모습이니까."

마지막이라는 말에 홍은 저도 모르게 움찔하며 옷자락을 꽉 움켜쥐었다. 그가 직접적으로 말하진 않았지만, 알게 되었다. 그의 회색빛 눈동자 위로 빛이 사라져 가고 있음을. 처음엔 방도를 찾으려고 애를 썼지만, 다들 이미 늦었다고 말했다.

　"오라버니……."

　물기를 머금은 목소리가 흐트러지고, 사림은 그녀에게 다가와 눈을 마주했다. 다정한 그의 시선에 홍은 자꾸만 마음을 진정할 수가 없었다. 그녀도 그의 마음을 알고 있었다. 자신이 생각하는 것보다 훨씬 더 깊고 깊은 그의 마음을. 하여 지금 제 손을 이리 꼭 잡아주는 그가 정말이지 너무나도 고맙고 고마울 따름이었다.

　"행복해라. 반드시 행복해야 해."

　사림은 집 밖으로 나왔다. 그의 손에는 칼 두 자루가 쥐어져 있었다. 그리고 저 멀리, 담이 걸어오고 있었다. 예전보다 체격은 더 커졌고, 세월이 스친 얼굴에는 진중함이 묻어나고 있었다. 하지만 그는 궐에 있을 때보다 훨씬 좋아 보였다.

　담은 걸어가던 걸음을 멈추고서 사림을 바라보았다. 그는 아무 말 없이 쥐고 있던 칼자루 하나를 던져 주었고, 그는 그것을 자연스럽게 받았다.

　"오랜만에 대련이나 하자."

　"좋지."

어느새 그의 입가로 미소가 스치더니, 이내 누가 먼저 말할 새도 없이 허공으로 날카로운 바람이 스쳤다.

챙!

칼과 칼이 맞부딪히며 제법 청아한 울음을 토해냈다. 사림과 담은 말없이 서로의 틈을 노리고 자유롭게 칼을 휘두르며, 대련이 아니라 마치 하나의 놀이를 하듯 살갑게 몸을 부딪치고 있었다.

"홍이, 행복하게 해주지 않으면 내가 널 용서 안 한다."

사림의 목소리가 강하게 담을 붙잡았다. 이곳으로 오기 전, 사림이 무슨 일을 하고 있는지 목아에게 들은 터였다.

격렬히 움직이던 칼이 멈추고, 담은 천천히 칼자루를 내려놓았다. 사림은 흐릿하게 깜빡이는 눈빛으로 담을 향해 속삭였다.

"너는 내게도 참으로 중하고 귀한 벗이다."

담은 그 말에 엷은 미소를 지으며 고개를 숙였다.

"아니, 이젠 너와 나는 가족이지."

가족, 가족이라……

사림은 참으로 오랜만에 입안으로 맴도는 단어에 피식 웃다 이내 크게 소리 내어 웃어보았다. 한동안 그렇게 그의 웃음소리가 가득 울렸고, 담은 그런 사림의 옆을 지키고 있었다.

며칠이 지나고, 홍은 떨리는 숨을 내쉬며 면경을 바라보았다. 옆에서 목아가 연신 머리를 다듬고 분을 칠하며 분주하게 움직였다.

"송구합니다."

"아닙니다. 이렇게라도 아씨께 입은 은혜를 갚을 수 있어 얼마나 기쁜지 모릅니다. 어디 한번 일어나보셔요."

그녀는 수줍게 자리에서 일어섰다. 하얗고 동그란 얼굴 위로 수줍은 붉은빛이 감돌았다. 연지곤지도 어여쁘게 찍고, 빛깔 고운 붉은색 혼례복까지 곱게 차려입으니 하늘에서 내려온 선녀가 따로 없을 만큼 사랑스럽고 고운 자태였다.

"자, 자, 새색시 나오셔요!"

홍은 버선코가 보일 듯 말 듯 천천히 밖으로 걸어 나갔다. 혼례는 무척이나 작고 소박했다. 보는 이도 그리 많지는 않았지만, 홍은 모든 것이 충분하다고 생각했다. 자신이 가장 귀하게 여기고 소중하게 생각하는 사람들이 모두 모여 있다. 그들이 저를 축복하고 행복하길 바라는 마음이 모두 모인 곳이다.

홍은 자꾸만 두근거리는 심장을 애써 다독이며 고개를 숙였다. 마침내 담이 걸어왔다. 푸른빛이 출렁이면서 멀리서도 귀한 빛이 흐르고 훤칠한 용모에 늠름한 걸음의 신랑은 뭇 여인들의 마음을 술렁이게 할 정도로 근사했다. 하기야 예전엔 그야말로 완벽한 세자 저하라고 불리셨으니.

홍과 담은 서로의 모습을 눈으로 힐끔거리며 엷은 미소를 지었다. 이렇게 다시 혼례를 치를 거라곤 상상도 하지 못했다. 하지만 생각보다 더 많이 심장이 두근거렸다. 처음, 세자와 세자빈으로 만나 하던 국혼 때와는 또 다른 느낌. 그때는 좋기도 하면서도 앞날이 불안했고, 두려움과 초조함이 함께했었지만 지금은 다르다.

'앞으로 평생을.'

'언제까지나 평생을.'

붉은 실로 이어진 길고 긴 인연을 결코 놓치지 않고서, 그렇게 두 사람은 가장 소중한 이들과 소중한 인연을 맺었다.

두 사람의 혼례식을 사림은 생각보다 훨씬 더 행복하게 바라보았다. 조금은 쓸쓸할 거라 생각했는데, 그렇지도 않았다. 이젠 정말 홍이 저 아이를, 진정 사내의 연모보다 더한 마음으로 가슴에 새긴 듯하였다.

어느새 사림의 곁으로 목아가 걸어왔다. 그녀 역시 평소와 조금 달라 보였다. 쪽빛의 고운 옷을 입고 엷은 분내가 살포시 풍기면서 단아한 자태로 회색빛 눈동자를 반짝이고 있었다. 사림은 그 모습을 잠시 바라보았다. 그러다 목아와 시선이 마주치자 흠칫 놀라고서 고개를 돌리려고 했지만, 그녀가 먼저 그에게 술잔을 건네었다.

"밤새 마셔볼까?"

"하, 혼례도 올리지 않은 처자가 할 소리는 아닌데. 혼기도 그리 꽉 찼으면서. 네 아비는 아무 소리 하지 않는 거냐?"

"아버지는 내가 자유롭게 살길 바라서. 진짜 안 마실 건가? 특별한 귀한 술로 가져왔는데."

사림은 잠시 망설이다 이내 술잔을 받아 들었다. 향긋한 술 내음이 풍긴다. 하지만 어쩐지 그 향보다 그녀에게서 나는 분내가 더 코끝을 맴돌았다.

"자아, 한 잔 따라주마."

목아는 넉살 좋게 사림의 술잔에 술을 따라주었다. 그는 쪼르르 맑게 떨어지는 술을 바라보며 잔뜩 가라앉은 어조로 속삭였다.

"나는, 아마 그 어떤 여인을 만나도 홍이, 저 아이에게 준 것만큼의 정을 다른 여인에게 주지 못할 것이다."

맑게 떨어지던 술이 순간 흔들렸다.

"저 아이는 내게 첫정이자, 나보다 소중하디소중한 가족이니까."

"……."

"그래도, 그래도 이런 내 곁에 있고 싶다면, 마음대로 해라."

술잔 위로 눈물방울이 뚝 하고 떨어졌다.

목아는 떨리는 숨을 가득 삼키며 입술을 깨물었다. 이미 그는 알고 있었구나, 나의 마음을. 하나 지금 저 말은 밀어내지 않겠다는 것이 아닌가. 곁에 있어도 된다고. 그래도 된다고.

그녀는 저도 모르게 사림의 소매 끝을 붙잡으며 고개를 끄덕였다.

"……있고 싶어. 당신 곁에, 있고 싶어……."

사림은 그런 목아를 가만히 바라보다 이내 천천히 손을 뻗어 그녀의 거친 손을 살포시 감싸주었다.

"더 큰 정을 주진 못해도, 이거 하나는 약조하마. 평생, 지켜주

마. 홍이와 너, 그렇게 지켜주마."

목아는 고개를 들 수가 없었다. 그의 말 한마디, 한마디가 거센 파동이 되어 그녀의 심장을 움켜쥐었다. 지켜주겠다는 말. 저 말 한마디면 된다. 결코 욕심낸 적 없는 사람. 감히 이리 잡을 수도 없다고 여겼던 사내. 그런 그가 조금 내어준 이 곁만으로도 목아는 충분히, 행복하고 행복했다.

늦은 밤. 초승달마저 구름 속에 사라지고, 아담하게 꾸며진 신방에서 홍과 담은 서로를 바라보았다. 뭔지 모르게 새삼스러웠지만, 그래도 혼례를 치르고 첫날밤이라 하니 이상하게 영 긴장이 되었다.

담은 홍의 얼굴을 아주 사랑스럽게 바라보았다.

"어찌 그리 빤히 보십니까?"

"너무 고와서."

"……."

"고와서 말이오."

"놀리지 마십시오."

홍은 밉지 않게 핀잔을 주면서 쑥스러움에 숙였던 고개를 천천히 올려 그를 마주했다.

담은 손을 뻗어 그녀의 얼굴을 쓸어내렸다. 그러곤 묵직한 숨을 내쉬며 속삭였다.

"줄 것이 있소."

"예?"

"그래도 명색이 혼례인데, 증표는 줘야 하는 것이 아니오."

그러고는 그가 내민 것을 보자 홍은 저도 모르게 엷은 미소를 머금었다. 바로 당주홍의 안료였다.

"그때도 이것을 제게 주셨지요."

"오롯이 그대를 그리워하고 연모하는 마음을 가득 담아서 주었지."

"지금도 마찬가지십니까?"

"감히 말로 표현할 수 없을 만큼."

그녀는 천천히 당주홍의 안료통을 감싸 쥐었다. 그러곤 그의 손길이 이끄는 대로 몸을 맡겼다. 떨리듯 내려앉은 열기가 순간 깊게 빨아 당기며, 살짝 벌어진 그녀의 입술을 놓치지 않고 파고들어 더욱 거세게 휘어 감았다.

어느새 담의 손길이 그녀의 둥근 어깨를 타고 내려와 옷고름을 풀어냈고, 연이어 바닥에 어지럽게 흩어진 치맛자락을 쓸어내리자 그녀의 고운 여체가 여린 선을 이루고서 떨어져 내렸다.

그의 입술이 연신 그녀를 향해 뜨겁게 속삭이며 온몸을 붉게 물들였다. 홍은 간질거리면서도 타들어갈 듯한 감각에 숨을 헐떡이며 그의 어깨를 한껏 움켜쥐었다.

새하얀 목덜미를 타고 아래로 내려와 은밀한 곳에 살며시 입을 맞추니, 홍은 눈을 번쩍 뜨고서 애처로운 목소리로 울부짖었다.

"다, 담!"

"그대를 꼭 빼닮은 아이를 보고 싶소."

홍은 물기를 머금은 시선으로 그를 바라보았다.

"아이, 말입니까?"

"우리가 시간을 거슬러 만났듯, 우리 아이들도 다시 만날 수 있을 것이오."

"……."

"그 아이들도 분명 시간을 거슬러 반드시 우리 곁으로 와줄 것이오. 나는 그 아이들이 너무나도 보고 싶소."

채 피어보지도 못한 채 이름도 없이 허망하게 사라진 아이들. 하여 이 가슴에 아리고 아리게 자리 잡아 끝도 없이 아프게만 불렀던 그 아이들.

"저도, 보고 싶습니다. 우리 아이들. 서방님을 닮아 너무나도 어여쁘고 멋질, 우리 아이들."

담의 입술이 다시금 그녀에게로 살포시 내려앉았다. 그러곤 한껏 달아오른 시선으로 서로를 갈망하며 담은 그녀에게로 자신을 힘껏 내뿜었다. 보드라우면서도 한없이 꿈틀거리는 무언가가 안쪽에서 강렬한 색채를 머금고서 흩날렸다. 홍은 이루 말할 수 없는 격한 숨을 터뜨리며 그의 어깨를 끌어안은 채 한껏 몸을 비틀었다.

호흡이 타들어가고 붉은색이 일렁이며 두 사람은 서로를 끌어안은 채 연신 하늘로 치솟았다. 격정으로 뻗어가는 몸짓이 점점 더 강하게 일렁이며 금방이라도 끊어질 듯한 위태로움을 붙잡고서 홍과 담은 서로의 몸을 빈틈없이 엮었다.

마침내 탄성과도 같은 숨이 터져 나오고, 홍은 그에게 안긴 채 여전히 남아 있는 열망의 잔재를 느끼며 그의 입술 끝에서 속삭였다.

"담⋯⋯."

담은 그런 그녀를 꼭 끌어안아 주며 눈을 감았다. 그 어떤 말보다 그녀의 입에서 너무나도 자연스럽게 흘러나오는 제 이름이 좋았다. 하여 그 역시 그녀의 이름을 이 짧고도 긴 밤이 끝날 때까지 부르고 또 부르고 있었다.

✳

먼 훗날.

사림은 목검을 잡고서 다소 엄한 표정으로 제 앞에 있는 조그만 소년의 머리를 딱 하고 때렸다.

"악!"

"그렇게 몸이 굼떠서야 어디 칼 한 번 제대로 잡아보겠냐?"

"두고 보십시오!"

"두고 보라는 사람치고 무서운 사람 없더라. 어찌 두 눈 멀쩡한 놈이 두 눈이 온전치도 못한 내 움직임 하나 제대로 보지 못하는 것이냐? 두 눈이 아깝다, 아까워."

"이씨!"

따닥!

"아악!"

"어디서 이놈이!"

소년은 연신 제 움직임을 읽어내는 사림 때문에 아주 죽을 맛이었다. 대체 앞이 보이지도 않는데 어찌 저리도 귀신처럼 알아내는 걸까? 단 한 번이라도 이겨보고 싶다, 단 한 번이라도!

그렇게 소년이 사림의 빈틈을 노리고선 이내 매섭게 목검을 휘둘렀지만, 사림은 씨익 웃으며 다시금 소년의 머리를 때렸다.

"흐읍! 진짜 너무하십니다! 어찌 자꾸 머리만 때리십니까!"

"정신 좀 차리라고. 네 아비를 닮아서 몸이 둔한 것인가?"

퍽!

"아버지!"

그때, 어디선가 나타난 담이 소년이 그토록 때리고 싶었던 사림의 머리를 때렸고, 사림은 잔뜩 성난 표정으로 담을 노려보았다.

"네놈!"

"누굴 닮아서 뭘 하다고?"

"네놈 닮아서 몸이 둔하다고! 재림이 저 녀석은 칼을 쓰기는 글렀다. 딴 걸 시켜, 딴 걸."

"싫습니다! 저도 작은아버지처럼 칼 잡고 싶다고요!"

재림은 안 될 걸 알면서도 계속해서 사림에게 목검을 휘둘렀고, 사림은 조금씩 그 움직임을 받아들여 주면서 피식 웃었다. 몸이 둔한 것이 아니다. 또래보다 훨씬 날렵하고 목검도 제법 묵직하다. 하지만 어린 녀석이 벌써부터 오만해져서는 안 되니. 제대로 검의 무게를 가르치고 싶었다. 그리고 담 역시 그 마음을 알기에 사림에게 그저 고맙고 고마웠다.

"저러니까 맨날 작은아버지한테 맞는 거지."

귀엽게 생긴 소녀가 목아의 손을 잡고서 이제 막 싸리문을 들어오고 있었다. 목아는 겉으로 보기에도 제법 배가 부른 상태였다.

"나 같으면 절대로 작은아버지 앞에서 알짱거리지 않아."

"훗, 자령이 너는 그냥 작은아버지 앞에서 살포시 웃기만 해도 좋아하면서 넘어가잖아."

"내가 예뻐서 그런 거야. 재림이는 못생겨서 그런 거고."

"오라버니라고 하지 않으면 재림이한테 또 혼난다."

"그럼 작은아버지 뒤에 숨으면 되지."

목아는 요 귀여운 여우 같은 자령의 말에 어쩔 수 없다는 듯 고개를 흔들었다. 맏아들인 재림과 둘째 딸인 자령은 항상 이런 식으로 싸웠다. 어쩜 이리도 두 분의 성품을 닮지 않은 것인지. 어쩌면 어릴 적엔 두 분들이 이런 개구쟁이였을지도 모른다.

저 멀리, 이런 시끌벅적한 모습을 그림으로 담아내는 손길이 있었다. 바로 홍이와 막내딸인 아령이었다. 재림과 자령과는 달리 아령은 홍이를 따라 그림을 그리는 것을 좋아했다. 어린 나이지만 제법 손이 야무져서 뻗어 나가는 선이 생각보다 괜찮았다.

"어머니, 요 부분은 붉은색을 주면 좋을 것 같아요."

"그런가?"

홍은 그림을 천천히 살펴보더니 이내 고개를 끄덕였다.

"붉은색이 좋겠구나."

"하지만 붉은색은 구하기 어려운데……. 어머니가 왕의 색이라고 하셨잖아요."

"그래, 적색은 왕의 색이지. 그런데 이 어미에게 그 귀한 색이 있구나."

그녀는 품에서 당주홍의 안료를 꺼내 보였다. 그러자 아령이 눈을 반짝이며 붉은색을 바라보았다.

"어머니, 이것이 어찌……?"

"네 아비가 주신 것이란다."

"아버지께서요?"

"그래. 이 어미가 붉은색을 참 좋아했단다. 비록 이 붉은색이 너무나도 싫어진 순간도 있었지만, 결국엔 아비의 귀한 마음이 담겨 다시금 내게로 오게 되었지."

"그대가 없는 동안, 여기에 내 마음을 그대로 담고 있었소. 이것이 그대에게 주는 마음이자 증표요. 언제까지나 그대를 연모할 것이라는. 그날 그 순간의 간절함이 그대로 담겨 있는."

홍은 아령의 손을 잡고서 함께 붉은색을 칠하기 시작했다. 아령은 붓끝으로 곱게 번지는 붉은색을 신기한 듯 바라보았고, 홍은 여전히 그를 향해 붉게 타들어가는 제 마음을 담아서 더없이 귀하고 귀한 색을 칠하였다.

그리고 어느 순간 고개를 돌리니, 저 멀리 그와 시선이 마주쳤다. 두 사람은 그저 말없이 웃었다. 아직까지도 첫정을 품은 그날처럼 두 사람의 시선은 애틋하기만 하였다.

홍은 아령의 손을 잡고서 담에게로 걸어갔다.

어느새 하늘 위로 붉은 노을빛이 일렁이며 나비 한 마리가 그 붉은 빛을 머금고서 힘찬 날갯짓과 함께 사라져 가고 있었다.

시간이 흘러도 별이 그 자리에 있는 것처럼, 그들도 그 자리에 함께 있었다.

〈終〉

작가 후기

2013. 09. 21. 초가을에 시작했던 〈조선 세자빈 실종 사건〉이 시간을 돌고 돌아 2014년 초겨울에 마무리를 짓고, 2015년 새해와 함께 종이책으로 나오게 되었습니다.

소설 속 내용처럼 네이버에서 시작했다가, 한 번 처음으로 거슬러 카카오 페이지에서 마무리를 지었는데요. 그만큼 저와는 무척이나 오랫동안 고군분투하면서 때로는 막히기도 하고, 때로는 혼자 감정 이입하면서 담이와 홍이 이야기를 써내려갔습니다.

이 아이는 제게 유달리 기억에 남는 아이가 될 것 같아요. 새로운 출판사와 연이 닿게 되었고, 처음으로 정식연재라는 것도 해보았고, 그 기운을 받아서 그런지 공모전에 당선되면서 이전에는 감히 상상도 할 수 없었던 새로운 경험과 함께 새로운 꿈을 가지게 되었습니다. 그리고 너무나도 소중한 인연들을 만나게 되었어요. 그래서 하루하루가 무척이나 감사하고 고마울 뿐입니다.

소설 첫 부분에서 홍이와 담이는 아직은 미성숙한 인물이었습니다. 물론 담이는 완벽한 세자 저하가 되기 위해, 더 높은 하늘이 되기 위해 노력하지만 한편으론 버거움을 느끼기도 하지요. 홍이는 자신이 좋아하는 그림을 마음껏 그리며 살고 싶다고 생각하지만, 그걸 실천하기에는 자신의 앞에 놓인 벽과 사대부의 규수라는 신분을 끊어낼 용기가 없습니다.

하지만 서로를 만나고, 첫정을 느끼고, 그런 굴레보다 더 소중하고 지켜주고 싶은 것이 생겼기에 시간을 거슬러 홍과 담은 용기를 냅니다. 사소했던 약조를 지키기 위해. 다시 한 번 사랑하는 정인을 지키기 위해. 담이는 전부였던 하늘을 내려놓고, 홍이는 더 강한 날갯짓을 하게 됩니다.

소설의 초반 분위기와 후반 분위기가 다른 것은 두 주인공의 마음가짐이 달라졌기 때문이랍니다. ^^

소설 연재를 끝내고 보니, 어느새 제가 졸업반이 되었더라고요. 이젠 진짜 학생 신분을 벗고 사회로 나가게 되었어요. 지금보다 더 성숙하고 좋은 작품, 독자님들께 보여 드릴 수 있도록 노력하겠습니다.

이번에 같이 졸업하게 된 같은 과 동기들. 특히 은정 언니, 매번 같이 과제 하고 수업 들으면서 같은 공감대를 가질 수 있어서 너무 고마웠어요. 제 대학교 시절을 생각하면 은정 언니가 가장 많이 떠오를 것 같네요. 가끔 의견이 맞지 않아 투닥거릴 때도 있었지만, 결론적으론 언니랑 같이 과제하고, 밤새 발표 준비하면서 항상 좋은 결과가 나왔던 것 같아 든든하고 좋았어요. 언니

소원대로 내년에는 꼭! 원하는 곳으로 취업하길 바랍니다. 언제나 파이팅입니다. 연락 자주 할게요!!

빈 언니, 지혜 언니, 별아 언니, 그리고 소희. 올 한 해 저는 가장 크고 값진 선물을 받은 것 같아요~ 언제나 응원하고 존경합니다. 우리 끝까지 같이 가요!!

〈조선 세자빈 실종 사건〉이 더 많은 독자님들의 관심과 사랑, 종이책으로 나올 수 있게 도와주신 청어람 문혜영 팀장님, 감사드립니다.

끝으로 항상 저를 애정해 주시는 독자님들, 감사합니다. 앞으로도 더 많은 애정애정 바랍니다~ 독자님들, 더럽(the love)!!

2014년 크리스마스가 다가오는 날에 서이나.